WANG ZIFU WORKS

中国专业作家作品典藏文库
王梓夫卷

女人与猫

王梓夫 著

中国文史出版社

目录

女人与猫

一

这场厮杀不知道是怎么引起的，说动手就动起手来了，一点儿预兆和前奏都没有。黑暗中，几个女人滚成了一团，像一群相互吞食的猛兽。开始的时候只是张牙舞爪地撕扯着，后来才传出喘息声和叫骂声。叫骂声是低沉和压抑的，又是恶狠狠的。

“臭婊子，姑奶奶废了你！”

“打，打，谁他妈认屄谁丫挺养的。”

“你王八蛋……”

“你浪娘儿们……”

“你臭不要脸……”

在这场突如其来的撕咬中，沈玉贤自己的灵魂脱了窍，一下子变成了两个沈玉贤。一个沈玉贤是怒不可遏的参与者，一个沈玉贤却是超脱大度的旁观者。参与者的沈玉贤衣服被扯破了，脸上、手臂上、胸脯子上都是伤，却不觉得疼；而旁观者的沈玉贤却总想笑，觉得是在看一场小剧场的话剧，而演出又是如此拙劣和滑稽。

牢门哗啦一声响，女管教挥舞着警棍闯进来，呵斥着：“停下，快给我停下！谁挑的头，谁先动的手，谁鼓动的？都给我交代清楚。我这会儿没工夫搭理你们，都站在这儿给我反省。过来，脸贴着墙，肚子贴着墙，腿贴着墙，都给我面壁思过！”

女管教走了，沈玉贤跳到秦小月的面前，声嘶力竭地吼叫着：“你他妈的吃了豹子胆了，知道老娘是干什么的吗？告诉你，堂堂的副市长，副局级。出门坐奥迪车，出差坐商务舱，住五星级大宾馆……在外面，你要想见老娘一面，得他妈的到市长接待室排队……”

站在她对面的秦小月是一个典型的弱女子，小胳膊小腿小脑袋，体重绝对不会超过八十斤。面对这比猫大不了多少的小女人，沈玉贤立即找回了往昔的威风，觉得自己咄咄逼人，浑身上下散发着无限的权威。

万万没想到的事情却发生了，这个本该是逆来顺受的秦小月突然弯下腰，从包里抽出一把牙刷，啪的一声将牙刷头撅断，用锋利的牙刷断柄对准了沈玉贤的脖子：“狗娘养的，你不提副市长姑奶奶还没这么大的火儿。知道姑奶奶是谁吗？姑奶奶是杀人犯，而且杀的是自己的亲夫。反正姑奶奶犯的是死罪，说话就到阎王爷那儿报到了，你要想先去给姑奶奶前面探探路就别尿裤子……”

旁观者的沈玉贤发现参与者的沈玉贤立即软了，没容过脑子嘴里就冒出了一串软话：“大妹子，你这是干吗呀？别别……有什么话好说……我刚才是跟你闹着玩呢……大妹子……别这样……咱都是同一……同一监狱的难友……”

见参与者的沈玉贤态度如此大起大落，旁观者的沈玉贤本来想笑，旋即又生出几分钦佩：毕竟久经宦海，能随机应变，肯忍辱屈伸，又善化险为夷。

秦小月声色俱厉地命令着：“搬起你的被子！”

沈玉贤老老实实地照着秦小月的话做，自己的被子往旁边挪了一个床板。

秦小月不依不饶，用下巴指着最里面的马桶说：“放到那儿去。”

沈玉贤犹豫了，她像是刚刚记起来，这场厮杀就是由争夺床板引起的。在看守所的牢房里，床板的位置不但是一种享受，更是一种权力。靠在门口的称为头板，紧挨着头板的叫二板，越往里面空气越浑浊，地位也就越低。最里面的则紧挨着马桶，那完全是一个带有歧视性和惩罚性的位置。沈玉贤绝对不能把自己的被子放在那个床板上。她用乞求的口气对秦小月说：“大妹子，你不就是想睡在门口吗？姐姐让给你，让她们挨着往下挪不就行了吗?”

苏多多不干了，叫嚷着:“凭什么我们往下挪，你在外面要特权，到这儿还要特权?”

一个叫阿里山的姑娘也随声附和着:“就是嘛，你一来就占头板，我们好欺负，可有人不好欺负。”

沈玉贤不顾别人的议论，依然央求着秦小月:“大妹子，我跟你挨着睡，相互间好有个照顾……”

秦小月用牙刷逼着她:“少废话，搬到马桶旁边去!”

沈玉贤无计可施了，只好搬着被子来到马桶旁边。马桶里的臊臭味儿熏得她一个劲儿地干哕。

就在沈玉贤和秦小月各自整理着床铺的时候，那边的苏多多和阿里山又发生了局部战争。

沈玉贤一进来就知道了苏多多的身份，不是看她那妖里妖气的装束，也不是看她那俗不可耐的化妆，沈玉贤是靠着自己的鼻子判断出来的。苏多多的身上散发着一股淫秽的气味，如同这马桶中的臊臭味道一样。苏多多身上的淫秽气味是从她的每一个毛孔中散发出来的，像高温阴雨天从衣柜里发出的霉气味。

苏多多冲着阿里山伸出手，直截了当地说:“拿来。”

阿里山一副无辜的样子:“什么呀?”

苏多多坚决地说:“你自己知道。”

阿里山辩白着:“我什么也没拿。”

苏多多逼近了阿里山:“你给我不给?”

沈玉贤觉得很奇怪，阿里山偷了她什么呢? 在刚才的混战中，每一个参与者都拼杀得很认真。阿里山却别有用心地趁机偷东西，实在是太可恶了。

终于，阿里山从怀里掏出了一只乳罩，调皮地在空中挥舞着。苏多多一把将乳罩夺过来，鄙夷地说:“你知道这是什么牌子的吗? 就凭你也配戴这么高档的乳罩?”

阿里山说:“谁戴你的乳罩? 我还怕传染艾滋病呢。”

苏多多问：“那你为什么偷？”

阿里山说：“有些人把钱藏在乳罩和裤衩里。”

苏多多撇了撇嘴：“失望了吧？”

阿里山凑近苏多多，笑着问：“里面有六件对不对？”

沈玉贤的好奇心已经驱使她走近了苏多多，听了阿里山的话，忍不住问：“六件什么？”

苏多多没好气地说：“雨衣。”

沈玉贤疑惑地说：“不对吧，这小小乳罩里能藏六件雨衣？”

苏多多说：“不是你穿的雨衣。”

沈玉贤刨根问底：“那是谁穿的？”

苏多多正经地说：“男人的小弟弟穿的。”

阿里山哈哈大笑起来。

沈玉贤觉得自己受了捉弄，有点儿尴尬。

苏多多又困惑起来，问阿里山：“我就不明白，这乳罩明明戴在我的身上，外衣的扣子都没有解开，你是怎么偷出来的呢？”

阿里山伸出了手：“想知道吗？拿来，这是知识产权。你知道我跟师父学这手的时候花了多少 T？”

苏多多哼了一声：“我才不学这偷鸡摸狗的手艺呢。”

阿里山抓住了苏多多的话柄，高兴起来：“哈哈，你也承认这是手艺了吧？”

苏多多撩起上衣，也不避讳，露出了丰硕的胸脯子，重新戴着乳罩。

阿里山嬉皮笑脸地问：“真格的姐姐，你这乳罩是什么牌子的？”

苏多多看了看阿里山：“想知道吗？”

阿里山不耻下问：“求姐姐指教。”

苏多多说：“记住，这牌子叫戴安娜。”

沈玉贤忍不住笑了：“别老土了，那叫戴安芬。你以为英国王妃呢，还戴安娜？”

苏多多从善若流：“对对，是戴安芬，我记错了。”

阿里山问："多少钱一个?"

苏多多说："说出来吓死你，一千二百多呢，你信不信?"

阿里山点着头："我信，姐姐可真有钱。"

苏多多更加得意起来："花自己的钱高消费算什么本事？这是一个老嫖给我买的。"

阿里山没听明白："老嫖?"

沈玉贤却气愤起来："真不要脸，还老嫖，叫得还挺亲切。"

苏多多说："你要脸，要脸不好好当你的副市长，钻到这儿干什么来了?"

沈玉贤说："我是受冤枉的。"

苏多多说："得了吧，我好赖是花老嫖的钱高消费，你呢？你高消费花的是谁的钱？是我们纳税人的钱。"

沈玉贤反唇相讥："你纳税吗?"

苏多多理亏了。

沈玉贤又慷慨激昂起来："你们这些人，不但违法乱纪，伤风败俗，破坏社会稳定，还偷税漏税。知道不知道，在你们身上，国家每年损失几十个亿?"

苏多多说："这能怨我们吗？国家要是有政策，我们愿意照章纳税呀。"

沈玉贤说："嗬，你还想卖淫嫖娼合法化，想得倒美。"

阿里山早就不再掺和这种无聊的争论，她躲到马桶后面洗澡去了。马桶后面拉着一块塑料布，隔出了一个小小的洗澡间。水大概有点儿凉，随着哗哗的流水声，阿里山扯着颤抖的嗓子唱着歌："阿里山的姑娘美如水呀，阿里山的少年壮如山……"

她就会唱这么一支歌，而且百唱不厌，所以牢房里的人都叫她阿里山。

沈玉贤觉得自己也该干点儿什么，或者静下心来想想自己那些麻烦事。看了看挨在马桶旁边自己的床铺，她又一阵恶心。不知不觉，脸蛋儿上有点儿发痒，她用手一摸，是泪。她已经很长时间没有流泪了，是该好好哭一哭了。前后左右看了看，连哭的地方都没有。于是沈玉贤又笑了，笑得很奇怪。这是旁观者的沈玉贤看到的。

二

躺在那冰冷的紧挨着马桶的床板上，沈玉贤终于使自己平静下来，重温起了这噩梦般的经历。昨天还是大权在握、叱咤风云的副市长，今天却成了失魂落魄的阶下囚。正可谓是世事无常、人生无常。她怎么也想不明白自己到底是怎么进来的，事先连一点儿先兆都没有。是谁告发了她？她是在什么地方露出了马脚？

昨天下午办公室通知她开市长办公会，她连该洗的裙子都没有换，带着一身汗味儿就去了。天天见面的机关同寅，没必要讲究了。等在会议室里的却是两个陌生的警察，不是刑警，是检察院的经济警察。她顿时呆了，脑子里一片空白，连警察对她说了些什么她都不知道，然后就晕晕乎乎、糊里糊涂地被带进了这看守所。

这不是平阳市的看守所，而是临近县的一个小小的牢房。她知道这是惯例，一个地方大员犯了法，不会关在自己所辖的牢房里的。但是这个县离平阳市很近，原来平阳未改市之前，这个县是属于平阳地区管辖的。所以沈玉贤对这个地方并不陌生。

熄灯的时间到了，牢房里安静下来。沈玉贤努力把精神集中起来，为的是想想自己的事情。可是不知道为什么，她的脑子却如同一锅烧着柴火的粥，咕噜咕噜地沸腾着，冒着热气，已经失去了思索的能力。妈的，管他呢，索性睡觉。她突然感到很累，很需要睡觉，身子软塌塌的，像被抽去了筋骨。迷迷糊糊地睡着了，似乎还做起了若有若无的梦。一阵哗啦啦的响声把她吵醒了，还没睁开眼，一股呛人的臊气就扑了过来，让她窒息得喘不过气来。

谁的尿这么臊？她懒得睁开眼，凭感觉像是个老女人，只有老女人才能撒出这样又臊又呛又没完没了的尿。牢房里的老女人只有一个，七十多岁了，总是缩在墙角闭目养神，像是练功入了静。

沈玉贤昏昏沉沉地想睡，哗啦啦的声音又响起来。这尿声很短促，很有力，结束得也很利索，而且味道也没有那么臊，像是个没破瓜的少女。一定是没心没肺的阿里山，整个牢房里很可能就她一个处女，鬼知道她是不是处女。

想到这个浑身上下充满活力的阿里山，沈玉贤却没了困意。她慢慢地睁开眼睛，外面的灯光从门上的一块巴掌大的通风口照进来，牢房里却不显得有多黑。一个个乌黑的脑袋在床板上排列得整整齐齐，不是排列得整齐，而是挤得整齐。所谓床板，实际上就是一个大通铺。从门口到马桶边，宽不过丈余，却严严实实地挤下了十一个人。而这十一个人在床板上所占的地盘又不是平均分配的，头板要占两个人的地盘，二板要占一个半人的地盘。越往里面越挤，挤到只能侧着身子睡，如果睡累了想翻个身，肯定要先把别人拱开一下才行。

沈玉贤的睡意全没了，她索性睁开眼睛，用胳膊肘将脑袋支起来，观察着一个挨一个的脑袋。如果有一把足够长的大刀，沿着一条齐着脖子的线砍下去，这些脑袋就会吉里骨碌地从床板上滚下来，一刀能砍十一个脑袋，肯定能申报吉尼斯纪录……她突然为自己这残忍的想法吓了一跳，心里紧缩了一下。她立即发现自己算错了，即使一刀砍下去，只能是十个脑袋，有一个脑袋没在这条直线上。

这个脑袋是秦小月的。秦小月没有躺下，而是靠着墙坐在床板上。她把两条腿弯曲起来，膝盖上放着一个灰皮笔记本，借着从通风口透过的灯光，正在聚精会神地写着什么。

就是这个比猫大不了多少的小女人，从她的手里把头板的位置抢走了。这个小女人居然还是个杀人犯，杀的还是自己的亲夫。人真的不可貌相，她怎么会有如此的胆量呢？简直就是杀人魔鬼。可她一点儿也不像魔鬼，特别是现在，她安安静静地坐在这牢房里，从从容容地写着东西，这举止更像个文静内向的女学生，像个感情丰富的小恋人。她在写什么呢？情书吗？交代材料吗？忏悔录吗？

沈玉贤的灵魂又脱了窍，旁观者的沈玉贤脱离了马桶旁边的躯壳，像一只蝙蝠似的飞起来，掠过一个个挤得严严实实的脑袋，飘落在秦小月的肩头上，看着那一行行书写在灰皮笔记本上的字。

妞妞儿，你好，妈妈又在给你写信了。妈妈要走了，要永远永远地离开这个世界了。妈妈在这个世界上白白地走了一遭，什么都没有留下，只留下了一个你。妈妈也什么都没有给你留下，只留下这个灰皮笔记本。上面写的都是妈妈跟你说的话。都说女儿是妈妈的贴心小棉袄儿，妈妈的贴心话不能亲口对你说了，只能留在这灰皮笔记本里了……妞妞儿，我的宝贝女儿……

三

这是一个阳光明媚的早晨，一缕灿烂的晨光从女牢的小窗口斜射进来，格外温暖诱人。外面，是武警出操那充满雄性的呐喊声，是小学生上学路上令人向往的歌唱声，是小商贩生机勃勃的叫卖声以及生活中情趣盎然的五花八门的嘈杂声。对于这如此熟悉又如此亲切的声音，怎么平时就没有注意过呢？当一道高墙把自己和外界隔离起来的时候，外面就是天堂般的美丽和奇妙，这难道就是距离产生美吗？

牢门外一阵叫喊，伴随着饭勺敲击饭桶的声音，炊事员送来了早饭：“开饭啦，开饭啦，把饭盒准备好……”

苏多多像饿疯了似的，抢着跳到门前，将饭盒伸向牢门下面的小孔。

当的一声，一只盛着菜饭的勺子扣在苏多多的饭盒里。

苏多多嗲声嗲气地说：“哥，再给点儿吧，我不够吃。”

外面的炊事员冷冰冰地喊着：“下一个。”

苏多多继续叫着：“哥，求求你了，再给点儿吧。”

外面的炊事员不客气地说：“人人都一样，你特殊怎么着？”

苏多多的声音更加甜腻起来：“妹妹当然特殊了，哥，亲哥哥，你疼疼妹子吧，妹妹整天挨饿，上面饿，下面也饿……”

沈玉贤竟然扑哧乐了，天下居然有这么寡廉少耻的女人。外面的炊事员长得什么样子她看不见，听声音还很年轻。如此年轻的男人能扛得住苏多多的骚情吗？女人骚情真是一种特殊的本事，苏多多叫起哥来，那腔调、那音色绝对是专业水平。而说起骚情的话来，又娴熟精练，炉火纯青。

炊事员训斥着苏多多："去去去，你再啰嗦我可要报告管教了。"

苏多多越发来劲儿，趴下身子，把自己的脸蛋儿凑近送饭孔，明目张胆地勾引着炊事员："哥，来，快来呀，让妹看看你！哥，妹子想死你了，快让妹子看看哥……你要是多给我一勺饭，我让你吃妹子一口奶，妹子可是有名的大波霸……哥，求求你了……"

哗啦一声，打开的牢门差点儿撞在苏多多的脑袋上。女管教提着警棍进来了，厉声叫着："苏多多。"

苏多多急忙答应："报告政府，我在。"

女管教用警棍指着苏多多："你给我站好。"

"报告政府，我站好了。"

"恶习不改，勾引送饭员，你想进单间是不是？"

"不不不……报告政府，您千万别让我进单间，我……我没勾引……谁都没勾引，我已经改了，恶习都改了……"

"那你刚才在干什么？"

"我……就是饭量大，想多要点儿饭，不信您问问她们。"

女管教转向秦小月："你看见了？"

秦小月忙说："不不，我什么都没看见。"

女管教又问阿里山："你看见了？"

阿里山急忙站好："报告政府，我看见了。"

女管教问："她是不是在勾引送饭员？"

阿里山小心地回答着："要我说……也算不上勾引，她就是饭量大，大肚皮，每次都跟我要……"

女管教始终板着面孔："苏多多，你可要放明白点儿。打击卖淫嫖娼，政府加大了力度。你不但卖淫，还拉过皮条是不是？你要是态度不

好，就等着法院给你重判吧。“

苏多多忙说：“哎呀阿姨，您千万别……”

“谁是你阿姨？我有那么老吗？”

“哎呀大姐，我的亲姐姐……”

“谁是你姐姐，你别跟我套近乎，我可不敢有你这么一个露脸的妹妹。”

“哎呀政府，我的好政府，您可得救我一命，千万别说我态度不好，我认罪，我都认罪了……”

女管教不再理睬苏多多，突然喊了一声：“金小凤。”

没有人回答，女管教用眼睛四下扫着。苏多多突然踢了阿里山一脚：“政府叫你呢。”

阿里山像是被惊醒了：“啊啊……我在。”

女管教气怒地说：“你没长耳朵呀？”

阿里山说：“我以为您叫别人呢。”

女管教说：“这里面除了你，还有叫金小凤的吗？”

阿里山说：“大伙儿都叫我阿里山，我把原来的名字忘记了。”

女管教说：“收拾好你的东西，跟我走。”

阿里山一愣，立即欢呼起来：“啊……万岁……呼啦……自由万岁……自由呼啦……”

沈玉贤不解地问旁边一个胖女人：“怎么回事？”

胖女人说：“这你还不明白，她被释放了。”

沈玉贤似乎不相信：“释放了？就这么简单？她自由了？”

胖女人冲她撇了撇嘴，似乎是在嘲笑她少见多怪。

想到阿里山这么轻易地就出去了，想到了出去以后的自由天地，沈玉贤突然站起来，冲着女管教走过去，慌乱地说：“同志……啊，政府……”

女管教奇怪地看着她：“什么事？”

沈玉贤说：“我想……见见你们所长。”

女管教问：“哪个所长？”

沈玉贤说："前年我来慰问的时候，接待我的那个所长，我不是还代表平阳市政府送给你们一笔赞助费吗？"

女管教问："你见所长到底什么事？"

沈玉贤说："我想……让你们给我安排一间好一点儿的牢房。"

女管教说："沈副市长，在我们看守所，这已经是最好的牢房了。"

沈玉贤说："不行，我要见你们所长。"

女管教说："你连我们所长叫什么都不知道，他能见你吗？"

沈玉贤说："我不记得他，他难道还不记得我吗？"

女管教哼了一声："对不起，你现在已经不是副市长了。"

牢房里立即响起了笑声和呼喊声，女管教瞪了一下眼睛，女人们立即闭上了嘴。

沈玉贤一点儿也不觉得尴尬，她突然灵机一动，走到正在收拾东西的阿里山身边，亲热地搂住了阿里山的肩膀："小妹妹，你真的要出去了？"

阿里山看着她的一脸笑容，善解人意地说："沈副市长，要我帮忙吗？"

沈玉贤拉着阿里山，躲到马桶后面的洗澡间里……

四

沈玉贤连自己都觉得不可思议，居然跟苏多多成了知音。也难怪，在沈玉贤的眼里，女牢就是一个垃圾堆，堆放在这里的都是垃圾，各种各样的垃圾。那个骨瘦如柴的老太太整天闭目养神，嘴里还叽里咕噜地念叨着什么，沈玉贤怀疑她是因为搞邪教活动进来的，暗地里叫她邪教老太太；那个又胖又扁又圆的女人姓谢，大伙儿都叫她谢姐，是个非法行医的，愣是敢用切菜刀给人家做剖腹产，出了人命；还有那个文质彬彬的女教师，戴着一副白边眼镜，却是一只披着羊皮的狼，她犯的罪名竟然是勾引幼童，让人恶心得想吐……沈玉贤固然也被扔进了这堆垃圾里，可是她不甘堕落，不想将自己与这堆垃圾混同起来，更不想让别人也把她当成同样的垃圾。

苏多多凑到她的跟前，讨好地说："沈市长，您知道吗？那个女教师玩的是自己的学生，刚刚十三岁。据说这玩弄幼童比强奸罪还厉害。"

连沈玉贤自己也没想到，她竟然说出了一句非常经典的格言："男人玩女人可以不讲档次，女人玩男人就不能不讲档次了。"

苏多多立即表示赞同："没错，路边的野店，三十块钱就能打一炮。要是卡车司机、建筑工地的民工或者卖盗版光盘的小贩绷不住了去出出火倒也没的说，消费水平不一样嘛。您猜怎么着？以前我那个'傍肩'，一个国营大公司的总经理，开着奥迪车去玩，贪图便宜，一下子找了六个……钱倒是省下了，可招回来一身脏病。"

沈玉贤更加肯定了自己的理论："所以说，男人玩女人是不讲档次的。"

苏多多有点儿质疑："有时候女人玩男人也讲不来档次。"

沈玉贤说："那可不行，女人玩男人必须讲档次。"

苏多多说："可是有时候也顾不了那么多，有一回，一个收破烂的老头儿来找我……妈的，一冬天都没洗澡了，脱了裤子，身上的臭味没把我熏死……"

沈玉贤说："你那不叫玩，你那叫卖。顾客就是上帝，在上帝面前你没有选择的权力。"

苏多多有点儿不服气："我这叫卖，那您呢？您那叫什么？"

沈玉贤若有所思地说："当然……在姑奶奶这儿也没有免费的午餐。"

苏多多得意了："那不结了，也差不多叫卖吧？"

沈玉贤更加高深莫测地说："在男人当权的社会里，只有懂得充分开发利用男人价值的女人，才能算是真正高明的女人。"

"这句话说得好，有水平。男人口袋里的钱就是给女人预备的。老婆不掏'情儿'掏，'情儿'不掏小秘掏，小秘不掏小姐掏。谁掏得多谁有本事，管她卖不卖呢！"

"男人靠征服世界征服女人，女人则靠征服男人去征服世界。"

“这句话没劲，忒绕脖子。再说，女人征服世界干什么？能征服男人的钱就行了。”

“你知道这句话是谁说的吗？”

“谁说的？”

“拿破仑。”

“拿破仑？拿谁的破轮？”

沈玉贤无奈地笑了，女人玩男人要讲档次，女人跟女人谈话难道就不讲档次了吗？她一个堂堂的副市长，不说日理万机，总也要日理千机、百机。每天一到办公室，就有多少人在外面等着跟她说话。她都是匆匆忙忙地把他们打发走，三言两语，言出法随，贵人语话稀。她哪儿有工夫跟这么一个没档次的破女人扯闲篇呢？想到这儿，沈玉贤鄙夷地说：“你真他妈没文化。”

苏多多却说：“我本来就没文化嘛，我要文化干什么？我就要钱。”

这句极没水平的话居然又把沈玉贤触动了，她喃喃地说：“是啊，你只要钱，我呢？钱我要，权力我也要；地位我要，名声我也要；家庭我要，情人我也要。吃喝玩乐我都要，一样都不能少……”

苏多多居然批评起了她：“你是一个有野心的女人。一个老嫖说过，对了，那个老嫖有文化，大学教授呢。他说，女人有了野心，比母老虎发情还可怕。”

沈玉贤看了苏多多一眼：“你见过母老虎发情？”

苏多多摇了摇头。

沈玉贤说：“我见过。”

苏多多忙问：“您见过？母老虎发情什么样？快给我说说。”

沈玉贤说：“那两只母老虎发情，她们不去找她们的公老虎，却找我……”

沈玉贤的眼前又出现了那可怕的一幕：那是她大学毕业分配到龙泉县某国营大厂以后的事，她不甘心在技术科当一个小小的技术员，她有野心，她要往上爬，不是往技术权威的位置上爬，而是要往权力的顶端爬。她想当官，当官就要入党。厂长对她的年轻美貌早已经垂涎三尺了，滚上厂长的床是顺理成章的事情。入了党之后就要当官，要不入党干什么？当官不是厂长一个人说了算的，工业局党委书记才有权力。她自然又爬到了工业局党委书记的床上，于是她亦顺理成章地当上了官。办公室主任、副厂长、局团委书记……这样上来的官肯定要犯众怒的，那两只母老虎盯住了她……

沈玉贤痛苦地说："她们打我、骂我、啐我、羞辱我，还扒光了我的衣服，在集市上游街斗争我，在我的脖子上挂满了破鞋，还强迫我敲着锣喊叫：我是破鞋……我偷了人……我是千人穿万人踏的大破鞋……"

苏多多非常同情："真可怕……她们是谁？"

沈玉贤说："一个是厂长的老婆，一个是工业局党委书记的老婆。"

苏多多问："她们为什么这么整治你？"

沈玉贤说："我偷了她们的男人。"

苏多多叫了起来："什么？你同时偷了两个男人？行啊你！够火的。"

沈玉贤反问她："你同时偷几个？"

苏多多说："我那不叫偷，我那叫卖，卖还嫌多吗？"

沈玉贤继续回忆着："我当时真想到了死……"

苏多多说："受那么大的侮辱，是没脸活了。"

沈玉贤说："可是我不能死，我一定要活下去。"

苏多多附和着："是啊，好死不如赖活着。再说，这年头偷人又不寒碜，不偷人才没本事呢。"

沈玉贤说："她们打我的嘴巴，薅我的头发，撕着我的大腿根，问我还偷不偷人，把我的大腿根都撕烂了……"

苏多多说："先答应她们再说，好汉不吃眼前亏。"

沈玉贤说："我吃的亏够大的了，吃了这么大的亏，我凭什么答应她们。她们斗我的时候我就在心里发誓，如果能逃过这一劫，我仍然要偷人，偷她们的男人，也偷别人的男人。将偷人进行到底，一定要偷出水平、偷出品位、偷出风格、偷出大好前程来……"

苏多多佩服极了："豪言壮语，绝对的豪言壮语，这些话给咱老娘儿们争气。你偷了多少个男人？"

沈玉贤无疑是成功者，这场风波过后，她也是通过男人调离了龙泉县。不久，那个国营大厂倒闭了，工业局也撤销了，以往那些轰轰烈烈和满城风雨都烟云一样飘散了。沈玉贤在平阳市新装上阵，平步青云，从宣传科科长到妇联主任，到卫生局局长，到副市长……平心而论，她在龙泉县当官是用"青春"换取的，可是她调到市里，却是靠硬邦邦的本事和真斫实凿的机遇。女人只要豁得出去，在官场上谋个位子并不难，难的是保住这个位子和爬上更高的位子。沈玉贤有足够的聪明才干，也有足够的努力和表现。当然，更有足够的机遇。一个时期，提拔干部讲文凭了，沈玉贤赶上了；又一个时期，提拔干部要年轻化了，沈玉贤又赶上了；还有一个时期，领导班子要保证女同志的比例，沈玉贤还是赶上了……所以有人总结说，有些领导干部是"干"上去的，有些领导干部是"赶"上去的。

这些能跟苏多多说吗？跟她说她懂吗？

五

沈玉贤实在忍受不了这臊臭的马桶味儿，她总是憋着鼻子不敢吸气，吸一口气就像要被熏死了。她出生在一个贫穷落后的小乡村，对粪尿的味道并不陌生。不光是人粪尿，牛粪尿、羊粪尿、猪粪尿、鸡粪尿都是庄稼人的宝贝。沈玉贤也曾经用这些粪尿喂过庄稼。可是现在不行了，进了城就娇气了，当了官就更娇气了。她已经养成了非常讲究的卫生习惯，每天不洗澡不能睡觉，不换内衣不能出门，不能到街头上的小摊吃东西，连饭菜颜色不顺眼她都反胃，她得了胃神经官能症。近年来社会阶层划分得越来越明显，她早已经把自己划归于贵族行列了。

女管教来到牢房的时候，沈玉贤再一次提出了要见所长的请求。

铁面无私的女管教对她一点儿都不客气："你要见所长干什么？"

沈玉贤因为碰过钉子，没敢再提调换牢房的要求，只是说："我有话跟他说。”

女管教却说：“听说你一直不认罪？”

沈玉贤说：“我是冤枉的。”

女管教说：“刚进这里的人都说自己是冤枉的。你可是副市长，还是管政法的副市长，过去没少给别人做报告吧？”

沈玉贤没搭腔。

女管教问：“知道法律面前人人平等吗？”

沈玉贤说：“知道。”

女管教问：“知道人心似铁官法如炉吗？”

沈玉贤说：“知道。”

女管教问：“知道坦白从宽抗拒从严吗？”

沈玉贤说：“知道。”

女管教说：“既然你什么都知道，还找所长干什么？告诉你，所长能跟你说的，就是这些话。”

沈玉贤居然哑口无言了。在平阳市领导者中，她的口才是出了名的。坐在主席台上讲话，或慷慨激昂，或和风细雨，或晓之以理，或动之以情，既能把人煽乎得热血沸腾，又能把人教训得心服口服。可是到了这拎着警棍的女管教面前，她怎么变得如此拙嘴笨舌了呢？难道她的口才也同权力一起被剥夺了吗？

就在女管教言简意赅地教训沈玉贤的时候，牢门口的秦小月哇地叫了一声，紧接着一只大老鼠从她的身后蹿出来，跑到马桶后面的洗澡间里面去了。

女管教回头问：“怎么回事？”

苏多多抢着说：“报告政府，是一只大耗子。这牢房里的耗子太多了，大白天就到处乱窜，还跟我们抢饭吃。政府……您让我们养只猫吧。”

秦小月却惊慌地叫起来：“不不不……别别别……千万别养猫。”

苏多多说：“养猫怎么了？猫可以捉老鼠。”

秦小月说：“不不，现在的猫都不捉老鼠了。”

苏多多说："就是不捉老鼠，也能把老鼠吓跑。"

秦小月说："不不……我怕，求求你们千万别……"

苏多多问："你怕什么？老鼠还是猫？"

秦小月说："老鼠……啊，不……是猫，我怕猫。"

苏多多说："没听说过，还有怕猫的。猫可是人类最好的朋友，猫有九条命……"

苏多多与秦小月关于猫的争论还未结束，女管教早就走了。沈玉贤也不愿意听她们啰唆，回到马桶旁边的床板上郁闷去了。沈玉贤突然觉得，牢房里没了阿里山，似乎少了许多生气，也少了许多乐趣。难道牢房里还有乐趣吗？旁观者的沈玉贤嘲讽地笑了，笑得有些苦涩。

六

天又黑下来，牢房的屋顶上吊着一只铁网罩着的灯泡，灯光很暗淡，将女囚的身影映衬得有些变了形。

这是女囚们晚饭后自省的时间，所谓自省，就是老老实实地坐在自己的床板上想自己所犯的罪行。耐不住寂寞的苏多多凑到门边秦小月的身边，想跟秦小月说点儿什么。秦小月却不理睬她，又拿出那个灰皮笔记本写了起来。

苏多多无奈，又扭着身子来到沈玉贤身边。人还没坐下，脸上的讪笑却先递了过来。

苏多多很亲热地坐在沈玉贤的身边，极力讨着好说："沈姐，您当了这么多年的领导，一定认识很多有权有钱的人，我说的是男人。"

沈玉贤感慨地说："白马红缨彩色新，不是亲者强来亲。一朝马死黄金尽，亲者如同陌路人。"

苏多多更加亲热地说："沈姐，沈市长，您说什么呢，您得帮帮我，您一定得帮帮我……"

苏多多献媚的笑脸，苏多多乞求的声调，苏多多扭曲着身子向她靠近的神态，她太熟悉了。这熟悉的一切像帷幕一样地拉开了，沈玉贤又重温起了那梦一样的过去：沈市长，沈姐，沈阿姨，干妈，亲姐姐……他们是在巴结我吗？他们是在巴结我手中的权力。红包，美元，出国旅游，钻戒，别墅小楼，他们是送给我的吗？他们是送给权力的。我现在没权了，那一张张太监般的笑脸都他妈哪儿去了？

苏多多的声音重复着梦境里的甜腻："沈姐，您得帮帮我，您一定得帮帮我……"

沈玉贤依然沉浸在梦境中：妹妹，亲妹妹，心肝妹妹，宝贝妹妹……这是在叫我吗？是在叫我这魔鬼般的身子，是在叫我这粉团儿似的肉。这身子，这肉，能给他们出火，能让他们上天，能使他们灵魂出窍，能让他们忘掉家里的黄脸婆，能让他们从人变成野兽……

苏多多说："沈姐，难道您也遇上过疯子一样的男人？"

沈玉贤恶狠狠地说："哼，上老娘的床容易，下老娘的床可由不得你了。"

苏多多没听明白："沈姐，您在说谁呢？"

沈玉贤说："做女人挺好，女人可以凭天生的色相取得无法用正常手段获得的东西……"

苏多多说："没错，我也觉得做女人挺好……对了，这好像是一种丰乳霜的广告。"

沈玉贤说："想想我那些同学，有的包了二亩地，整天价面朝黄土背朝天，连瓶雪花膏都买不起；还有的四十多岁就下岗了，为了找个打扫厕所的活儿就觍着脸求人……同样是女人，同样有漂亮的脸蛋儿和白花花的肉身子，可真正混出人样儿来的有几个？"

苏多多佐证说："您说得没错，我有一个表妹，倒是考上大学了，可是我舅舅舅妈得靠卖血供她读书，您说值吗？"

沈玉贤说："芸芸众生，如同蚂蚁飞蝗。大家都在拼命地抢吃抢喝抢权抢钱，能抢到手的有几个呢？这就好比成千上万的精子顺着阴道拼命向前冲，最后只有一个精子有幸攻破卵子的防线，成为生命的制造者，剩下的都被尿排出去了……"

苏多多更加献媚地说："沈姐，我真佩服您，崇拜您。您从一个农村姑娘成了一个副市长，您为我们女人创造了奇迹，您就是我的偶像，我不当‘粉丝’，我当‘沈丝’，我是您最忠实的‘沈丝’……”

沈玉贤警觉起来：“你说了这么多甜言蜜语，你到底要让我帮你什么？”

苏多多说：“我不想卖了，整天价提心吊胆，还得捏着鼻子忍受缺了八辈子德的老嫖……沈姐，您给我介绍个人，年纪大点儿没关系，只要知道疼我就行，舍得为我花钱就行。”

沈玉贤说：“我还以为你想自食其力呢，闹了半天还是卖呀？”

苏多多说：“不卖我吃什么呀？现在好多人扛着大学的文凭都找不到工作，我连初中都没毕业，能干什么？”

沈玉贤说：“只要你不怕吃苦，干什么都能填饱肚子。你们这些人呀，就是好逸恶劳，贪图享受。就算你不怕丢人，也不嫌下贱吗？“

苏多多说：“人跟人不一样，人分九等，我们属于下等。”

沈玉贤不耐烦了：“行了行了，你们怎么连一点儿做人的尊严都不要了？还是小平同志说得对，关键是教育，教育跟不上，国民素质不提高，经济发展越快，道德越沦丧。”

苏多多完全没听沈玉贤的教诲，依然顺着自己的思路说：“沈姐，您知道吗？我们都想找个人养起来。钻角觅缝地找目标，急着哪！谁要是傍上个大款，把人羡慕得眼珠子都冒血。沈姐，您一定要帮我……”

沈玉贤无心再听苏多多这些恬不知耻的啰嗦了，她的灵魂又出了窍，旁观者的沈玉贤注意到了秦小月又在灰皮笔记本上写了起来：

> 妞妞儿，妈妈对不起你，你还不到一岁，就要失去妈妈了……将来，你不记得妈妈的模样，也不会记得妈妈的声音……可是，妈妈却记得你，你是妈妈另一个生命。妈妈要走了，把你留在这个世界上，你替妈妈活着，你能活下来吗？老天保佑，妞妞儿，你一定要活下来，为了你自己，也为了妈妈……

苏多多起身蹲在马桶上撒起了尿，马桶就在沈玉贤的身边，苏多多的尿星子溅在了沈玉贤的床板上。沈玉贤不由得皱起了眉毛。苏多多突然意识到了这一点，觉得既然有求于沈玉贤，就应该为沈玉贤做点儿什么。她抬头看见了正在写字的秦小月，脑子里一下子转出了一个主意，她急忙提上裤子，重新凑近沈玉贤，有点儿激动地说："沈姐，你不能睡在这儿了。就您这身份，怎么能挨着马桶睡呢？"

沈玉贤无奈地说："不睡在这儿睡哪儿？"

苏多多说："您睡头板，挨着门口的那张床。"

沈玉贤朝秦小月看了一眼，心有余悸地说："你不知道她是杀人犯吗？㞞的怕横的，横的怕愣的，愣的怕不要命的。她反正都是个死，谁敢跟她较劲？"

苏多多说："沈姐，我有办法。"

沈玉贤不相信地看着苏多多："你？你可别胡来呀。"

苏多多站起身，悄悄地走到秦小月的身边，尖着嗓子学了一声猫叫："喵……"

秦小月啊地叫了一声，身子朝墙角缩去，脸色煞白。

苏多多不怀好意地看着她。

过了半天，秦小月才缓过气来，突然明白了这猫叫是苏多多学出来的，腾地站起来，怒视着苏多多："你学的猫叫？"

苏多多说："这牢房里有耗子。"

秦小月说："有耗子你也不许学猫叫。"

苏多多说："我学猫叫是为了吓唬耗子。"

秦小月说："吓唬耗子也不许学猫叫。"

苏多多说："我就要学猫叫，怎么了？"

秦小月说："你再学猫叫我掐死你。"

苏多多索性伸着脖子叫了起来："喵……"

秦小月猛扑上来，跟苏多多撕扯在一起。苏多多也不示弱，张牙舞爪地跟秦小月撕打着。两个人滚在了一起，一边打着，一边叫骂着……

牢房的门突然开了，苏多多和秦小月立即停下来，站起身等着挨女管教的训斥。没想到，牢门又哗的一声关上了。随着这一开一关，牢房里多了一个人……

七

沈玉贤又变成了一个旁观者。阿里山像是刚刚结束一次心满意足的旅游，蹦蹦跳跳地回到了家里。她把身上的双挎往床板上一扔，立刻到马桶后面的洗澡间里去了。

没有几个人对阿里山的到来感到惊奇，只有苏多多非常夸张地叫着："我说阿里山，你怎么又进来了？这才几天呀？"

阿里山在洗着脸说："能怨我吗？你说这能怨我吗？"

苏多多说："什么呀就不怨你？莫非还冤枉你了不成？"

阿里山用一条新毛巾擦着脸从后面出来："我坐公共汽车，靠着过道坐着……一个男的撅着屁股使劲挤我……"

胖女人突然叫起来："哎我说阿里山，你怎么用我的毛巾呀？"

阿里山举着那条新毛巾："这是你的吗？"

胖女人说："当然是我的了，我刚刚买的，才用了两次。"

阿里山将毛巾往后面一扔："我擦擦脸又用不坏，真小气。"

胖女人不依不饶："小气，你倒大方，你把你包里的宝贝东西都掏出来，给大伙儿公用……"

苏多多紧逼着阿里山说："阿里山，快说呀，那男的怎么了？是不是对你非礼了？"

阿里山说："他先是挤我的胸脯子，后来都挤到我的下巴颏了。"

苏多多说："他挤你，你不会把他推开吗？"

阿里山说："推开？你知道他用什么挤我吗？"

苏多多说："不是用屁股挤你吗？"

阿里山说："他要是光用那肥猪一样的屁股挤我，我当然会把他推开了。你知道他屁股上有什么吗？"

苏多多说："他屁股上能有什么？难道他的屁眼儿露出来了？"

牢房里稀里哗啦地笑了起来，像是推倒了一个碗架子。沈玉贤也笑了，笑得很轻松，像是在春节联欢晚会上看小品。

阿里山却一本正经地说："钱包，一个鼓鼓囊囊的大钱包。"

苏多多说："没听说过，他把钱包贴在屁股上了？"

阿里山说："他的钱包塞在后裤兜儿里了，那么鼓鼓囊囊地露着，还那么明目张胆地挤我……"

苏多多说："我明白了，我全明白了……那你也不该掏人家的钱包呀。人家的钱包离你再近，可还在人家身上呀。"

沈玉贤终于忍不住了，帮助苏多多批评阿里山说："你偷了人家的钱包还强词夺理，真没见过你这样的。也难怪，坏毛病染上了，改也难。"

阿里山说："得了吧。甭站着说话不腰疼，要是你，你扛得住吗？"

沈玉贤说："你这叫什么话？我从来没掏过别人的钱包。你就是意志薄弱，经不住诱惑。"

阿里山说："是呀，你没掏过别人的钱包，这我信。也就是没在公共汽车上掏过罢了。一个人要是熬到副市长的位置上，还用得着自己去掏人家钱包吗？人家把钱送上门来，还得求着你收下。要不干吗都要死要活地争着当官呢？"

沈玉贤沉下了脸："你什么意思？"

阿里山凑近沈玉贤，压低了声音神秘地说："一个密码箱，六十八万钞票，都是一百元一张的大票子，另外还有两万美钞，是给你出国考察的零花钱。有这么回事吧？"

沈玉贤心虚了："你……你胡说什么？"

阿里山说："这是你老人家把检察院的大楼给了一个建筑公司，人家给你的好处费对不对？"

沈玉贤咬着牙说："这是有人在诬陷我。"

阿里山从内衣里掏出一个小信封，在沈玉贤面前晃动着："诬陷你的人在这儿呢。"

沈玉贤迟疑了一下，从阿里山的手里接过那个小信封，看了看上面的字，双手立即哆嗦起来："这是谁给你的？"

阿里山说："一个男人。"

"他是怎么给你的？"

"在派出所里。"

"派出所？怎么会在派出所？"

"我被抓起来以后，先送进了派出所。"

"他跟你说了些什么？"

"他什么都没说，就让我把这封信交给你。"

"他长得什么样？"

"我一说你就明白了，他的手包里有一把车钥匙，车钥匙上挂着一个小蛤蟆，那小蛤蟆是纯金的。"

沈玉贤一愣："啊？你掏人家手包了？"

阿里山得意地说："还用得着掏吗？告诉你，我的两只眼睛就是X光，谁身上有什么我都明镜似的，比机场的安检还灵呢。"

沈玉贤明白了，这个给她送信的男人正是自己的司机马贴子，一个对她比狗还忠诚的男人。不过这种忠诚也是她喂出来的，她就是吃一只煮蛤蟆，也要分给他一条蛤蟆腿的。那个小蛤蟆就是一个香港老板送给她，她又转送给马贴子的。沈玉贤知道这封信至关重要，躲进了洗澡间里刚要打开看，牢房门哗啦一声开了。沈玉贤急忙将信藏起来。

女管教厉声叫喊着："沈玉贤！"

沈玉贤忙从洗澡间出来："在。"

女管教向她伸出了手："把信交出来。"

沈玉贤装着傻："什么信？"

女管教死盯着沈玉贤："刚从外面给你带进来的信。"

沈玉贤镇静地说："没有啊，没有人给我带什么信。"

女管教转身面向阿里山："金小凤。"

苏多多又提醒她："阿里山，政府叫你呢。"

阿里山答应着："啊啊……我在。"

女管教问："你是不是从外面给沈玉贤带来一封信？"

阿里山也不承认："我怎么有本事给她带信，没有的事。"

女管教不死心，指着塑料布后面让沈玉贤进了洗澡间，命令说："你们都嘴硬，非要人赃俱获才低头认罪，把衣服脱了。"

沈玉贤犹豫地脱着衣服，先脱了上衣，见女管教没有让她停止的意思，又主动将裤子脱下来。

女管教用警棍指着："裤衩、乳罩都脱下来。"

沈玉贤只好脱掉裤衩乳罩，赤条条地站在女管教面前。

女管教拎起沈玉贤的衣服，一件一件仔细检查着，没有发现什么。女管教似乎也没有太大的把握，疑疑惑惑地走了。

沈玉贤一边穿着衣服一边自语："奇怪……"

阿里山站在她面前："什么奇怪？"

沈玉贤嘟哝着："真是活见鬼了。"

阿里山像变魔术一样将那小信封举到沈玉贤眼前："鬼在这儿呢。"

沈玉贤一把将信抢过去："怎么又跑你那儿去了？"

阿里山问："你放在哪儿了？"

沈玉贤说："我放在裤衩里面了。"

阿里山又问："前面还是后面？"

沈玉贤说："好像是在……后面。"

阿里山说："摸摸你的屁股后面。"

沈玉贤伸手往后面一摸，外面的裤子连同里面的裤衩都多了一条口子。沈玉贤用佩服的目光看着阿里山，问："天呀，你用什么划破的？"

阿里山举着手："指甲。"

沈玉贤说："你的指甲怎么比刀子还锋利？"

阿里山习惯地伸出了手："想知道吗？这是知识产权。"

沈玉贤笑了："看守会不会还来搜？"

阿里山说："放心吧，她不会再让你脱衣服了。"

沈玉贤说："你怎么知道的？"

阿里山说："一看就知道这是从外面送进来的情报，外面的情报往往不准，看守抓不到证据不会认真的。不过，为了安全，你看完了这信还是把它销毁为好。”

沈玉贤很感激地看了阿里山一眼，躲进塑料布后面看信去了。

八

又是一个阳光明媚的早晨。无论在什么地方，晴朗的早晨总是能带来生机和活力。苏多多撒尿的时候也把自己脱得赤条条的，恬不知耻地在牢房里走来走去。胖女人看不惯了，便说：“苏多多，你把衣服披上点儿行不行，你这么白晃晃的，我看着眼晕。”

阿里山在痛快淋漓地洗着澡，唱着她那永远也唱不完又永远不换样的歌：“阿里山的姑娘美如水呀，阿里山的少年壮如山……”

沈玉贤懒洋洋地洗漱着，她昨天没睡好，一直想着自己的事情。阿里山带给她的那封信，又给她带来了希望。外面的人正在想方设法地保她，她只是盼望着能早点儿离开这噩梦般的地方。

阿里山裹着浴巾出来了，用力擦着那湿漉漉的头发，更加显得朝气蓬勃、无忧无虑：“早晨起来洗个澡，特别有洋味儿。”

苏多多说：“你就是闲得难受，身上的劲儿发泄不出来。”

阿里山说：“你懂什么？人家老外就是早晨起来洗澡。”

苏多多问：“你看见了？”

阿里山说：“我当然看见了。”

苏多多说：“准是你上人家溜门撬锁的时候看见的。”

阿里山说：“本小姐只做‘小绺儿’，不做‘黑潜’。”

苏多多没听明白，用征询的目光看着阿里山。

阿里山说：“那本小姐告诉你，让你长点儿学问。‘小绺儿’就是扒手，也就是咱平常所说的‘小偷儿’，北京人叫‘三只手’；你说的那种溜门撬锁叫‘黑潜’。”

这些沈玉贤也不懂，看来蹲看守所还是真能长学问的，只是这“学费”也交得太昂贵了。

苏多多终于将一个巴掌大的小裤衩穿上了，却依然还裸露着那两只令她骄傲的大奶子。苏多多的奶子确实惊人，不但大，而且结实、挺拔，一点儿也不下垂。鼓囊囊像两只刚出锅的大白馍，连沈玉贤都十分羡慕，更不要说那些色眯眯的男人了。苏多多知道自己的价值，并懂得把自己的价值“变现”。沈玉贤似乎从苏多多的身上找到了自己的影子，她心里突然一惊，难道我也是这样的垃圾？

阿里山又生机勃勃地唱起了歌，苏多多蹲在马桶上撒完尿，顺便看了看马桶，站起身来：“阿里山，今天该你刷马桶。”

阿里山一愣：“凭什么呀？”

苏多多说：“你是新来的，新来的都要刷马桶，这是规矩，你难道不懂吗？”

阿里山跳起来：“什么？我新来的？你敲门问问管教，咱俩到底谁是新来的？”

苏多多说：“你昨天晚上才到的，怎么不是新来的？”

阿里山说：“我是这里的常客，常客为主你知道不知道？就是调动工作还要连续算工龄呢，国家有政策。”

沈玉贤听了阿里山的话扑哧乐了，年轻真好，她突然喜欢起了这个聪明的年轻人。

苏多多强硬起来：“不管怎么说，你这次是新来的，就得刷马桶。”

阿里山毫不示弱：“本小姐要是不刷呢？”

苏多多说：“那姑奶奶就不客气了。”

阿里山兴奋起来，拉开了架势：“来吧，臭婊子，本小姐今天心情好，跟你练练。”

苏多多弯下腰，像一头母牛似的朝阿里山冲过去。

阿里山像个年轻英武的斗牛士，灵活地躲闪着，还故意唱着歌：“阿里山的姑娘美如水呀……”

苏多多很快被激怒了，猛地扑上去，将阿里山压在身子底下。两个精力过剩的女人滚成了一团，拼命地撕扯着、怒骂着：

“你个小母贼……”

“你个臭婊子……”

“小母贼……”

“臭婊子……”

女牢里立刻兴奋起来，除了那个面壁诵经的邪教老太太，几乎都叫着围了过来，一边观战一边呐喊助威。说不清谁支持谁，也说不清谁在为谁鼓劲儿。反正有人打架就很热闹，很热闹就很充实，很充实就很有活头儿。

看着苏多多与阿里山如此酣畅的打骂，沈玉贤身上也激发起了一股莫名其妙的力量。她感到皮肉发紧，关节发痒，胸口窝儿发胀，恨不得立即投入她们的厮杀。沈玉贤热血沸腾地冲上前，却没有扑上去，而是非常威严地大喝一声：“都给我住手!”

两个人立即像是被定住似的停下来。

沈玉贤也被自己的断喝镇住了，一种久违的权威感充斥了她那鼓胀的躯体，身上那种压抑不住的力量很快找到了最直接的发泄口，她居高临下地看着两个狼狈的女人。两个女人已经站了起来，低着头站在她面前，等待着她的裁决。

沈玉贤的话像高压水龙头一样从她的嘴里喷发出来：“你们像什么话，张口骂人，伸手打人，满嘴喷粪，少廉寡耻，还像女人的样子吗？素质低，素质忒低，低得可怜，低得你们自己都不觉得低了。可悲啊可悲，还是小平同志说得对，提高全民族的文化素质，重在教育。你们就是接受教育太少，在学校时不好好读书，出了校门又不好好学习，所以才堕落成今天这个样子，你们说是不是?”

苏多多急忙说：“是是……”

沈玉贤问：“苏多多，你读了几年书?”

苏多多说：“初中没毕业，交不起二百八十块钱的辅导费，老师硬把我轰出来了。”

沈玉贤接着问：“你呢，阿里山?”

阿里山说：“我有初中毕业证……花钱买的。”

沈玉贤说：“还挺得意是不是？既然要买，你干吗买个初中毕业证呀？一步到位，买个博士后不就齐了?”

阿里山说："您可真逗，我说自己是博士后有人信吗？"

沈玉贤说："你还挺有自知之明。苏多多，我问你，今天是不是该你刷马桶？"

苏多多争辩说："可她是新来的……"

沈玉贤说："我没问你谁是新来的，我问今天是不是该你刷马桶？"

苏多多只好说："按班该轮到我了。"

沈玉贤提高了声调："轮到你了你为什么不刷？为什么偷奸耍滑？你们这一代人，就是好逸恶劳，就是贪图享受，就是想不劳而获。对不对？"

苏多多点着头说："对对……"

沈玉贤说："这就是你们犯罪的内因，你们要好好挖挖犯罪的根源。懒馋占贪烂，一个人的腐化堕落，就是从懒从馋开始的。我说得对不对？"

苏多多继续点着头："对，很对。"

沈玉贤更加找到了感觉，长篇大套地说："人人都有两只手，不在人间吃闲饭。别人靠劳动发家致富，你干吗非要卖身吃饭？就算你自己不要脸，也不怕给自己的父母丢人？也不怕给自己的父老乡亲丢人？就算你什么都不怕，也不怕传染上艾滋病？还有你阿里山，这么年纪轻轻的就在监狱里平蹚，像走亲戚串门一样，将来还了得？政府这么一次又一次地教育改造你，不断地给你机会，你怎么就不思改过呢？"

阿里山大大咧咧地说："我是大法不犯，小法不断，没有死罪，您放心。"

沈玉贤说："嗬，你还挺讲原则是不是？要是把你的这些聪明才智放在正当途径上，就算你发不了大财，总也能丰衣足食吧？你们不傻，也不笨，又赶上了现在的好时代，干点儿什么不好？干吗非要以身试法？干吗非要干这些让人家瞧不起的事情呢？苏多多，你说呢？"

苏多多忙回答："对对，您说得很对。"

阿里山突然醒悟过来，冲着苏多多叫喊起来："对什么呀对？你可真贱。"

苏多多说："你才贱呢。"

沈玉贤反倒有点儿奇怪了，问阿里山："难道我说得不对？"

阿里山说："先不说你说得对不对，我问你，你凭什么说我们？你以为你是谁呀？别搞错了乖乖……"

沈玉贤一愣："乖乖？"

阿里山："对了乖乖，你还拿黏豆包当粮食呀？你还拿村长当干部呀？你还拿自己当副市长呀？我知道偷东西的毛病不好改，卖身的毛病不好改，吸毒的毛病不好改，可还没见过当官的毛病也这么难改呢！现在咱们是坟头改菜园子拉平了，在这里面除了管教，没有官。你凭什么教训我？我还想教训你呢！"

刚才在沈玉贤教训苏多多和阿里山的时候，女牢里的人都在认认真真地听着，似乎是在通过这两个典型教育大家。没有人考虑沈玉贤的身份，或者说大家都记起了她的副市长的身份。一个平头百姓草民，能受到副市长的批评教训，是何等荣幸自豪啊！现在，听了阿里山这番话，人们顿时也醒悟过来，醒悟过来的女人们都觉得受了捉弄，都立即站在了阿里山一边，用稀里哗啦的笑声支持着阿里山。

沈玉贤尴尬地说："我不是凭着副市长教育你们，我知道自己不是副市长了，用不着你提醒我。我是以长辈的名义教育你们，我是为你们好。"

阿里山撇着嘴说："得得得了，你歇菜吧。既然你比我们年长几岁，就更应该珍惜生命。你的麻烦够多了，我不是给你带进来一封信吗？好好看看吧，想想怎么办吧。"

沈玉贤火了："你……你偷看了我的信？"

阿里山说："你的信，要不是我，你的信早就跑到管教手里去了。"

女人们拍起了巴掌叫喊起来："好啊阿里山，有你的，你比市长水平高多了，怎么没让你当副市长呀……"

若是沈玉贤在位子上的时候，受到如此嘲弄，早就该大发雷霆或无地自容了。可是现在沈玉贤除了几分尴尬外，似乎没有更多的感觉。牢房真好，可以去掉人身上的娇骄二气，应该让那些不可一世的领导者都来这里改造一下。阿里山还在不依不饶地嘲弄着沈玉贤，沈玉贤只好解嘲地说："不可理喻，跟你们这些人真是瞎耽误工夫。"

阿里山又唱起来："阿里山的姑娘美如水呀……"

更加令人不解的是，苏多多居然老老实实地刷马桶去了，乖乖。

九

春秋无义战。牢房更没有是非可言，谁亲近谁，谁疏远谁，谁跟谁开战，谁与谁和好，几乎都是随意性的。刚才还亲亲热热的情同姐妹，一句话不合兴许就动起了拳头；动完了拳头，骂完了祖宗八代，别人的兴奋劲儿还没过去，开战双方又搂着脖子亲热起来……

出现这种局面，完全是牢头儿不负责、甘愿大权旁落造成的。牢房有牢房的规矩，牢房原本是有权威的，牢房里的权威甚至比社会上的权威还要专制。牢房里的权威就是牢头儿，牢头儿说一不二，对同牢的人有随意打骂的权利，有随意占领马桶和洗澡间的权利，有让别人伺候的权利，当然也有平息"暴乱"、评判"是非"的权利。

按牢房的规矩，谁占领了头板儿，谁就是牢头儿。头板儿就像金銮宝殿里的龙庭宝座，是靠拼杀才能坐得上去的，而坐上去就是至高无上的。

现在的牢头儿是秦小月。没有人不服气，她占上了头板之后也没有人向她挑战，都知道她是死刑犯，谁都不愿意让她杀一个够本，杀两个赚一个。然而秦小月坐上了龙庭却不当皇帝，因此牢房里处于一种"无政府"状态。

"无政府"不一定"无权威"，"权威"放在那儿可以当摆设，可谁也动她不得。

秦小月占着头板却与世无争，每天除了吃饭睡觉就是在那灰皮笔记本上写字。她不理睬任何人，不参与任何事，当然也没有任何人找她的麻烦。

阿里山放倒了沈玉贤这只"纸老虎"，像是立下了赫赫战功，光荣得不知所措，她居然敢冒大不韪，凑到了秦小月的身边。

秦小月依然聚精会神地写着，不知道是没注意阿里山的到来，还是根本就不把她当回事。阿里山先是坐在一边偷偷地看着灰皮笔记本上的字，看着看着入了神，居然将头歪在了秦小月的肩膀上面，许多人注意到了阿里山的大胆妄为，都替她捏一把汗，或等着看热闹。沈玉贤也不例外，她感到奇怪，秦小月怎么能容忍阿里山如此放肆呢？

> 妞妞儿，你现在该是七岁了，妈妈离开你已经六年了。妞妞儿，你七岁，该上学了。你也许会看到，别人的七岁是非常幸福的，背着妈妈买的新书包，牵着爸爸妈妈的手蹦蹦跳跳地去上学。妞妞儿，妈妈没有给你买新书包，也没有人送你到学校去，可你一定要上学。妞妞儿，我的好女儿，你可千万千万要听妈的话，多苦多难也要上学。你没有爸爸，也没有妈妈，可是有政府。政府会管你的，也许有好心的人也会收养你，他们是你的新爸爸新妈妈，他们会送你上学的。妞妞儿，到了学校，老师要是问你叫什么名字，你可不能说叫妞妞儿。妞妞儿是你的小名，妈妈还没有来得及给你取学名。妈妈想好了，你就叫小月吧。秦小月，妈妈姓秦，你也随妈妈的姓吧。因为妈妈叫小月，你也叫小月吧。妈妈这么年轻就走了，妈妈没有权利再活下去了，剩下的岁月你替妈妈活吧。妈妈在这个世界上没有留下什么，只留下一个你。妈妈把剩下的生命给了你，妈妈心甘情愿。秦小月没有死，秦小月又上学了。秦小月一定听老师的话，好好学习。上小学，上中学，上高中，还要上大学。秦小月在小学里样样都是最好的，学习最好，品行最好，体育最好……

作为旁观者的沈玉贤把注意力集中在了秦小月和阿里山上的身上，她也随着阿里山一起非常投入地读着秦小月写在灰皮笔记本上的话，同时她还听见了阿里山隐藏在心里的哭泣。阿里山似乎看见了妞妞儿的七岁，或者是自己的七岁。

七岁的孩子是最需要妈妈的时候，早晨起来，妈妈给她穿好了衣服，给她准备好了早点，给她背上书包，又把她送到学校的大门口，然后浑手跟妈妈告别……放学以后，七岁的孩子像一群出笼的小鸟一样，叽叽喳喳地朝学校的大门口飞去，妈妈已经早早地等候在那里了。七岁的孩子扑在妈妈的怀里，搂着妈妈的脖子，跟妈妈滔滔不绝地讲一天在学校的故事……这是别人家的孩子，是那些有妈妈的孩子。阿里山没有妈妈，她只能眼巴巴看着那些有妈孩子的幸福生活。每天每天，她都是最后一个离开学校的大门，为的是躲开那些妈妈慈爱的笑脸……

妞妞儿，我的女儿……不，小月，我该叫你小月了。今天在学校过得好吗？语文考试了吗？我猜你肯定得了一百分。你的语文总比算术好，跟妈妈一样。记住，算术也要学好，上课时老师提问你为什么没举手？是不会还是没有勇气？妞妞儿……啊，小月，上课时候一定要好好听讲，不会的时候一定要问老师……

没有妈妈问阿里山上学的事，也没有妈妈在她的作业本上签字。她只有一个奶奶，是奶奶把她从垃圾堆里捡来的。奶奶把她带回了家，奶奶把她拉扯大，她会走路就跟着奶奶捡垃圾。别人都叫她脏小孩儿，奶奶却叫她垃圾公主。公主……多么美妙神奇的名字呀！哪一个七岁的女孩儿没做过当公主的梦呢？可惜她是垃圾公主，不是白雪公主……

小月，我的女儿，妈妈知道你苦，这么苦的孩子妈妈还让你争“最好”。不是妈妈狠心，你知道吗？你不是一个人在读书，你也是在替妈妈读书，妈妈陪着你读书，两个人读书肯定会比别人好，样样都最好……

阿里山找过妈妈，奶奶只告诉她是在鼓楼后面的垃圾堆里把她捡到的。于是她就沿着鼓楼大街一家一家地找。阿里山想，我绝不会像大尾巴蛆似的自己从垃圾堆里爬出来的吧？我肯定也是一个女人生下来的，可是这女人是谁呢？她在哪儿呢？

秦小月痴迷地写着，完全进入了一种忘我的状态。她在未来的世界里为女儿操心，与女儿交心，把全部的母爱提前预支给了女儿。突然一滴热乎乎的东西溅落在她的手背上，紧接着她便感觉到了肩头上的喘息声。她惊慌地扭过头，并下意识地收藏着灰皮笔记本。她看见了阿里山，原来阿里山在偷看她写的东西。一股怒火闪电般地燃烧起来，又闪电般地消逝了，她看见了阿里山满脸的泪水……

十

这一幕都被沈玉贤看在眼里了。眼睛死死地看着秦小月和阿里山，心却不能充当一个悠闲旁观者了。秦小月没有向阿里山发火，她的心里却雷霆万钧般地怒吼起来：顶住顶住，你们光说让我顶住，倒是快点儿想办法把我捞出去啊……我告诉你们，我的忍受力是有限的，你们知道我在牢房里的滋味儿吗？

顶住是那封信转达过来的命令，顶住了就会有转机：坦白从宽，牢底坐穿；抗拒从严，回家过年。她不知道该怎么顶，也不知道该顶什么。这些年她捞了多少钱，她心里清楚，每一次、每一笔、每一个人她都记得清清楚楚。她爱钱，她每月给她妈一百五十元的生活费，她妈嫌少，说钱就是她妈，妈可以不要，钱都要拴在自己的肋巴条儿上。

她虽然知道自己捞了多少钱，可是不知道检察院查出了她多少。光是阿里山说的那个密码箱吗？事情就是从那密码箱上泄露出去的。这密码箱是非交代不可了，可是交代了密码箱就有更大的麻烦。因为那密码箱不是一个，而是两个。另外一个是她亲手交给张书记的。她虽然爱钱，但却不能把所有的钱一口独吞。不是她不想独吞，是因为主要的权力还在人家手里，自己独吞了钱，就有可能什么事情都办不成。她把密码箱交给张书记的时候，曾经信誓旦旦地承诺过，此事只有天知地知你知我知，就算有朝一日把我抓起来，我也不会把你供出来的……她还能顶住自己的承诺吗？顶住了，张书记就还能大权在握，就能想办法把她捞出去。顶不住，他们就成了窝案，一锅端，一勺烩，全完蛋。

摁倒了葫芦浮起了瓢。检察官在审讯她的时候并没有提起那个密码箱，总是在别的问题上让她说清楚。检察官到底想知道什么？难道所有的事情都败露了吗？到底是怎么败露的，有人检举？肯定是有人检举，那检举的人是谁呢？贪污受贿、挪用公款、拿回扣、接红包、男人搞女人、女人搞男人，是我沈玉贤一个人吗？揪出来的就是败类，就要打入十八层地狱，就要杀头掉脑袋。没揪出来的就在主席台上人五人六地讲反腐倡廉，讲惩治腐败的伟大成果，讲完了就去吃生猛海鲜，吃完了就去搓麻泡妞儿洗桑拿……腐败人人有，不露是高手，我他妈怎么这么笨啊？

又到了令人窒息的夜晚，沈玉贤躺在床板上，将被子严严实实地捂住了头，安安静静地想着自己的事情。

邪教老太太依然在床头上打坐，闭着眼睛勾画着“圆满”之后的天堂，对于牢房里所有的世俗，她都不屑一顾。

秦小月还倚靠在门边写着，那投入与虔诚并不亚于邪教老太太。

阿里山居然很快进入了梦乡，还发出了甜甜的梦呓。

胖女人打着像男人一样的鼾，还放了一个响响的屁。这样的女人居然还自称是医生，还开了十多年的私人诊所。我们的卫生监管部门都干什么去了，肯定是没少拿胖女人的好处。

苏多多睡不着，半裸着身子扭到沈玉贤的身边，掀开了沈玉贤的被子：“沈姐，我求您的事您想好了没有？”

沈玉贤又用被子捂上头，不耐烦地说：“什么事呀？”

苏多多又将被子掀开：“您怎么忘了呢？您帮我找个大款呀。”

沈玉贤说：“让我给你拉皮条？”

苏多多说：“别说得那么难听，您只是成人之美嘛。只要您把几个大款的电话告诉我，剩下的事情您就甭管了。”

“都什么时候了，我还有心思管你这些骚事？”沈玉贤说着，又拉过被子将脑袋蒙起来。

苏多多又掀被子："沈姐，您干吗总是蒙着脑袋呀，多憋闷。您起来，咱姐俩说会儿话，反正也睡不着。"

沈玉贤说："我不蒙上脑袋怎么办？这臭烘烘的马桶都要把我熏死了。"

正在这时候，一声突如其来的猫叫，一只小花猫从牢门的送饭口钻了进来。秦小月啊地叫了一声，战战兢兢地向墙角缩去，浑身都抖成了一团。

苏多多灵机一动，立刻跑过去，将小花猫抓起了，抱在了怀里。

秦小月瞪着一双惊恐的眼睛，乞求地看着苏多多。

苏多多试探着朝秦小月走去。

秦小月瑟瑟发抖，连声音都变了："求求你……别……别过来……快，快把它扔出去。"

苏多多站在秦小月面前，亲昵地摆弄着小花猫："你瞧，多好的猫呀，真漂亮，这身上的花像是画出来的，这绿眼睛，这小鼻子，真让人喜欢……"

秦小月的魂儿都要飞了："苏多多……求求你了，别别别吓唬我……我怕我怕……"

苏多多抓住小花猫的两只前脚，猛地向秦小月冲过去。

秦小月啊地尖叫了一声，险些昏厥过去。

牢房里的人都被吵醒了，一时不明白出了什么事，看着苏多多和秦小月。

秦小月高举着双臂遮挡着脸，带着哭腔央求着："多多，好妹妹，求求你了……求求你了……你想干什么？我……我都答应你……"

苏多多说："这猫是我的了，今晚我要抱着我的猫睡头板儿，你要是怕猫你就搬走。"

秦小月说："不不，我这儿有灯光，我要写东西……"

苏多多说："你要是舍不得搬走，就替我看着猫，让我的猫跟你睡在一起。"

苏多多说着，就要把猫往秦小月的怀里塞。

秦小月啊啊叫着，躲闪着。

阿里山爬起来，揉着惺忪睡眼问："黑更半夜的，你们在干什么？"

苏多多说："睡觉，没你的事。"

秦小月妥协了："你快把猫抱走，我搬……我搬就是了……"

苏多多抱着猫死盯着秦小月。

秦小月哆哆嗦嗦地整理着自己的被子。

阿里山跳过来："你想干什么？"

苏多多说："没什么，就是想让她跟沈姐换换床板。"

阿里山不干了："什么？你要把她换到马桶边上去？"

苏多多说："不错。"

阿里山问："凭什么呀？"

苏多多说："因为她怕猫。"

阿里山火了："滚开，把你的臭猫抱走。"

苏多多毫不示弱："挡横是不是？你以为我怕你？"

阿里山上去就抢苏多多的猫。

苏多多躲闪着。

阿里山扑上去与苏多多撕扯起来，苏多多拳打脚踢，很快与阿里山滚成了一团。

沈玉贤急忙过来："你们俩快住手，让管教听见，都关你们禁闭。"

苏多多与阿里山停住了手，倒不是沈玉贤的命令起了作用，而是两个人都打累了。在牢房里，打架骂人其实只是一种游戏，不争房子不争地，又没有杀父之仇夺妻之恨，玩命地拼打没有意义。阿里山整理着自己被弄乱的衣服，苏多多急忙抱起了扔在地上的猫。

秦小月却依然缩在墙角，不知道该如何是好。

沈玉贤走到秦小月面前，和颜悦色地说："小月，我知道你怕猫，苏多多不应该这样强迫你……"

苏多多火了："什么？你这人怎么这么不知道好歹，我还不是为了你？"

沈玉贤挥手制止着苏多多，继续说："这样吧小月，咱俩商量商量，我在那边实在是不习惯。"

阿里山不平地说："你不习惯谁习惯？谁是天生的贱骨头，喜欢闻那屎尿味儿？"

沈玉贤说："我想出了一个双赢的方案。"

阿里山问："怎么个双赢法？"

沈玉贤说："这样吧，这床板算是小月的，让她转让给我怎么样？或者说是租给我，我给租金，按天算。"

阿里山琢磨了一下："嗯，这倒是个办法，你一天给多少钱？"

沈玉贤说："五块怎么样？"

阿里山叫起来："五块钱？你以为买水萝卜哪？五块钱，你也真说得出口。"

苏多多说："五块钱还少？在我们那个小山村里，五块钱够一家人花一个月的。"

阿里山说："你们那么节省，你还戴一千二百块钱的乳罩？"

苏多多说："我说的是在村里，现在我不是进城了吗？"

阿里山说："无论是谁，大到军队政府，小到草民百姓，进了城就腐化变质，这话我奶奶就说过。"

沈玉贤说："那我就再加一块，六块钱怎么样？"

阿里山轻蔑地说："加了半天就加一块钱，怪不得你妈说你呢！"

沈玉贤说："我妈说我什么了？"

阿里山学着老太太的腔调说："俺玉贤呀，哪儿都好，就是太爱钱，把钱看得比命还重。"

沈玉贤一愣："你看见我妈了？"

阿里山说："我到哪儿见你妈去？"

沈玉贤问："那你是怎么知道的？"

阿里山说："报纸上看见的。"

沈玉贤忙问："报纸上还登这些？"

阿里山说："报纸上什么都登。"

沈玉贤问："还登了什么？"

阿里山说："把你那些散德行的事都登出来了。"

沈玉贤的脸色蜡黄："不行，这是诬蔑，这是诽谤，我要告他们，这是损害我的名誉，我要他们给我精神赔偿……"

阿里山不耐烦地说："小月姐，你铺被子睡觉，别理她。"

苏多多举着猫对秦小月说："你要敢铺被子睡觉，我就把这猫塞进你的被窝里。"

沈玉贤咬了咬牙说："苏多多，把你的猫放出去。阿里山，你说多少钱？"

阿里山伸出两个指头："二百，少二百免谈。"

沈玉贤说："你也真敢漫天要价，二百块钱，能住三星级的宾馆了。"

阿里山讥讽地说："你要是不进来，三星级宾馆你住吗？你不是说每次出差都住五星级大饭店吗？少奶奶当窑姐儿，您卖都卖了，还端着干吗？到哪儿说哪儿吧。在这儿，就是这个价。"

苏多多插话说："阿里山，你骂我是不是？"

阿里山说："你别多心，这年头当窑姐儿的又不是你一个，我说你干什么？"

沈玉贤还是不甘心："阿里山，咱能不能再商量商量？"

阿里山说："那就一百八，不能再少了。"

苏多多说："你可真够黑的。"

阿里山说："反正她那些钱都是白来的，她现在不花，将来法院一宣判，可就都充公了。"

沈玉贤针锋相对地说："她一个快死的人了，要那些钱干什么？"

阿里山说："她死了，她还有孩子呢。她总不能光给孩子留下这么个破本子吧？她孩子要吃要喝要穿衣服要活命，将来还要上学，得多少钱？你怎么一点儿同情心都没有？你不是也有孩子吗？你当副市长不愁吃不愁花，住小洋楼，坐小汽车，你要钱干什么？不也是为了孩子吗——这话可是你妈说的，你的孩子需要钱，她的孩子就不需要钱了？她的孩子这么小就没爹没妈了，再一分钱都没有，还能活吗？”

阿里山这番话说得很动情，眼睛里闪着泪花花。这么一个大大咧咧、把进看守所当成家常便饭的小偷儿，居然也有这么纯洁善良的一面，沈玉贤被感动了。

苏多多似乎也被感动了，听了阿里山的话竟然没有反驳她。

沈玉贤说：“这样吧阿里山，你说的这些我懂，我也都同意。我答应给她一百八十块钱，不，按你原来说的，二百。不，不是二百，是二百零六块。六块钱是我付给她的床板费，二百块钱算是我给她孩子的赞助费……”

阿里山爽快地说：“行行行了，我不管什么名义，只要你每天给小月姐二百零六块钱就行了。”

秦小月却一个劲儿地摇头：“不不不行，这样不好……”

苏多多急了：“都给你这么多了你还不答应，我们接一个客人才一百块钱，有你这么贪心的吗？”

秦小月忙解释说：“不不……我不能白要人家的钱，这样不合适，只要你把猫放出去，我跟她换床板就是了。”

阿里山说：“小月姐，你别管，有什么不合适的，这钱是我给你要出来的，我替你存着。”说着，阿里山向沈玉贤伸出了手，“拿来吧，咱一天一清，两不欠。”

沈玉贤有点儿为难地说：“阿里山，你知道的，我们的钱都存在看守所的账上，谁身上也没有钱。”

阿里山说：“这好办，你先打个欠条儿，明天把你账上的钱转到小月姐的账上就齐了。”

沈玉贤痛快地答应着：“好好，我打欠条儿。”

苏多多又叫起来：“沈姐，你傻呀，她们这是讹诈。”

沈玉贤说：“苏多多，你别说了，你不懂，许多事你都不懂……”

十一

自从秦小月跟沈玉贤换过床板之后，牢房里的气氛似乎变得轻松和谐起来。一天一天过得很平静，很少再见到吵架骂人的事情了。沈玉贤考虑到秦小月要给孩子写遗言，在她不睡觉的时候，还主动把牢门的通风口让给她，让她借着光亮写东西。阿里山跟秦小月更加密切起来，像是一对情同手足的好姐妹。秦小月写东西的时候，她总是凑在秦小月的身边，还时不时地把丢字错字指出来。这等于是阿里山直接参与了秦小月的写作，秦小月有时候写得意了，还主动把一些话念给大伙儿听，征求大伙儿的意见，问一个母亲该不该这样嘱咐孩子。

只有苏多多闲不住，她把两片衣襟扎在一起，露出了肚脐眼儿，模仿着脱衣舞的动作扭动着身子，嘴里边还发出淫秽的呻吟声。

秦小月读着写给女儿的话："小月，我的女儿，我的宝贝女儿……你现在已经十三岁了，十三岁是女人的清明节，花一样的好年华。花骨朵绽开了，花瓣儿上挂着露水珠儿，花蕊上趴着小蜜蜂……你来月经了吗？妈妈是十四岁来的，报上说现在的女孩子早熟，我想你也许来了……"

阿里山说："我就是十三岁来的，当时把我吓坏了，我以为我的内脏破了，要死了，我哭了起来……"

苏多多插话说："我是十五岁才来的，我一点儿也不害怕，因为我们班大部分女生都来了，我天天盼着，恐怕自己变成一个废人。女孩子来了月经就变成了真正的女人，就是那一年，我跟我的男朋友有了第一次……"

阿里山厌烦地说："别捣乱，谁像你那么不要脸。"

苏多多说："这怎么不要脸了？上帝把人类赶出了伊甸园，留给人类的都是苦难，唯独把这一点儿乐子给人类留下来了。要是连这点儿乐子都享受不到，简直就是白来一世。这话你知道是谁说的吗？"

阿里山说："还用问，肯定又是哪个老嫖。"

苏多多自豪地说：“这个老嫖可不同于别的老嫖，他是个诗人，他还给我写过一首诗，你听着我给你朗诵朗诵……”

阿里山愤怒地说：“你给我闭嘴，谁听你的破诗。”

苏多多说：“我不想闭嘴，我现在精力旺盛，就想说话，就想大喊大叫，就想又蹦又跳……”

阿里山说：“你就是浪的。”

苏多多不知羞耻地说：“没错，你说对了。我就是浪的，浪得难受。这么长时间没见到男人了，你不浪？”见阿里山没理睬她，她又指着秦小月说，“她不浪？”继而又指着沈玉贤说，“她难道不浪？”

沈玉贤说：“苏多多，你还有完没完？”

苏多多更加放肆：“好好，你们都是假正经，都是六根清净，都是良家妇女，就我浪行了吧？你们不理我，你们压制我，你们不让我发泄，我要是憋出毛病来有你们受的。”

阿里山说：“没听说过，浪还能憋出毛病来。”

苏多多说：“你没听说过花痴吗？那就是想男人想的，想疯了。光着屁股满大街跑，见了男人就拉着不放……”

沈玉贤更加不耐烦了：“苏多多，你安静会儿行不行？”

苏多多说：“好好，我安静，我到后面自食其力去还不行？”

阿里山说：“真是狗改不了吃屎。”

秦小月一点儿也不为苏多多的放浪所动，依然沉浸在与女儿的对话中。这边刚安静下来，她又捧着灰皮笔记本读了起来：“小月，记住妈妈的话。你要是来了月经，一定要用干净的卫生巾，还要记住每天洗屁股，用温水洗，千万不能着凉，也不要吃生冷的东西，更不能游泳……”

阿里山感慨地说：“有个妈妈真好，这些话只有妈妈能够跟女儿讲。”

秦小月说：“阿里山，我知道你也是个苦孩子，跟妞妞儿一样。”

阿里山说：“妞妞儿好歹还知道她妈是谁，我连我妈妈是谁都不知道；妞妞儿的妈妈还给她留下了这么多知冷知热的话，我妈妈连个名字都没给我留下。”

秦小月把阿里山搂在了怀里。

阿里山伏在秦小月的怀里抽泣起来。

沈玉贤的泪水也流了下来。她用手抹了一下脸颊，凑到了秦小月的身边，拉住了秦小月的手。秦小月终于忍不住了，哇的一声大哭起来。

那惊心动魄的故事是秦小月哭着讲出来的。

“阿里山说她没有爸爸，没有妈妈，我倒是有爸爸有妈妈。可是我摊上的是穷爹穷妈，不光我们家穷，我们那个县都是全国有名的穷地方。走出方圆百里路，见不到一家用砖瓦盖的房子，全是土坯茅草屋。我们那村叫秦家庄，有女不嫁秦家庄，半年挨饿半年糠。村穷人穷可他妈的逼不穷，家家户户都比着生孩子，那里的女人比兔子还能下崽儿，七八个孩子不新鲜。我妈生的算少的，五男二女。老年间说法，五男二女最有造化，我们家却遭了大罪。我是老大，都说会养儿先养女，养了女干吗？就是为了帮助爹妈照顾弟弟妹妹。从我以下，五个弟弟一个妹妹，都是我背大的。我说是背，不是抱。我进了城才知道，城里人原来是抱孩子的。我们是背孩子，为什么背？抱孩子要用手，背孩子只用一根带子拴在肩膀上就行了。两只手腾出来了不能闲着，得干活。插秧、割草、烧火做饭都耽误不了。在我的印象里，我妈这辈子没干别的，光生孩子了。不过凭良心说，我妈生孩子也没耽误干活儿。七个孩子有三个孩子是生在庄稼地里的，生那么多孩子没坐过月子，把脐带剪断就下地干活儿。就这么拼死拼活地干，还是吃不饱。那么多孩子能吃饱吗？不要说孩子，就是那么多猪也养不起呀。养猪还能换钱，生孩子只能花钱。最大的花销不是上学，有钱就上学，没钱就不上，我因为受了县文化馆的一个画画的资助才勉强读完中学的。养孩子最大的花销就是娶媳妇，娶媳妇不如说是买媳妇，没有钱谁家的姑娘也不会给你。为了给儿子买媳妇，就只好卖闺女，我就是为了给我大弟娶媳妇被我爹卖了的……

“你问卖给了一个什么人？一个畜生，一个魔鬼，一个半点儿人性都没有的疯子。他比我大十三岁，也是凑了好多年的钱才把我买去给他当媳妇的。八百块钱他就把我买去了，他说他那八百块钱攒了十年。他把我娶到家，说是要把那十年的损失找补回来。我白天到田里干活儿，累得腰酸腿疼，身子都散了架。回来还要给他做饭，给他洗衣服。他呢，除了喝酒就是折磨我，整夜整夜不让我睡觉。稍不遂他的心，张口就骂，伸手就打。我的身上，新伤压着旧伤，浑身都流脓水，没有一块好地方……”

秦小月讲着，阿里山满脸是泪，沈玉贤也被泪水模糊了眼睛。秦小月却非常平静，像是讲述着别人的故事。

“他像日本鬼子一样，把打人当乐子。他坐在那儿喝酒，扒光了我的衣服，把我吊在门框上，用皮绳子抽我，用铁捅条扎我，还把胳膊粗的白萝卜插进我的下身。我哭，他哈哈笑。我越求他，他越狠命折磨我。我实在受不了了……”

沈玉贤问：“你为什么不去告他？他这是虐待，我们有《妇女儿童保护法》。”

秦小月说：“我到哪儿告他？我找过村长，找过乡里，还找过派出所，没有人管……”

沈玉贤说：“你为什么不去找妇联？”

秦小月说：“不瞒你说，连我们村的妇联主任都挨打。男人打女人是我们那儿的风气，说是打到的媳妇揉到的面，好使唤。”

沈玉贤说：“为什么不去找乡妇联、县妇联？这么严重的虐待难道她们都视而不见？”

秦小月说：“我哪儿知道去哪儿找乡妇联、县妇联呀？”

沈玉贤突然意识到，秦小月受折磨的时候，说不定正是她当市妇联主任的时候。这些事她知道吗？她管过吗？她当妇联主任的时候都干了些什么？

阿里山哭着说：“找谁都没用，要是我就跟他拼了。”

秦小月说：“我是跟他拼了，我实在受不了了。”

阿里山问：“你把他杀了？”

秦小月说：“没有……我想杀他，可是我……我下不了手。我一个女人家，连一只鸡都不敢杀，怎么敢杀一个大活人呢？”

阿里山说：“那怎么办？”

秦小月说：“我还是想杀他，想极了。整天整夜地想，脑子里不想别的，就想怎么把他杀死……我就拿他的猫做试验……”

阿里山奇怪地问：“他的猫，他还养猫？”

秦小月说：“他不爱我，却爱那只猫，宝贝似的。也不是什么名贵的猫，一只从外面捡来的野猫，男人都喜欢野物。那只猫就是他的帮凶，他打我的时候，那只猫就用一双绿色的眼睛给他加油鼓劲。我恨他，也恨他的猫。我不敢杀他，就先试着杀猫……”

阿里山问：“杀死了？”

秦小月说：“杀了好几次都没有杀死，都说猫有九条命，我算见到了。我胆子太小了，我一听见那猫叫手就软了……他回来以后，见猫脖子上有血，就知道是我干的。他当时顾不上惩罚我，抱着他的猫就到医院去了。我身上被他打了那么多的伤，他都没说让我上医院，他却抱着他的猫去了医院……”

阿里山声音颤抖着：“太可怕了。”

秦小月接着说：“等猫的伤养好了，他就开始报复我了。他先把他的猫关在笼子里饿了三天，然后把我的双手绑在门框上，把那只饿疯了的猫塞进我的裤裆里。他在外面用一盘炖好的鱼招猫，猫吃不上，在我的裤裆里乱抓乱叫，把我的下身都抓烂了……”

阿里山听不下去了，紧紧地搂住了秦小月。

沈玉贤心里面也沉重得像压着一块生铁，连喘气都困难了。

牢房的门又响了，大家都警觉起来。

女管教面无表情地叫着：“金小凤。”

阿里山反应过来，急忙从秦小月的怀里爬起来：“啊……我在。”

女管教生硬地说：“收拾你的东西。”

阿里山却说了一句莫名其妙的话：“怎么，这么快就让我出去？”

女管教说：“你还没待够吗？”

阿里山没说什么，只是用那双泪水盈盈的眼睛看着秦小月。

十二

沈玉贤终于明白了，失去了自由就是失去了生活的多样性。在省委党校学习的时候，她曾经听一个作家讲过，在茫茫宇宙当中，生命是没有意义的。那么人生呢？人生难道不是生命吗？如果说人生没有意义，那么活着和死去有什么区别？那个作家说，人生的意义就是人的经历。她想明白了，譬如山沟里的农民，日出而作，日落而息，今天重复着昨天，今年重复着去年，这辈子重复着上辈子，那么活一生也和活一天没多少区别。而她则不同了，她从庄稼地里跳了出来，上过大学，当过工人，当过官，出过国，有过丈夫，也有过情人，还偷过人；受过挫折，有过成功，受过穷，也花天酒地挥霍过……她的一生比别人活几辈子都划得来。但是她还没有活够，她还没熬上正局级，她还没把儿子送出国，她还没享受过巴厘岛的女性 SPA，她还没去过希腊……

没有比这牢房里的日子更单调重复的了，这才真正是没有意义，是浪费生命。光是单调重复也罢了，还提心吊胆，今天这样过了，不知道明天会是什么样子。等待她的是绝处逢生还是灭顶之灾呢？

那个阴沉沉的声音总在她耳边响着：顶住！顶住！

沈玉贤心里驳斥着那个声音：谁顶住？我顶住吗？我顶得住吗？

那个声音是不容置疑的：顶不住也要顶！只要你能顶住，我们在外面就能想办法救你。你要是把我们都交代出来，我们也进去了，到时候谁也救不了谁了。

我这样硬顶着，到时候他们说我态度恶劣怎么办？你们不救我，吃亏的不是我吗？我坚持不了多久了，我可要崩溃了，你们可要快点儿来救我啊……

秦小月挤在沈玉贤的床边，依然给女儿写着遗书。阿里山不在了，她还时不时地读她写的遗书，给沈玉贤读，给苏多多读，或者给自己读。

我的小月，你现在已经十七岁了。你已经初中毕业了，不知道你能不能上高中。按妈妈的心思，是希望你能够上高中考大学的。可是，上高中需要钱，你没有亲人，不知道有没有人能供你上高中。要是不能上高中，你就得自谋生路、自食其力了。小月，妈妈的好女儿，记住，你千万要记住，世界上可以活的路很多。你一定要找一个正当的职业，做一个正派的人，混一口干净饭吃。穷死不为娼，饿死不做贼……

苏多多不高兴了：“哼，死到临头了，还这么清高，犯得上吗？不为娼，为娼怎么了？女人天生的资源，不开发利用多可惜。再者说了，现在也不叫娼了，叫鸡。背后叫我们鸡，当面都恭恭敬敬称我们小姐……”

沈玉贤气怒地说：“苏多多，我看你真是天生的贱货，当鸡还当上瘾了。”

苏多多说：“你说我不当鸡我能干什么？”

沈玉贤用嘴努了努秦小月说：“没听人家说吗，世界上可以活的路很多。”

苏多多理直气壮地说：“活跟活不一样，土里刨食，面朝黄土背朝天，一个汗珠掉下摔八瓣儿，你干吗？挖公路、建大楼，夏天晒得流油，冬天冻得裂手裂脚，一春一秋能脱五层皮，你干吗？像阿里山的奶奶那样，穿着露屁股的破烂，在又脏又臭的垃圾里滚来滚去，你干吗？”

沈玉贤说：“除了你说的这些，就没的可干了吗？”

苏多多说：“有啊，在饭店里洗盘子，在医院里看护病人，在孤寡人家当保姆，河道里捞白色污染物，这些你干吗？”

沈玉贤说：“这些不是都有人干吗？别人干得了，你为什么不行？”

苏多多说：“我要过好日子，我要吃好的，我要穿好的，我要玩要乐要潇洒，我要钱，我要好多好多的钱。我还要挣钱给我爹，让我爹盖房，给我哥娶媳妇……你别那么看着我，我知道你肯定会说，君子爱钱，取之有道是不是？女人爱钱，当然得有道儿。没道儿就是傻逼，一分钱你都得不到。我刚开始就是傻逼，光瞧着别人挣钱眼红，可就是不知道别人的钱是怎么挣的……我在一家洗浴中心做按摩，做一个按摩提成十五块钱。累得手腕子都肿了，一天也挣不了一百块钱。你猜怎么着？到了晚上，别的小姐在宿舍里数钱，都是三千五千的。我就纳闷，怎能挣那么多钱呢？难道她们不是给人按摩，是给钱按摩？对，我不是眼馋，是着急啊。人家大把大把的票子挣着，存折上都有几万几十万的存款。脖子上戴着铂金项链，腕子上戴着缅甸翡翠镯，耳朵上是猫眼耳环，指头上是钻戒，可我呢？连瓶玉兰油都舍不得买。都是女人，她们身上有的零件我一样都不少，我为什么不能挣大钱呢？更何况，我长得比她们白，比她们波大，比她们有条儿……”

沈玉贤来了兴趣：“那是谁让你开了窍？”

苏多多说：“当然是我们老板了，老板先把我给睡了，给了我一千块钱‘开苞费’。第二天在按摩床上我就主动把裤子脱了下来，这又不需要什么技术……”

沈玉贤无奈地叹息了一声，没再说什么。

随着牢门的响声，女管教进来了。沈玉贤觉得奇怪，今天的女管教像是换了个人，脸没有绷得那么紧，走路的双脚也没有狠狠地往地上跺，更没有用两只装着激光的眼睛在牢房里扫射，甚至还有点儿和颜悦色的意思。大伙儿都习惯地站起来，她立刻挥了挥手示意大伙儿坐下。她径直来到苏多多面前，笑眯眯地打量着苏多多。

苏多多有点儿发毛了，忙说：“报告政府，我……我没干什么呀？”

女管教告诉苏多多，她的案子要开庭审理了，问她请好了辩护律师没有。如果还没有，她可以帮助介绍一个好律师，非常有本事的辩护律师，连一起抢劫的案子都是他辩护的，最后判了个轻刑。

苏多多说她不想请律师，没有钱。

苏多多显然是给脸不张兜，女管教脸上有稍许的不快，但是依然耐心地说：“不对吧，你不是赚了不少钱吗？”

苏多多说：“也没多少，也就十万八万的。”

女管教惊讶地说："十万八万还少？顶我十年八年的工资了。"

苏多多告诉她，钱都花光了。

女管教依然表现出了极大的耐心，规劝着苏多多："你年纪轻轻的，人又聪明，长得又漂亮，好好表现表现，得到政府的宽大处理，出去找个好工作，找个好对象，成个家，生个孩子，这辈子不就能踏踏实实过日子了吗？"

苏多多今天也不知是怎么了，似乎下定决心跟女管教拗着干了："我不想这么早就结婚。"

女管教今天也似乎要对苏多多苦口婆心到底了："还早呀，你多大了？"

苏多多说："我刚二十三。"

女管教说："二十三岁还不着急？"

苏多多说："我现在急的是赚钱。"

女管教晓之以理："你靠干这个赚钱，将来找对象谁要你？你怎么就不为自己的前途想一想呢？"

苏多多反而想说服女管教："这您就不懂了。我现在要是揣着百八十万回去，十里八村的小伙子都得像蜜蜂一样地围着我。好男人我拣样儿挑，你信不信？"

女管教有点儿沉不住气了："听你这么说，你觉得干这行还挺值得是不是？"

苏多多说："值不值得，看跟谁比了。"

女管教听着新鲜："嘿，有意思，你给我比比看。"

苏多多问："您让我说实话？"

女管教说："当然要说实话了。"

苏多多指着沈玉贤说："跟她比我就不划算，她卖了六个人，就弄个副市长过过瘾，还有别墅小楼，还有几百万块钱……我呢，卖给了那么多人，才给我哥哥娶了个媳妇，给我爹盖了五间瓦房……"

沈玉贤气得要发作，看了看女管教，忍下了。

苏多多又指了指秦小月说："要是跟她比呢，我就划算，她才卖了八百元钱，得卖给人家一辈子。这还不算，还得给人家种田，给人家做饭，给人家生孩子，还挨骂、挨打、受虐待……我呢，不管真的假的，卖给谁都给我个笑脸，给我个甜哥哥蜜姐姐心肝宝贝小乖乖……"

女管教终于绷不住了，脸上又恢复了往昔的威严，厉声说："苏多多，你可真够不要脸的。我还从来没有见过这么不要脸的女人。"

苏多多委屈地说："您……不是您让我说实话的吗？"

女管教怒气冲冲地说："你这种人……让我怎么说你好呢？就欠在大牢里关你一辈子。"

苏多多装作无知的样子："不会吧，能判我无期吗？"

女管教说："我再问你一句，你到底请不请律师？"

苏多多果断地说："我不请。"

女管教说："你不请我们就给你指派了。"

苏多多问："花钱吗？"

女管教气呼呼地走了，甩下了一句意味深长的话："不可救药……"

苏多多像是突然在赌场上赢了一大笔钱，高兴得哈哈笑着，在地上翻起了跟头……

沈玉贤说："你有什么好高兴的？"

苏多多止住了笑，一本正经地说："就我这点儿骚事，用得着请律师吗？法律上都写着呢，他能为我辩护什么？"

沈玉贤说："不请律师就不请呗，至于高兴成这个样子吗？"

苏多多说："你没看出来吗？管教想在我这儿给她的关系律师拉一个客户，她没得逞。"

苏多多说着，又高兴地跳起了淫秽的舞蹈。

沈玉贤想到了自己，苏多多可以不请律师，她自己就不能不请律师了。苏多多那点儿骚事也确实不值得请律师辩护，可是她的事呢？她的事可不是骚事，没有响当当的律师是不行的。请谁呢？

十三

又是一个阳光明媚、令人振奋的早晨。这早晨的勃勃生机是苏多多制造出来的，她早早地躲在塑料布后面的洗澡间里，故意用冷水冲着身子。她没有像阿里山那样兴奋地唱歌，而是嗷嗷大叫，嗓子尖尖的、怪怪的，像一只发情的母狼。她怕如此折腾还不足以引起人们的注意，不时地从塑料帘后面扭出赤裸的身子，调情似的晃动着。

沈玉贤赖在床上想着自己的心事，她又度过了一个不眠之夜。三个月了，已经整整三个月了……他们为什么还不来捞我？他们是没有能力捞我，还是不愿意捞我？张书记为什么连个屁都不放？他以为把我抓起来他就能睡安稳觉了吗？我太傻……我冒着生命危险在这儿死扛着……听说刑法又有了新的解释，零口供也可以判刑……就是说，不需要我交代，我死不承认，人家只要掌握了确凿的证据也可以判我……我还扛得住吗？他们难道不知道有零口供可以判刑吗？他们为什么还要让我死扛着呢？说什么只要他们不进来就可以想办法捞我……他们怕就怕我把他们拉进来，他们根本就不是为我，是为了他们自己……你们在外面吃喝嫖赌，花天酒地，我在这儿睡硬铺板，吃窝头白菜汤，你们却让我死扛着……你们良心何在？

苏多多的叫喊搅得沈玉贤心烦意乱，她抬起头来喊着："苏多多，你浪叫什么？"

苏多多正在兴头上，嬉皮笑脸地说："沈姐，您可是副市长，这粗话可不是您这身份的人说的。"

沈玉贤火了："你给我住嘴！"

苏多多根本不把沈玉贤的发火当回事，依然兴致勃勃地说："阿里山说得对，早晨起来洗个澡，特别有洋味儿。不仅有洋味儿，还他妈挺刺激，挺过瘾。您知道吗？无论男人还是女人，早晨的性欲都特别强，最'尽性'的就是打'晨炮'，沈姐，你打过'晨炮'吗？"

沈玉贤简直忍无可忍了，跳了起来："苏多多，你还有完没完？"

聪明的苏多多却安静下来，她突然想到了她还有求于沈玉贤。她当了那么多年的官，在男人的汪洋大海中游泳，肯定会有许多男人的资源。

被苏多多这么一搅和，沈玉贤也无心再想自己的麻烦了，她只好起床洗漱，开始重复这难熬的一天。

一如既往的只有秦小月，她又开始给女儿写起了遗言。这件事要抓紧，一定要抓紧，说不定什么时候把她拉出去，还会有许多话没来得及跟女儿说。

> 妞妞儿……啊，小月，我的女儿……你现在已经二十一岁了。妈妈知道，你该谈恋爱了，该嫁人了。这可是大事，最大最大的事。悠悠万事，唯此为大。这话是律师跟妈妈说的，他还说曾经有一个大人物说过这句话。孩子，现在是妈妈最为你担心的时候。男怕选错了行，女怕选错了郎。选对象就像是押赌注：押的不是金，不是银，不是房子，不是地，押的是自己的一辈子啊！男人的两只眼可以盯着权力、盯着金钱、盯着花花世界，可女人的两只眼就只能盯着一样——为自己找个好男人。妈妈当初就是瞎了眼……

牢房里突然出现了少有的安静，沈玉贤记起来了，这是到静坐思过反省的时候了。她坐下来，原本要想想自己的事情，却收不住心。苏多多又凑到她的身边，她无心理睬她。邪教老太太总是在入静，走火入魔，她是牢房里最让管教省心的囚徒。胖女人没心没肺地打着瞌睡，像是永远处于半睡眠状态。还有一些人，有新来的，有走掉的，还有一直就待在这里面的。沈玉贤对她们都熟视无睹，稍有点儿印象的，一个是吸毒的女孩儿，刚刚十五岁，犯起毒瘾来折腾得要死要活；还有一个是搞色情网站的，文文静静的女孩儿，戴着一副白边眼镜，跟人家说话脸都红，怎么能做这种胆大妄为的事情呢……

突然牢门打开了，吹进来一股带着花香的春风。阿里山又像一只吉祥的小鹿欢蹦乱跳地闯进来，沈玉贤先笑了，这丫头可真行，真把牢房当成自己的家了，平时到外面去野，野够了，想吃饭了，想睡觉了，就想回家了。

阿里山面对着一副副好奇的面孔，不等人家问，就先郑重声明说："本姑娘这次是自愿进来的。"

苏多多说："牛皮吹炸了吧？还自愿进来的，你以为这儿是你姑奶奶家哪？"

阿里山说："不是我姑奶奶家，是你姑奶奶家，本小姐是这儿的户主。"

苏多多说："你敢占我便宜？"

阿里山说："就这一次，下不为例。"

沈玉贤倒是半信半疑，问："阿里山，你到底是怎么进来的？"

阿里山非常自豪地说："本小姐投案自首。"

沈玉贤笑了："你自首什么？"

阿里山随随便便地说："每次都是我作案的时候被抓住才进来，他们抓住的时候少，没抓住的时候多。就像你们这些贪官污吏，揭露出来的少，暗藏的多。本小姐现在要金盆洗手，重新做人了，要把以前所有的案子都竹筒倒豆子……"

苏多多叫嚷起来："什么？人家不知道的你也要交代？傻不傻呀？"

阿里山认真地说："要不怎么叫改过自新呢？"

沈玉贤突然心里一热，有一种要流泪的感觉。她忙把这种感觉控制住，想到了一件更重要的事，将阿里山拉到了一边，悄声问："是不是有人让你进来给我通风报信的？"

阿里山说："没有人给我这个任务，不过我倒确实有风有信儿要向你通报。"

沈玉贤忙问："什么消息？"

阿里山又习惯地将手心朝上一伸："我是有偿的。"

"你想要多少？"

"你的命值多少钱？"

"什么？他们要判我死刑？"

"比这还厉害！"

"到底怎么回事？"

"先给个价。"

"你要多少？"

"你妈说你是铜公鸡、铁仙鹤、玻璃耗子、琉璃猫——一毛不拔。"

"不不不……我拔我拔，你要多少我拔多少。"

"你的钱都是赃款，要是给了我，我不成了窝赃了吗？"

"我……我有干净钱。"

"算了，本姑娘好事做到底，还是送你一条命吧。"

"快说……"

"我劝你呀别扛着了，有什么问题就交代吧。跟我一样，脱了裤子割尾巴，轻装上阵，重新做人。"

"你……什么意思？"

"我倒是没什么意思，有人有意思。他们要用你当典型，当惩治腐败的伟大成果，拿你开刀。"

"拿我开刀？"

"他们要从快从重对你判决。"

"从快从重？"

阿里山用手比画着一个开枪的动作："啪……明白吧，你就嗝屁朝梁了。"

沈玉贤吓得魂儿都飞了："他们要杀人灭口？"

阿里山肯定地点着头："对，杀人灭口。你也不想想，他们为什么让你死扛着，一是要保护他们，二是打你个态度恶劣。你还傻等着他们来捞你，他们要是真能捞你，你不是早就离开这儿了？"

沈玉贤全蒙了："这……这些你是怎么知道的？"

阿里山说："那个男人告诉我的。"

沈玉贤问："哪个男人？"

阿里山说："就是让我给你送信的那个男人。"

沈玉贤问："他又找你了？"

阿里山说："他找我？哼，我找他了。"

沈玉贤问："你找他干什么？"

阿里山说："上次他答应我把这封信送到，给我八百块钱，我能不找他吗？不过还好，他没赖账。要不我怎么白送你一个人情呢。"

沈玉贤觉得自己像一棵风雨飘摇中的大树，剧烈地摇晃着。她努力挺着身子，可却身不由己。大树一样的沈玉贤随着整个天空转动起来，越转越快，终于轰地倒塌了，树干上的枝叶也噼里啪啦地断裂了……

沈玉贤的脑子一片空白，她呆呆地坐在床板上，两只瞳孔像是散了光，看什么都迷迷糊糊的。旁观者的沈玉贤却飘然地飞起来，贴在牢房的屋顶上，自在逍遥地看着摇摇晃晃的女囚们。

她看见阿里山离开了木然如塑的沈玉贤，亲亲热热地来到了秦小月的身边，用肩膀朝秦小月挤了挤。这是一种非常亲昵的举动，只有最好的朋友间才能这样打招呼。依然在写着遗书的秦小月朝阿里山笑了笑，算是对她这种友情的回报。旁观者的沈玉贤突然发现，秦小月的笑是那么美。一种很难得一见的温柔婉约之美，像满月旁边飘过的一缕洁白的云彩。这是一个非常有女人味儿的女人，是幸运男人的尤物，可惜全糟蹋了……

沈玉贤猛然清醒过来，自己都死到临头了，怎么还有心思顾及别人，怎么还有滋有味地欣赏秦小月的美？自己的脑子是不是出了毛病，她使劲掐了一下大腿，还知道疼，还有感觉。秦小月是快死的人了，欣赏快要死的人无疑是不吉利的。她要死，她杀人偿命，罪在不赦。可我不能死，我得活，我还要好好活着。怎么那么傻，自己的事情已经败露了，还把活下去的希望寄托在狼的身上。狼是希望你死的，你死了他们才能活。只有马贴子是条狗，一条非常忠实的狗。马贴子虽说有许多毛病，爱显摆、爱占小便宜，还有花心，可是他忠诚，这是任何人都比不了的。他自己就公开说过，他就是沈市长的德国黑背。自己用钱、用权、用白花花的身子喂了那么多狗，到头来只有马贴子是真正为她着想的。想到这儿，她有点儿感动，也有点儿后悔。她知道马贴子很惦记她的身子，总是像夏天的狗一样吐着舌头，一副垂涎三尺的可怜相。她没有给他，她考虑自己的身份，一个堂堂的副市长，怎么能跟自己的司机上床呢？虽然有许多机会，有时甚至她也需要，但她还是坚持住了。这次大难熬过去，出去的第一件事就是把自己摆在马贴子的床上，以报答他的忠实……

沈玉贤笑了，她觉得自己荒唐得有点儿没边儿了。

十四

阿里山挤在秦小月的身边，伸出一只胳膊紧紧地搂住了秦小月的肩膀，又将另一只手伸到秦小月的面前。阿里山手里举着的是一张照片，秦小月愣了一下，立即将照片抢了过去，激动得叫了起来："妞妞儿……我的妞妞儿……妈妈又见到你了，你都长了两颗牙了，妈妈想死你了。妞妞儿，我的孩子，我的苦命的孩子啊……"

秦小月哭了起来，阿里山使劲摇晃着她的肩膀，劝说："小月姐，你别担心，妞妞儿挺好的。我去看她的时候，她伸着小手就让我抱，跟我可亲了……"

秦小月还是在哭，将头埋在了阿里山的怀里："阿里山，姐姐……谢谢你。"

牢房的门不合时宜地打开了，女看守进来，告诉秦小月法院九点半开庭，让秦小月做好准备，到时候看守所的车会把她送到法庭上去的。

阿里山带着哭腔问："小月姐，他们会判你死刑吗？"

秦小月平静地说："杀人偿命，欠债还钱，早早晚晚会这样的。"

苏多多大惊小怪地叫起来："啊……你……要被枪毙了？"

沈玉贤使劲白了苏多多一眼，苏多多吐了一下舌头，不吱声了。

阿里山扑进秦小月的怀里，呜呜地哭了起来。

秦小月搂着阿里山，反而安慰着她："阿里山，你别难过。我不怕死，从我做下了这件事的那天起，我就做好了死的准备。"

阿里山哭着说："小月姐，你不该死，你不该死，你杀的是一个恶魔……你不该死啊……”

苏多多听着秦小月和阿里山的对话，蓦然感动起来。她打开自己随身带来的小包袱，从里面翻出了一件衣服，举到秦小月面前：“小月姐，你今天出庭，一定要穿得体面一点儿。你为受苦受难的女人报了仇，你是大英雄……”

秦小月慌忙说：“不……苏多多，不能这么说，可不能这么说……这件事，我做也就做了，要说后悔也真后悔。他再为非作恶，有法管他，有政府管他，我不该……我不该把自己搭进去，不值得，太不值得了……再说，我还有孩子……”

沈玉贤接过话茬说：“小月说得对，我们是法治社会，不能为报私仇把自己的命搭进去。”

苏多多真诚地说：“小月姐，这件衣服我新买的，一次还没有穿过，你把它穿上吧。”

秦小月说：“不，谢谢你，我不用。我要死的人了，不配穿这么好的衣服……”

苏多多警觉地问：“小月姐，你……你嫌我的衣服脏？”

秦小月说：“哪儿的话？在这里，谁的罪过也没有我的大，我有什么资格瞧不起你呢？苏多多，沈……沈大姐……还有阿里山……这些天来，我没少给你们找麻烦，我要走了……法院宣判完了，就要把我押进死牢了……我……我有什么对不住你们的……我给你们赔不是了……”

沈玉贤的泪水也流下来：“小月，我们都很同情你。特别是你对孩子的那种责任感，让我们感动……你是犯人，可你也是一个母亲，一个了不起的母亲……”

秦小月说：“说实话，我最对不住的就是我的孩子，她这么小就失去了母亲……不知道以后她怎么活……阿里山，姐姐求你一件事，这个笔记本就交给你了……以后……”

阿里山说：“小月姐，你听我说，我这次进来就是为了妞妞儿……是为了妞妞儿我才进来的……我也是一个没有妈妈的孩子……我知道没有妈妈的孩子有多苦……我跟奶奶说好了，等我出去以后就把妞妞儿接过来……让妞妞儿跟我们一起过，我一定要把妞妞儿养大，把她培养成人……”

秦小月顿时愣住了，半天才领悟阿里山说这些话的全部含义，她的嘴唇哆嗦起来：“可是你……你跟奶奶的日子已经够苦的了……要是再养妞妞儿……”

阿里山胸有成竹地说：“小月姐，你放心，就是再苦再难，我也不会让妞妞儿受半点儿委屈……你知道我为什么要改过自新吗？我这坏毛病不能染上妞妞儿，我一定要让妞妞儿成为一个正派的女孩儿，成为一个有文化、有教养、有能力的女孩儿……小月姐……你放心，妞妞儿是你……你不是把妞妞儿也叫成小月吗？你不是让妞妞儿继续你的生命吗？妞妞儿也是我，我和妞妞儿一起替你活……我不会让你失望的，妞妞儿也不会让你失望的……你相信我吧，小月姐……”

秦小月再也忍不住了，咕咚一声跪在了阿里山面前，声泪俱下地说：“阿里山，姐姐给你跪下了……姐姐谢谢你……谢谢你……”

阿里山急忙伏下身子，跟秦小月抱在了一起。

牢房里的人目睹了这突兀的一幕，都流下了眼泪，包括那个胖女人和邪教老太太。

阿里山紧紧地搂着秦小月：“姐姐，你同意把妞妞儿交给我了？”

秦小月说：“我同意。”

“交给我你放心？”

“我放心。”

“你信得过我？”

“姐姐信得过你。”

“姐姐，有你这些话，该说谢谢的应该是我。我阿里山活了十七岁了，染上了一身的坏毛病，还当上了贼……没有人相信我，没有人相信我是一个好人，没有人相信我能办一件好事……我阿里山要重新活……要干干净净地活一回……今后谁也不许再叫我阿里山了，我叫金小凤，金小凤要做一个干干净净的女人……”

沈玉贤的心里经过了一番翻江倒海般的折腾，果决地走过来，站在秦小月和阿里山面前，把两个人同时拉起来："起来，你们两个人都起来，我有话跟你们说。"

秦小月和阿里山扬着泪脸看着她。

沈玉贤的表情非常严肃，连苏多多都感到了严肃的力量，紧张得大气都不敢出。

沈玉贤说："阿里山……不，小凤……还有小月，啊……小凤，你一个人，又没有正当的职业，奶奶的年纪又大了……自己的生活都成问题……"

阿里山急了："那怎么了，你说我养不起妞妞儿？"

沈玉贤说："养一个孩子要很多钱。"

阿里山说："这我知道。"

沈玉贤又说："培养一个孩子要的钱更多。"

阿里山不满地说："这不用你操心。"

沈玉贤说："我要操的就是这个心，你听我说……我……我有一家饭店……在城边上……现在租出去了……每年十五万元的租金……那家饭店是我当副市长之前置办的，绝对是用我自己的钱……干干净净……我发誓，那里面一分钱赃款都没有……"

阿里山不解其意："你……你说这些干吗？"

沈玉贤一字一板地说："我想把这家饭店赠送给你。"

阿里山似乎不相信："给我？"

沈玉贤说："有了这家饭店，你也有了正当的职业，奶奶也不用去捡垃圾了，还能攒些钱培养妞妞儿……"

阿里山摇着头："不不不……这哪儿行呀？我怎么会要你一个大饭店呢？再说，将来你不当副市长了，你的日子也不好过了……"

沈玉贤说："我妈说得对，我这个人是爱钱，是把钱看得比命还重。这些天我想明白了，钱再多也买不来自由，也买不来真情，也买不来干干净净的好日子……阿里山，我这个饭店算是送给妞妞儿的吧，我是有罪的人……你就让我用孩子那没有被污染的灵魂洗刷一下我的罪过吧……阿里山，不，小凤，我把饭店给妞妞儿，你替她收下吧，姐姐求求你了……”

阿里山愣了好半天，才说：“那……等妞妞儿长大了，我会告诉她的，你有一个妈妈，还有一个恩人……她们都是好人……”

沈玉贤更加严肃地说：“一定要告诉她，她们也都是罪人。”

秦小月又咕咚跪在了沈玉贤面前，哭号着：“恩人……大恩人啊……大恩大德啊……”

女管教进来了，很温和地通知秦小月，去法院的车子已经在外面等候了。

苏多多慌忙说：“等等，请等一下。”

女管教没说什么，站在了一边。苏多多替秦小月换着衣服，秦小月平静地配合着。苏多多突然从自己的小包里拿出化妆盒，为秦小月抹着脸上的泪痕，打着粉底，描起了眉毛。

女管教今天特别有耐心，不慌不忙地看着这一切。

沈玉贤一阵冲动，对女管教说：“管教，能麻烦您一下吗?”

女管教也是好脾气地看着她：“什么事?”

沈玉贤说：“还是那件事，我想见见所长。”

女管教说：“还是想换牢房吗?”

沈玉贤说：“不，我想交代问题。”

女管教眼睛亮了起来：“哦，我马上向所长汇报。”

秦小月被苏多多打扮好了，没等女管教催促，就朝门口走去。走到牢门口，她又回过头来，看了看阿里山，看了看沈玉贤，看了看苏多多，又挨个儿看了看牢房里的每一个人。

沈玉贤读懂了秦小月的目光，她是想把所有的人印制在心灵的底片上，永远永远地保留起来……

2006 年 3 月 27 日于北京洋桥

足　道

一

说不清从什么时候起，康老贵对生于斯长于斯的这座小城突然感到陌生起来。街道还是那些街道，房子还是那些房子，树还是那些树，怎么突然间变了形态：他蹬着三轮车穿街走巷，就觉得街道弯曲了，房子倾斜了，树呢，摇摇晃晃地恍惚起来。他晃了晃脑袋，弯着腰循着旧路前行。到了，他知道到了。停车，转身收钱，横在他眼前的又是两条白晃晃的大腿。有时候是四条乃至六条，那是两个或三个小姐挤在一辆车里。三轮车不是按人头收费的，坐几个人都收同样的钱。这些白晃晃的大腿有时候很会算计，她们挣点儿钱也不容易。

康老贵终于想明白了，就是因为这些白晃晃的大腿让小城变了，变得虚幻起来。这些白晃晃的大腿是什么时候来到这小城的，他不记得了。他实实在在的记忆里，这座小城是很规矩的，不要说女人，就是男人也要守规矩。到了夏天，酷暑难熬，男人可以光膀子，但绝对不能穿短裤，不能将那多毛的大腿露出来。偶尔也有女人穿裙子，那都是过膝盖的裙子，哪能把整条大腿都露出来呢。现在的裙子短得不能再短了，连里面那蛛网一样丝丝缕缕的小裤衩都遮挡不住。还有穿短裤，那短裤是能露出大半个屁股蛋子的。不仅露大腿，露屁股，还露肚皮，露胸脯子。这些小丫头要是把身上穿的东西脱下来，攒巴攒巴能攥在掌心里。

这些白晃晃的大腿、鼓囊囊的胸脯子和紧绷绷的肚皮将小城僻静处那些歪歪扭扭的小房子都占满了。洗头房、按摩室、足疗大厅和形形色色的洗浴中心。人为了赚钱，什么主意都能想得出来，才几年的工夫呀，这些海边开放地区才有的摩登货就一阵风似的刮到小城里来了。

老德头是不屑跟他们这些“麻木”讨论肤浅的问题的，他肚子里的墨水多，知道弗洛伊德，所以大伙儿都叫他老德头。老德头过去是县医院的医生，内科的，整天戴着个听诊器在女病人的身上揩油。乡下的女人见识少，惧怕科学，坐下来接受检查，他说，把衣服撩起来，女病人便把整个衣服都撩起来。老德头要的就是这个效果，听诊器是他手里合法的掩护。他把听诊器夹在指缝里，大手掌却肆无忌惮地在女人的胸脯子上捏来揉去。久而久之，都知道老德头不正经，但是都忍了，最多也就是在背后骂他几句缺德鬼。女病人的容忍助长了老德头的色胆，开始的时候是坐在女病人对面摸人家的胸脯子，后来又让女病人躺下摸肚子，摸着摸着手就往下面去了。就这样也没有人告发他，有病不瞒医嘛，医生面前无男女。似乎有这个说法。终于他出大格了，他给一个孕妇检查，让人家把衣服脱得光光的，人家照办了；把鼻子眼睛凑到人家下面研究个没完没了，人家忍了；又用手里里外外地捅进抽出，人家也没说吗。女病人的沉默他误认为是配合，他胆子越来越大，居然抽出自己的家伙给人家捅进去了。女病人火了，光着屁股跳出来大喊救命。老德头算是彻底栽了，判了强奸，大牢里押了整整十年。

老德头是四十多岁进去的，出来的时候年过半百了。公职没了，工资没了，医生资格也被吊销了。没有别的技术，也跟着康老贵一样当起了“麻木”。原本小城人管三轮车夫不叫“麻木”，因为这座小城跟长江边上的一个大城市有着千丝万缕的联系，那里管三轮车夫叫“麻木”，小城人也追起了这个时髦。

不管怎么说，“麻木”们还是尊重知识尊重文化的。尽管老德头落魄了，又是因为骚事落魄的，这些“麻木”却不怎么歧视他，相反有些想不明白的事还要向他请教，有些争论不清的事还请他做裁决。

有关这些白晃晃的大腿入侵小城的利与弊，是“麻木”们最喜欢争论的话题。绝大多数人都有着统一的标准，这标准是老祖宗定的，也有的是当局定的。幸福的中国人没有观念上的烦恼，许多条条框框不是老祖宗定的就是当局定的，只要照着说就行了，不用自己费脑子想。对于如此伤风败俗的事情，一致的看法是破坏了“和谐”，影响了“稳定”。老德头却不这样看，他说，这些花枝招展的小姐给小城带来了繁荣，至少那些服装摊儿生意好了，小饭馆买卖旺了，信用社的存款增加了。更主要的是，还为别人提供了许多活路。要不，你康老贵下岗后只能蹲在街角跟老伙计下棋聊天打扑克。眼下呢，弄了辆三轮车，又活动腿脚又挣钱，还能养活一个大学生。就业的机会多了，人人有钱赚了，不是“和谐”了吗?

康老贵想了想，别人也设身处地地为自己想了想，觉得老德头水平显然是高，说得在理。

老德头又援引弗洛伊德的话，性是人类生存的最基本需求。你们想想看，那些背井离乡的农民工，都是血气方刚惹是生非的生马蛋子，为什么现在强奸犯少了，他们有发泄的地方了。强奸犯少了，不是“稳定”了吗?

既然有这么多好处，为什么政府还“扫黄”呀?这是康老贵这些“麻木”所能提出来的最大疑问。

二

这些严肃的话题是在一个特定的场合讨论的，那便是逍遥中心对面的小树林外边。逍遥中心在城东北角，快到城边了，也可以说是城乡接合部。那条街基本上可以称得上是小城的“红灯区”，三四条小巷子都是“繁荣”的非法经营者，属逍遥中心为最。逍遥中心可以说是“红灯区”的标识，三层小楼，一楼洗浴，二楼足疗，三楼嘛，就有点儿暧昧了。

逍遥中心对面是一片小树林，树林里有一些休闲长椅和体育设施。早晨或傍晚，常有小城的土著老人到这里健身、遛鸟、吊嗓子、聊天解闷看景致。

这些“麻木”专门为逍遥中心的小姐服务，几乎成了她们的专车。

为什么没有别的门面的小姐呢？也有，但很少。据康老贵观察，别的门面很小，上不了档次，够不上规模，在那里供职的小姐大多就睡在小店里。那些贴在玻璃上的招聘广告就这样写着：管吃住，底薪八百元。而逍遥中心就不同了，店大，小姐的气派也大，人家从来不写招聘广告，到那里谋职要走后门的。逍遥中心不允许小姐住在店里，小姐都在外面自己或合伙儿租房住。逍遥中心小姐是倒班的，什么时候上班下班的都有，所以“麻木”们一天到晚是不愁没活儿拉的。

没活儿的时候也有，那是他们最惬意的时候，将三轮车围成一圈儿，或打扑克，或聊大天。买几瓶啤酒潇洒一下，也是常有的事。在这个小城，“麻木”们是有分工的，逍遥中心的“麻木”就这么十几个人，这是他们的地盘，别人想挤进来不大容易。这个地盘到底是怎么形成的，谁是这个地盘上的老大，连他们自己也说不清楚。论学问，当然是老德头；论年轻气盛，当属柱子；论有点儿威望嘛，应该算是麻石了；还有董青山，当过县政府的副科长，算是“麻木”中的高干了，至今人们依然喊他“董科”。这个晚上天气不错，正是初秋时节，月明星稀，天高气爽。几位等活儿的“麻木”躺在自己的三轮车上，很舒坦地望着逍遥中心进进出出的客人和大玻璃窗前晃动的半裸的女人，有一搭无一搭地聊起来。

柱子说，老贵叔，你猜咱这城里最便宜的小姐吗价？

康老贵说，我不晓得，没找过。

柱子说，你也没打听过吗？

康老贵说，我打听那干吗？我又不想嫖。

柱子说，那天我遇上一个，在商业街，年纪大不说，还抱着个孩子。

康老贵说，她跟你要多少钱？

柱子抬高了声调说，开价才十二块钱。

麻石问，你嫖了？

柱子说，我才不嫖呢，拉一趟两块钱，我得拉六趟。

老德头说，柱子，你年轻，又没有老婆，不能总憋着，该发泄时要发泄，对身体有好处。

柱子说，得了吧你，我爹死得早，我得挣钱养活我妈。我要是挣点儿钱都吃了喝了嫖了，我妈谁管？

大伙儿都知道柱子把钱看得比亲爹还亲，也都知道他是个孝子。

康老贵听了柱子的话，自己心里翻腾开了。柱子爹是十几年前在煤矿上砸死的，柱子妈守着寡把柱子拉扯大，能挣钱养活她了。其实柱子妈还不到四十岁，长得还有几分姿色，人又贤惠。可惜柱子爹没福分。由柱子家的遭遇想到自己，康老贵不由得有点儿黯然神伤。就在柱子爹被砸死的那年，自己的老婆跟着一个收购旧家具的男人跑了，把六岁的女儿扔给了他。康老贵不恨老婆，却恨那个收购旧家具的人，他相信有朝一日老婆还会回来的。就这样恨着盼着，十几年过去了，老婆是死是活都难说，他也就死心了。柱子爹留下的是个儿子，柱子妈人没老便享起了清福；他老婆给他留下的是个丫头，他都五十多岁了还得每天蹬三轮车供丫头上大学。同样的遭遇，结果却不同，都是命，人不能跟命争。

躺在三轮车上望着星空信马由缰地想，想来想去就入了老德头的道儿。老德头整天把弗洛伊德挂在嘴边，说白了就是卡巴裆那点儿事。老德头说，那点儿事可是大事，人活着图什么，图的就是横口和竖口。别人没听明白，他进一步阐述着，横口在上面，就是嘴巴，管吃饭的。人为吗吃饭呢？为了活着，无论什么人，首先得活下去。竖口在下面，是繁殖后代的。人不能光自己活着，还不能断子绝孙。这是人的本能，生存本能，最高的生存本能就是活着，一代一代地活下去。这原本就是人生大道理，可是从老德头的嘴里说出来就高深莫测，就成了理论，发明这个理论的人还成了老德头之流的祖师爷。就说人的本能吧，柱子也有本能。他横口填饱了，也需要尝尝竖口的滋味儿。可是他尝过吗？照老德头说的那么重要，他也应该尝一尝。可是为了养活他妈，他连这么神圣的权利都放弃了，多好的孩子啊。自己的女儿就不行，从小学到初中到高中到大学，不管自己多苦多难，他没让女儿受过委屈。不是有这么一条标语嘛，再穷不能穷教育，再苦不能苦孩子。女儿就知道跟她要钱，从来不问他赚钱有多辛苦。上个月从武汉的大学堂里回来，又跟他要钱，说要换个手机，说自己的手机不能发彩信。他抠抠搜搜给女儿凑足了两千块钱，女儿还不错，拿了钱把自己的旧手机送给他了。这不，一个“麻木”居然也用上手机了。那手机就揣在怀里，他不敢掏出来，怕人家说他显摆。掏出来也没有用，没有人给他打电话，他想给女儿打，又怕花钱，据说手机的通话费是很贵的。

正想着，有人喊“麻木”，不是逍遥中心的小姐，却是从逍遥中心出来的。麻石说，老贵，该你了。康老贵激灵一下直起身来，将车拉到客人跟前，一看，笑了，原来是瘸老五。

三

瘸老五是康老贵在氮肥厂的工友。那氮肥厂是县里当年办的“五小”工业，很红火了一些年。在厂里康老贵是仓库管理员，瘸老五看传达室，两个人是有些交情的。后来“五小”都下马了，工厂被炸了，厂区卖给了开发商。黑心的开发商把县里的领导喂肥了，却不管工人死活。工人们集体上访，折腾了三年多，才勉强给上了所谓的“三险”。一个月二百多元最低生活保障，连吃大米都不够。按说瘸老五也不容易，自己瘸着一条腿，娶个老婆是个哑巴。哑巴媳妇没别的本事，就是能生孩子，生了丫头生儿子，一连给瘸老五生了仨丫头俩小子。指望着瘸老五那点儿有数的工资，能把五个孩子拉扯大，容易吗？孩子大了，娶媳妇的娶媳妇，嫁人的嫁人，扇忽起翅膀都飞了。穷人家的孩子不全像柱子那么仁义孝顺，瘸老五的孩子都混得不错，有的还有房子有车有存款，可是没有一个人管爹管妈。瘸老五下岗了还要养活哑巴老婆，瘸着一条腿又不能自谋生路，为难得差点儿像杨白劳那样喝盐卤自杀。

也该是老天爷饿不死瞎家雀儿，砖头瓦块也有翻身的时候。正当瘸老五走投无路的时候，他住的那几间透风漏雨的小房子拆迁了。拆迁有政策，是可以给房子的。飞得不见踪影的五个孩子又都回来了，沸沸扬扬呼天喊地亲亲热热都做出一副无比孝顺的样子。瘸老五的心早就凉了，他知道五个“孽障”是冲着回迁的房子来的，都摆出了满箩满筐的理由。瘸老五装聋作哑打定了主意，一间房子也不要，就要钱。六十多万元的拆迁补助死死地攥在手里，谁也甭想抠出一分一毫。五个“孽障”没辙了，骂骂咧咧地飞走了。瘸老五干的是绝户事，一间房子都不要，意味着死后什么都不给儿子留下。他算计好了，活着的时候租房住，老了就去敬老院，这点儿钱足够他跟哑巴老婆活到死的。

康老贵拉着瘸老五一边优哉游哉地蹬着三轮车，一边蛮有兴致地跟瘸老五聊天。康老贵想起了春节晚会上小沈阳说的一句话，问瘸老五，要是你死了，钱没花完怎么办？

瘸老五斩钉截铁地说，不能够。挣钱难，糟钱还难吗？你知道我每天怎么过日子吗？鸡鸭鱼肉，想吃啥买啥，喝酒，不买散装的，都是成瓶的；抽烟，都是三块钱以上的。

康老贵逗他说，听说你喝豆浆买两碗，喝一碗倒一碗。

瘸老五顺口逗下去，那可不，我买两台空调，一台吹冷风，一台吹热风。

康老贵说，进逍遥中心找俩小姐，一个你抱着她，一个她抱着你。

瘸老五急忙摇脑袋，你可别瞎说，我进逍遥中心可是从来不找小姐的。

康老贵用鼻子哼了一声，蒙谁呢，不找小姐你到那儿干吗？

瘸老五却一本正经地说，脏，太脏了，恶心。

康老贵笑了，还越说越正经了。

瘸老五说，你想呀，那是吗？“公共汽车”，谁都能上；“一碟酱”，谁都举着大葱去蘸；“一锅泔水”，你给我刷我给你刷，越刷越脏，想着都要吐。

康老贵很相信瘸老五说的是真的，想想就是这么回事，可有喜欢骚的，有喜欢臭的，是苍蝇还嫌蛆吗？

瘸老五说，我到逍遥中心，只做足疗。

康老贵不明白，做足疗有吗用？

瘸老五说，嘻嘻，你要是没做过足疗，这辈子算白活了。

四

有这么严重吗？没做过足疗，这辈子算白活了？

老德头说，在所有的保健项目中，足疗是最有益于健康的。人就是一棵大树，脚就是树的根，人老先老脚。人身上所有的器官，在脚底下都有对应的穴位。严格地说，足疗不仅仅是保健，应该说是一种治疗。有病治病，无病健身。

什么事情一到老德头的嘴里，总是能说出一大堆道道儿来。

老德头继续引经据典说，我们中华民族，是世界上最爱脚的民族。过去看女人先看脚，哪个女人的脚最小、最漂亮，哪个女人的身价就会最高。“金莲”“香钩”“步步生莲花”，这都是说女人脚的。女人的脚有“肥、软、秀”三质，有“形、质、姿、神”四美。明末清初的大文豪李渔说女人的小脚“香艳欲绝”，可以让男人“魂销千古”。由爱女人的小脚波及爱女人的鞋，叫作“弓鞋秀履”。有一部小说叫《金瓶梅》，你们肯定没听说过。那里说西门庆跟女人们一起喝酒，把酒杯放在潘金莲的小鞋里，叫作“鞋杯”……

听着听着，康老贵提出了异议，说了半天，不是我们中华民族爱脚，是中国男人爱脚，中国男人爱女人的脚。

老德头愣了一下，说，你的意思是让女人也爱男人的脚。

康老贵说，爱嘛，就应该是双方的，一个巴掌拍得响吗？

老德头没说话，低着脑袋沉吟了一会儿，兴奋地说，老贵，有你的，行，行。你的意见给了我很大的启发。

康老贵糊涂了，启发，吗启发？

老德头说，我正在写一本书，这本书的名字就叫《足道》。你让我开阔了思路，为我的书提供了新的思想、新的内容。我得感谢你，我得请你喝酒……

康老贵不再说什么了，他相信老德头有学问，但是不相信老德头的学问大到能写书的程度。在他的眼里，能写书的不是凡人，那非凡的人叫作作家。而老德头再有学问，也不过是个“麻木”。“麻木”还能写书，还能当作家？家里坐着去吧。

老德头根本没有看出康老贵对他的怀疑，依然沉浸在抓到新灵感的兴奋中。

瘸老五把足疗提到生命意义的高度，老德头还要专门为足疗写一本书。康老贵想，以前没听说人世间还有足疗这么个营生，前几年在南方的大城市刚刚流行，后来就一阵风似的刮遍大江南北长城内外，传播得比SARS还快。一个东西风行，肯定有它的好处。康老贵动心了，无论如何要去做一次足疗，要不哪天一病不起或者遇上了车祸，这辈子不真的白活了吗？

他跟瘸老五打听好了，一次足疗三十元。柱子连十二元都舍不得花，难道他要花三十元去让别人捏脚丫子吗？真是疯了。柱子算计拿十二元需要拉六趟活儿，那他这三十元就需要拉十五趟活儿。相当于一天的臭汗白流了，这划算吗？管他呢，疯就疯吧，就疯这么一回，总算没白活。

康老贵是那天下午四点多钟走进逍遥中心的。这一天阳光很好，在很好的阳光下走进这不清不白的地方，还真有点儿战战兢兢。他把三轮车停在小树林边上，便装作漫不经心的样子朝小树林里走去。以前也常有这样的情况，活儿不忙的时候，他便去小树林里找那些闲在的老人聊天。“麻木”的工作是流动的，你来他走，没有人在意他的三轮车在那里停放了多长时间。他穿过小树林，来到大街上，以一个过路者的姿态朝逍遥中心的方向走去。脚步当然会放慢些，眼睛却乜斜着朝逍遥中心的玻璃门窗望去。外面的阳光强里面便有些暗，只看见几个晃动的人影。他犹犹豫豫地放慢了脚步，没敢朝里面迈步，走了过去。走过去便后悔了，怕啥，我花钱来消费，我的钱不是钱？他一边给自己当“啦啦队”一边扭头朝回走，又经过逍遥中心大门口，正强迫着自己的脚争气些，里面出来两个人，他便又收回脚步装作过路的样子朝前走去。就这样反反复复好几个来回，最后不知道从哪儿来了那么一股邪劲儿，愣是进去了。

脑子里一片空白，眼前一片灰色。服务生很礼貌地迎上来，朝里面喊着：贵宾一位。

于是便有一位穿着大红旗袍的小姐引着他往前走。

领位小姐的个头儿很高，他又胆怯地直不起腰来，这样他的眼睛便盯在了小姐旗袍开衩处。开衩一直开到大腿根上面，没有穿袜子，光着两条白晃晃的大腿，从侧面看，大腿裸露的根部已经超过了屁股蛋子，快到腰眼儿了。旗袍小姐知道他在看她的大开衩，并不在意，依然笑盈盈地问他，您是洗浴呢还是做按摩？

他惊愣了一下，慌忙说，啊……俺只做足……足疗。

旗袍小姐将手朝前一指，请他上二楼。

二楼的足疗大厅是一排一排的床椅，床椅上铺着雪白的床单。他被引到一张床椅旁，旗袍小姐问他，先生，请问您喝点儿什么？

他记起来了，瘸老五说过，千万别要那里的茶水饮料，一杯清茶就二十元钱，活坑死人不偿命。他忙说，啊不，我要杯白水就行了。这也是瘸老五告诉他的，这里只有白水不要钱。

旗袍小姐将一杯白水放在他面前，扯着大开衩走了。

一个花布裤 T 恤衫的小姑娘站在了她面前，手里还提着一个方形的小包。他一时不知道怎么回事，这小姑娘太小了，像是站在课桌前的一个小学生。莫非她是来讨钱的？他见过一些讨钱的孩子，跟这个小姑娘差不多。他愣愣地看着小姑娘，小姑娘却开口了，声音也是很细嫩的，您好，37 号为您服务，请您关照。

他没说话，实在说他不知道该说什么。

小姑娘用很细嫩的声音问，请问先生您做什么？

他这才明白过来，这个小姑娘就是足疗小姐。他慌忙说，我……我做足疗。

小姑娘说，我们这儿有藏药浴，有死海泥浴，有玫瑰花浴，有茶叶浴，有香精浴，有……

该死的瘸老五，怎么没告诉他足疗还有这么多名堂。他只好甩掉脸皮自己开口问了，价钱都一样吗？

小姑娘说，藏药浴九十八元，死海泥浴八十八元，玫瑰花浴七十八元……

他脑袋大起来，装作很不耐烦的样子说，行了行了，我就做三十块钱的那种。

小姑娘微不可查地笑了笑，请等一下。

很快，小姑娘端着一个冒着热气的足疗盆来了。他有点儿心疼小姑娘，端着那么大一个盆，走路都摇摇晃晃了。

小姑娘将足疗盆放在他脚下，弯下腰替他脱掉鞋，又帮助他脱袜子。

他立即收回了脚，连声说，我来我来，这臭袜子怎么能让人家小姑娘脱呢。他每天蹬三轮车，用的是脚，那脚又出汗，袜子都沾在脚上。小姑娘却没有让他自己脱，还是抓住了他的脚，把他的臭袜子脱下来。放在鞋壳里的臭袜子都支棱着，他后悔了，应该换一双干净的袜子再过来。

小姑娘把他的袜子脱下来，又将他的双脚放进足疗盆里。足疗盆里面的水是黑的，像是泡了什么药。

水温合适吗？小姑娘问。

啊……合适合适。其实水温是有点儿热的，不知道为什么他竟然说合适。他忍着烫将双脚泡在足疗盆里，忍不住了又将脚拔出来晾一晾。

小姑娘说，要不我给您加点儿冷水吧？

也好也好。

加上冷水后水温降下来，他的双脚老老实实地泡着。

小姑娘蹲下身来，将那双小手伸进水盆里，为他搓洗着双脚。他低下头看着小姑娘，小姑娘扎着粗粗的马尾辫儿，将头埋在他的膝盖下面。水盆里，一双柔软的小手在那粗糙的双脚上揉搓着，很痒，这痒又麻酥酥地朝他的身上传过来。他的眼睛模糊了，他只觉得两条长长的虫子从他的脸颊上爬下来，一直爬到他的嘴角。嘴角也是痒痒的，他伸着舌头舔了舔，那虫子是咸的。小姑娘抬起头，想要问什么，看见他那张轻轻抽动的泪脸，吓住了，忙问，大叔，我弄疼您了吗？

他急忙摇了摇头，用衣袖抹了一下脸上的虫子。

您怎么了？

能怎么样呢？活到五十多岁，除了小时候他的妈妈，没有人给他洗过脚……

五

康老贵深信了瘸老五那句话，没做过足疗，这辈子算白活了。

也许就因为瘸老五说了这句至理名言，他跟瘸老五居然成了知己。瘸老五每隔两三天就来做一次足疗，每天做完足疗都是他蹬着三轮车将瘸老五送回去。回去的路上便是交流足疗的体会。他说，不冲别的，就冲那么个花骨朵一样的小姑娘给你洗脚，三十块钱就值。我老婆跟我过了十二年，给我洗过脚吗？我女儿花了我多少钱了，我把老命都搭出去给了她，她能给我洗脚吗？

哎呀，人呀不能比，人比人得死，货比货得扔。原来我以为在咱们新中国，我们是底层，我们是低贱的人，没想到还有这么低贱的工作。足疗，亏得想得出来，缺八辈子德的人想出来的职业。瘸老五说。

怎么能说人家的工作低贱呢？新社会人民翻身得解放，当家做主，没有压迫，没有剥削，人人平等，工作没有高低贵贱之分，都是为人民服务。噢，你享受了，还说人家低贱，谁缺德，我看你才缺德。

不低贱吗？你会让你的闺女给人家洗臭脚丫子吗？

他说，低贱不低贱的我倒没想那么多，我只是不忍心再让人家小姑娘给我洗脚了，我这不是欺负人吗？

怎么能说是欺负她呢？她干的就是这个工作。她给你洗脚了，可是没白洗呀，你给她钱了。都像你这样，人家挣谁的钱。

是啊，也是。可是我还是觉得不好。

我看挺好，这辈子我们都是伺候别人的，我们都是看着别人的脸色干事的，我们都是低三下四地求别人的。花三十块钱，大模大样地让人家伺候一回，多大的造化呀。老贵，你得好好享受，我知道你舍不得花钱，要不是我鼓动你，恐怕这辈子你都进不了逍遥中心。赶明儿我请客，请你做足疗。

瘸老五这天真的来请他了，跟“麻木”们只说瘸老五找他有事。

随着瘸老五进去便坦荡多了，瘸老五气派十足地往足疗床椅上一躺，高声大嗓地说，来壶铁观音。

他拿起茶几上的价目牌看了看，好家伙，一壶铁观音六十元。老五，算了吧，还是要白水吧。

瘸老五说，说好了你别管，一分钱都不让你花，请你嘛，就得让你舒服了。

他心里一热，这瘸老五还是很仗义的。

大开衩旗袍过来，问他们有没有点钟的小姐。

他没听明白大开衩旗袍的话，瘸老五忙对他说，你不是心疼那个小姑娘吗？还让她给你洗脚。

大开衩旗袍问，哪位小姐？

37 号。他居然记住了那个小姑娘的工牌号。

大开衩旗袍又问瘸老五。瘸老五说，我还要小胖儿。

37 号来了，他冲 37 号笑了笑，37 号也冲他笑了笑。两个人像是老熟人了。

足疗盆端来了，他看见瘸老五理直气壮地让小胖儿替他脱鞋脱袜子，他也就不再客气。他和瘸老五并肩坐在足疗床椅上，舒舒服服地泡着脚。两个足疗小姐上了床椅，为他们捶背捏肩。

瘸老五问 37 号，你叫吗？

37 号说，我姓苗，叫苗小猫。

瘸老五笑了，怎么叫这么个名字？

他倒是觉得 37 号就应该叫这个名字，她真像一只小猫，身个儿比猫大不了多少，又温顺又轻柔，嫩嫩的，就是一只很可人的小猫咪嘛。

那时候他还不知道，在逍遥中心服务的小姐，包括做领位收银的甚至做店长的，几乎所有的名字都是杜撰出来的。她们像地下工作者一样，只有改个名字才符合职业特点。

他和瘸老五又并头斜靠在足疗床椅上，畅快淋漓地享受着足疗的好处。他斜过身子给瘸老五倒茶，说话的时候尽量把脑袋伸向瘸老五，这是对瘸老五的尊重。他以前可从来没有这样尊重过瘸老五，看来只要肯花钱，到哪儿都能买到尊重。尊重也可以花钱买，想想这世道真变了。这问题要是给老德头提出来，不定又会引起他怎样一大套宏论呢。

瘸老五的注意力却完全放在了那个叫小胖儿的足疗小姐身上。小胖儿并不太胖，只是胸脯子很大，应该叫丰满。小胖儿也穿着苗小猫那样的 T 恤衫，大概是她们的工作服。T 恤衫是棉布的，很薄，可以非常清楚地看见小胖儿胸前那两大坨子肉鼓鼓囊囊地颤动，好像没穿乳罩。这个发现让康老贵的脸一红，急忙将目光移开，他怕瘸老五发现他的心思邪了。瘸老五总是不停地跟小胖儿说笑话。小胖儿将他的大脚丫子几乎抱在了怀里，揉面一样地捏拿着。无意中他还注意到，瘸老五常常将脚趾弯曲一下，巧妙地碰一碰足疗小姐那鼓胀的胸脯。对于瘸老五这种缺德的动作，小胖儿好像并不讨厌，只是很轻地把身子扭动一下。这扭动与其说是躲避，倒不如说是纵容和引诱。因为他还注意到，小胖儿还借着拉他脚的动作，让瘸老五的脚掌故意碰一下自己的胸脯，碰得很巧妙，蜻蜓点水一样。他哪里知道，这都是很边缘的服务技巧，把一点儿小甜头给你，让你下次再来的时候记住点她的钟。

人家苗小猫就不这样。康老贵觉得，那一双小手抓住他的大脚丫子，真有点儿力不从心。但是那双小手又十分有力，在他的脚掌上捏着摁着，点点到位，有一种很实实在在的劲道，常常让康老贵疼得龇牙咧嘴。

大叔，您的胃不大好吧？

家里没个娘儿们做饭，整年饥一顿饱一顿的，胃能好吗？咦，你怎么知道的？

人身上的每一个部位都在脚上有相应的部位，什么地方有病，脚上都能反映出来。

哦，这跟老德头说的一样。这苗小猫不简单，能讲出老德头一样的学问。

您要是经常来做足疗，有病的地方就能康复，没有病可以强身健体。

这又是老德头说过的话。

康老贵看着瘸老五用脚不断地调戏着小胖儿，心里面骂着，脚上却有了感觉。他的脚趾好像也不安分了，总是下意识地勾一勾。这不是浑蛋吗？人家还是个孩子，你怎么能对人家动歪心思？动也没用，苗小猫可不像瘸老五那个足疗小姐。首先是苗小猫的胸脯儿没有那么鼓胀，更重要的是苗小猫那规矩的胸脯儿总是跟客人的脚保持着一定的距离，就是需要拉客人脚的时候，小胸脯儿也会相应地朝后仰，不会给不安分的客人留下任何可乘之机。

瘸老五吃着碗里的，还馋着锅里的。臭脚丫子跟自己的足疗小姐交流，眼睛还紧盯着康老贵这边的苗小猫，不断地跟人家套磁闲扯。在瘸老五的闲扯中，康老贵知道了苗小猫的家是贵州一个叫作六盘水的地方。六盘水，怎么还有这么一个地方呢？这名字怪好听的。

六

做过两次足疗此后，康老贵觉得自己的心境变了。变得心气高了，变得腰板硬了，变得说话嗓门粗了。这或许是受了瘸老五那套理论的影响。以前他确实觉得“麻木”是小城最低贱的工作、最低贱的人，上至七八十岁的老头儿老太太，下至五六岁的小屁孩儿，都像唤狗一样地招呼他们“麻木……”听到召唤，他们也会像狗一样地颠颠跑过去，扶人家上车，给人家掀帘儿，小心谨慎地伺候着。现在不同了，伺候人的人也使唤过别人，享受过被人伺候的滋味儿。顿时他觉得身价涨了，涨了身价的康老贵有点儿看不起别的“麻木”了，认为他们是纯粹的“下等人”“低贱者”，而他则不是。

他还是不敢轻视老德头的，中国人向来对读书人有一种天然的敬畏，有点儿像对待鬼神。他很想跟老德头探讨一下，比如足疗的科学性，比如人是否该分高低贵贱，比如花钱能不能买来尊重，等等，还有逍遥中心的那些女孩儿和女孩儿们所从事的工作，都有许多可探讨之处。

可是小树林旁边却很少再见到老德头了，难道他真的当“坐家”去了？这让康老贵有点儿失落。

足疗也能上瘾，康老贵时不时地就要到逍遥中心去一趟，去了就找苗小猫。去一趟花三十块钱是让他心疼，只有平时多卖点儿力气，多拉点儿活儿弥补一下。更主要的是，再有半年女儿就大学毕业了，就能自食其力了，他在手头上有资格放松一点儿了。

每次苗小猫给他洗脚，他心窝子里就一阵发热，不过不会再感动得泪流满面了，那也太没出息了。这一天，他发现苗小猫的脸色不对劲儿，似乎还有泪痕。他问她，她却低着脑袋吧嗒吧嗒掉起了眼泪。那泪珠子很大很硬，一颗一颗砸在他的脚面上，感到凿凿实实的。这姑娘怎么了？

正在这时候，大鞭子带着两个马仔从楼上下来了，气势汹汹横冲直撞，不亚于电影里上海滩上的混混儿恶霸。在这个小城里，大鞭子还真是惹不起的混混儿。混吃混喝、欺行霸市、收保护费、要买路钱，整个一个黑社会老大。小城的老百姓都怕他，连哄孩子睡觉都说，快闭上眼，大鞭子来了。为什么公安局这么容忍他胡作非为呢？有人说他根子硬，跟某某大官是亲戚，有人说他跟公安局勾连着。公安局的说法则是他只是厉害点儿，欺负老实人，却没偷没抢没杀人放火，一句话，没犯法，能奈他何？

大鞭子手里拎着一条象牙把镶着宝石的小马鞭，穿着西装打着领结，一副豪绅派头。他晃晃悠悠地站在苗小猫的身后，笑眯眯地看着苗小猫的后脖颈。一个马仔踢了苗小猫一脚，厉声说，想好没有？苗小猫依然低着头给康老贵洗着脚。另一个马仔上来，一把薅住她的头发把她的脑袋拉起来，问你话呢，聋了还是哑了？僵持了一会儿，大鞭子却将头一甩，命令两个马仔跟着他扬长而去。

康老贵小声问，咋啦，你惹他们了？

苗小猫没说话，将足疗盆放到一边，用毛巾为康老贵擦着脚。

康老贵还是不放心，又问，他们到底要你干吗？

苗小猫的眼泪又流下来，默默地为康老贵捏起了脚。

康老贵轻声说，姑娘，你出门在外，人地两生，有吗难处就跟大叔说吧，说不定大叔能帮你呢。

听了这句贴心烫肺的话，苗小猫抱着康老贵的大脚丫子哭了。

康老贵直起腰，摸了摸苗小猫的头发，亲切地安慰她，孩子，别怕。

苗小猫抬起一张泪脸，哭着说，大叔，他们要给我“开苞”……

康老贵心里像是被重物砸了一下，一股热血冲向了脑门子，两边太阳穴都鼓胀了。这……这太欺负人了，她还是个孩子呀……

康老贵知道大鞭子是不会轻易放过苗小猫的，他总觉得在苗小猫身上有一种责任，一种保护苗小猫安全的责任。他说不清为吗会对苗小猫这样，或许仅仅就是因为除了母亲，她是唯一为自己洗过脚的女人。

每天晚上，无论多晚，康老贵总是在逍遥中心的小树林边上等着苗小猫，他要蹬着三轮车亲自把苗小猫送回家。苗小猫在城关租了一间小平房，一个月二百元房租。当然，苗小猫照例会给他钱的，他也照例会收的，不多收，也不少收。不在钱上，在的是一份情分。

也许就是为了这份情分，或者是两只脚常常定时不定时地发痒，他去逍遥中心越来越勤了。这天他本来不想去，他得有意识地控制一下自己，钱不是那么好挣的，也不是那么好花的。可是他看见瘸老五去了，瘸老五是他做足疗的引路人，好长时间没在足疗大厅看见他了，苗小猫受欺负的事应该跟瘸老五聊聊。不一定管吗用，只因为瘸老五也认识苗小猫，好交流。

他进了足疗大厅，却没有见到瘸老五。不用招呼，苗小猫自动端着足疗盆过来了。

康老贵问她，看见瘸老五了吗？

苗小猫说，到三楼做“大保健”去了。

康老贵问，吗叫“大保健”？

苗小猫说，就是“消大费”。

康老贵更糊涂了，吗叫“消大费”？

苗小猫说，“消大费”就是多花钱，做“大活儿”。

康老贵还是一头雾水，做吗“大活儿”？

苗小猫瞪了他一眼，脸红了，急忙低下了头。

康老贵猛地从苗小猫的眼神里猜测出来了，他的脸一阵发烫，很尴尬，好像他是在故意挑逗苗小猫。心里骂了自己一句浑蛋，便闭上了眼。闭上眼睛想起瘸老五，却感到不对了。瘸老五不是对嫖深恶痛绝吗？怎么会上三楼做“大保健”呢？

迷迷糊糊要睡着的时候，听到身边有动静，睁开眼一看，瘸老五已经躺在他身边的床椅上，一脸的足兴。他赶忙起身给瘸老五递烟，又让苗小猫帮助他要一壶清茶。他每次来都是不要茶的，只简简单单消费三十元。现在瘸老五来了，怎么也要招待一下。他没敢要铁观音，铁观音六十元一壶，清茶只要二十元。他替瘸老五点上烟，悄声问，你真的去三楼啦？

瘸老五深深地吸一口烟，问，你想不想开开荤？

康老贵有些恼了，说，你不是讨厌找她们吗？脏，恶心，“公共汽车”“一碟酱”“一锅泔水”，这不都是你说的吗？

瘸老五说，百闻不如一见，想当然不如亲自体验。哎呀，那才叫享受呢，要我说呀……

康老贵打断了瘸老五的话，你不会说没嫖过一辈子白活吧？

瘸老五说，我就是那个意思，无论如何你得去体验体验。我给你介绍一个妞儿，那胸脯子，嘿，跟漏斗子似的……

茶来了，康老贵怕瘸老五再说什么，忙给他倒上茶水递过去，行了，你先补充点儿水分吧。老德头说了，身体是不能缺水的。

瘸老五明白了康老贵不想听他说嫖的事，低头看了看一声不响红着脸干活儿的苗小猫，似乎进一步明白了，便知趣地闭上了嘴巴。

这天晚上，康老贵照例送苗小猫回家。不算太晚，刚刚过十二点吧。苗小猫下了车，朝自己的小院走去，康老贵见她已经进了院门，才放心地掉头回去。他刚要弯下腰蹬车，突然听见苗小猫啊地叫了一声。

扭头一看，两个男人正架着苗小猫往外拖。他顿时跳下跑过去，大喊一声“放手”，便冲向两个男人。他记得两个男人告诉他“少管闲事”，然后不知怎么就跟两个男人厮打起来，厮打中他认出了那是大鞭子的两个马仔……后来的一切他都不知道了。醒来的时候，他已经躺在县医院的急诊室病房里。

已经是第二天早晨了，他睁开眼睛，发现苗小猫坐在他的病床前。后来又觉得头疼，用手一摸，头上缠着绷带。他很快记起了昨天晚上的事，他问苗小猫后来怎么样。苗小猫告诉他，瘸老五报了警，警车响着警笛来了，那两个流氓跑了。后来，她跟瘸老五又把他送到了医院。苗小猫说，他们用砖头砸了你脑袋，医生说有点儿脑震荡，没大事的。

康老贵问，瘸老五家不在那边住呀，他怎么知道的？

苗小猫说，那两个流氓一直在逍遥中心外面转悠，瘸老五发现了。你送我回家的时候，瘸老五坐着另一辆“麻木”一直在后面跟着。

康老贵心里感动了，瘸老五是好人，讲义气，自己过去还瞧不起人家，真是错待人家了……

苗小猫把那张病床摇起来，他半躺半坐，很安逸。苗小猫为他买来了皮蛋瘦肉粥，他要自己吃，苗小猫不让，端起羹匙一勺一勺地喂他。他又流泪了，大概真的老了，眼袋下垂了，眼眶子浅了，连眼泪都拢不住了。

苗小猫用纸巾给他擦着眼泪，笑着说，真是的，您又怎么了？

康老贵想说，这辈子除了小时候他妈喂过他，还真的没有人喂过他。但是他没把这句话说出来，他突然觉得跟洗脚的事重复了。是的，苗小猫重复地为他做两件事，洗脚和吃饭，这都是别的女人没有给过他的，自己的女儿如何能像苗小猫这样孝顺，他真该烧高香了。他突然明白了，自己心里边一直把苗小猫当成自己的女儿，另一个女儿。苗小猫是不是也把自己当成了父亲呢？

苗小猫喂完了饭，又给他端来水让他漱口，还让他直接把漱口水吐在床下面的痰盂里。然后，又拿起用热水浸过的湿毛巾给他擦脸，一下一下地很仔细地擦着。苗小猫看见他又要淌眼泪，便用湿毛巾捂住了他的眼睛。

他抓起了苗小猫的手，这手很小，很白净，像一朵刚刚绽开的玉兰花。可是，这么小的手却变了形。每根手指上都有一个硬硬的茧，特别是拇指、食指和中指，那茧大得可怕，真的有蚕茧那么大。细细的小手指拖着赘瘤般的硬茧，生生把一双漂亮的手毁容了。他心疼地看着这双手，眼泪没有流出眼眶，却流进了心窝儿里，他心里酸酸的。

苗小猫安慰他说，没事的，足疗按摩师都这样。

他问，还能好吗？

苗小猫摇了摇头。

他试探着说，别干这个了。

苗小猫说，不干这个我能干吗呢？我弟弟来了。

你弟弟来干什么？

要钱。

要吗钱？

我出来挣钱为的是给他盖房。

给他盖房？

不给他盖房，他就娶不上媳妇。现在姑娘的条件越来越高，原来有几间砖瓦房就行了，这几年又时兴要小楼，没有小楼人家姑娘是不进门的。

他自己为吗不挣钱盖房？

他一直念书，原本想考大学的。要是考上了就不用盖房了，可是他没考上，又重读了一年，还是没考上。

那你父母呢？

我父母说，女孩子得管家。

女孩子得管家，真是新鲜。

女孩子终究是别人家的，没结婚之前，要多为家尽点儿责任。

康老贵不言语了，这么好的姑娘怎么生在这么一个不讲道理的地方呢？

七

康老贵在医院躺了三天，三天后他缠着满脑袋的绷带来到了逍遥中心对面的小树林里。

“麻木”们都说他是见义勇为的“英雄”，麻石还出面每人攒了十元钱，买来香肠啤酒说是为“英雄”接风。“麻木”们都抢着往外掏钱，不是他们突然间慷慨起来，是因为对康老贵缺着礼儿。康老贵出了这么大的事，躺在医院里，原本他们该提着兜子水果或点心到医院里去慰问慰问的，他们没有去，一是舍不得钱，二是怕耽误活儿，三是跟康老贵没有那么大的交情。他们犯不上亲热康老贵，康老贵能给他们带来吗好处呢？只有瘸老五够朋友，到医院去了两次，哪次都没空着手。

两个星期之后，康老贵脑袋上的绷带除掉了，除不掉的是右边太阳穴上一个蚕样儿的疤，有点儿像苗小猫手指上那卧着的茧。

他又进了逍遥中心的足疗大厅，还是找苗小猫给他做足疗。他不再那么拘谨了，大大方方地让苗小猫给他脱鞋脱袜，心安理得地享受着苗小猫为他洗脚，还自己犒劳自己添了一壶清茶。

他问苗小猫，你弟弟走了吗？

苗小猫说，他拿不到钱是不会走的，从小就这么拧。

你没给他钱吗？

给了，不够。

他要多少？

五万。

啊，你给了他多少？

五千，我就这么多。

你弟弟在这儿干吗？

就在家里躺着，有时候到网吧玩游戏。

吗，你在这儿辛辛苦苦地挣钱给他盖房娶媳妇，他却舒舒服服地在家躺着，还花钱去网吧？

我们那儿都这样，谁让他是男孩儿呢？

他为吗自己不想法子挣钱呢？

我也想让他干点儿吗，两个人挣钱总比一个强点儿吧，可是他干什么呢？啊……对了，大叔，您跟德老师熟吧？

我哪儿认识吗德老师？

他过去也是个“麻木”。

也是个“麻木”，你说的是老德头吧？

可能就是他吧，现在他是我们这儿的老师。

老师，吗老师？

专门教足疗按摩的老师，他还写了一本书。

那本书是不是叫《足道》，那就是他了，我说好久没看见他了呢，原来潜伏到逍遥中心来了，哪天我得去会会他。

大叔，你要是认识他能不能给我帮个忙。最近要招收几个男技师，由他培训上岗。我想让我弟弟去学，可是人家说凡是报名的要经过他亲自面试。我弟弟最怕考试了，一考试就紧张。

这点儿小事康老贵是不会拒绝的，何止是不拒绝，他是很想帮助苗小猫的，只可惜他没权没钱，能帮这么个小忙何乐而不为呢？

八

老德头的培训班在三楼，康老贵带着苗小猫的弟弟往楼上走。他从来没有上过三楼，三楼是做“大保健”的。听瘸老五说，就是一个一个的“炮房”。康老贵上了三楼往里面拐，还是被眼前的情景吓了一跳。楼梯拐弯处有一个敞着门的大房间，里面挤着二三十个小姐。每个小姐穿得都很暴露，比她们坐三轮车时要暴露得多，康老贵所看见的，几乎就是一团一团的白花花的肉。瘸老五说过，差不多都是光着的。两个大奶子仅仅兜上个奶头，有时还故意把奶头露出来。瘸老五说，你可别上当，越是暴露出来的奶子越干瘪、越下垂，都是故意兜上去的。就像菜市场上买的菜，看着挺鲜灵，水獭的，买回家去就蔫。康老贵没有激动，甚至还有些熟视无睹的样子，心里别扭的是不该让苗小猫的弟弟受这个刺激，说不定人家还是个童男子呢。

小姐们呼啦啦拥上来，挺着胸脯子往康老贵的身上蹭。康老贵有些慌了，躲躲闪闪地往“肉林”外面突围。瘸老五突然发现了他，上来解围。瘸老五穿着的是印着逍遥中心字样的浴衣，松松垮垮的。到这里来“消大费”的都是先在一楼洗完澡再上来。瘸老五一上来就看见了有些惊慌失措的康老贵，忙上来将那些半裸的身子扒拉开，嘴里嚷嚷着，躲开躲开，我哥这里有相好的。

瘸老五拉着康老贵朝里面走，咱去房间先喝会儿茶，然后我给你找一个，哎呀，你一辈子没见过这样的美人……干这事不能急，心急吃不了热豆腐……

康老贵忙解释，我……我不是干这个来的……

瘸老五说，咱哥们儿这么多年了，就谁也别瞒谁了，没人笑话你。

康老贵说，真的，我是来找老德头的。

瘸老五问，你找老德头干吗？

康老贵说，苗小猫的弟弟想参加他的培训班，这不……

康老贵说着回过头来，这才发现苗小猫的弟弟不见了。左寻右看，见小伙子躲在了楼梯下面。康老贵忙向他招手，小伙子低着脑袋上来了。

在三楼最里面的一个大房间里，康老贵找到了老德头。墙上挂着一张彩色的大脚丫子，上面密密麻麻地画着经络穴位图。大脚丫子下面摆着一张足疗床椅，上面躺着一个穿着浴衣的人，从那两条白白的长腿和精巧的小脚丫儿看，像个女人，而且是年轻的女人。老德头蹲在那双小脚丫儿前面，一边轻轻地摩挲着，一边给他的学生们讲课。围在他周围听课的是四五个像苗小猫弟弟一般大小的年轻人。

康老贵不便打扰人家，站在门口处等待着。

老德头还是那副高深莫测的大学问家的派头，引经据典地讲着：大家都看过《大红灯笼高高挂》吧，我说的是电影，张艺谋导演的，巩俐主演的，在乔家大院拍的。不知道大家还记不记得里面有这样一个镜头，巩俐给一个大老爷当了四姨太，每天晚上用人给她洗完脚之后，就用两个小槌子敲打她的脚心。那个四姨太躺在床上，喝醉了酒一样晕晕乎乎的样子。那样子其实很性感，也可以说有点儿淫秽，许多人都不明白是怎么回事。你们说是怎么回事？

老德头依然摩挲着那双漂亮的脚丫儿，扭过头问他的学生们。没有人回答他，都摇了摇头。

老德头笑了，你们可真纯洁呀，难怪嘛，你们还都年轻。但是纯洁不是无知，你们可能没有体验过，可是不能不懂。我说过的，全身八大系统、五脏六腑都通过经络跟脚连着。身上有病，通过对脚上相应的穴位按摩就会起到神奇的治疗效果。现在你们明白用人用小槌敲打巩俐，巩俐为吗像喝醉了酒一样呢？你们说说。

有人说话了，舒服了呗。

老德头很高兴，对了，就是舒服了。我们给人家做足疗，就是要让人感到舒服。你们说什么叫舒服？

一个年轻人说，吃饱了就舒服。

又一个年轻人说，累了躺在床上就舒服。

老德头说，你们说的是一般的舒服，是穷人要的舒服。穷人求的只是温饱，温饱足矣。我们是为富人服务的，富人没有饿的时候，也很少有累的时候。他们不是要这种舒服，他们要的是体验，愉悦的体验，刺激的体验，甚至是顶峰体验。知道什么是顶峰体验吗？这是马斯洛心理学。这些你们还不懂，以后慢慢给你们讲。咱还是先说脚，大家都看看这双脚，过来，都仔细看看，摸一摸，捏一捏，感觉感觉。

老德头大概是蹲累了，要不他不会把那双爱不释手的小脚丫让给别人的。老德头站起身来，马上看见了站在门口的康老贵，先是一愣，马上就是很高兴、很热情地打招呼，哎呀，老贵，你怎么这么闲在呀？来来来，你看，我这儿正给他们上课呢，一会儿你也给他们讲讲。

康老贵说，别拿我开心了，我能讲吗呀？

老德头马上招呼他的弟子，同学们，这就是我跟你们讲过的康老贵，就是他启发了我，让我创立了足疗为女人服务的新理念。原来我们的足疗都是针对男人的，这在男权社会中是不可避免的。有些女人也来做足疗，用的也是服务男人的方法，没有特色，没有针对性。女人占人类的一半，失去了女人的市场就失去了一半的经济效益。

那几个正在捏拿女人脚丫的年轻人听德老师介绍，以为来了一位了不起的大人物，回头一看，原来是个“麻木”，没有表现出应有的热情和尊重，便又自顾自捏起女人的脚来。

康老贵将苗小猫的弟弟推向老德头，问，德哥，你看这娃行不？

老德头打量了一下苗小猫的弟弟，问，你亲戚？

康老贵说，就算是吧。

老德头说，按说应该考试的，报名费是五十元。你出面了，就免了。

康老贵紧张起来，那还要吗钱？

老头德说，培训费八百元，不过不是交现钱，上岗后再从工资里面扣。

康老贵松了一口气。

老德头转身拿过一本书递给康老贵，书的名字叫《足道》，上面写着康有怀著。

康老贵思摸了一会儿，这康有怀……

老德头说，就是鄙人。

康老贵笑了，一直不知道你叫吗，闹了半天咱还是本家呢。

老德头说，书本费是要给的，因为我这书是自费出版的，只收工本费。

康老贵问，多少钱？

老德头说，后面有定价。

康老贵翻过来看了看，四十八元钱。他迟疑了片刻，从口袋里掏出了五十元钱，交给了老德头。

九

眼睛一闭，就觉得头顶上掠过一只飞鸟，那飞鸟的影子便冷冷地投在他的心窝儿上。这是一种不祥之兆，康老贵的心紧缩了一下。一连五六天了吧，他天天在小树林外面等候着下班出来的苗小猫，可是苗小猫像是从这鬼鬼祟祟的世界上消失了一样，连个影子都没有，还不如头顶上的飞鸟。

实在绷不住了，他又走进了逍遥中心的足疗大厅。他要找苗小猫做足疗，大开衩旗袍告诉他，苗小猫辞职了。怎么辞职了，病了吗？回家了吗？又去别处了吗？大开衩旗袍说，我再给您安排别人吧，很多人都比苗小猫做得好。

康老贵见大开衩旗袍不回答他的问题，便朝三楼走去。他知道，老德头要培养出一批高水平的、主要为女性服务的足疗按摩师，培训时间长达一个月。他估计，苗小猫的弟弟还在那里。

一切都像他第一次来的时候看到的一样，大脚丫子的挂图，床椅上躺着的女人和女人那小巧漂亮的小脚丫儿。老德头也依然摩挲着那小脚丫儿，只是这次没有蹲着，而且舒舒服服地坐在了一个矮凳儿上。

康老贵依然站在门口，眼睛踅摸着苗小猫的弟弟。谢天谢地，苗小猫的弟弟还在，跟几个年轻人挤着围在老德头的周围。也是像上次一样，康老贵没有贸然地打扰老德头，静静地等待着。

老德头开始讲实际内容了，李渔可以说是研究女人脚的第一大学问家，我的《足道》理论就是建立在李渔研究的基础上的。李渔将把玩女人小脚归纳为四十八种，有吸、舐、咬、吞、食、搔、捏、捻、承、索、脱、剥、缠、洗、剪、暖、拥、扶、悬、肩、排、推……现在我把这四十八种玩法归纳为四个层次，需要说明的是，李渔的玩法是从男人出发的，满足的是男人的兴趣和欲望。我们反其道而行之，把为男人服务转变成为女人服务，从女人兴趣和欲望出发。所以我讲的四个层次都是根据女人的感受设计的，第一个层次是金莲迎风，第二个层次是金莲初绽，第三个层次是金莲狂醉，第四个……

老德头无意中扭了一下头，看见了康老贵，你找我？

康老贵指了指苗小猫的弟弟，啊……我找他。

老德头向苗小猫的弟弟晃了一下头，苗小猫的弟弟起身过来。

康老贵把苗小猫的弟弟引到门外面，轻声问，你姐姐呢？

她不在这儿上班了。

她去哪儿了？

她被人“包”了。

吗“包”了？

苗小猫的弟弟没说话，只是瞪了他一眼。他明白了，电视上报纸上揭露贪官的报道中都有这么一句话，“生活糜烂腐化”，“包养”情妇云云。难道苗小猫也给人做了“情妇”“二奶”了？给谁？在哪儿？

这一切苗小猫的弟弟都不知道，或者是知道了不告诉康老贵。康老贵从逍遥中心出来的时候，眼前是恍恍惚惚的，脚下是软绵绵的。

康老贵再也不到逍遥中心去了，苗小猫走了，似乎整个逍遥中心都不复存在了。挥之不去的是苗小猫的影子总是在他眼前晃动，脑子里也杂乱着对苗小猫的追问，为吗会这样？

细想起来，苗小猫跟他有吗关系呢？至于这么动心动肝地挂念人家吗？连对自己的女儿都没有这样，苗小猫是你吗人呢？

终于有一天他看见了苗小猫，那是他拉着一个女孩儿去大皇宫，这是小城最豪华的饭店，据说不但可以吃到海参鲍鱼佛跳墙，还能吃到河豚。那个女孩儿下车付钱的时候，他无意中瞟见了一个身影。那个身影是从一辆黑色奥迪 Q7 里出来的，随后出来的还有一个男人。那个男人朝饭店大门里走，那个身影刚要挽着那个男人的胳膊，却也无意中回了一下头，两双眼睛的目光碰在了一起。

那个身影朝他走过来，风摆柳丝一样地走过来。闪着光泽的连衣裙，他不认识这种衣料，但是他知道这衣料一定很昂贵。娇小秀丽的身材高了许多，或许是挺直了腰板，或者是脚下高跟鞋的缘故。

康老贵说，我到逍遥中心找过你，见到你弟弟了。

苗小猫低着头说，我得给我弟弟凑钱。

康老贵眼睛看着大皇宫的门口问，他答应给你钱了？

苗小猫说，他想娶我。

康老贵的眼睛眯缝起来，盯着苗小猫问，你是说，裴向东想娶你？

苗小猫使劲点着头，很自信的样子。

康老贵认识从奥迪Q7里出来的那个男人，他叫裴向东，小城赫赫有名的暴发户，他是靠倒卖木材发的财。小城里多少见钱眼开的姑娘哭着喊着要嫁给他，他怎么会娶你一个足疗小姐？

康老贵是怎么了，怎么突然间歧视起足疗小姐了？

十

女儿回来了，女儿大学毕业了。其实女儿半年以前就毕业了，她是在长江边上那个大城市里读的大学。女儿本来想留在那个令人向往的大城市，可是半年都没找到工作，只好又委屈自己回到她所熟悉的小城。女儿叫康丽，一个身材标准容貌姣美的姑娘。女儿是他的杰作，是他的掌上明珠，是他的命根子。为了这个命根子他苦巴苦业熬了二十三年，现在终于熬出头来了。

女儿回来以后很忙，天天不着家，整天在外面跑。康老贵问她忙吗，她说找工作。康老贵问她有眉目了吗？她说差不多了。女儿跟她的话很少，原本女儿跟他相依为命熬过来的，应该很亲才是，可是女儿就是跟她亲不起来，至少表面上亲不起来。女儿从来不跟她撒娇，有事情也从来不跟他商量，他觉得女儿有志气、有主见，还很欣慰。

突然有一天，也是在大皇宫门口，他又看见了那辆奥迪Q7。他等在那儿，想看一眼苗小猫，门开了，出来的却是康丽。他一时不相信自己的眼睛，揉了揉再看，没错，自己的女儿还能看错吗？女儿是从前面副驾驶的位置出来的，出来后马上转身打开后面的车门，一只手开车门，一只手还挡在车门上面，生怕里面出来的人碰了头。

从车里出来的自然是裴向东，自然又是那副西服革履的大款派头。

裴向东大摇大摆地朝大皇宫里走，康丽替他拎着包儿紧随在后面。康老贵注意到，裴向东上台阶的时候，女儿还搀着他的胳膊。女儿也变了，原来是蝙蝠衫牛仔短裤光脚穿拖鞋，现在换成了银灰色的西装短裙，脚下则是半高跟的黑色皮鞋。这身行头将女儿衬托得成了一个电视剧里的职业女性，这到底是怎么回事呢？

第四天的早晨，康老贵才在家里碰见了女儿。女儿这天起得早，正在院子里刷牙。他问女儿怎么跟裴向东在一起，女儿说这是她的工作。康老贵问是吗工作，女儿说给裴向东当秘书。他还想问吗，女儿却抹了抹嘴上的牙膏沫拎着包匆匆忙忙地走了。临走还说了一句，我今晚有事不回来了。

女儿给裴向东当了秘书，这事让康老贵心里很别扭。可是为什么别扭，他又说不清楚。只是隐隐约约觉得跟苗小猫有关，跟苗小猫有什么关系呢，他又说不清楚。越是说不清楚的问题越觉得是个事儿，越在脑子里挥之不去。小城就屁股大的地方，两三家豪华的大饭店，三五家像样的歌厅，七八家洗浴桑拿中心，这都是有权人、有钱人去的地方。有权人、有钱人都有小汽车，原本是用不着“麻木”的。可是有权人、有钱人在大饭店吃饭，还要找几个妞儿陪着。大饭店里没有妞儿，只能打电话从歌舞厅或洗浴中心叫。妞儿出来舍不得花钱打出租车，便用上了“麻木”。妞儿们有时候陪酒陪多了，死狗一样歪倒在饭桌上，有权人、有钱人便从外面叫个“麻木”，让把那醉了的妞儿弄走。所以“麻木”也有登大雅之堂的机会。

这一天康老贵正在大皇宫门外“趴活儿”，一个保安过来，塞给他十元钱，让他到天安门去把一个妞儿弄下来。他一时没有明白，天安门不是在北京吗？让我蹬着三轮车到北京去接妞儿？不会吧。保安说，不是北京的那个天安门，是大皇宫餐厅里有许多雅间，每个雅间都有一个名字。既然饭店的名字叫大皇宫，雅间的名字就以皇宫外面的门命名。除了天安门，还有东华门、西华门、正阳门，等等。

康老贵东张西望地上了三楼，找到了天安门雅间。用餐的客人都走了，只有一个小小的身子佝偻在沙发上，蓬头垢面，吐了一地的腌臜物。康老贵上前，小心地叫着，姑娘，该回家了。姑娘一动没动，死了一样。服务员说，你别叫她了，赶紧把她背走吧，我们等着打扫房间呢。听服务员这么一说，康老贵觉得好像这个妞儿是他家的，或者这个妞儿是被他灌醉的。细想想服务员这样说也没大错，你不是收了人家十元钱吗？收人钱财替人消灾。当康老贵把妞儿的小脑袋扶起来的时候，他再也不这样想了。这个烂醉如泥的妞儿不是别人，正是苗小猫。

康老贵背着苗小猫下了楼，放在三轮车上。可是把她往哪儿送呢？她已经不在逍遥中心了，逍遥中心肯定不会收留她。她正跟裴向东谈恋爱，该送到裴向东家，可是裴向东家在哪儿呢？该问问康丽，康丽不是裴老板的秘书吗？老板的未婚妻喝醉了，当然是秘书的职责了。康老贵一边蹬着自行车，一边掏出手机给女儿打电话。他接受了女儿淘汰下来的手机，却很少用，给谁打呢？穷人的社交就是简单，没有天南海北的朋友，没有日理万机的业务。交通基本靠走，治安基本靠狗，通信基本靠吼，娱乐基本靠手。女儿的手机打通了，却没有人接听。再打，还是没有人接听。

康老贵不能蹬着三轮车拉着苗小猫满街乱转，想来想去只好先拉到自己家去了。这也算是替女儿尽点儿职责吧。

康老贵怕苗小猫把女儿的房间弄脏，便把她放在了自己的屋里。苗小猫果然还要吐，他忙把洗脸盆端来，让苗小猫往盆里吐。吐了半天最后又吐出了一点儿绿水儿，他拿起湿毛巾替苗小猫擦着嘴上脸上的污物，又给苗小猫端来半碗醋让她喝，他听说醋是能解酒的。

苗小猫已经清醒了，她喝了两口醋，龇牙咧嘴地摇了摇头，说我要喝水。

他又给苗小猫倒了一大碗凉白开，苗小猫咕咚咕咚地喝了。

他扶着苗小猫的身子想让她躺下，苗小猫却挣扎着坐了起来。

他带着埋怨的口吻说，怎么喝成这样呢？陪酒又不是陪命。

苗小猫苦苦地笑了笑，像是要哭。

他问，你喝多了，裴向东怎么不管呢？

苗小猫说，不是跟裴向东喝的。

他奇怪了，不是跟裴向东喝的，那你跟谁喝的？

苗小猫狠狠地说，跟一群王八蛋。

他埋怨的口吻加重了，不是大叔说你，你跟裴向东好，怎么还去陪别人喝酒呢？裴向东知道了会不高兴的。

苗小猫的小脸蛋抽搐着，像哭，像笑，又像是要发疯。

他沉了一会儿，轻声说，小猫，好点儿没，要是没事了，大叔送你回家吧。

苗小猫喃喃地说，我……哪儿有家呀。

他说，你不是住在裴向东家里吗？你告诉我，裴向东家在哪儿，我把你送回去。

苗小猫的脸上加速抽搐了两下，哇的一声大哭起来……

康老贵慌了，怎么了？到底怎么了？裴向东欺负你了？

苗小猫哭喊着说，他不是人，是王八蛋，是畜生，是魔鬼……

康老贵问，他……他怎么你了？

苗小猫声嘶力竭地喊着，他把我玩够了，不要我了，把我赶出来了……

康老贵看着痛苦万状的苗小猫，并没有感到多少意外。当时苗小猫说裴向东要娶她的时候，他就信少疑多。现在果然是这样，怪谁呢？那些有权的、有钱的人有几个讲情义的呢？

苗小猫哭着骂着折腾着。康老贵也只能耷拉着脑袋任苗小猫发泄着。

十一

康老贵的手机响起来的时候，他疑疑惑惑地向四下望着。手机的铃声是一支唱月亮的歌儿，他以为是谁打开了收音机。还是柱子提醒了他，你是不是有了手机？手机里传来了一个女孩子的哭声，是苗小猫。康老贵急忙说，怎么了？又怎么了？你在哪儿……

康老贵蹬着三轮车朝江山大业公司的方向奔去，他知道那个江山大业公司，一栋半边绿半边红的大楼，说什么绿的是江山，红的是大业。可是康老贵总觉得绿的是妖，红的是魔，整个大楼就是一个龇牙咧嘴的妖魔鬼怪。他是近来才听女儿说的，那个公司是裴向东的。女儿就在那个大楼里给裴向东当秘书，可是苗小猫说裴向东是王八蛋。女儿给王八蛋当秘书可不大好，即使裴向东不是王八蛋，女儿也不该给他当秘书。裴向东是什么东西，不就是裴老癫儿的三小子吗？裴老癫儿整天价疯疯癫癫的，到谁家去了，先用那脏手把人家桌上的馍摸了，还装模作样地问是什么面做的。人家嫌他摸过的馍脏，只好把馍给他。这癫子娶了个西北逃荒来的女人，给他生了三个儿子。大儿子是个哑巴，二儿子是个傻子，只有这小三还规整一些，又取了个规整的名字，叫裴向东。所以人们有理由相信这小三不是他裴老癫儿的种，到底是谁的种，众说纷纭莫衷一是，不管他了。裴向东规整是规整，却不是读书的料，小学二年级读了两年，三年级读了三年，连年蹲班。轮到比他小六岁的康丽读初中的时候，裴向东也刚刚上中学。据说他初中没有毕业就做生意去了，读书不行做生意却是个奇才，没几年工夫就折腾成了小城的首富。变戏法的瞒不了敲锣的，在街坊四邻面前，猪鼻子插两棵大葱是成不了象的。这样的人再有钱，也涨不了行市。在大城市读了四年大学的康丽回来给裴向东当秘书，康老贵总觉得没脸。更何况裴向东又祸害了苗小猫，更让康老贵瞧不起了。改天一定要跟女儿好好谈谈，别在裴向东手下干了，哪怕到超市里去当个收银员，康老贵也会觉得体面些。

苗小猫站在那妖魔鬼怪的大楼前，双手抱着肩，像是冻得瑟瑟发抖。到了跟前康老贵才发现苗小猫不是冷，而是用双手遮掩着被撕扯成挂钱儿一样的衣裙。脸上也是青一条儿紫一条儿的，嘴角上还凝结着血丝。

康老贵问，谁打的？

苗小猫说，裴向东手下的狗，王八蛋。

康老贵说，你来找他了？

苗小猫说，医生说我怀孕了，我不找他行吗？

康老贵心里一沉，裴向东怎么说？

苗小猫说，他不承认我肚子里的孩子是他的。

康老贵吃了一惊，这……这有可能吗？

苗小猫又骂起来，王八蛋，不是他的是谁的，我他妈给他的是黄花闺女的身子，别的男人都没沾过我的边……王八蛋，他干过的事却不承认了……

康老贵问，你打算怎么办？

苗小猫说，我要告他，告他王八蛋……

康老贵问，你告他吗？强奸？

苗小猫说，德老师说了，让我把孩子生下来，然后要求法院做DNA鉴定，看他王八蛋承认不承认。

康老贵的心又往下一沉，这……恐怕不行吧？

苗小猫说，怎么不行？法院不会不讲理吧？法院不会是他们家开的吧？

康老贵沉沉地摇着头，法院应该讲理，法院也应该不是裴家开的。可是，老百姓打官司告状，光有理行吗？这些话只能在自己的心里打着旋儿，他不愿意跟苗小猫说破，说破了对她有什么好处呢？她还是个孩子，孩子的眼睛里坏人坏事坏世道都是在电影电视剧里看到的，都是万恶的旧社会才会有的。

康老贵让苗小猫上了车，问她去哪儿。苗小猫说，你先带我去巴荣市场买件衣服吧。巴荣市场是小姐们追求时尚的地方，那里的服装千奇百怪，穿上以后露的地方比遮盖的地方多，本地姑娘不敢穿。这种服装虽然时尚，质量却极差，又很省衣料，所以很便宜。

苗小猫去巴荣市场买衣服，康老贵在外面等着她。苗小猫去了很长时间没出来，康老贵却意外地遇见了老德头。老德头也是来买衣服的。这会儿见到老德头，自然他就问起了苗小猫的弟弟。

老德头说，走了。

康老贵听说苗小猫的弟弟走了，心里一下子像搬掉了一块沉重的石头，可嘴上还问，怎么走了？

老德头说，可惜了，那孩子挺有悟性的，长得又帅。

康老贵说，你是心疼那八百元培训费没赚到手吧？

老德头说，后来我才知道，他根本不是出来赚钱的。

康老贵问，那他是干吗来的？

老德头说，他是来要钱的，跟他姐姐要钱的。你说世界上真有这么没出息的男人，自己盖房娶媳妇，却逼着姐姐挣钱，还理直气壮。

康老贵问，这么说他跟苗小猫要到钱了？

老德头说，苗小猫东拼西凑，给了他两万多块钱，让他先回去准备砖瓦木料，以后苗小猫挣到钱再给他寄回去。

康老贵想，老德头知道得还挺清楚，肯定是苗小猫的弟弟跟他讲的。

老德头像是突然想起了吗，从怀里掏出一本书，这是苗小猫的弟弟让我转交给你的。

康老贵接过那书看了看，正是老德头写的那本《足道》。

老德头说，他说这书是你花钱买的，让还给你。

康老贵说，我要它干吗？

老德头说，没事翻翻，说不定有用处呢。

康老贵说，你这本书我看过，你不是送给董科一本吗？

老德头说，怎么样？请多提宝贵意见。

康老贵说，要我说呀，纯粹是吃柳条儿屙笊篱，肚子里编的。

老德头哈哈大笑起来。

康老贵说，我说对了吧？还科学，还李渔，还《大红灯笼高高挂》，你就是比别人敢想，敢忽悠，敢拿丑当俊。

老德头说，你算说对了，这年头什么不是忽悠？你到市场看看那些保健品，一个比一个能忽悠，什么太空产品，什么美国科学家耗资二百亿美元开发的，什么纳米技术转基因，什么从埃及金字塔出土的……你知道他们卖的是什么吗？

康老贵说，卖的是什么，卖的是胡说八道。

老德头又笑了，我就佩服你康老贵，什么事情到你嘴里准能说到点儿上。胡说八道是什么？是概念，这年头卖的就是概念，你只要脑袋瓜儿足够聪明，琢磨出一个好的概念，准能卖大钱。哪怕你卖的是一摊狗屎，你要能让人家相信，这狗屎是二郎神的哮天犬屙的屎，跟唐僧肉的功效差不多，就有人争着抢着买。你说，现在人到底是聪明还是傻呀？怎么这么缺心眼儿呀？

康老贵说，人的心眼就那么多，你都用在算计别人上面了，轮到自己需要用了，没了，不傻等什么呢。

老德头笑得很开心，深刻，你康老贵就是深刻，什么时候咱俩得合作一把。

康老贵说，我可不想坑人。

老德头还想说什么，康老贵蹬着三轮车走了，因为他看见苗小猫从巴荣市场里出来了。

十二

康老贵决心为苗小猫向裴向东讨个说法。他也不知道自己哪儿来的那么一股勇气、一股正义感。反正他想也没多想，蹬着三轮车就奔向了那红红绿绿的大楼。保安把他挡在了门外，这是他意料之中的。他很客气地说，他去找裴老板。保安非问他找裴老板干什么。他说他有话跟裴老板说，保安问他想跟裴老板说什么话。说什么话能告诉你吗？你又不是裴老板。他有点儿火了，保安的火比他来得还快，当胸一拳就把他打了出去。他趔趔趄趄地往后退，要不是他抓住了台阶两边的栏杆，好歹摔下去了。

正在这时候，裴向东从里面出来了。保安赶紧向裴向东报告，说来了个捣乱的。裴向东低头看了看，似乎认出了他。能不认识吗？街坊邻居几十年了。裴向东忙上前把他拉住，一迭声地说，大叔，是您呀。您来了怎么不打个电话呢？我派车去接您呀。保安一看这“麻木”果然是老板的熟人，慌了。裴向东问那个保安，刚才是你打的人吧？那保安浑身哆嗦着，话都说不利索了，我……只是推了他一把。裴向东喊叫起来，放你妈的屁，我眼睁睁地看着你打了一拳。去，脱了这身皮给我滚蛋，马上从我眼前消失，别让我再看见你。

裴向东把康老贵带进他的办公室，这么大的办公室，这么大的老板台，这么高级的沙发、地毯、壁画，康老贵感到眼晕，觉得自己脚没地方放，眼睛和手也没地方放。也是一个穿着大开衩旗袍的姑娘过来，让他坐在沙发上，并问他喝茶还是喝咖啡。裴向东站在自己大老板台的后面，跟他隔开了一段距离。他向前走两步对裴向东说，我……只跟你说两句话。

裴向东朝他挥了挥手，那意思是让他等一会儿。紧接着，裴向东又跟那个大开衩旗袍说，你在大皇宫订一个单间，三个人，菜要得精致些。

大开衩旗袍把一杯热茶放在康老贵面前的茶几上，马上去执行裴老板交给她的任务。大开衩旗袍走到门口，裴向东又叫住了她，告诉康秘书，中午一起陪客。

康老贵听出来了，裴向东说的康秘书，肯定是自己的女儿康丽了。他真糊涂了，刚才在大门口怎么不提他是康丽的爹呢？那样保安就不会拦他了，自己也不会挨一拳了，保安也不至于丢饭碗了。

他还是急切地想跟裴向东把要说的话说出来，可是裴向东不给他机会。桌子上的电话和面前的手机轮番响着，吵蛤蟆坑一样。裴向东满桌抓蛤蟆，抓住了蛤蟆就跟蛤蟆一块儿吵，没完没了。康老贵觉得很不自在，自己成了这偌大办公室里的一个多余的物件。

后来大概是到了吃午饭的时候，裴向东这才想起他，马上打电话给康丽。康丽来了，康丽搀着他下楼，又把他塞进一辆汽车，再后来到了大皇宫饭店。大皇宫饭店更让他眼花缭乱，脚下软绵绵的，他想说吗，嘴又干干的张不开，只好任由康丽拉着他往前走。他晕乎了，身不由己。直到进了那个叫作东便门的雅间，他还是恍恍惚惚的。面对着一大桌子他见都没见过的山珍海味，他还觉得自己是在梦中。

裴向东热情地向他敬酒，是三十年的茅台酒。他没敢端酒杯，卑微地说，裴老板，我来找你就是有几句话，没想到给你添这么大麻烦。

裴向东说，大叔您说哪儿去了，我跟康丽一直想请您的，您来了我们高兴，您给我这么大的面子。

康老贵说，我是想说说……

裴向东说，您吗都别说，我先敬您三杯酒。

康老贵无奈，只好举起了酒杯。

这顿饭吃得那叫一个乱，两个人不断地给他夹菜布菜，不停地给他敬酒。他觉得自己快不行了，脑袋沉了，眼睛发涩了，耳朵也嗡嗡地响了起来。

这时候裴向东说话了，是端着酒杯站起来非常严肃地说的，大叔，有件事我得跟您汇报一下。

康老贵觉得自己的耳朵出了毛病，跟我汇报，我算吗？

裴向东说，不但要跟您汇报，还得征求您的意见，希望得到您的批准。

康老贵更糊涂了，眼巴巴地看着毕恭毕敬的裴向东。

裴向东说，我向您的女儿求婚了。

康老贵觉得天旋地转、身子发软，他两只手使劲扶着桌面，支撑着自己。

康丽说，爸，您不会有意见吧？

康老贵的酒顿时醒了，他明白了，全明白了。他没有必要跟裴向东说什么了，他努力镇定着自己，站起身了，迈开脚步，结结实实地往外走。

裴向东以为他去卫生间，站起来说，我跟您去吧。

他很坚决地挥了挥手，又很坚决地朝外走去。

他没去卫生间，而是径直走向大皇宫的大门……

康老贵蹬着三轮车茫然地走在小城的大街上，像是行进在一个他从来没有到过的地方，一切都是陌生的。起风了，像雾一样的风，灰蒙蒙的。眼前的一切都是灰蒙蒙的，包括逍遥中心对面的那片小树林，小树林边上停放着四五辆三轮车，那些蹬三轮车的“麻木”都哪儿去了？

一张脸上好像堆着笑。从那露出来的两排黑板牙上看出了笑，可是听不到笑的声音。那笑又含蓄起来，一只手捂着嘴巴，还扭过了头。突然那笑又变得很狰狞、很恐怖，像一个骷髅在摇动。终于听到了那笑的声音，很开心的、很放荡的、很没操守的笑。

康老贵认真地看着那张笑脸，慢慢地他认出了是瘸老五。

瘸老五说了句什么，然后又笑起来。

康老贵还是茫然地看着他。

瘸老五大声喊着，你听见了没有？

康老贵似乎在说，听见了，怎么了？

瘸老五说，听见了你还问我怎么了？

康老贵说，我没听见你说吗。

瘸老五又笑起来。

康老贵说，我听见你笑了。

瘸老五一字一板地说，我、把、苗、小、猫、睡、了。

康老贵听清了，但是他不相信，这怎么可能呢？你又不是裴向东。

瘸老五说，真想不到，越是正经的女人放开的时候越是浪……哎呀，真想不到，老贵，你可得去试试，别的女人无所谓，你一定要跟苗小猫睡一睡，那真是有味道……

康老贵还是不相信，一个劲儿地摇头。

瘸老五说，你还不信，苗小猫又回逍遥中心了，你不知道吗？她回逍遥中心不做足疗了，到三楼去卖了……成逍遥中心的头牌了……

康老贵使劲摇着脑袋，让自己的意识清醒起来。随着意识的清醒，他信了瘸老五的话。

十三

康老贵依然在当他的“麻木”，依然整天价守候在逍遥中心对面的小树林外面，依然负责接送从逍遥中心里扭出来的妞儿。只是他一次都没有再去做足疗，说不清为什么他不去。

几乎每天都能看见苗小猫，苗小猫完全变了。原来是个小白猫，现在成了小花猫。她也穿那露着半个屁股的短裙或短裤，也把嘴唇抹得像吃了死孩子的肉一样通红，也把小肚脐眼明目张胆地露出来。甚至也抽起了烟，也大声说粗话，还把野男人的胳膊搂在怀里摇晃着小蛮腰。但是，苗小猫再也不坐他的三轮车了，有时候走过来，他的三轮车就横在路边，她也像没看见他似的绕过去，甚至还故意在他身边喊着别的“麻木”。他心里明白这是为吗，苗小猫肯定知道裴向东又喜欢上了康丽，苗小猫肯定恨死了康丽，恨康丽能不恨康丽的爹吗？康老贵想跟她解释，怎么说呢，解释得通吗？

女儿和裴向东的事，他没有跟女儿吵，他知道吵是没有用的。但是他也不能不管，他告诉了女儿裴向东和苗小猫的事，康丽说，她知道，他们不过一块儿玩玩儿。康老贵觉得世道变了，现实的世道不再把男女关系看得庄严而神圣，男女之间除了恋爱结婚生儿育女之外，还有玩玩儿，随便玩玩儿。玩玩儿是什么呢？他跟康丽说，裴向东会不会跟你也是玩玩儿呢？康丽说裴向东是认真的，他一个小小的中学生能娶到我这么一个大学生，多争脸呀？是他死皮赖脸地向我求婚的。康老贵说，有钱人说话能算数吗？你大学生怎么样？他玩够了照样会甩掉你。康丽说，我不怕，他跟我玩，我不是也跟他玩了吗？他没占什么便宜，我也没吃什么亏。看来这世道还真的变了，女儿能跟上世道，老德头能跟上世道，那些有权人、有钱人都能跟上世道。死守着世道的只有康老贵这样的“麻木”了。这五千年的世道靠这些手无寸铁的“麻木”坚守，守得住吗？

小树林边上，“麻木”们一边“趴活儿”一边有一搭无一搭地聊天。柱子像是发现了宇宙奥妙似的说，眼下吗都讲道，卖粥的叫“粥道”，卖汤的叫“汤道”，开茶馆的叫“茶道”，捏脚丫子的叫“足道”，韩国的武术叫“跆拳道”，香港的电影叫“无间道”。要我说，早早晚晚，咱“麻木”就得叫“麻道”。

董科说，“麻道”已经有了，可不是咱“麻木”。

柱子问，那是吗？

董科说，前些天我到巴城去，看见一家门面上写着“麻道馆”，你猜是吗？打麻将的。

柱子有些沮丧，好不容易有个创意，还被人家抢先注册了。喂，老贵叔，你说还会有吗道？

康老贵随口说，世道。

柱子一时没明白，吗是世道？

康老贵叹了口气，连你都不知道世道，看来这世道真没了。

康老贵说完这句话便不再言语，他还是惦记着苗小猫，每天能看见苗小猫在他面前晃一下，心里就踏实许多。他说不清这是一种什么感情。

可是，有一个多月看不见苗小猫了。他心里嘀咕着，哪儿去了？病了？出车祸了？又被别人包起来了？终于忍不住了，那天他送一个小姐回家，打听起了苗小猫。那个小姐说，苗小猫走了。走了，去哪儿了？据说是回家了。回家了，她不干了？

真的要不干了也是好事。离开这臭烂的泥坑，将身上洗干净，找个好男人嫁了，这才是正路。他为苗小猫设想着，感到几分欣慰。

有一天，他的手机响了一小段音乐，他知道这是短信。他已经习惯用手机了，只因跟女儿联系多了起来。他打开手机看着：大叔，我想恨你，可总是恨不起来。在我生命的弥留之际，闭上眼睛就是阎王爷派来的小鬼儿，赶走那些张牙舞爪的小鬼儿的总是你。下面落款是苗小猫。

康老贵的心噔噔地跳起来，这到底是怎么回事呢？苗小猫为吗说她已经到了生命的弥留之际呢？

十四

经过几天翻来覆去的思虑，康老贵决定去找苗小猫。他只知道苗小猫的家在贵州的六盘水，可是在六盘水什么地方呢？他按照苗小猫发过来的手机号打了好几天，开始是没有人接听，后来再打居然停机了。他去找老德头，逍遥中心用人一定会有记录的，他可以让老德头帮忙查一查。

他蹬着三轮车来到逍遥中心的门前，着实吓了一跳。平日车水马龙的逍遥中心一下子变得空空荡荡的了，大门紧闭着，玻璃后面的灯黑着，也看不见里面的人影晃动了。最为可怕的是，大门上贴着交叉着的封条，封条上还盖着鲜红的大印。回过头来，小树林里有几辆三轮车，“麻木”们凑在一起嘀咕着什么。康老贵赶过去急着问，没想到老德头也在这里。

老德头正跟“麻木”们讲着惊心动魄的故事，呼啦一下子，三层楼站满了武警，都端着半自动冲锋枪，那枪口直接指向人，谁动就开枪……全乱套了，那些嫖客、小姐连衣服都顾不上穿，裹着大床单就被押上了警车。

董科问，怎么没把你抓走？

老德头说，我是足疗师傅，正规职业，他们凭什么抓我？

柱子问，那老板呢？

老德头说，不要说老板，连大堂经理、办公室主任、收银员、领班的，都一锅端，全是手铐子一铐，上车。

康老贵心里一个劲儿地跳，不知道他为吗紧张，碍他吗事了？

等老德头说得差不多了，康老贵便把老德头拉到一边，向他问起了苗小猫。老德头说，苗小猫家住在哪儿我不知道，我倒是有她弟弟的地址，我收学生的时候留了个心眼儿，把每个人的身份证都抄下来了。

谢天谢地，幸亏你留了个心眼儿。更让康老贵惊喜的是，老德头的小本子上居然也留下了苗小猫的资料。因为每一个学员都需要一个担保人，担保人他也写得清清楚楚。老德头真是个做大事的人，心细。

原来苗小猫叫苗小狸，狸猫的狸，比猫也大不了多少。

康老贵坐了一夜的火车，来到了六盘水，又换汽车颠簸了大半天，到了一个木棉镇，然后便步行上山。苗小猫的家在离木棉镇十二里远的苗家寨。

苗家寨是一座非常美丽的小山村。一条清泠泠的小河从远处的群山中摇摇摆摆地流淌下来，进入了一片开阔的山谷。山谷四周，依山傍水错落着几十户人家。每户人家都被云雾般的翠竹笼罩着，若隐若现，若明若暗。多是低矮的砖瓦房和茅草房，间或有几栋两层或三层的小楼便十分醒目。小山村很静，几只闲鹅的引吭高歌惊动了安静的小村人。在一个打柴归来的中年妇女的指引下，康老贵很快便找到了苗小猫的家。

一栋新建起来的小楼，墙壁上的红砖、屋顶上的青瓦，还有门窗上的木料和塑钢，还都露着新的茬口。院子虽然打扫干净了，却还没有栽花种树。大老远康老贵就看见有一个年轻人在院外的大门上贴对联，是苗小猫的弟弟，康老贵认识。

苗小猫的弟弟看到康老贵很吃惊，半天没说话。

康老贵打量着新楼房，心里说，苗小猫到底把给弟弟娶媳妇的楼房盖起来了，苗小猫的弟弟打不了光棍儿了，苗家绝不了后了，这都是苗小猫所说的“责任”。康老贵又看了看对联的内容：诗歌杜甫其三句，乐奏周南第一章。这显然是喜联，问苗小猫的弟弟，什么时候办喜事？

苗小猫的弟弟说，后天。

康老贵又问，怎么你一个人收拾？你父母呢？

苗小猫的弟弟说，到镇上采购去了。

康老贵最后问起的是苗小猫，你姐姐呢？

苗小猫的弟弟说，病了。

康老贵急着问，病了，吗病？

苗小猫的弟弟不肯说，却反问他来干吗。

康老贵坚持要见苗小猫，苗小猫的弟弟说，她住在村外边。

康老贵问，村外面哪儿？

苗小猫的弟弟说，就是你来的那个村口，那儿有一个小房子。

康老贵让苗小猫的弟弟带他去找苗小猫，苗小猫的弟弟说，要去你自己去吧，我不去。

康老贵无奈，只好自己去了。一边朝村外走，心里一边打鼓，到底是怎么回事呢？

村口外面哪儿有什么小房子，康老贵寻找了半天，才发现一个小山包后面似乎有一个小茅草屋。这不是什么房子，是人们上山干活儿时临时搭建的小棚子，是遮风避雨用的。康老贵试探着走过去，小棚子连个门都没有，只挂着一个草帘子。康老贵伸着脑袋听了听，里面没有动静。试探着叫了叫，有人吗？里面有人吗？

似乎有窸窸窣窣的声音，康老贵撩开了草帘子。小棚子还没有人高，康老贵需要弯着腰才能进去。昏暗中，康老贵看见地上铺着稻草，稻草里埋着一个蓬头垢面的女人，比猫大不了多少的小女人。康老贵叫着，小猫，是你吗？

苗小猫爬起身来，头上身上都沾满了稻草。

康老贵忙蹲下身子，眼前的肮脏污浊的女人难道是苗小猫吗？就是那个像花骨朵一样含着露水珠儿的苗小猫吗？就是那个也曾让小城首富裴向东动过心的苗小猫吗？现在苗小猫瘦得只剩下一把骨头了，脸本来就不大，现在看上去像一个风干了的瘪橘子。眼睛都眍瞜进去了，身上还散发着一股霉味儿。

康老贵拉着苗小猫那干草一样的手，急着问，小猫，你怎么了？你到底怎么了？

苗小猫想哭，可是怎么也哭不出来。

康老贵说，快告诉我，你得的是吗病？

苗小猫说，是……脏病，丢死人了。

康老贵问，为吗不去医院？

苗小猫说，去了，医生说治不好。

康老贵说，怎么治不好，治不好也要治。你父母怎么不管你？你弟弟怎么不管你？怎么把你赶到这儿来了？

苗小猫说，他们……嫌我脏，怕传染。

康老贵火了，可是这火又不知道该向谁发。他想骂人，骂谁呢？他急得一个劲儿地搓着手，搓来搓去，搓出了主意和决心。他背起苗小猫就往外走，一直朝山下走，大步流星地走，义无反顾地走。

苗小猫在他的背上无力地挣扎着，大叔，您带我去哪儿呀？我哪儿也不去……我活不了多久了……我就等死了。

康老贵像是没听见苗小猫的话，他背上的苗小猫身子很轻，轻得他都感觉不到什么分量。

康老贵下山的时候，太阳正好压在小河尽头的水面上，金光闪闪的，像一团火一样默默地沉向了水底。

十五

康老贵把苗小猫接到了自己的家里，他烧好了一大锅热水，又把热水舀在一个大木盆里，让苗小猫关上门洗个澡，自己却到外面给苗小猫去买衣服。他没有到巴荣市场，而是到服装店给苗小猫买正牌的衣服。他知道怎么买，知道买什么，也知道买多大的。苗小猫突然间成了他的孩子，就像当年老婆走的时候把康丽丢给他一样，他得管，他得尽到做父亲的责任。

他带着苗小猫去医院检查，医生告诉他，这确实是个治不好的病。康老贵的态度很坚决，治不好也要治，死马当活马医，不能眼巴巴地看着她等死。

女儿早已经搬出去跟裴向东同居了，苗小猫就住在女儿的房间里。西医治不了，他就请中医给苗小猫治。每天他都撅着屁股给苗小猫煎药，每天他都想方设法给苗小猫做好吃的。苗小猫的身体越来越虚弱了，连吃药都需要把她扶起来喂。闲下来的时候，他就坐在苗小猫的身边陪伴着她。他握着苗小猫的手，默默地陪着她。两个人都很少说话，他心里有话不知道该怎么说，苗小猫心里有话说不出来。苗小猫连流眼泪的力气都没有了，只是那双眼睛还格外亮，整天整天的，苗小猫就是睁着那双亮亮的眼睛看着他，一动不动地看他，看得他心里发毛。

这一天晚上，天有点儿冷了。他给苗小猫盖被子的时候，觉得她身子很凉，似乎还在瑟瑟地发抖。秋天到了，法国梧桐的叶子都哗啦啦地飘落下来。有一片叶子就贴在了外面的玻璃窗上，苗小猫看着那片叶子，张了张嘴，像是要说什么。

康老贵端来一盆热水，放在苗小猫的床头下。他又小心地把苗小猫扶起来，让她的双脚垂落在床沿下。康老贵蹲下身子，为苗小猫脱去袜子，又将她那双冰凉的小脚放进热水盆里。水有点儿烫，他一只大手托着她的两只小脚，另一只手往她的脚面撩着热水。

苗小猫无力地挣扎着说，大叔，别……您怎能给我洗脚呢？

康老贵没说话，他心里窝着许多话。许多话都心疼这可怜的孩子，他低着头，一颗一颗的眼泪落在苗小猫的脚面上。苗小猫也哭了，无声地流着泪。手心里的两只小脚越变越小，变成了两只活蹦乱跳的小青蛙。是的，是小青蛙。每次他给女儿洗脚的时候，女儿就淘气地乱蹬乱踢，两只小脚在他的手心里蹦跳着，抓住了又跳走了，跳走了又抓住了。他总是这样招呼着女儿洗脚，丽丽，给小青蛙洗澡了。女儿便高高兴兴地跟他配合着，像玩游戏。洗一次脚，女儿玩得兴高采烈，他上身的衣服都湿了。他高兴，因为这是给女儿洗脚。不知道从什么时候起，女儿不让他洗脚了。女儿的脚大了，跟苗小猫的脚一样大了。女儿的脚软软的、柔柔的，苗小猫的脚也是软软的、柔柔的。女儿的脚总是热乎乎的，苗小猫的脚却是冰凉的……

就这样，康老贵仔细地为苗小猫洗着脚，洗了很长时间。很长时间他都是蹲在苗小猫的床头下，两只脚都麻木了。洗完以后，他用一块新毛巾把苗小猫的脚擦干净，又把她的身子放在床上，替她盖好了被子。临走，他又意味深长地摸了摸苗小猫的脑门儿，依然什么话也没有说。

第二天早上，苗小猫死了。死后的苗小猫表情很安详，嘴角上抹着一丝欣慰。

2010 年 2 月 28 日初稿于桑梓轩

2010 年 8 月 6 日改毕于北京

贞德堂纪事

丁亥秋，乾隆皇帝狩猎南苑，途经马驹桥镇小憩，遇一村姑碾米，汗流粉面，糠铺蛾眉，天资丽质，颇具乡野风韵。龙心怦然，欲携女入宫。村姑跪禀：奴已嫁，夫去岁殁于绞肠痧，今上有老迈公婆，下有遗腹幼子。奴生于诗书礼仪之门，粗晓纲常之道，故矢志守节尽孝，弗能受圣上恩泽！帝怜其娇容，感其贞志，遂命笔题：贞德之家。

——摘自县志

寿　日

一对硕大无朋的乳房鼓胀着惊人的饱满，是摆在雪白台布上的两个大寿桃。桃尖儿上点染着深红的乳晕，馋人。两支雕着盘龙的大红蜡烛点燃了，向满堂里放射着慈祥。这慈祥映照在祝寿者的脸上，又化作了煞有介事的庄严。龙年，八十四岁，本命年。沈老太爷的大寿，不亚于失去江山的皇帝卷土重来举行的更换年号的大典。

“活到如今，唉……这贞德堂，亏了祖上有德。”

沈老太爷的叹息首先落在长房儿媳少良妈的脸上，她默默地坐在上首的桌边，嘴唇闭得像多了一道脸上的皱纹。这个女人除了家里外边的操劳，整天说不上一句话，像个忠诚肯干的哑巴牲口。沈老太爷却最敬重她，也最偏向她。怎么想，她都有点儿像在皇帝面前赢得了金堂匾的老祖奶奶。老祖奶奶的丈夫死于绞肠痧，她的丈夫却死于半瓶敌敌畏。

绞心烧肠的巨痛，是绞肠痧甚些，还是敌敌畏甚些？二十二年了，少良也是个遗腹子。她就这么咬着牙苦巴苦业，把老的伺候活下来，把小的拉扯长大了。她撑住了贞德堂的门面，没给祖上丢脸，更大更大的功绩，是为贞德堂培育出了一个让他死可瞑目的掌门人。少良这会儿就坐在奶奶的下首，年轻的脸上游动着讨爷爷喜欢的微笑，也暗藏着若有所思的成熟。

“活到如今，唉……这贞德堂，亏了祖上有德。”

沈老太爷的叹息又在下首和对面席上扫射了一遍，脸上的皱纹抖落出空前未有的宽容，换来的却是滚烫的热烈和忠心的祝愿。寿宴的气氛也由此活跃起来。除了患肝炎病的女儿和在玉器厂开汽车的女婿，便是老二一家人了：既不耽误哇啦说好话又不耽误稀里呼噜吞好菜的二儿媳，还有她身边那三个狼吞虎咽的生马蛋子。老二倒是矜持得可以，他至少知道在贞德堂他不是理直气壮的。他曾经是这个家里的叛逆，革命军，投靠了造反团司令冯大宝。引狼入室，来了个“砸烂”和“横扫”，还亲自踢了父亲一个窝心脚，使老人家从那儿落下了气喘吐血的病根儿。那一切干得颇为勇猛。而后，就宣布“划清界限”，搬到机井房另立了门户，不再承认是贞德堂的后代。

“活到如今，唉……这贞德堂，亏了祖上有德。”

沈老太爷的叹息这回是冲着贞德堂本身而发的。二百多年的建筑了，一闭眼便能看见它历史的辉煌。前廊后厦，雕梁画栋，落地门窗，磨砖对缝，蹲门狮，下马石。原本是前中后三进庭院的，临街的是一片门面。沈记斗，开的是粮行，还有一个后花园，是粮仓。开粮行是挺占地方的。公私合营，归进去了。中院后院以及后花园都献出去了。先是镇政府占着，后来改叫人民公社，这会儿又叫了镇政府。而这前庭他们却一直住着，没有被扫地出门。他们不是地主，是资本家，政策上说是团结利用改造。统购统销，粮行是不能再开了，他便开了个马具店。鞍屉座鞦，夹板牛鞅，皮套辕桩，马镫套包，鞭杆鞭梢儿……他是资本家，可不是公子哥。他有真本事，是闻名马驹桥镇六十三村的车把式。他有许多绝招儿，也创造了许多传奇，他曾经赤手空拳打死过一头发了疯的倔骡子。老二的叛逆把贞德堂给毁了，这里成了冯大宝的司令部，他被赶进了八面透风的场房。得忍，能低头处且低头。老大那脾气，较哪家子真儿？说“黑五类”指的是地富反坏右，不包括资本家。人家专门就要“包括”你，游街，喷气式，脱光了衣服站在雪地里……到了硬不下去了，用半瓶敌敌畏解脱了。

“活到如今，唉……这贞德堂，亏了祖上有德。”

叹息归叹息，没用。跟冯大宝的仇可以记一辈子，跟自个儿的亲儿子就不行。可怜天下父母心，老人都是贱骨头，没出息。他以为卖身投靠人家就能赏他一碗残羹剩饭，屌！你该是啥还是啥，人家革命成功了，你还当狗崽子。机井房里单身汉的日子不好熬吧？又找上门来了，癞皮狗似的，胳肢窝里夹了个小铺盖卷儿。别瞧那三间八面透风的土坯房，毕竟是个家呀！沈老太爷能饶他吗？少良妈贤惠，替他跪下求情。沈老太爷是可怜少良妈才收下他的。细想想也别那么绝情，顶不济也是自己的亲骨肉。十个指头伸出来哪儿有一般齐的？有孝悌，就有忤逆，自古皆然。满门忠良的杨家将，不是还出了个卖身投敌的杨四郎吗？收下了就麻烦了，三十大几的人了，还光棍着。又是少良妈求情，让他给儿子成亲。哼！想得倒美，谁把好端端的姑娘往狼窝虎口里送？还是少良妈的主意，说“换亲”，还说这年头时兴。闺女也二十大几了，该给她张罗了。换来了这么个狐狸精。漂亮，风骚，能说会道，把老二乐得出了老丈人家门不认识北了。闺女可倒了血霉，嫁给个进过三年劳改农场的盗窃犯。那是人吗？活牲口一个。张口就骂，伸手就打，闺女三天两头往回跑，打得鼻青脸肿浑身上下都带着伤。今儿来了还像个人儿似的，还西装，还领带，还提一个镶着“寿”字的生日蛋糕，洋派的，看着不顺眼，心里烦他。

“活到如今，唉……这贞德堂，亏了祖上有德。”

别叹息，这不是落实了吗？还是那个临街的前庭。中院、后院，还有那个后花园就不落实了。政府一个劲儿地说好话，咱也不能不明事理。这就够感恩戴德的了，要是蹬鼻子上脸，把人家惹火了，说不定就会猫咬尿泡空喜欢。可欢了老二两口子，他们结婚以后就东搬西借串房檐，可是什么都没耽误。头胎一个有把儿的，二胎一个带蛋儿的，三胎一个全零件儿的。这娘儿们还挺争气，为濒临灭绝的贞德堂东山再起做出了杰出的贡献。沈老太爷是高兴，见了那三个虎羔子也总是把心里的痒化作脸上的笑。自己的血脉嘛，连着心系着魂儿呢！但是现在这功不能代替过去那过，他还是记恨老二，还是不喜欢这巧舌如簧的二儿媳，心里的疙瘩解不开。过门十年了，老二家的没跟他说过一个“您”字，这会儿却“爸爸爸爸”叫成连珠炮，像是要把过去欠他的“爸爸”都还回来，还加利息，那也不行，这贞德堂得他说了算，他还没死呢，幸亏没死呢！他带着少良他们娘俩搬进来了，那三间土坯场房就转让给老二一家，这也算是对得起他们了。祖上有训，这贞德堂，还有那失去的御笔书题的堂匾，只能传给长子长孙。这规矩他过去就说过，老二两口子不服气，闺女女婿也耿耿的，说是违反继承法。继承法是政府定的，这家规可是祖上传下来的。他不糊涂，别瞧八十四了，他问过到镇上来办案子的律师，他有立遗嘱的权利，说给谁就给谁，受政府保护。这遗嘱他立好了，还有盖着大红印章的公证。今天当着大伙儿的面他要把这亮出来，免得他突然间有个三长两短来不及。只要把这遗嘱往少良手里一塞，你们要吵要闹要折腾，随便。那不是人的女婿也一个劲儿地向他祝酒，说好听的。他怎么一下子就那么珍贵了呢？十八年了，他至少淘了十年的茅房，镇上大小三百六十七个茅房他都淘过，从什么屁眼里排泄出来的腌臜物他都见过。镇上万八千口人，有几个见了他不捂鼻子的？女婿那会儿就是蹲在茅坑上见他提着粪勺进去也不会跟他打一声招呼。只有少良妈不嫌弃他。他每天回家，都给他烧好了洗澡水，准备好干净衣服，把做得有滋有味儿的糠糠菜菜端上来，又为他洗那恶臭的工作服。难得！

该吃长寿面了，还是少良妈默默地离开桌子，为大伙儿去烧火煮面。他想制止她，让别人去干。话还没有出口，街面上乱起来，像是出了什么可怕的事。少良把筷子一撂，便冲出了门。

“活到如今，唉……”

叹息也没用，这贞德堂是陈旧了。门窗裂了，墙皮剥了，瓦屋顶也歪歪扭扭地变了形。不管怎么说，贞德堂还是贞德堂，到底是贞德堂。这供桌，这祖宗牌，这寿桃，这延续下来的后辈儿孙，都是属于贞德堂的。还有那一副寿联，是少良妈专门请宋大先生写的。好纸、好字、好词，就是有点儿不符合事实：堂上辉煌福禄寿三星共照，庭前美香椿萱兰一体同春。至少，萱没了，二十八年了。想来心酸，那点儿可怜巴巴的糠菜，只能勉强够一个人活命的。萱草忘忧，却丢下了老而不死的椿。“上有大椿者，以八千岁为春，八千岁为秋”，这是庄子《逍遥游》里的话，他还记得。唉，总觉得不是味儿，这贞德堂又不像贞德堂，还缺点儿什么。缺什么呢？像是缺一股生气，一种气势，怎这么灰不啦唧死气沉沉的呢？或者是，缺一条根。没有根，再高再大的树，也会枝枯叶败。这条根在哪儿呢？

“活到如今……”

有客人来，首先跳起来迎客的是人模狗样的女婿。来者竟然是仇人冯大宝。他现在是玉器厂厂长，承包的。这小子发了，在马驹桥镇上盖起了第一座私人小楼。女婿就在他手下开车，怪不得呢！一个闺女两个贼，贞德堂又出了个奸细。“沈大伯，给您道喜，祝您老人家健康长寿，福如东海，寿比南山，硬硬朗朗的，过几年改革开放的好时光。”沈老太爷咕嘟着嘴，喝在肚子里的酒一齐往脸上涌，涌出个怒目圆睁。他真想抡起面前的酒瓶子砸向那张嬉皮笑脸。他毕竟到了耄耋之年，七十而随心所欲不逾矩。为官的都不打送礼的，何况今天又是自己大喜的日子，不能让这丧门星折了寿。冯大宝双手捧着一个长方形的纸匣子，诚惶诚恐又充满自信地放在沈老太爷身后的供桌上。沈老太爷的仇恨与愤怒被好奇心代替了。纸匣子打开了，里边装的竟是那个久寻不得的梦：紫檀硬木，镏金大字，乾隆御笔的印章！在沈老太爷的惊愕狐疑和木然中，儿子儿媳，女儿女婿，一家人七手八脚迫不及待地将堂匾挂了上去。顿时，满堂里生出了辉煌，生出了气势，生出了汹涌澎湃奔流不息的生命之泉，贞德堂的支支脉脉攀缘上了一条又粗又壮又深的根。贞德堂，这才是真正的贞德堂。沈老太爷哽哽咽咽地抓住了冯大宝的手，两行热泪换来了冯大宝痛心疾首的忏悔和表白：“当年小将们要砸碎它，我冒着危险把它保存下来，权当赎罪吧。”

“活到如今，唉……还说什么呢？那年月。”

一股脑儿都推给了那年月。毁灭贞德堂的仇人恰恰又是保护了贞德堂的恩人，恩恩怨怨就这样冰释了。金碧辉煌的贞德堂里包容着难以包容的博大。

沈少良闯了进来，后边还跟着乱哄哄的一群。他湿漉漉的身上背着一个同样湿漉漉的姑娘。她跳了凉水河，是他把她救上来的。

唉……这贞德堂。

秋　光

两只连在一起的铁环闪着诱人的光圈儿，镇派出所的水泥柱子上铐着他和他。这里原是贞德堂的后花园。

沈老太爷戳搭戳搭地走着，青石路面上的白花花的阳光被他的拐杖戳得支离破碎，像被大风扯破的羽绒服。同样纷纷扬扬的是老二媳妇的聒噪。她横着身子跟着老爷子，像个半吊子篮球运动员在追截带球上篮的对手。

“俺不知道，一点儿味儿都没闻出来。他俩天天在一起嘀嘀咕咕，说是商量着捞钱的招儿，谁承想办这缺德的事呀！也都怪俺那不争气的弟弟，您知道，他有前科，‘大革命’的时候饿得熬不住，偷生产队一头小毛驴杀吃了，进去了三年。这几年在玉器厂开车，别的本事没练出来，倒练出个贼大胆。还吹牛说这一趟下来，两家都能成万元户了。打什么主意不好，单打那堆钢筋的主意。您那宝贝儿子也是，愣是把玉器厂的后墙扒了个大豁口子，一捆一捆的钢筋就往汽车上搬，跟搬自个儿家的似的。这纸里包得住火吗？冯大宝那小子多贼，人家眼珠子一转心里就明镜似的了。说了，没有家贼引不来外鬼，就凭他这一句，派出所就抓了，一抓就抓准了……”

沈老太爷蹚着白花花的阳光走着，真有点儿赴汤蹈火的架门儿。派出所虽说就在贞德堂的后花园，可是当年建筑的格局早已彻底变了样儿。从前到后，要绕过半条街。街道两旁的货摊儿门面，都被这火辣辣的秋老虎晒蔫了，连吆喝声都有气无力，整个一个半死不活的疲软。只有沈老太爷的拐杖敲击出了半条街的生气。

“也是没辙，穷逼的。这年头，撑死胆大的，饿死胆小的，有钱的王八大三辈。瞧着那些不三不四不起眼的都他妈腰满肠肥发了财，谁不眼蓝？谁心里不猫抓似的？再者说了，您那仨孙子一天一天气吹似的长起来了，得给他们张罗呀！要三房媳妇，得多大挑排？姑娘们也都随行就市漫天要价，只要不缺胳膊短腿不让人拆过包儿的没有一万块钱拿得下来吗？指着土里刨食平地抠饼驴年马月也赚不出三万块钱来。总不能眼瞧着他们打光棍吧？总不能让贞德堂的后代在我们这一支上断了香火呀！俺弟弟那家子也是，您那闺女您知道，小姐的身子丫鬟的命，整年抱着药罐子。那是个无底洞，多少钱也填不满。可是没有钱又不行，眼下又没有合作医疗了，能不给她治病吗？那可是您的亲闺女，把她伺候好了，不也是对您的孝顺吗？不过话又说回来了，再穷也不能做贼呀！人贫志短，马瘦毛长，倒是有这么一说。你真偷个仨瓜俩枣儿的也还好办，开着汽车去偷，还扒了人家的后墙这不找死吗？”

沈老太爷的拐杖在青石路上戳下了半条街的怒叱：“丢人现眼！丢人现眼！贞德堂祖祖辈辈的人都让你们丢尽了。孽障！孽障！”这怒叱也鼓胀在他那猪肝似的脸上，踢踏在他那鼓槌一般的脚步上。这一切，都给街两旁的疲软加入了许多惊愕和恐慌。于是，窃窃声变成嗡嗡声，嗡嗡声又引发了噼里啪啦跟随而来的脚步声。

“爹，事到如今，就瞧您了。国有国法，家有家规。一个是您的儿子，一个是您的女婿，在家里您怎么管教都不过分。骂他们，打他们，罚他们跪搓板。都行！千万不能让他们进去，那可不是人待的地方。那里边治人的招儿又阴又损又毒。就是一顿两个小窝头儿，也能把他们饿得眼蓝。再者说了，让我跟您闺女都守了活寡，那日子怎么熬呀？熬不住闹出一枝半杈的，不是也给您丢人现眼吗？您得出面，不管怎么说，您在马驹桥镇上是个人物。派出所李所长当走资派的时候，不是跟您一起挨过斗吗？后来都‘落实’了，他不是还送给您一盆君子兰吗？凭这交情，这点儿面子还能不给？眼下的镇委书记祈晓东，不是一向挺敬重您吗？您淘茅房那会儿，他都常跟您打交道。那小子聪明好学，不是还让您给他讲过八卦吗？一讲就是大半宿，可没少让您劳神。您去求他，他怎么也不能翻脸不认人呀！还有冯大宝，虽说如今他当上厂长了，可是他当造反派的时候，做过对不起您的事。人家把堂匾送来了，就说明这小子还有一分人心。您去跟他说说，让他不深究，不上告，不就结了吗？”

沈老太爷的怒气终于从拐杖上涌动到肚子里，哽噎在咽喉处，在两片发青的嘴唇上冲击出一片颤抖，水泥柱子上的他和他，一个长头发，一个光秃瓢儿，一个赤着膊，一个光着脚。白花花的阳光晒得他们浑身冒油，汗水在那沾满灰尘的脸上身上涂抹着丑陋和耻辱，这哪儿是他的儿子！哪儿是他的女婿！哪儿是贞德堂的后辈儿孙！两头脏猪，两条癞狗，两块不是东西的东西！那运足了怒气的拐杖高高举起来，水泥柱上的两颗头颅畏畏缩缩地迎接着鲜血和巨痛。然而，那拐杖却落在了水泥地板上，一连串的怒叱急匆匆地出了派出所的大门。二儿媳妇又横着身子追截过来。

——爹，您不管了？

——有政府管！

除　夕

无常噼里啪啦地拍打着窗户，催促他快点儿上路。因为等待不耐烦而发出的怒气是阴森森的，像十冬腊月的风。菜油灯在寒风中瑟缩着，向满屋里抖落着昏黄的恐怖与悲哀。灯头朝下鬼说话，在这阴阳两个世界的交接处，科学与科学成果是犯大忌的，抛弃了十几年的油灯碗又派上了用场。

正是大年三十，沈老太爷已经躺在秫秸排子上，头朝南。

拍打着贞德堂另一扇窗户的自然是送子娘娘了。她并不急，甚至可以说是消极怠工的。几千年重复着同一工种，既不调资又不升级，给谁也不会有热情。对劳动的厌烦导致了对劳动对象的仇恨。她颇有兴味儿地欣赏着炕头上那个大肚子女人，把她的呻吟和惨状作为自己的小费收入。她也是个女人，女人不同情女人，向来如此。这里的电灯倒是雪亮的。怕是坏了产妇的眼睛，接生婆用一块未曾用过的尿布把它遮上，满屋里也弥漫着一片昏黄。

正是大年三十，贞德堂的新一代即将出世，杂种。

他咽不下最后这一口气，尽管继承了贞孝家风的少良妈一再为他祝哽祝噎，他还是咽不下这口气。他觉得这是贞德堂又一桩奇耻大辱。二百多年了，饥荒、战乱、瘟疫、政局，贞德堂就像一颗豆子一样被颠被簸被筛被扬，可它始终没破壳，没变质，还是颗纯种的豆子。他悔，他恨。悔不该办那次本命年大寿。七十三，八十四，是坎儿。他预感到自己限数到了。龙年多灾，从岁头到岁尾，贞德堂哪儿有一天太平日子。如果不办那次大寿，少良就兴许不在家里，就兴许听不到有人喊救命，那积了德却得不到善报的事兴许就让别的好心人抢去了。马驹桥镇上好心人多的是，尽管电匣子里天天嚷嚷城里世风日下，在这儿还没听说过见死不救的事。

他想恨少良，又恨不起来，这孩子也不容易，熬到如今，出了娘胎扒开眼皮就没见过父亲，用新秤称还不足三斤，像一个用秃了的笤帚疙瘩。那年头，缺的是救命的粮食，少良妈瘦得皮包骨。两只本来挺鼓实的乳房却像干柿饼一样贴在胸脯子上。小少良吮不出奶来，也不哭，连哭的劲儿都没有。这孩子得活，长房长孙一条后，何况他爹又是那么含冤抱屈地死了。养孩子同不得养猫养狗，家里除了粗糠野菜，连一把净米净面都没有。他伤脑筋伤出了办法，老天总是有眼的。趁着给人家淘厕所的当儿，他躲到粮库后院去抖落那堆积如山的空面口袋。那面尽管是霉的，有沙子，灰不拉儿的，可毕竟是面呀！管他高粱面、荞麦面、棒子面还是八一粉富强粉什么的，用铁勺打成糊糊，往少良那干瘪的小肚子里填。那个小笤帚疙瘩就是让这杂合面的糊糊撑起来的。长大了，虽说身条儿不矮，却还是瘦。精瘦精瘦的，瘦得倒是精神。配上那一副白白净净的脸蛋儿，是招姑娘们喜爱。这怨不得他，古往今来，才子佳人，多少白面书生都让狐狸精迷上了，戏台上演不完的故事。

正是大年三十，沈老太爷已经躺在了秫秸排子上，头朝南。

佳佳呻吟着，喊叫着，疼得她灵魂出了窍，在恍恍惚惚中，看到了豺狼在向她张牙，恶鬼在向她舞爪，还有那花一般美丽并放着香气的毒蘑菇。蘑菇头膨胀着，露出了牙，一颗金牙，韩总经理的金牙……她惊恐万状地疾呼，狠命地抓住了少良的手。那会儿，就是在那地狱一般狰狞的凉水河里，她也是这样狠命地抓住了少良的手，于是得救了，于是又有了一切，要是一年以前，她能遇上少良该多好，她会给他一个干干净净的身子的。这干净却让韩总经理玷污了。她干吗那么鬼迷心窍呢？就因为他是总经理吗？就因为他能用皇冠车拉她到长城昆仑或其他什么样大饭店，吃上千元一桌的山珍海味，住有一切现代化设备的高级房间吗？是，她承认，这是人过的日子，她需要。又不全是，她有理想，有追求，想成就一番大事业，做一个非凡的女人，如邓肯，如三毛，如撒切尔夫人，女人在幻构自己天堂的时候，总是忘记设计楼梯，到头来也只好踩着男人的脚手架从外部往上攀登。须知这是一条没有任何保险措施和安全系数的途径，一脚蹬空就会跌得粉身碎骨。为了那些和这些，她考上大学都放弃了，鬼使神差地给韩总经理当上了满怀憧憬的女秘书。她轻而易举地便把自己的童贞献给了韩总经理，似乎在吃早点时顺手掰给人家半个馒头一样。韩总经理答应过娶她的，她也做过许多取代总经理夫人的美梦。她抱定了与家庭彻底决裂的决心，父母亲是绝不会同意这门亲事的。韩总经理比她爸爸还年长两岁，要是他也随她一起喊他们爸妈，他们准会认为这对他们是一种荒诞的嘲弄，韩总经理发现她的肚子大了，便扔给她八百块钱，带着自己的正牌夫人出国考察去了。一向像条狗一样巴结她的办公室岳主任，突然翻了脸，把她“炒了鱿鱼”。要不是打字员小董向她透了底，她怎么也不会相信这是韩总经理的指示。她当了三天街串子、夜游神，怎么就糊里糊涂地游到了永定门，晕晕乎乎地上了汽车，又莫名其妙地来到了马驹桥镇。还有，她分明看到，在那波光粼粼的河水里，韩总经理正笑着向她招手……她狠命抓住了少良的手。“佳佳，别怕，你挺一挺，我去看看爷爷，他……”

正是大年三十，贞德堂的新一代即将出世，杂种。

他总有一种朦朦胧胧的感觉，多少年了，不敢深想，更不敢细琢磨，可是这感觉就像夏夜的蚊子，挥跑了，又飞来了，在他耳边嗡嗡地叫着，说不定什么时候就朝他的心尖儿上猛叮一口，疼得他倒吸凉气，他爱少良，爱得邪乎，跟这孩子之间，总能产生一种让人眼眶子发潮的情感。似乎这不是他的孙子，而是他的儿子，是他的纯精净血孕育而成的亲骨肉，都长成一个扳不倒的男子汉了。他见到他还有一种强烈的冲动，想把他拢到自己的怀里，说不清是心里还是身上，总有那么一种痒丝丝的滋味儿，像无数小虱子在串来串去，春天的虱子，在破棉袄里窝了一冬的虱子，让春天的阳光一照都出出溜溜爬了出来，这痒让人感到温馨，感到舒坦，因之也就不大计较这些小动物都是喝自己的血长大的了。老牛舔犊有时能舔出老蚌怀珠的味道来，兴许，这孩子是他和少良妈一起拉扯大的。夜里哭了，当妈的爬起来往他嘴里抹糊糊；小家伙要撒尿，当爷的把着他的小屁股，冲着小鸡儿打口哨。活了，大了，便吉里骨碌地在妈妈和爷爷之间嬉耍。从妈妈的怀里爬出来，钻进爷爷的被窝；把爷爷的被窝尿湿了，又爬回妈妈的怀里。那年头没办法，八面透风的小场房，没柴烧炕取暖，三代人只能挤在一间屋里，他只记得这孩子给他带来了无穷的欢乐，不记得自己动过什么样邪恶的念头，少良妈也是个好人，难得，心里边干净得没有一点儿灰渣渣儿。连镇上最嚼舌头的那些惹是生非的大娘儿们，也没有谁对他们说三道四。贞德堂到底是贞德堂，它败了，毁了，砸碎了，还是贞德堂。

寒门出孝子。这孩子越长越像他爹，寡言少语，外柔内刚，又心灵手巧。他的心肠，却像他妈一样软，一样善，一样的孝顺。初中毕业，他说什么也不念书了，他要把这个家撑起来。那些当官的“落实”了能补发工资。贞德堂“落实”，只是退还几间房子，要吃要穿要花，还得靠自己的双手去抓挠钱。茅房不淘了，工分也没了。靠少良妈绣花能挣几个钱？这些年她的眼睛都绣“花”了，常常交不上活儿，少良在贞德堂门前的电线杆上挂了个牌子：修电视、修冰箱、修录音机……谁也不知道他什么时候学会了这门手艺。孙子的自谋生路启发了他，他在孙子的招牌下挂了一个套包子，这是修理马具的幌子。他有手艺，也有旧业可重操。有个记者瞧着新鲜，说这是时代的缩影，就拍了下来，还在《北京日报》上登出来了。此刻，在无常的催促中，他眼巴巴地瞧着这招牌和幌子，舍不得离去。

正是大年三十。沈老太爷已经躺在了秫秸排子上，头朝南。

少良去看爷爷了，佳佳顿时感到了巨大的空虚和恐慌。接生婆在安慰她，不管用。她一时一刻也离不开少良，这种情感几乎是与她认识少良同时产生的。她那会儿的生命已经脱离了实实在在的躯壳，她遇上了少良，便把自己那像落叶一样飘零的魂灵降落在少良这根强壮的枝条上。她爱少良，这种爱是真真切切的，有根有底的，看得见摸得着感觉得到的，不像对韩总经理的爱，如果那也可以称得上爱的话，她跟韩总理之间似乎也发生过轰轰烈烈的事情。过去了，如烟，如雾，如一片飘逝的梦。她爱他，却不敢奢望他爱她，更不敢相信自己能够嫁给他。她听到了爷爷在怒吼，看到了妈妈在哭泣，也读懂了少良那张愁苦的脸。她知道贞德堂容不下她这个破女人，更容不下她肚子里的那个孽种。她走了，是逃走的，那是个风刀雨剑的夜晚。她顺着那条翻滚着雷电和雨水的柏油公路朝城里的方向走去。走过了北门口、海户屯、隆顺场、大阳房，都快到十八里店了。她听到了那撕裂人心的呼唤。他追上了她，什么也没有说，便把她粗暴地搂在怀里，疾风暴雨般地吻着她，她哇哇地大哭起来，哭得好痛快，她哭，他也哭，在雷鸣闪电中他们呐喊着爱情……

正是大年三十，贞德堂的新一代即将出世，杂种。

这姑娘长得是漂亮，瓷人儿似的。况且她嘴又甜，心气又高，还新派。别说少良了，就是他这八十多岁的老头子，见姑娘伴着一声爷爷送来一朵灿烂的微笑，心里也能升起一片暖洋洋的阳光。这么好的姑娘不该有这么苦的命。少良该救她，但不该爱她。贞德堂二百多年的历史说不上怎么辉煌灿烂，可也没被弄得乌七八糟。这门亲事不能答应。他第一次跟孙子吵翻了脸，孙子也是第一次跟他拧起了性子。他们偷偷摸摸地领了结婚证，政府承认了。他知道再吵再闹也没有用了，木已成舟。

于是退而求其次，要求佳佳把肚子里的孽种刮掉。少良却说，晚了，医生说她那身子骨有危险。这个女人到底进了贞德堂。这个孽种到底要在贞德堂里出世。这会儿，他咽不下这口气，闭不上这双眼，就是为了向上天祈求。千万千万，别让这个女人生个男孩儿，这是他的长玄孙，贞德堂的继承人不能是个杂种，苍天在上……

一声惊人的啼唱，果真是个男孩儿！

小油灯绝望地跳动了一下，熄灭了。

小镇上鞭炮响成一片，烟花燃起了半边天，活脱脱地爆发了个“一夜连双岁，五更分二年”。

正是大年三十……

春　　雷

他知道她并不想把他毒死，只想把他麻翻，以免碍她的事，但是他喝下去的那碗姜糖水里放进的并不是安眠酮。化妆盒里那四片药被他换成了胃蛋白酶，表面上一模一样，吃下去屁事不管。他事先知道了她和他们的阴谋。他是病了，外感风寒，发烧，骨头节酸疼得像生了锈的轴承，每拧动一下都吱吱惨叫。庄稼人没有人把这病当回事，她却邪乎，给他熬了姜糖水。心疼他是真的，里边放进了阴谋也是真的。他不能再折腾了，难受也得忍着。他得向睡在身边的她证明，安眠酮确实在渐渐地起了作用。

被汗水蒸得热气腾腾的被窝里，藏着一把冰凉的板斧。

从哪儿又钻出个二爷爷？台湾。确实是二爷爷，爷爷的亲兄弟。爷爷叫沈昆，他叫沈仑，护照上清清楚楚地写着。他记不清爷爷生前到底是提过他还是没提过他，他怎么会朦朦胧胧地知道他一些根底呢？这位二爷爷很小就在城里读书，先是上中学，后又上大学。大学没毕业就没影了。有人说他参加了共产党，有人说他参加了国民党，在延安或者西安当了个什么官。“文革”中冯大宝审查过爷爷。爷爷被吊在贞德堂的屋梁上一整夜，皮鞭子蘸盐水也没让他说出个所以然来。他确实不知道，不是他“顽抗到底”，造反派也只能凭逻辑说他是国民党，要是共产党不早就衣锦归乡了吗？爷爷尽管皮开肉绽，也不得不承认人家造反派的逻辑不是浑蛋的逻辑，不过爷爷断定他早就命归外丧了。

他到底衣锦归乡了，那派头大得让人望而生畏。他在爷爷的灵牌前焚香垂泪，县长、镇长、统战部部长和玉器厂厂长冯大宝都陪着他默哀。他回大陆探亲，成了全县全镇爆炸性的新闻。对他的热情接待，也一时间成了具有政治意义和经济意义的中心工作乃至头等大事。他是个“国际倒爷”，总部在台湾。纽约、东京、达累斯萨拉姆、布宜诺斯艾利斯都有他的分号。县长想从他那里引进外资，办个既能为人民赚大钱又能让领导者出国开开眼界的大企业；镇长想让他学习爱国华侨陈嘉赓，在他的家乡也就是马驹桥镇办个具有八十年代先进水平的小学、中学或者说一笔数目可观的奖学金什么的。冯大宝最实际，只想通过他把玉器厂的产品倒出去，为国家赚取外汇。“国际倒爷”的矜持和大家风度，最大限度地吊起了众官员的胃口。贞德堂又翻开了历史上最光辉的一页，可惜这一页爷爷没有看到。

被汗水蒸得热气腾腾的被窝里，藏着一把冰凉的板斧。

这光辉的一页是要付出代价的。二爷爷在台北依原样盖了一座贞德堂，显显赫赫，富丽堂皇。依然是三进庭院，依然有个堆着假山流着飞泉的后花园。一砖一瓦，一梁一柱，都是精工细料，比起马驹桥镇上的贞德堂有过之而无不及。所缺的就是那个点睛之宝——乾隆御笔的堂匾。

县长说，只要他献出堂匾，可以把一家三口人的户口转到城里，他和佳佳的工作可以完全按照他们自己的意愿分配。不过县长吐出这话茬时心里悸动了一下：他们可别要求当县长。

镇长说，只要献出堂匾，便任命他为工业公司的副总经理，掌管全镇的工业发展，他就不用在这家用电器维修部里大材小用了。佳佳呢，可以当镇委宣传部副部长，因为他早就发现她是这方面的人才，就是一直没有机会提拔她。

冯大宝没说什么，却拿出了行动，上下沟通，把关押在拘留所的叔叔和姑夫保释出来，还把姑夫在押期间的工资奖金全部补发了。以此来证明他的诚意和高姿态。

二爷爷的条件是最后说出来的，在一家人温情脉脉的酒桌上含着眼泪说的。他说他爱少良，爱佳佳，也喜欢他们的宝贝儿子，尽管他已经知道了那是杂种。他说他虽然结过三次婚，膝下有三子四女十一个孙辈，却找不到能继承他事业的接班人。他的事业，便是沈家的事业，便是贞德堂的事业，他要把他们带走，把设在纽约或东京的那个分部交给他们，不仅交管理权，还交继承权。

被汗水蒸得热气腾腾的被窝里，藏着一把冰凉的板斧。

叔叔和姑夫被放出来以后，立即进入了角色。冯大宝答应，这件事办成了，给叔叔盖五间砖瓦房，或干脆把自己住的那两层小楼白送给他；给姑夫的好处是让他当副厂长，第二把手。还可以把小姐的身子丫鬟的命的姑姑安排在玉器厂当办公室的秘书，上班不上班工资照发。

叔叔和姑夫，还有婶婶和姑姑，组成了这场游说战的第二梯队。他们的战略是先礼后兵。一天到晚，他们走马灯似的穿梭在那小小的维修部里，甜言蜜语说了六骡子车，换来的却是他的沉默不语。他们终于翻脸了，认为沈老太爷的遗嘱无效，或者是假的，要求重新分配贞德堂的遗产。分遗产还表现出高风格，浮财底财都不要，只要那当不了吃又当不了穿的一钱不值的堂匾。当他们的要求依然换来的是沉默不语之后，一张状子便递到了法庭上。扯破了脸就孤注一掷，于是姑夫开着玉器厂的车拉着用公款买来的好烟好酒，四处托人，八方走门子，想把这场官司打赢。到底还是官法如炉，法庭把他们的状子驳回了，说沈老太爷的遗嘱具有法律效力，沈少良是贞德堂唯一的继承人。

被汗水蒸得热气腾腾的被窝里，藏着一把冰凉的板斧。

头顶上的挂钟嘀嘀嗒嗒地响着。外边刮起了风，风夹着绵绵细雨，远处响着轰轰隆隆的雷声，春天的第一声春雷，是蚕娃娃出壳的时刻。身边的她终于躺不住了，悄悄地欠起身子，试探他深睡的程度，然后自信而又惶恐地穿好衣服，蹑手蹑脚地下了床。他明白，她不想害他，他甚至明白，她除了为自己想的那大部分之外，还有一小部分确实是为他想的。县长的许诺，使她心花怒放；镇长的许诺，使她笑逐颜开；而二爷爷的许诺，却让她晕了、醉了、疯了。使她痛悔让她厌恶并下决心永远抛弃掉的那个过去的自己，又骤然回到了她的身上，就像二爷爷骤然从台湾回到马驹桥镇上一样。她将重新设计那个自己，重新披挂上阵，在人生的雄关险隘上发出威武悲壮而又十分解气的一搏。纽约的洋楼、汽车、灯红酒绿的交际场和显示自身价值的发号施令，把她的心整个抓去了。现实中的她早已生活在未来世界里。她总想用那个形象在韩总经理面前曝一下光。让他看看，离开了你姑奶奶混得更他妈灿烂辉煌！让他跪在她的石榴裙下央求她，请求她宽恕，她一定会毫不心软地把他一脚踢开，然后当着他的面狂热且深情地吻着自己的丈夫。他最好羞愧得无地自容而跳楼自杀，据说这种报复也是属于美国式的，充满了竞争意识。她毕竟知道邓肯、三毛、撒切尔夫人。她独自行动了，他知道她并不想抛弃他，不想独吞这一切。她只是做了，生米做成了熟饭，把堂匾偷走，然后自己也走掉。她要用自己做诱饵把他钓到那个梦寐以求的世界里去。

他从被汗水蒸得热气腾腾的被窝里一跃而起。一声怒喝，她连同她怀里抱的堂匾一起瘫软在地上。高举的板斧吓飞了她的魂魄，却咔嚓一声落在堂匾上。一下、两下、三下……破碎的木片溅着她的惶恐和哀求。屋中央的炉火烧得正旺。他把这些碎片归拢在一起，要投入炉火中烧成灰烬。一个念头在他心里一闪，使他中止了自己的行动，这些碎片或许还能粘起来。

——你知道我劈碎的是什么吗？

——是……堂匾。

——不，是咱夫妻的情分！

1988 年冬于葛布店

底特律的圣诞之夜

一

温柔的圣诞节的夜晚，厄尔尼诺也收敛了它往昔的猖獗，天空中飘着柳絮般的雪花，扑面不寒。圣诞老人即将降临了，他带给人间的是吉祥和祝福。自然，也应该有我一份，康子心里说。

就是怀着这么一份好心情打开房门的，康子一边脱着旅游鞋，一边朝书桌上踅摸着。电话机的红灯在闪，像家家户户门前圣诞树上的小灯，又像一个小心肝在噘着鲜红的嘴唇迎接他的归来。有人留下了电话录音，一种很温馨的感觉震颤着他的全身，他急不可待地扑上去，像是要抓住一个稍纵即逝的灵感。他揿下摁键：康子，你刚到家是不是？饿了吧？下碗方便面，再打开电视机，看一会儿无聊的节目你就会抬不起眼皮了，今天是圣诞节，你踏踏实实睡一觉吧，别胡思乱想的。听话，我的宝贝……

这是他自己的声音，他笑了，是下班之前在办公室留给自己的。自从他受聘于GM公司，拿上八万美元的年薪，搬进这一房一厅设备齐全的公寓，他最怕的不是自己受冷落，而是电话受冷落。每天进门先看电话机的红灯，只要红灯在闪，这栋房子连同他自己就仍在呼吸。没有人给他电话留言，红灯像死了一样地闭着眼。他走进的好像不是自己的家，而是自己的坟墓。

还是何伟给了他启发，那小子买了一只BP机，没有人传呼他，他总是到走廊里呼他自己，回到办公室以后那蛐蛐正好叫起来，他一脸得意地欺骗着自己。这招儿挺灵，如同一个寂寞寒窗空守寡且寄寓客家的女人在自慰，虽是画饼充饥，也能取得片刻的安宁。

他没有遵照自己的叮咛下方便面，不饿。他把自己放倒在床上，便开始打电话。这个电话是他无意中发现的，乱拨，拨出了一片柳暗花明：您好，非常抱歉，我现在不能接电话，请您留下录音，我会及时跟您联系的，Thank you very much。

那声音美极了，柔柔的，标准的国语。请注意，是国语，而不是普通话。标准的国语出自台湾女人的樱桃小口，那声音像一片羽毛，不是振动你的耳膜，而是轻轻飘落在你的心尖上，非常熨帖，缠缠绵绵的挥之不去。怪不得不少来自大陆的女孩儿都嗲声嗲气地学台湾女人说话呢。

他没有给人家留言，他想留，可说什么呢？他只能一遍一遍地拨那个电话，一遍又一遍听那个天使般的声音，也不知道过的是什么瘾。

人家的声音为什么那么迷人呢？为什么让你百听不厌呢？除了那妙不可言的声调之外，对了，人家说得也好，客气，有礼貌，吸引人，透着有性格、有教养……

他立即兴奋起来，有事可干了，修改自己电话里的留言提示。要显示出自己的水平，要真诚，要热情洋溢，还要……先写一个稿，然后用标准的普通话而不是用国语朗诵。别看国语从女人嘴里说出来好听，男人要这么说话就成娘娘腔了，讨厌。男人还得说普通话，普通话能透出一股阳刚之气。

也不知道修改了多少遍，他终于满意了：亲爱的朋友，非常欢迎您给我打电话，遗憾的是我现在不在家，请把您美好的声音留下吧，我会及时跟您联系的，Thank you very much。

他一遍又一遍地聆听着自己的杰作，很惬意。

他又拨通了那个电话，鬼使神差般的。他想用自己这充满阳刚之气的声音和那飘溢着阴柔之美的声音比较一下，不是分孰优孰劣，而是让它们相映成趣、相得益彰。

应该把这个美妙的声音录下来，免得让他一遍又一遍地拨电话，还浪费电话费。他突然来了灵感，找出当初学英语用的袖珍录音机，于是他彻底得到了那个声音，像获得了一件稀世珍宝。他玩弄着自己的小录音机，玩弄着那个令人痴迷陶醉的声音，爱不释手。

又一个奇招妙计蹦了出来，今天是圣诞节，这个圣诞之夜他真是灵感如涌。他拨通了那个电话，耐心地听着那熟悉的声音，忍住笑。当他听到嘀的一声响的时候，他打开了录音机，对着话筒把那个声音传了过去，留给了她自己。

他太开心了，大笑大叫，还在床上来了个后滚翻。

一个声音突然响了起来，吓得他一激灵，半天他才明白过来，是自己的电话铃在响。他简直不相信，谁会给他打电话呢？他生怕打电话的人没耐心把电话撂了，像猫扑老鼠一样把电话抓起来，激动得声音直打哆嗦：Hello……

二

电话是何伟打来的，一个他并不喜欢的人。不管他喜欢不喜欢，只要肯给他打电话就是大恩大德，特别是在这个不寻常的圣诞之夜。你知道不知道？李珊开车到佛罗里达过圣诞节去了，听说来了个北京的朋友，是什么鸟作家……听得出来，何伟在用这闲聊淡扯的办法跟他兜圈子，肯定有什么事要求着他。那小子最近花了三十五万美元买了一栋小洋楼，正在兴奋头上，能有什么事需要他帮忙呢？不过别担心，在美国，人求人都是小的溜的事，再好的朋友也不会跟你借钱，当然也不会借车。不借钱不借车就伤不了你的筋骨。再者说了，再好的朋友求你，你都可以说不，老美就这样，中国人也入乡随俗。

何伟的圈子终于兜得他不耐烦了，他只好截断他的闲聊，问他有什么事。何伟倒不好意思了，我能有什么事呀，大圣诞节的，就想跟你聊聊，同是天涯沦落人嘛。他有点儿感动，何伟终于没有理由再聊下去，于是说拜拜，说完之后刚要放电话，何伟又找补一句，似漫不经心的，似刚刚想起来的，似可问可不问的。对了，康子，你知道不知道，怎么找小姐？

这我可不知道。他还真的不知道，说出话来一点儿底气都没有。你问我这个干吗？

不问你问谁，你在美国光棍儿这么多年了，没找过吗？

让你说着了，还他妈的真没找过。再说了，你守着老婆，找那玩意儿干吗？

嗨……我那老婆你还不知道？名存实亡……这不，不知道到哪儿浪去了，把我一个人扔家了，许她不贞，就许我……

早就听说过何伟的老婆外面有情人，也早就听说过何伟夫妻闹僵了，可没想到这么严重。爱打听闲事爱管闲事的中国人，到了美国就一下子变得特别有教养，对别人的私事三缄其口，尊重隐私嘛。就算是别人主动提起来，也急忙把话题岔开，表现出没兴趣。似乎对别人的隐私越没兴趣，就越显得有教养。于是他说，你小子真不地道，放着自己的老婆不用，也不怕得艾滋病？这样吧，我替你找个，你把老婆让给我吧，反正你也不用。

你真的有地方去找？

要让我说实话，我还真没地方去找。不过你要是真的绷不住了，我倒是可以教你一招儿。什么招儿？砍椽子！什么？砍什么椽子？

他哈哈大笑起来，很开心。这回该轮到何伟不懂了，这是他在农村插队的时候，跟当地的光棍儿汉学的一句话。他笑，何伟一个劲儿地追问，问他到哪儿去砍椽子。一二三四五六七，两眼一闭笑嘻嘻，天仙美女杨贵妃，个个都是你的妻……

你小子拿我开心是不是？你说什么呢？气得何伟把电话撂了。

三

电话铃又响了，今天真他妈走运，居然有人舍得给我打电话了。更让他兴奋的是，电话是叶子青打来的，这是他在美国最好的朋友。说今晚他家有个 Party，问他有没有兴趣参加。他几乎都没过脑子，就痛痛快快地答应了。有个热闹的地方不去，难道他愿意在家独守空房？这还用想吗？

叶子青家住在Conton，开车要一个小时。路长路短他不在乎，只要有路可走就行。外面依然飘着柳絮般的雪花，不大也不小。底特律今年的冬天一点儿也不冷，他索性打开车窗，任夹着雪花的风吹进来，融化在他那火辣辣的脸颊上。他顿时振奋起来，高声大嗓地唱起歌来，唱打倒美帝野心狼。在这空旷寂寞的高速路上，这来自地球另一端的中国歌曲刚一飘出车窗，就被群蜂般的雪花衔走了。没有人听得见，也没有人说他有病。

进了叶子青的家门他才觉出了别扭，来参加Party的都是叶子青在福特公司的同事，大多数不认识，稍微熟悉一点儿的也叫不上名字来。在国内，聚会是个人行为，丈夫有丈夫的朋友圈子，妻子有妻子的朋友圈子。很少有人带着妻子参加朋友的聚会，更少有人把丈夫挎在自己的裙带上，那样没出息。可美国不这样，大凡Party邀请了一个人就等于邀请了全家。不但带着丈夫或妻子，还包括孩子，更要命的是要拉着父母大人或岳父母大人，倾巢而出。

吃饭也美国化了，不像中国那样围在一张桌子上喝酒劝酒打酒官司，那场面常常把不认识的人放在一起，三杯酒下肚就能两肋插刀，吃的是气氛，吃的是情义，吃的是文化。这可倒好，气氛、情义、文化都不要了，只剩下了吃。吃也是大伙儿带来的，你一盘鸡丁，我一盘鱼片，当然，主人要准备得多一些。然后，把五花八门的菜放在一起，自己拿盘子去取，整个一个自助餐。有的坐在椅子上吃，有的歪在沙发上吃，有的靠在门框上吃，谁也不让谁，吃多吃少随你。

吃完了就打麻将，四个人或六个人一桌，妻子挨着丈夫，丈夫靠着妻子，一双一对的。康子要的是单儿，十三不靠，再说他也不喜欢打麻将，人家让了他一下也就不理他了。最欢的是孩子们，好不容易到了一块儿，疯打疯闹，楼上楼下的折腾，让他心烦。他本来也想跟孩子们一块儿玩，可是孩子们也把他排斥在外。他没事干，只好看电视。跟他一块儿看电视的还有叶子青的父母，两位老人找着话跟他说，他还是提不起兴趣来。

他站起身，原本想去倒杯水，叶子青的父母也以为他去倒水。热水器在门口的台子上，到了门口他突然改变了主意，把一次性的纸杯往垃圾袋里一扔，出来了，跟谁都没打招呼。

他开着车往回走，想回家。不回家又能上哪儿呢？雪大了一点儿，路上铺了薄薄的一层。天地间一片鸿蒙，他的脑子也是一片鸿蒙。他慢慢地开着车，像是骑着一匹疲惫不堪的老马，信步由缰地任它徜徉。快到家门口了，他突然自己跟自己笑了。他想象着，一个女人、姑娘或者是少妇，很可能是台湾来的，这个时候，也开着车朝家里走着。进了家门，看到电话机的红灯在闪，急不可待摁键听留言，听到的却是：您好，非常抱歉，我现在不能接电话……

她会怎样呢？她会一愣，是谁的声音跟我这么相似呢？当她终于听出了留下的录音居然是自己说的话的时候，她会笑吗？她会生气吗？她会猜想是谁在恶作剧吗？

想到这些，他又兴奋起来，给自己的汽车加了速。这种好心情一直持续他到家，他锁好汽车朝屋里走的时候还哼着歌，哼的是什么歌他忘了，反正不再是打倒美帝野心狼了。他如往常一样地开了门，亦如往常一样地朝电话机那边看了看。这一看不要紧，他的心突突跳了起来。红灯在闪，有人留言，是真正有人留言，而不是他自己留给自己的。因为他清清楚楚地记得，他走的时候电话留言是空着的，而且这期间他不可能在外面给自己留言。

他连旅游鞋也没顾得脱，就径直奔向电话机，摁下开机键，一个熟悉得不能再熟悉的声音传了出来：亲爱的朋友，非常欢迎您给我打电话，遗憾的是我现在不在家，请把您美好的声音留下吧，我会及时跟您联系的，Thank you very much……

1998 年 2 月 27 日于通州宾馆

格　外

一

贺米腊是在圣诞舞会上认识他的。三个月以后，贺米腊跟舅舅简单地介绍了他，舅舅断然做出判断说："他是个采花贼，你遇上情场老手了。"

贺米腊顿时出了一身冷汗，吓的。

然而，贺米腊并没有听从舅舅的警告，还是继续与他来往，直到她陷入了感情的沼泽地，才真正相信舅舅是英明的。这是后话。

贺米腊参加那次圣诞舞会，纯属偶然。本来，她跟舅妈已经说好了，回去过圣诞节，舅舅一家人还在等着她。这时候，宋小佳风风火火地推开了宿舍的门，劈头问："人呢？"

贺米腊有点儿莫名其妙："什么人？"

宋小佳急着说："咱宿舍的人呢？"

贺米腊说："不是放假了吗？是神的归庙，是鬼的归坟，各奔东西南北中了。"

宋小佳说："哎呀，我弄来了六张舞会的票，你知道多不容易吗？是司法局组织的舞会，怎么办呀？"

没办法，这样的舞会尽管宋小佳说是非常难得，贺米腊也不想参加。可是，为了不辜负宋小佳的一片好心，贺米腊还是委屈了自己。她就是这样一个吃亏让人、善解人意的女孩儿。

贺米腊只是舍命陪君子，并不想跳舞，她跟宋小佳找了一个角落坐下，喝着果汁，听着音乐，看见舞池里拥拥挤挤、摇摇晃晃的人群，像一锅煮沸了的腊八粥：黑的是枣，红的是薯，白的是花生米，黄的是栗子，花花绿绿的是杂粮细米，而那漂浮的灯光是腾腾热气……

贺米腊哑然笑了，她很得意自己这天才的比喻。

就在这时候，他来了。

贺米腊下意识地感觉到眼前多了一个黑影，抬头一看，他正弯下腰，平伸着右手，彬彬有礼地向她邀请呢。

贺米腊一愣，随即明白了怎么回事，便很不情愿地站起来，把手放在他的掌心里。

一曲舒曼柔缓的《梦里水乡》，慢四，情人舞步。但是，他却跳得很绅士，始终保持着绝对标准的距离，放在贺米腊后背的那只手也是规规矩矩的。这让贺米腊觉得很踏实。舞会上，总有一些不怀好意的陌生人，在邀你跳舞的时候对你进行格外的试探，弄得你恼也不是，忍也不是，唯一盼望的就是舞曲早点儿结束。

他开始说话了，依然是彬彬有礼："请问小姐芳名？"

贺米腊放心地告诉了他。

"在读书，还是工作了？"

贺米腊说在读书。

"哪个学校？"

贺米腊告诉他是轻工学院的成人大专班。

他点了点头，没再发问。

这是一种教养，贺米腊默默地想。她讨厌刚一见面就把你问个底儿掉的男人，婆婆妈妈的，俗不可耐。中国男人很少有人懂得应该尊重别人的隐私，女人则更要命。

舞曲结束以后，贺米腊又回到了自己的那个角落里。宋小佳不知道被谁请走了，半天没有回来。一连播放了几支曲子，没有人再来请贺米腊跳舞。虽说觉得有点儿冷落，却也乐得清静。在一个喧闹的舞会上，能够不受人干扰，安安静静地独处，实在是一件难得的事。

宋小佳一直也没有回来，这个疯丫头，我委委屈屈地来陪你，你却把我扔在一边自己潇洒去了，真不够姐们儿。

不知不觉地，响起了《一路平安》的舞曲。那个熟悉的身影又挡在了她面前："贺米腊小姐，我能请你跳最后一支曲子吗？"

他还记得她的名字，也难得。贺米腊站起身来，竟有些兴奋。

慢三，依然是谈情说爱的舞曲。而且是最后一支曲子了，依依的惜别或绵绵的约会都要抓紧时间表白了。

"什么时候毕业？"

贺米腊说："快了，还有半年。"

"毕业以后怎么办？"

贺米腊的伤处被触痛了，怏怏地说："不知道，我还想读书，也许打工吧。"

"我可以帮你什么忙吗？"

贺米腊摇了摇头，她知道这是一句客气话，当不得真的。

"还可以再见到你吗？"

贺米腊笑了笑，没说什么。

"你有电话吗？"

贺米腊说她们宿舍楼里有个电话。

"可以告诉我吗？"

贺米腊犹豫了一下，把电话告诉了他。

舞曲结束的时候，他给了贺米腊一张名片，说有事找他。又补充说，这是一句很真诚的话。

回到宿舍以后，贺米腊才掏出那张名片看了看。原来他叫方国贞，一个女里女气的名字，是正义律师事务所的律师。

二

贺米腊不是一个喜欢读书的女孩儿，可是她又不得不读书，为了父母。

在很早很早以前，还是她刚刚读小学的时候，父母亲便为她设计好了所谓的前程：好好读书，考上北京的大学，毕业分配留在北京，然后我们去投奔你。

父亲本来是北京人，还是北京的“土著”。只因为跟母亲结了婚，才不得不离开北京的。

父亲是个极其聪明又极其肯干的人，可他这一辈子，跟运气总是差半步，走得快了，运气没到呢；走得慢了，运气过去了；不快不慢地走吧，运气睡着了。父亲从小喜欢工科，幻想着当一名工程师。高中毕业以后便考上了机械学院，怎么混都能混个工程师的。可是没到毕业，突然脑瓜一热，报名参军了。工程师不想当了，想当军官。他在部队是个好兵，神枪手，曾参加过全军的大比武，获得过半自动步枪射击比赛的冠军。正当父亲雄心勃勃的时候，“文化大革命”开始了，父亲成了“修正主义的黑苗子”。于是，他被强迫复员，分配到七机部所属的一个军工厂里。

如果父亲就这么安心在工厂里一步一个脚印地干，从技术员熬到工程师也算不了什么，只是个时间迟早的问题。可是父亲偏偏跟母亲结了婚。母亲的家在山西平遥农村，认识父亲的时候正帮助她姐姐看小孩儿。她姐姐是嫁给姐夫后随军分配到七机部的，七机部里全国各地的人都有，许多家属的户口都不在北京。父亲没把这个问题当回事，跟母亲结婚了便想方设法地给母亲办户口。

父亲把问题看得太简单了，那时候把一个外地户口迁到北京，比眼下搞一个美国护照可难多了，又不兴行贿走后门。更何况母亲还是农村户口，除了进京问题，还有个“农转非”问题，更是难上加难了。父亲为这事跑了整整九年，九年的时间当年日本鬼子都赶跑了，“十年浩劫”都快结束了，可是母亲的户口却一点儿希望都没有。母亲的户口进不了京，贺米腊的户口只能随着母亲，一家三口的北京人，倒有两个人的户口在山西。

没有户口就没有粮票，没有油票、布票、肉票、工业券，这都好对付。眼看小贺米腊四五岁了，该上学了，当地的学校都不接收没有户口的孩子，那会儿又没有花钱借读那一说。那年月跟现在不一样，现在有钱什么事都能办，那时候有钱也办不了事。更何况父亲一个月六十多元的工资还要养活三口之家，方方面面都捉襟见肘。

好不容易熬到“文化大革命”结束了，改革开放许多方面都改了，只有户口没改。户口进京依然是天大难事，父亲一筹莫展。

机会终于来了，河南平顶山的一个国有工厂到北京来招聘工程技术人员，条件很优惠：工资长一级，分配住房，解决家属户口。关键是最后一条，解决家属户口比什么都重要。那时候，父亲已经被评上了工程师，符合招聘条件，便毅然报了名。

这样，一家三口便成了河南平顶山人。

户口问题解决了，住房有了，生活也好了起来。可是父亲却越来越不满足了，母亲也整天价怨天尤人。他们从心眼儿里看不起这座小城，看不起这座小城里的人。小城肮脏，混乱，斤斤计较，让他们这从首善之区来的人非常不习惯。那天父亲早起买早点，看着满街的油炸饼馋涎欲滴。可是他发现卖饼的人就是用手拿饼切饼称饼，称完饼又用那只手收钱找钱。他从街南走到街北，每一份卖饼的都是这样，转了一个多钟头，竟什么都没有买，端着空塑料盆子回去了……

不仅仅是卖饼的，所有卖生食熟食的单位或个人都没有任何卫生要求，当地人不以为然，他们却受不了。就冲这个，当然不仅仅冲这个，他们非回北京不可。

就在父亲拖家带口到平顶山安家落户的第二年，北京也出台了对工程技术人员的优惠政策，也可以为工程师解决家属户口问题。父亲听到这个消息，悔得差点儿吐了血。

父亲和母亲又制订了野心勃勃的奋斗目标，一定要离开平顶山，杀回北京去。

北京这个地方，离开不难，再进去谈何容易？

父母亲把实现这一宏伟目标的战略任务交给了贺米腊。这是贺米腊的前程，也是父母的前程，或者说，更是父母的前程。

三

方国贞给她打来电话，约她去看电影，美国大片。贺米腊犹豫了一下，说有事出不去，婉转地谢绝了。

半个小时以后，方国贞的电话又打过来，说就在学校的大门口，请她到麦当劳用餐，她不好再拒绝了。

坐在方国贞对面，贺米腊开始研究起了这个邀请她的男人。与贺米腊相比，他已经不年轻了，总有近四十岁了吧？当然，现在男女之间的约会，在年龄上的差距越来越大了，这不奇怪。常常在一些公开场合，见到五六十岁的男人被一个二八芳龄的少女挽着。社会上流行的民谣也说那些有钱的或有权的男人是喝蓝带、开现代、怀里搂着下一代嘛。

方国贞虽说是个律师，却不露锋芒。在女孩子面前，他显得很含蓄又很文静，这就无形中给人一种安全感。他总是微笑着看着贺米腊，很专注，又很有分寸。那眼睛是温和的、慈爱的，不是色眯眯的。这让贺米腊觉得很舒服。

方国贞又问起了她今后的打算，贺米腊跟他说出了自己的忧虑。她马上就毕业了，这是个成人大专班，不带户口，不包分配，毕业后哪儿来哪儿去，只发给大专文凭。

方国贞问："你真的要走吗？"

贺米腊说："我不走又能怎样呢？"

方国贞说："你可以继续读书嘛。"

"读什么？"

"你读法律怎么样，有兴趣吗？读完法律可以考律师，你如果能获得律师资格就好办了……"

"我到哪儿去读法律？"

"你要是愿意的话，我可以帮你联系，我的母校有一个成人班，你可以走后门进去，这叫作先上车后买票。"

"什么叫先上车后买票？"

“就是先入学，考试合格后再承认你是正式学生。”

“我行吗？”

“干吗不试试呢？”

“怎么试呢？”

“我给你找点儿书，你先自学，不明白的地方我帮助你。”

贺米腊没说行，也没说不行。她还在犹豫，不是犹豫她学不学，而是犹豫这样的学能不能上。

吃完麦当劳之后，他们就分手了。方国贞没有纠缠她，连一句轻浮的话都没有说，这更增添了贺米腊对他的好感。

第二天，贺米腊上完课回到宿舍，管理宿舍的廖大妈就让她接电话。电话是方国贞打来的，说在大门口等着她。

方国贞手里提着一个塑料袋，看样子是书，沉甸甸的。可是见了贺米腊便问她想吃什么。贺米腊不好意思了，素昧平生，怎么能总让人家请客呢？

方国贞似乎看出了贺米腊的心思，便主动说：“别去麦当劳了，换换口味吧。逍遥居的涮羊肉不错，里面也挺清静。对了，你吃羊肉吗？”

贺米腊本来想拒绝，却鬼使神差地点了点头，还非常顺从地跟着他朝逍遥居的方向走去。

逍遥居里果然很清静，不是因为顾客少，而是饭馆里设计了不少情侣座。两个人，一个小火锅，边吃边谈，别有一番情调。现在办饭馆的人真是绞尽脑汁为顾客着想，残酷的市场竞争使消费者获得了许多实惠。

直到吃完饭以后，方国贞把贺米腊送到学校大门口的时候，才把那个塑料包交给她，说是一些书，还有一些学习用品。

回到宿舍，贺米腊打开那个塑料包，着实吃了一惊。原来，贺米腊以为方国贞给她找的是自己用过的旧书，没想到都是现从书店里挑选来的新书。有关于法律方面的，有社会学方面的，还有三毛的散文和席慕蓉的诗，十多本。贺米腊算了算，这些书有二百多元。除了书，还有笔记本、进口墨汁笔，都是非常精美的。更让贺米腊新奇的是，还有一个小小的床头灯，灯座上还有一个带音乐的石英钟……

贺米腊第一次收到一个男人这么贵重的礼物，何况又是一个不怎么熟悉的男人。

贺米腊觉得问题严重了，她不敢隐瞒，必须把这件事告诉舅舅和舅妈，这是当初进京时父母给她定下来的纪律。

她马上打了一个电话，是舅妈接的，说是回去吃晚饭。舅妈很高兴，说："你都一个多月没回来了，你舅舅想你了，你快回来吧。"

四

贺米腊到舅舅家的时候，舅妈还没做好饭。她要帮厨，舅妈却让她先到书房里看看舅舅。

舅舅是妈妈的小弟，比妈妈小八岁。舅舅就是从山西平遥的乡村里考到北京来读书的，毕业后又留校教书，现在已经是副教授了。舅舅学的是文学，除了教书，他还写书，主要是文学评论和文艺理论方面的书。舅舅的书房就是他的办公室，是他的工作要地。

舅舅只有一个儿子，刚刚上小学。舅舅却喜欢女儿，特别是对聪明伶俐又懂事的贺米腊，更是呵护有加，视为亲骨肉。贺米腊崇拜舅舅，认为舅舅是个特别能理解现代青年的人，她觉得跟舅舅之间没有代沟，舅舅的心态和观念永远是年轻的。

父母亲对舅舅也是非常钦佩的，舅舅的道路给贺米腊做出了表率，父母亲就是要她像舅舅那样，依靠自己不懈的努力，在北京扎下根并成为名正言顺的北京人。

父母为了帮助贺米腊实现这个目标，真可谓是呕心沥血、不余遗力。两代人为了这个共同的目标，不知道引发了多少次惊心动魄的战争。

我们说过，贺米腊不是一个喜欢读书的好学生。从小学到初中到高中，不是贺米腊一个人在读书，而是一家三口在读书。每天放学，包括星期天，贺米腊便居中坐在那张为她专置的书桌前，男左女右，左边是爸爸，右边是妈妈。一个字一个词一个数地帮助她做作业，一丝不苟，直到贺米腊疲惫得抬不起眼皮，父母亲才伺候她洗脸洗脚上床睡觉。小学六年，她的功课在全班是最好的，这让父母觉得非常自豪，更加充满了曲线回京的信心。初中的时候，她的功课开始下滑，父母亲慌张起来，采取了许多应急措施，她的学习成绩总算保住了全班前十名的位置。到了高中麻烦来了，学习成绩直线下降，一直降到了全班倒数十名之列。父母亲如大难临头，跟着她赴汤蹈火、苦巴苦业了三年。这三年，贺米腊长成了一个亭亭玉立的大姑娘，父亲的头发却熬白了，母亲的眼睛却熬花了。

付出了如此沉重的代价，贺米腊的学习成绩却没见好转。

贺米腊聪明是聪明，可是她的聪明没有用在学习上，而是用在了与父母亲的周旋上了。她是个极孝顺的孩子，可就是受不了父母对她那种行刑般的督促。她越来越反感，越来越厌恶，觉得忍无可忍。她的脾气越来越坏，常常对着父母亲发火。她觉得自己不是在读书，而是在给父母当奴隶，当一个没有人身自由、受尽剥削欺诈的奴隶。她开始反抗了，父母越让她学，她越不学；父母越希望她有好成绩，她越不好好考试；父母越不让她分心，她越四处乱跑，甚至离家出走，还谈起了恋爱……

父母骂她打她，她无动于衷。

父母哭着求她，甚至跪着求她："就算你为我们学习，为我们的前程学习，难道不应该吗？我们生了你，把你养了这么大，算是你为了报答我们还不行吗？"

父母亲被她打垮了，她有些可怜父母了。

但是晚了，高中的课程不同于小学、初中，荒废了再补上谈何容易。

她开始放弃了考大学的愿望，但是父母却不放弃，逼着她考，还逼着她报考北京的大学。

她只考了三百六十分，不要说北京的大学，连本地的大学也上不了。

父亲把为她准备的最后一张牌抛了出来，花钱让她到北京读自费的大学，这是父亲悄悄托舅舅为她联系好的。到北京来读书是父母亲自把她送来的，像转让主权一样把她交给了舅舅和舅妈，让舅舅和舅妈严加管教，当成自己的亲女儿。

舅舅和舅妈确实把她当成了自己的亲女儿，处处关心她爱护她。但却没有像父母希望的那样把她当成服刑人员。舅舅和舅妈对她很尊重，很诚恳地听她的意见，并且在许多方面表示赞同。这让贺米腊觉得跟舅舅和舅妈特别亲近。这一年半来，她在学习上很刻苦，在生活上很规矩。她觉得舅舅和舅妈对她那么好，她不能给他们找麻烦。方国贞的突然出现，她觉得麻烦事要来了。要是在平顶山，这种事她肯定不会对父母说，她受不了他们那副大惊小怪、大难临头的狼狈相。她相信舅舅和舅妈，敢于把这样的事对他们讲，就像对最知心的好朋友讲一样。

吃饭的时候，贺米腊把方国贞的事说了。

舅妈当即做出指示："要立即把那些书和别的东西统统还回去，再也不要理睬他。"

舅妈是中学教师，这种事情她见到的太多了，也深知后果的不堪设想。

舅舅除了说"这是个采花贼，你遇上了情场老手"的话以外，还跟她进行了简短的分析。舅舅说："现在大城市里专有这么一些男人，他们条件比较好，有学历，有住房，有令人羡慕的工作，有稳定的收入，他们知道自己是女孩子们猎取的目标，便利用自己的优势广泛地交际。他们谈恋爱不是为了结婚，一结婚这些优势就断送了。他们还觉得凭着自己这么大的优势，谈一个女朋友就太亏了。这些人便成了'专业恋爱者'，他们像官场上的新贵商场上的大款和名利场上的大腕一样，成了情场上的风云人物。说白了，他们是在利用自己的优势猎取女人、玩弄女人，什么时候玩腻了、玩累了，再找个自己理想的女人结婚……"

贺米腊心里咚咚地跳起来，方国贞有这么坏吗？

舅妈补充说："现在社会太复杂了，什么样的坏人都有。你没见报纸上登了吗，一个自称诗人的男人，利用征婚骗奸了四十多个天真的姑娘……”

贺米腊更加毛骨悚然了……

五

贺米腊决定照舅舅和舅妈的话去做，她觉得自己是个好女孩儿，假如父母要像舅舅和舅妈那样，以平等的、尊重她的态度对待她，她也不会那么跟父母较劲。

为了还回方国贞的那些书和礼物，她没有给方国贞打电话，她怕打电话他又约她进酒吧或饭馆之类的地方，那会动摇她的决心的。她直接去了正义律师事务所。

她是赶下班之前去的，在事务所外面等着他。

方国贞看到她吃了一惊，继而看见她手里的那个熟悉的塑料袋，似乎明白了什么。他略微迟疑了一下便说：“到我的办公室来吧。”

他说这句话的时候声音很大，像是说给正朝大门外走的所有人听的。因为他是律师，什么人来找他都不奇怪，到办公室更是光明正大的事了。

贺米腊坐在方国贞办公桌的对面，诚恳地说：“我想来想去，我还是学不了法律。再说，我读书真的读腻了，不想读了。这些书我用不上了，谢谢你。”

方国贞说：“这些书你用不上了，这笔记本和钢笔你也没用了吗？这床头灯也没用了吗？”

到底是律师，一眼就看出了关键所在。

贺米腊忙解释说：“这些东西都是你花钱买的，我不能无缘无故地要你这么多礼物。”

方国贞说：“怎么无缘无故呢？你不是说，认识就是缘吗？”

贺米腊记不清她说没说这句话了，但是类似的话谁都有可能说，安在谁的头上都赖不掉的。

方国贞说："你是不是怀疑我？"

贺米腊忙说，不不，我怀疑你什么呢？

方国贞说："你怀疑我别有用心是不是？"

贺米腊说："哪儿呀，你别误会，我真的是不想读书了。"

方国贞说："把这些东西送回来，是你的主意吗？"

贺米腊一时不知道说什么好，呆呆地看着方国贞。

方国贞说："是你舅舅和舅妈让你这样做的吧？"

贺米腊忙解释："不，不是……我没跟他们说。"

方国贞笑了："你还没有学会说谎。"

贺米腊觉得自己的脸发起烧来。

方国贞温和地笑了笑："米腊，我不怪你，你有权利这样做。我只想提醒你一下，你舅舅和舅妈属于上一代人了。他们虽然有文化，也读过大学，可是他们受的却是传统的教育，他们的观念是陈旧的，他们的脑子里只有阶级和阶级斗争，眼睛里只有好人和坏人。他们不知道社会是由多元组成的，他们也不懂得人是复杂的……"

方国贞滔滔不绝地批判着舅舅和舅妈，这让贺米腊心里很不舒服。他口口声声地把舅舅和舅妈划归上一代人，其实他比舅舅和舅妈小不了几岁。这种人总觉得自己年轻，总想把自己划归到下一代人里去，这让贺米腊觉得可笑。

方国贞立刻感觉到自己犯了一个严重的错误，马上纠正说："其实呢，按年龄说，我也可以划归到你舅舅和舅妈那一代人，可是我跟他们受到的教育不同，我们的观念也不同。人的年龄分为四种：一种是生理年龄，一种是心理年龄，一种是社会年龄，一种是文化年龄……有的人生理年龄不小了，可是心理年龄、社会年龄和文化年龄却很年轻；有的人则相反，譬如说你吧，你虽然刚二十岁，可是你的心理年龄却已经不年轻了，你明白吗？"

贺米腊困惑地摇了摇头。

方国贞耐心地解释说："我说过，你是一个非凡的女孩儿，你聪明、漂亮、有追求，今后也会有发展，这都是毋庸置疑的。但是在你成长的过程中却是不正常的，你父母对你的希望，强加给你的超负荷的心理压力，都给你注入了不健康的因素，甚至可以说是毒素。到北京以后，你舅舅和舅妈对你无微不至的监护，对你进行的思想观念的灌输，都对你产生了重要的影响。所以我说，你的心态是不健康的，甚至是病态的……"

贺米腊呆呆地看着方国贞，似懂非懂，又似信非信。

方国贞紧盯着贺米腊的眼睛，停了一下接着说："我说你心态不健康是有根据的：你总是用怀疑的目光看待周围的一切，对任何人都有一种防范的心理。你不相信人，不相信世界上有好人，不相信人间自有真情在，不相信人世间朋友的友情是最珍贵的。你只相信有血缘关系的人，譬如父母呀、舅舅呀，认为只有他们对你才是真心的，只有他们才会真正地帮助你。你错了，我的朋友，你想过没有，人是社会的，特别是现代人，世界都缩小成了一个小小的地球村，你还能把自己封闭在小家庭里吗？为了生活，你能不接触社会、不走入社会吗？那么，你走入社会就得跟人打交道，可是你又根本不相信人，你怎么在这个社会上生存呢？当然，我不否认，这个世界上有黑暗，有恶势力，有坏人，有需要我们严加防范的地方。可是，你如果把自己严加包裹起来，你防范了坏人，也拒绝了好人。为了自己所谓的安全，却丢掉了许许多多自我发展和自我实现的机会，这划算吗？"

贺米腊一动不动地看着他，似乎被他这片深奥的道理震慑住了。

方国贞说："好了，天不早了，咱们去吃饭吧。"

贺米腊慌忙说："不不，我……我还有事。"

方国贞笑了："那好，那随便吧。我建议咱们先不见面了好吗？"

贺米腊被动地点了点头。

方国贞又说："什么时候等你心态调整好了，我们再见面吧。"

贺米腊离开了方国贞的办公室，觉得心里并不轻松。

六

贺米腊失眠了，整整一夜，她的眼前总是闪动着方国贞那温和而又生动的笑容，耳边总是响着他那真诚而又深刻的话语。贺米腊在努力否定着舅舅，同时也在否定着自己。

难道他真的如舅舅所说，是个采花贼，是个情场老手吗？不，不像。他们见过三次面了，他总是诚恳热情又彬彬有礼，没有任何轻浮的举动，连过分的玩笑都没有。在目前这个迷狂且浮躁的世道里，这样有教养的男人实在不多见了。那么，他为什么对自己这样呢？除了尊重还有别的吗？要不，就是手腕，是情场老手的技巧。那么他要这些手腕和技巧又为了什么呢？就想把她勾引到手，现在容易上钩的女孩儿多得很，她值得如此让他煞费苦心吗？

他肯定是喜欢自己的，贺米腊想。一个男人只有对自己喜欢的女孩儿才舍得花心思。如果他真的喜欢她，他不正是自己理想中的男人吗？诚如他所说的，自己要是对任何事情都怀疑，对任何人都防范，那不正是失去了一个机会，丢掉了一个缘分吗？眼看着机遇来到了自己的身边，并在你的眼前晃来晃去，你却前怕狼后怕虎，不去伸手抓住它，它若是飘然而去，岂不悔之晚矣？

贺米腊按照舅舅和舅妈的指示，把书和礼物还给他，其本意是要跟他一刀两断的，用舅妈的话说，这叫防患于未然。

可是，这一刀砍下去，却是抽刀断水。一夜辗转反侧，早晨起来，贺米腊却鬼使神差地给他打了个电话。当电话拨通以后，听到他声音的时候，贺米腊突然惊愕起来："你这是在干吗呀？"

贺米腊举着话筒不说话，方国贞却知道是她，像是亲眼看见她狼狈地站在电话前面一样。

方国贞的声音依然是那样温和且真诚："米腊，你好点儿了吗？"

贺米腊还是没说话。

方国贞说："我是问，你心态调整得怎么样了？"

贺米腊只好说："还没有调整好。"

方国贞宽厚地说："那就慢慢调整吧！需要多长时间？"

贺米腊说："不知道。"

方国贞说："十年够了吗？"

贺米腊只好说："差不多吧。"

方国贞说："那就等十年以后我们再见面吧。"

就这样，贺米腊放下了电话。她心里一下子轻松了许多，睡意也随之而来了。贺米腊也不知道这是为什么，他们在电话里不是什么都没有说吗？

七

没有等到十年，贺米腊就想见他了，连十个星期都没有。贺米腊为自己找到了一个很说得过去的借口：她有必要跟他谈谈，请他当个参谋。

两年前，当父母亲把贺米腊交给舅舅和舅妈的时候，授予了他们监管教育贺米腊之权的同时，也交给了他们一个艰巨而神圣的任务，为贺米腊在北京找个对象，让她把根留住。

一个外地姑娘，要在北京找个丈夫，谈何容易？

在许多地方都存在小伙子找不到对象、娶不起媳妇的问题，抱怨姑娘的眼光高，太挑剔云云。可是北京的小伙子却不发这个愁。有多少如花似玉的妙龄女子涌进京城，把顽强的目光盯在了北京的男人身上。找一个北京丈夫，在北京安一个家，成为一个名正言顺的北京人，是多少人梦寐以求的啊！可是，好的小伙子都被土著北京姑娘占上了，早已玉树缠藤。剩下的男人则是被北京姑娘筛选出来的，大多歪瓜裂枣鸡不刨狗不啃姥姥不疼舅舅不爱的主了。当然，也有被北京姑娘挑花了眼错误地排斥在外的，走运的外地姑娘兴许能捡个土里珍珠泥中宝玉。对于大多数外地姑娘来说，要找北京丈夫，就得把自己降价处理，跳楼价、大出血、大甩卖，让北京的劣等男人像逛午后的菜市场一样挑挑拣拣，占尽便宜。令人心酸的悲剧在不断地上演着，多少灵芝仙草插在了牛粪堆上，梨花带雨攀枯草，巧妇伴着拙夫眠。

贺米腊绝不允许自己如此被糟蹋，要那样她宁可一辈子不嫁。舅舅舅妈也不会让贺米腊如此受委屈。尽管这是父母亲杀回北京战略决策的第二步，第一步我们说过了，是让贺米腊考上北京的大学毕业后留在北京。第一步失败了，便退而求其次，让贺米腊找个北京的丈夫在北京安家，亦能实现举家回京的宏伟目标。

舅舅和舅妈一直在给贺米腊寻觅着目标，特别是舅妈，不但求遍了学校的教师，连学生家长都发动起来了。为了不干扰贺米腊的学习，更为了不伤害贺米腊的自尊心，有了目标之后要由舅舅和舅妈先把关。就这样，两年之中，他们物色了几十个对象，但是一个也没让贺米腊见面。

现在，形势逼人，急不可待了。原因是贺米腊马上就毕业了，舅舅和舅妈都急了，抓紧了寻觅的速度，扩大了扫描的范围，终于万里挑一，觅到一个非常理想的人选。此男也是外地人，还凑巧是河南人，在北京当兵，最近提了干。嫁给一个军官便能以随军家属的名义将户口迁到北京，虽然也要费一些周折可并非不可能。拨云见日，舅舅和舅妈急忙给贺米腊打电话，安排她星期天与那位宝贵的军官见面。

一切顺利，两个人一见面，那个军官就对贺米腊相当有好感，甚至还有几分按捺不住的激动和兴奋。这完全是预料之中的，舅舅和舅妈有十分的把握，自己的外甥女是拿得出手的。人漂亮、聪明、气质好，更重要的是，她虽然在外地长大，却是纯正的北京人，有北京姑娘的大气，说一口标准的北京话，这能不让那山沟里出来的河南小伙子动心吗？

悲哀的是，贺米腊却没有感觉。

贺米腊的父母犯了一个致命的错误，他们把女儿送到北京，目的不是为了让她上学，他们明知道上这种学是毫无意义的。他们让女儿到北京来找出路，为他们铺平回京的道路，可是万万没想到却从另一方面改变了女儿。这种大学对谋职求生确实没有太大的意义，可是毕竟是大学，毕竟是一所高等学府。高等学府的特点是思想活跃、观念前卫、追逐时尚。贺米腊本来就不是一个安分守己的孩子，在北京又受了两年新潮流的熏陶，再加上认识了诸如方国贞那样的先锋派人物，在她的婚嫁观念中早已经把父母之命、媒妁之言抛到爪哇国去了。她懂得了古老的爱情，也学会了时髦的感觉。没有感觉怎么能有激情呢？没有激情怎么能跟他谈婚论嫁呢？

这种没有感觉的话她不敢跟父母讲，也不敢跟舅舅和舅妈谈。什么叫没有感觉呢？她的家长和监护人肯定要问，可是到底什么叫没有感觉，她自己也说不清。没有感觉就是没有感觉，这是说不出来的一种感觉。她相信，父母不会理解她，连舅舅舅妈也不会理解她。闹不好会产生误会，会以为她自己如何如何。她像把一颗青橄榄卡在了嗓子眼，吐不出来咽不下去，苦不堪言。

她想到了方国贞，除了方国贞谁能理解她这玄之又玄的感觉呢？

八

贺米腊犹豫了很长时间，才呼叫了方国贞的 BP 机。不一会儿，电话响了，贺米腊却没有勇气去接。

终于，她听到廖大妈在喊她的名字。

贺米腊举着话筒，还是不知道说什么好。

那个温和的声音又在她耳畔响了起来：“怎么样，心态调整好了吗？”

贺米腊说了一句傻话：“差不多了。”

方国贞不说话了。

两个人在电话里沉默着，没有什么比电话里的沉默更让人觉得漫长而难熬了。

贺米腊终于忍不住了，说：“我想见你。”

方国贞说：“那好吧，下班以后我在办公室等你。”

贺米腊一天都心神不宁，她不知道见了方国贞该说什么，怎样说。

说不清为什么，她跟方国贞的交往，一开始就是不平等的。方国贞总是在她面前居高临下，像一个诲人不倦的老师。然而，贺米腊需要的正是这样一位老师。她崇拜他，也信服他。

方国贞没有在办公室，而是在正义律师事务所的大门外等她。贺米腊刚要上楼，方国贞便从后面钻出来，叫住了她。

方国贞说："咱先去吃饭好不好？"

贺米腊说："我不饿。"

方国贞断定她会说这句话，便说："那咱先买点儿东西，饿了再吃吧。"

方国贞只说买点儿东西饿了再吃，可没说在哪儿吃，贺米腊也没有问。

方国贞买了一兜子吃的东西，带着贺米腊慢慢地朝前走。

这是西直门外的元大都古城，初春的北京，乍暖还寒。可是这寒冷却给人带来一种微妙的刺激，让人有一股莫名其妙的兴奋。一弯残月挂在朦胧变幻的云朵中时隐时现，诡谲不足信，怪诞不可寻。

走在方国贞身边的贺米腊也同样感到一种虚幻般的不真实，她为什么又来找方国贞呢？这个男人能帮她什么呢？

她突然感到有点儿害怕，她总觉得背后有人在跟踪着她，监视着她。或许是天上那神秘莫测的月牙儿吧？

明光村附近的一幢居民楼，方国贞带着贺米腊上去了。

一室一厅的小屋，有厨房卫生间和封着铝合金的阳台。客厅里一对沙发、一张长茶几、一个小冰箱。

室内，一张单人床、一个大得有点儿夸张的写字台、一个书架、一个简易衣柜。墙壁上挂着一幅国画，踏雪寻梅图。

除了写字台上有点儿乱，这一厅一室处处都显得简洁整齐，一尘不染，弥漫着一股清新撩人的香水味儿，完全不像别的单身男人宿舍那样杂乱不堪、酸臭熏人。贺米腊的心里油然升起一种温馨亲切的感觉，这感觉让她熟悉，像是在梦中见过，又让她伤心，想流泪……

方国贞把买来的东西摊放在茶几上，有烧鸡、香肠、豆制品等，还有两条嫩绿的黄瓜。

贺米腊想帮忙又插不上手，饶有兴致地看着他熟练地做着这一切。他打开一瓶法国红葡萄酒，斟满了两只高脚杯，然后举起来："为了什么呢？为了我们没等上十年再见面吧！"

不知道为什么，贺米腊极想喝酒，也许是她心里堆积的那团驱不散的烟雾需要用这清新的红酒去冲淡一下。她端起酒杯，一仰脖，居然喝下了大半杯。

方国贞愣了一下，突然笑了："酷！"

这一声"酷"字竟然把贺米腊心中的烟雾化成了豪情，她索性一"酷"到底，非常豪迈地干了杯。

方国贞又给她斟了满满的一杯："好了，慢一点儿节奏，边喝边谈，你到底想跟我说点儿什么？"

贺米腊却不想说了，什么都不想说了，她只想喝酒。

方国贞也不再说什么，陪着贺米腊喝酒。

一栋小屋，一个小世界，一对男女，面对着面地喝着酒，沉默着，这种感觉真好。

"只有跟你才有这种感觉，跟那个军官就没有。"

隔着茶几，方国贞握住了贺米腊的手。非常自然，顺理成章，贺米腊一点儿没有挣脱。她甚至都不知道方国贞是什么时候握住了她的手的。这感觉没有那么好，可也没有什么不好，就这样吧。

酒还在喝着，两个人依然沉默着。

又一杯酒喝完了，方国贞再倒酒的时候，却趁机挪到了贺米腊坐的沙发上，紧紧地挨着她。她的手依然被方国贞拉过来，她也依然没有挣脱。酒精在她心里燃烧着，催化着一种缥缥缈缈的感觉。方国贞把手放在了她的肩头上，她的身子也很自然地靠向了方国贞。她的脸被一双手捧起来，紧接着她的嘴唇便被压住了。喝过酒的舌头感觉真好，甜甜的、腻腻的、柔柔的，肉感很强烈。她呼应着，细细地体验着这醉吻的滋味。方国贞的手开始伸入她的衣襟，在她的胸部摸索着、寻觅着。她醉了，腾云驾雾般的。她知道自己醉了，她没有挣脱……直到方国贞把她抱进内室，放在那张单人床上，开始解她的衣扣和裤带时，她才猛醒过来……

她使劲推着方国贞，可是她觉得自己已经没有力气了。方国贞不再那么温文尔雅，突然变成了一只狼，凶暴的狼，扑向她，撕扯着她，蹂躏着她。

贺米腊拼命地反抗着，大喊大叫起来："放开我，放开我……"

方国贞像是疯了，不顾贺米腊的喊叫，已经把她的外衣扯开了，又伸手扯她的乳罩。

贺米腊声嘶力竭地怒骂着："放开我，你这流氓，快滚开，你这浑蛋……"

方国贞扯下她的乳罩，一只手压着她的身子，另一只手又去撕扯她的裤子。

贺米腊拼尽最后一点儿气力挣扎着、喊叫着，越来越绝望了……

正在这时候，响起了砰砰的敲门声。

方国贞一愣，直起身来。

贺米腊趁机呼救着："救命呀，救……"

方国贞一下子堵住了贺米腊的嘴。

敲门声越响越急，似乎整个楼道都被震动了。

方国贞害怕了，从床上爬起来。

贺米腊也慌张地起来，整理着自己的衣服。

敲门声在顽强地继续着。

方国贞离开卧室，朝门口走去。

砰砰的敲门声鼓舞着贺米腊，她跑过去要开门。

方国贞急忙把她推进卧室。

贺米腊愤怒地说："放开我，我要走。"

方国贞无奈，打开门。

门外，站着一个二十出头的小伙子，强壮、英武、红红的脸膛。

方国贞顿时怒火冲顶："你要干什么？"

小伙子说："我找贺米腊。"

方国贞问："你是谁?"

小伙子说："我是她的朋友。"

贺米腊闻声跑了出来，一下子愣住了："是你?"

九

贺米腊万万没想到，在最关键的时刻，是楚威救了她。

楚威搀着贺米腊走出了方国贞的家，来到了马路上，又扬手拦了一辆 TAXI。

上了车，楚威问："是回你舅舅家，还是回学校?"

惊魂甫定的贺米腊说："回学校。"

楚威一直把她送回学校，又搀着她回到宿舍。

今天是周末，宿舍里的同学都出去了，不到半夜不会有人回来的。

贺米腊进了屋，便一头扑到床上，呜呜地哭了起来。

楚威并不安慰她，坐在一旁任她淋漓尽致地哭着。

贺米腊终于哭够了，坐起身来。

楚威把早已准备好的一罐可口可乐打开递给她。

贺米腊喝了两口饮料，沉静下来。

楚威默默地坐在她的对面。

贺米腊终于满心狐疑地问起了楚威："你什么时候来的?"

楚威说："我来三个月了。"

贺米腊惊叫起来："三个月了，你怎么没来找我?"

楚威说："我经常来找你，只是在远处看着你。"

贺米腊明白了："你也常在后面跟踪我?"

楚威点了点头……

楚威是贺米腊从初中到高中的同学，土生土长的平顶山人，煤矿工人的儿子。

在他们的学校里，基本上分成两类同学。一类是想考大学的，一类是只想混个高中毕业文凭的。前一类同学算是好学生，拼命地读书，规规矩矩。后一类就是玩儿，玩儿就免不了惹是生非，是让老师校长最挠头的学生。

楚威属于后一类同学，他身强体壮，性格豪爽，周围总有一大批追随者。他们在学校里不好好上课，书读不进去，身上那旺盛的精力无处发泄，便寻衅闹事。最有诱惑力的就是打架，跟别的班的同学打，跟别的学校的同学打，他们总是能寻找到战争的借口和攻击的对象。楚威所领导的队伍又总是攻无不克、战无不胜，这就更增强了他们的挑衅性。

实在无架可打了，他们就像犯了毒瘾一样地折腾。满大街地乱窜，嗷嗷怪叫，掀女孩子的裙子，拧小孩儿的耳朵，抢小摊上的瓜果，砸新楼上的玻璃，成了一群人见人怕的土匪。但是他们又不出大格，只是小打小闹，派出所也对他们无可奈何。

除了打架闹事，就是欺负女同学。这些性意识尚未觉醒的年轻人，已经被日益增长的雄性荷尔蒙折磨得五脊六兽了。一种强大的性压抑使他们对异性的渴望扭曲成对异性的歧视与戗害。他们的存在是以敌对力量的存在来证实的，没有敌对力量他们便找不到自己的位置，不知道该如何活下去。同性的敌对势力被他们镇压下去以后，异性就成了他们的敌对面，成了他们重点攻击的目标。无论选择同性的敌对力量还是选择异性的敌对力量，他们总是把最突出、最有实力的人作为对象，以证实自己的强大。

在两类同学中，贺米腊当然是属于前者，专心学习，拼命要考大学的。可是后来，她对父母那行刑般的监管越来越抵抗，便渐渐地厌恶了学习，沦入了混文凭的行列。

但是，无论从哪方面说，贺米腊在学校里都是比较突出的。首先她漂亮，这漂亮中还有一种大都市的气质，这就在她的漂亮中增添了一种“洋气”。当地女生中也有漂亮的，但她们是“土漂亮”，与贺米腊的“洋漂亮”绝不在同一个档次上。楚威他们虽说是土生土长的“土匪”，却对异性有着较高的审美层次，更欣赏贺米腊这一类型的“洋漂亮”。

按照正常的社会心态，贺米腊应该成为众多男同学追求的目标才是。可是在那座小城的男生中，还停留在把追求女性视为可耻的初级阶段。这样，贺米腊这个白雪公主反成了灰姑娘，坏小子们都把她当成了攻击的目标，似乎谁敢于欺负贺米腊便是当代的大英雄。

贺米腊的麻烦越来越多，课桌里被放进她最怕的死蛇，椅子上被钉上尖朝上的钉子，后背上被偷偷贴上小乌龟，辫梢儿被拴在椅子背上……对她的攻击越来越升级，最后竟发展到半路上拦住她不让她回家。

贺米腊并不是一个好欺负的女孩儿，她毕竟是从首都来的，见过大世面。她想“报仇”，要狠狠地报复一下，一次把他们打败打服。她知道这些坏小子都听楚威的，楚威是他们的头。于是，擒贼擒王，一个星期天的早晨，她径直找到了楚威家。

当她敲开楚威家的门的时候，楚威还没有起床。楚威见贺米腊突兀进来了，急忙用被子裹住身子，慌张地问：“你……你怎么来了?”

贺米腊满脸堆笑，走近楚威的床前。

楚威说：“你……你先出去，等我把衣服穿上。”

贺米腊猛地把楚威的被子掀开，把手中用纸包着的两只黄刺蛾拍在楚威赤裸的胸上，然后转身飘然而去……

黄刺蛾俗称洋辣子，是一种危害林木的昆虫，它身上有一种极细的毛刺儿，有毒。那毛刺儿沾在人的身上，痛痒难熬，很难弄掉。楚威的胸上沾满黄刺蛾的毛刺儿，火辣辣地又痛又痒，急忙披衣跑出门，跳进附近的小河沟里，抓起恶臭的污泥往身上贴，然后躺在河坡上再将身上的污泥晒干。据说只有这样，才能把黄刺蛾的毛刺儿粘下来。其实这只是当地人无奈中想当然的一点儿办法，根本不管事。楚威的前胸照样痛痒难耐。

楚威恨死了贺米腊，想出了种种办法报复她，恨不得杀了她。可是，当天晚上，贺米腊找上门来的时候，他却没脉了。那时候，楚威正袒着胸躺在床上龇牙咧嘴，贺米腊带来了一瓶药水。她不让楚威起来，用棉球在楚威胸前红肿的地方涂抹着。这药水神了，几分钟以后，楚威胸前的痛痒便完全消失了……

楚威没杀她，却说了一句没出息的话：“谢谢你。”

贺米腊说："咱扯平了，你们欺负了我那么多天，我该反击一下了。"

楚威说："那么多同学欺负你，你为什么单报复我？"

贺米腊说："咱班那么多女同学，你们为什么单欺负我？"

楚威一紧张，说了句实话："那是因为我们瞧得起你。"

贺米腊笑了："我选择报复你，也是瞧得起你。"

就这两句话，竟然化干戈为玉帛了。

楚威用央求的口气说："这件事，别跟人说好吗？"

贺米腊点了点头，脸竟然红了……

十

楚威在前门附近的一家冷饮店里打工，这是一家批发冷饮店，每天进货出货，装车卸车，活儿很累。冷饮店的老板叫樊春梅，一个三十多岁的离婚女人。这是贺米腊后来才知道的。

楚威进京打工，使贺米腊的生活又发生了一次大转折。

高中毕业前夕，贺米腊和楚威的关系再也隐瞒不住了，不但在同学之间公开了，在父母面前也露出了马脚。

父母亲又哭又闹，将贺米腊软禁起来。

他们把贺米腊没考上大学的原因都归结在她的早恋上，而始终也没有反思过自己教育子女的失败。

父母亲把贺米腊遣送到北京来读书，就是为了斩断贺米腊与楚威的关系。

为了父母亲，贺米腊做出了一个女孩儿最大的牺牲，她要以舍弃爱情为代价来满足父母亲的虚荣和梦想。

诀别的那一天，贺米腊和楚威在城外的一个小山包上，紧紧搂抱着哭了一夜。

贺米腊强迫自己把这份感情深深地埋葬，把它变成一场前世的姻缘。她觉得，此生此世，她跟楚威再也不能走在一起了，甚至连面都不能见了。

没想到，楚威却来到了北京。

贺米腊问："为什么？"

楚威痛苦地说："我对不起你……我答应过你不再见面……可是我……我做不到……我自己管不住自己。"

楚威说着，一股积郁已久的热泪涌了出来。

贺米腊把他的头扳过来，搂在自己的怀里。

这件事，贺米腊不敢跟舅舅舅妈说，更不敢让父母知道。两个人又做起了艰难的地下恋爱者。谁也不知道今后该怎么办，这是一场没有出路的爱情，越往前走路越窄，肯定是绝路一条。知道是绝路还要继续走下去，这就是年轻人，他们输得起。

贺米腊毕业了，幸运的是，她在毕业之前就找到了一份工作，是她的班主任老师帮助她找的。班主任老师的丈夫姓佟，开了一家室内装饰公司，她负责公司办公室工作。她在公司的职务一直没有明确，工资却让她满意，每月一千八百元。她跟另外两个留在北京打工的同学合租了一套房子，这样就在一定程度上脱离了舅舅和舅妈的监护。

楚威的工作很忙，不能按时上下班，所以常常要贺米腊到冷饮店去找他。

贺米腊发现，楚威的老板樊春梅对她并不友好。平心而论，樊春梅长得还有几分姿色、几分风韵。特别是她那一双桃花眼，很媚，很迷人。贺米腊每次来找楚威，樊春梅总是指使他干这干那，一时一刻也不让楚威闲下来。贺米腊则一直坐着冷板凳，直到贺米腊该走了，樊春梅才恩赐般地让楚威送送她。

这一天，贺米腊又来找楚威，樊春梅冷着脸说他不在，说完以后就到库房里忙去了，把贺米腊晾在了外面。

贺米腊以为楚威进货或者送货去了，也没多问。刚要转身离去，柜台里面一个小姑娘悄悄地向她招了招手。这个小姑娘也是在冷饮店打工的，叫什么不知道，但每次贺米腊来都能见到她，也算是熟悉了。

小姑娘说："楚哥到驾校学习去了。"

贺米腊问："学习什么？"

小姑娘说："学开汽车，要去一个多月呢。"

贺米腊一愣："这么大的事情他怎么没跟我说呢？"

小姑娘说："楚哥给你打过电话，没找到你。"

贺米腊今天到税务局买发票去了，确实没在公司。

小姑娘交给贺米腊一个纸包："楚哥知道你肯定要到这儿来找他，让我把这个交给你。"

贺米腊打开一看，是一部新买的 BP 机，上面显示着一行字：我到驾校学习，然后再跟你联系。你的 BP 机号码是 288 呼 85191。

贺米腊心里一热，这是楚威送给她的最珍贵也是最实用的一件礼物。

十一

贺米腊的父母得到了楚威进京打工的重要情报后，立即给舅舅和舅妈打电话。舅舅和舅妈也如临大敌，马上把贺米腊招回家，突击审讯。贺米腊咬定钢牙不招供，她越来越信不过舅舅和舅妈了。他们虽说比父母要开明得多，可是在许多问题上，又跟父母惊人的一致。审讯没有结果，舅舅和舅妈采取了果断的防范措施，不许贺米腊在外面租房住，每天都要回家。

贺米腊又被严密地监管起来，她跟楚威见面更困难了。

楚威从驾校学习回来以后，樊春梅便把她的司机辞了，让楚威开起了那辆客货两用汽车。他既是司机又是业务员，工资却没有增加。但是樊春梅向楚威许了愿，让他好好干，将来把一个门面交给他经营。这样，楚威便更加死心塌地，除了司机和业务员以外，还成了樊春梅的秘书加保镖。樊春梅一时一刻也不让楚威离开自己的身边。

贺米腊和楚威每次见面，都偷偷摸摸的，像特务接头。

见面也没有地方可去，北京之大，吃喝玩乐什么场所都不缺乏，就是找不到情人幽会的地方。

他们只好沿着前门大街轧马路，这很符合北京的恋爱传统，多少年来，北京都管年轻人谈恋爱叫轧马路，就像广州叫拍拖一样。

慢慢悠悠地轧马路，却找不到那种柔情蜜意、花好月圆的情调。

贺米腊发现，楚威变了。

那平顶山的楚威是何等的英雄，他天不怕地不怕，父母不怕老师不怕。什么事都敢作敢当，什么困难都难不倒他。可是到了北京，便英雄气短了。除了干力气活儿还能表现出几分丈夫气，做什么都瞻前顾后、谨小慎微。女老板的一句话就是圣旨，让他八点回去，他七点半就心神不安了。更要命的是他们的爱情，贺米腊问他怎么办，他总是唉声叹气。

贺米腊生气了："你既然没有办法，为什么还要到北京来找我？"

楚威说："我实在放不下你，见不到你我心里就没着没落的，像丢了魂一样。"

贺米腊说："现在见到我了又能怎么样，你能娶我吗？"

楚威说："你父母不是不同意吗？"

贺米腊说："你管我父母干什么？我问的是你。"

楚威说："我当然愿意娶你了，要是失去你，我真不知道还能不能活下去。"

贺米腊说："你怎么娶我？"

楚威说："我想，拼命地赚钱，有了钱，咱就在北京买一套房子，在北京安家落户……"

贺米腊又被感动了。她知道楚威说的是真的，这理想也不可谓不伟大，可是指望他们打工赚钱买房，谈何容易。北京的房子每平方米过万，拼死拼活干十年，也买不了一个卫生间。这个梦比父母的回京梦还虚幻，几乎是不可能的。再者说，你就是挣多少钱，也买不来北京户口呀，没有北京户口，就很难在北京扎根，扎了根也算不得正宗的北京人。

楚威不平地说："你爸爸跟你妈结婚的时候，娶的不就是个外地户口的姑娘吗？他可以这样做，为什么就不允许你这样做？"

贺米腊说："正是因为他娶了个外地人，他这一辈子的精力都花费在这上面了。"

是呀，人生本来该有许多梦想的。可是贺米腊的父亲一辈子只想做一件事，先是解决家属户口，后是解决全家回京。为了这个目标，他做出了巨大的牺牲，付出了毕生的精力。在人生的旅途中，他本来不该选择这样一个很具体又很渺茫的目标的，这对于他们的生命价值与生活质量，是毫无意义的。但是他又不得不选择。这种选择是社会强加给他的。父亲本来是个很聪明、很浪漫、很有追求又很能吃苦的人，如果把这番精力用在别的事业上，父亲会很有成就的，他的命运可能完全是另外的样子。生活把人挤上了绝路，又把人折磨得愚钝而庸俗。

就这样，他们循环往复地走着同一条路，讨论着同一个问题。前门大街那条摇着灯光月影的马路，成了他们播愁撒忧的土地。这天晚上，贺米腊发现楚威的神态不对，总是惶惶不安心不在焉。贺米腊无意中回头一看，发现在他们的后面缓缓地跟着一辆白色的客货两用车。一种强烈的厌恶和愤怒涌上了贺米腊的心头，她停下了脚步，等着那辆小车开过来。没想到那小车却加大了油门，逃跑似的开走了。

贺米腊问楚威："这到底是怎么回事？她有什么权力监视我们？"

楚威解释说："也许她有什么事找我，见我们在一起又不好意思打扰。"

贺米腊说："有什么不好意思的？是我们见不得人，还是她见不得人？"

女人在男女之间的问题上有着天生的敏感，更何况贺米腊又天生聪明。

贺米腊的不快很快便消逝了，她感觉到了什么，却又不愿意深想。她知道多么龌龊的女人都有，就像多么卑鄙的男人都有一样，但她相信楚威是干净的。这是恋人之间最基本的信任，也是维系爱情最基本的条件。

一连七八天没见面了，楚威忙，贺米腊不方便。贺米腊给楚威打了一个电话，电话是女老板樊春梅接的。她听出是贺米腊的声音，只说了一句，楚威回家了。

这让贺米腊莫名其妙起来，怎么回家了？是他不愿意干了，还是被女老板炒了鱿鱼？他回家为什么连个招呼都不打？是他退却了还是发生了什么意外？贺米腊不放心起来，又把电话打过去，还是女老板樊春梅接的，她知道问她不会有什么结果的，没说话就把电话挂上了。

三天以后，楚威呼她，说刚刚从家里回来，想见她一面。贺米腊说那还在前门大街吧。楚威说想在一起吃一顿饭，贺米腊说，那就到肯德基。

贺米腊来到的时候，楚威已经买好了鸡块面包和饮料，在靠窗子的一个座位上等着她。

十来天不见，楚威瘦了一圈儿，脸庞都变小了，两个大眼睛往里眍䁖着，颧骨都突出来了。还很黑，脸上像挂了一层锅烟子。

贺米腊问："你怎么了？"

楚威说："先吃吧，吃完饭再告诉你。"

贺米腊又问："到底出了什么事？"

楚威的眼睛里浑浊起来，泪水在他那深陷的眼窝里堆积着。

贺米腊更急了："到底怎么了？"

楚威努力抑制着自己，顽强地说："米腊，我们分手吧。"

贺米腊愣愣地看着他。

楚威苦不堪言地说："我爸爸病了，胃癌……"

贺米腊说："他在哪儿？"

楚威说："我把他弄到北京住院了，过两天就做手术。"

贺米腊说："他在哪家医院？我帮助你去照顾他。"

楚威依然沉重地摇了摇头："我们分手吧……"

贺米腊不明白，他父亲病了跟他们分手有什么关系？

楚威说："我爸爸住院做手术，要四万元钱的押金，钱是跟樊春梅借的。"

贺米腊说："借就借呗，咱以后再还她。"

楚威说："不行，我跟她签了一个协议，用两年的工钱抵债。这两年中，我得听她的……”

贺米腊还是不明白。

楚威说：“米腊，你的目标是在北京扎根，这我知道。我帮助不了你，可也不愿意拖累你。这样吧，我也给你两年的时间。这两年你可以去找，有合适的就嫁给他。如果两年以后，你还找不到，我也还清了债，咱再重新开始，行吗？记住：现在是十月六日九时，两年后的此时此刻，我们约好在这儿见面。你可以来，也可以不来，你不来我就知道你有了归宿了……”

贺米腊问：“那么你呢？”

楚威说：“我们的条件是对等的，我也可以来，也可以不来，我要是不来，也算另有出路了，好吗？”

贺米腊看着手里的那杯殷红的饮料，泪水汩汩而下……

十二

贺米腊病了，发起了高烧。佟老板让他的司机胡小雷送她看病，并负责照顾她。

胡小雷是通州区白草洼人，一个二十三岁的老实巴交的农村小伙子。他个头不高，却长得很结实，粗粗壮壮的，像个敦敦实实的石碌碡。他长得粗，心却特别细。给佟老板开车，公事私事，一切都考虑得很周到，从没出现过什么纰漏，成了佟老板的兼职秘书。农村孩子不但诚实肯干，还特别懂事，不多说不少道，不传嘴传舌，对人又谦虚和气，热情周到。所以胡小雷方方面面都让佟老板满意，成了佟老板的半个儿子。

自从贺米腊进入公司以来，胡小雷便一直暗恋着她。贺米腊是到哪儿都会招人喜欢的女孩儿，她不但聪明漂亮，还很“规整”。“规整”这个词是佟老板说出来的，胡小雷佩服佟老板的水平。胡小雷也感觉到了，就是说不出来。所谓“规整”，是指她的整体素质说的。从工作上看，干什么事情都靠谱儿，有操守，不毛躁；从性格气质上看，没有时髦女孩儿身上的那些毛病，不轻浮，不张扬，不霸道。这些都让人看着顺眼，处起来舒服。

胡小雷虽然喜欢贺米腊，却不敢有任何非分之想。农村孩子有自知之明，人家是大学生，在公司里属于白领。而自己不过是个普通司机，属于蓝领，他们不是同一个阶层。胡小雷也是到公司以后才知道所谓白领蓝领的。

现在，佟老板让胡小雷照顾贺米腊，也是觉得胡小雷可靠，并没有别的什么意思。胡小雷只有尽心尽力、尽职尽责，当然还有尽情，一种只有胡小雷自己才知道的情意。他把贺米腊拉到医院，搀着她进了急诊室，又跑上跑下地挂号、找医生、抽血化验、划价取药，忙得满头大汗。等医生为她诊断完了，在病床上挂起了点滴瓶子以后，胡小雷又悄悄地出去，为贺米腊买来点心水果，还有一束意味深长的鲜花。买花也是跟城里人学的时髦，本来想买玫瑰，怕贺米腊多心，便买了康乃馨。农村孩子虽说实在，可心眼儿并不缺少。

贺米腊很感动。

贺米腊退烧以后，胡小雷又把她送到舅舅家，让她安心养病。

舅舅和舅妈刚一见到胡小雷，立刻喜欢上了这个农村来的小伙子，围着胡小雷问这问那。特别是舅妈，差不多把人家的祖宗三代都查了，好像胡小雷不是送贺米腊回家，而是来求婚的。

从此，胡小雷成了舅舅家的常客。贺米腊在家他来，贺米腊不在家他也来。胡小雷常来，却不招人讨厌。他从来不纠缠贺米腊，他来的理由也总是正大光明的，不是给舅舅找个治痛风病的偏方，就是帮舅妈买来便宜东西。有人拉着他闲聊，他就多坐一会儿，家里人都忙，他便立刻告辞。

舅舅和舅妈在贺米腊面前总夸胡小雷，说他聪明懂事，知道心疼人，找这么一个小伙子做丈夫，一辈子受不了委屈。

贺米腊听得出舅舅和舅妈的弦外之音，可是从来不搭腔。她心里还放不下楚威。楚威与她的第二次诀别总有点儿永别的味道，他也做得真绝。打电话，他从来不接；呼他 BP 机，他也不回电话。他真是说到做到，不啰唆，不藕断丝连，真正的男子汉。越想到楚威是个真正的男子汉，贺米腊便越是揪心揪肝地思念他。女孩儿要是痴情，真是没有办法。

就这样，一年多过去了。在一年多的苦思苦熬中，胡小雷起了重要的作用。当她被巨大的痛苦和焦灼折磨的时候，是胡小雷在陪伴着她。胡小雷虽然不能取代楚威，却能减轻贺米腊的伤痛。贺米腊跟胡小雷在一起，感到安全放心。胡小雷脾气又好，贺米腊说什么他都不在意。有时候贺米腊烦，胡小雷总是想方设法地帮助她调整情绪，譬如陪她去散步，带她去爬山，拉着她看电影，还听音乐会。尽管胡小雷不懂音乐，在剧场里总是抑制住自己的瞌睡，绝不影响贺米腊的情绪。天长日久，舅舅和舅妈再夸胡小雷的时候，她也随声附和说，小雷确实难得。

舅舅和舅妈见贺米腊如此肯定胡小雷，且亲切地叫他小雷，互相交换了一下眼色，都会心地笑了。

贺米腊当然注意到了舅舅和舅妈的小动作，她却装作懵懂无知的样子。

后来贺米腊回忆起她和胡小雷的关系，总是找不到一个转折点。就是说，她跟胡小雷从同事到朋友，从朋友到恋人，中间似乎没有过渡阶段。怎么就顺顺当当地谈起了恋爱呢？没有那惊心动魄的初吻，也没有那海誓山盟的定情，他们甚至连手都没有拉过，不知不觉中就成了一对恋人，还郑重其事地开始谈婚论嫁了。不得不承认，舅舅和舅妈从中起了重要的作用。但是深究起来，舅舅和舅妈到底又做了些什么，贺米腊又茫然了。真可谓是羚羊挂角，无迹可求，舅舅和舅妈的手段确实太高明了。

舅舅和舅妈还怕担责任，反复地问贺米腊："你对胡小雷是不是满意？"贺米腊想了又想，她也得对自己负责任呀。可是想来想去，她说不上对胡小雷有哪一点不满意，可也说不上哪一点最让她满意。就这样吧，她最后说，这就是命，认命吧。

十三

入乡随俗，胡小雷提出了好多次，要贺米腊到他家去一次，说是父母邀请她的。

贺米腊知道这叫相亲，双方相中了就可以定亲了，农村的父母还是很讲究这一套的。舅舅和舅妈也劝说她，还是去吧，定亲这个程序在农村还是很重要的，就像现而今商场上的合同一样。贺米腊这时候懂得了老师在课堂上讲的契约婚姻的概念。

佟老板听说胡小雷要带着贺米腊回家相亲，非常支持，让胡小雷开着自己的奥迪车回去。

女方到男方家里去，本无须带什么礼物的。但是舅舅和舅妈还是帮她买了水果、点心、烟酒茶糖等装了一大兜，这让胡小雷觉得很有面子，贺米腊却觉得有点儿巴结的味道。

现代交通城市里拥挤不堪车排长龙，出了城却四通八达畅通无阻。胡小雷开着佟老板的奥迪车出了郎家园，上了京通快速路，再由通州城直趋白草洼，半个多钟头就到了胡小雷的家。

车还没停下来，贺米腊就傻了。胡小雷已经到了他家门口，可是既看不见大门又看不见房子，黑压压的人群把街筒子都塞满了，胡小雷的汽车只好提前停了下来。男男女女，老老少少，拥拥挤挤，吵吵嚷嚷，这是干吗呀？迎接外宾吗？

临下车之前，胡小雷脸憋得通红，嘴里支吾着，欲说还休，又不得不说。

贺米腊急了："你到底想说什么呀？"

胡小雷说："要是我父母……问起你来……你可千万别说……别说你的户口在河南……就说……你是大学毕业分配在北京的。"

胡小雷拼尽全力说完这句话，生怕贺米腊提问，便急忙拉开车门抢先下了车。

围观的人虽然很多，却都很规矩，而且贺米腊也无须跟他们打招呼。只是胡小雷一边带着她朝家门走去，一边朝两边点着头笑着，人群便自动地让开了一条路。

这是一所很漂亮的三合大院子，五间正房，东西各三间厢房。青砖红瓦，前廊后厦，雕梁画栋，影壁花坛，气派非凡。进门以后，更是让贺米腊惊羡不已，大客厅里铺着水磨石的地面，沙发矮柜，彩电音响，冰箱空调，还有硕大的巴西木、美国吊兰等名贵花木。一种暴富的景象赫然入目，令人嫉妒。既然胡小雷家里的日子过得这么富足，他为什么还要到外面打工呢？

然后便是宴席，里外摆了两桌。外面是男宾，里面是女客。外面有谁贺米腊不知道，反正进门的时候胡小雷都一一引见了，无非是叔叔大伯舅舅姑父之类的亲戚，贺米腊一个也没记住。里面的席上除了胡小雷的家人，还有诸如舅妈姑母婶子大妈之类的亲戚，贺米腊同样记不住，只记住了胡小雷的母亲和妹妹。

席面很丰盛，却说不上精致，无非是鸡鸭鱼肉冷荤热素煎炒烹炸，八盘八碗，号称二八席。从宴席一开始，胡小雷的母亲和七姑八姨等人就争先恐后地往贺米腊的碗里夹菜。夹菜的时候，一律用自己的那双嘬过舔过黏黏糊糊的筷子。贺米腊面前的大碗岗尖岗尖，冷热荤素都乱七八糟地掺和在一起。还不断地催促着贺米腊吃菜，不要说吃，贺米腊看着都恶心。真不知道他们是在招待人，还是在喂猪。弄得胡小雷的妹妹胡小影都烦了，一个劲儿地说："你们别给米腊姐夹菜了行不行？让人家怎么吃呀？"越这样说，她们便越觉得该掀起待客的高潮，又争着抢着地开始了新一轮的夹菜大战。贺米腊的碗盛不下了，哩哩啦啦地把她跟前的桌面都撒满了。农村人待客就是这样，不剩下不算够，不浪费不算热情，不管你吃不吃，反正菜夹在你碗里就算你消费了。你哪怕吃完了再到外面吐出来，这个人情你也算欠下了。贺米腊很不习惯，心里又急又烦，直想哭。

好容易挨到了宴席散去，贺米腊心里并不愉快。她的不愉快还不是因为胡小雷家这种野蛮的待客方式，主要是临下车的时候胡小雷嘱咐她的那句话，不让她说自己的户口在河南。贺米腊明白了，胡小雷把她的情况一直瞒着家里，这瞒得住吗？好在餐桌上人们都专心致志地给她布菜，谁也没顾得问起她什么。

吃完饭以后，胡小雷的妹妹胡小影把她带进了自己的房间。一间很淡雅很有情调的闺房，床头上贴满了歌星的巨幅照片，床角上放着布娃娃小狗熊之类的玩具。胡小影说她父母已经安排好了，今天就让贺米腊住在她的房间里。贺米腊问她到什么地方去住，胡小影说她住在西厢房里，那里还有一个小房间，是专门待客用的。贺米腊说咱俩挤在一起吧，好说说话。贺米腊对胡小影的印象很好。两个人正说着话，胡小雷的母亲进来了。

胡小影见母亲进来了，便借故出去了。贺米腊想，大概审讯该开始了吧？

果然，胡母亲亲热热、自自然然地跟她拉起了家常，这是中国家庭妇女的强项。

这种审讯虽说是笑容可掬，亲切有加，可是审查的内容却要比公安局的预审员问得还仔细。家庭每个成员的年龄、职业、工作单位、经济收入以及他们的简历、社会关系、健康状况等等。贺米腊小心谨慎地回答着，开始的时候她还记得胡小雷对她的嘱咐，尽可能避免涉及户口方面的问题。可是，没谈多一会儿，她就发现不行了，胡母的询问无孔不入，根本容不得她回避，更容不得她说谎。说谎是很累的，你不但要记住事实是怎样，更要记住你编织的谎言是怎样的，否则就会穿帮。再者说了，这件事，瞒得过初十，瞒得过十五吗？贺米腊烦了，她本来也不愿意隐瞒自己的身份，何苦呢？

贺米腊如实地告诉了胡母，她的父亲原是北京人，妈妈是山西人，为了解决妈妈和她的户口，爸爸应聘到了河南，现在全家户口都在平顶山，该算是河南人……

胡母愣了一下，但马上又露出了一副笑脸。贺米腊注意到，胡母跟她聊家常的兴趣没有了，找了个借口出去了。贺米腊想，她一定是把这个重大发现向胡父汇报去了。

过了一会儿，胡小雷进来了，给她送来了水果。贺米腊发现胡小雷的脸色不自然，她想，肯定是他的父母也询问过他，并且戳穿了他的谎言了。

贺米腊佯装不知，懒洋洋地歪在床上休息。又过了一会儿，胡母进来了，说："天不早了，你们还是早点儿回去吧，把佟老板的车开出来这么长时间不合适，人家要是有事用车怎么办？"

贺米腊知道，来的时候胡小雷便跟佟老板说好了，他们要在乡下住一夜的。刚才胡小影透露，似乎胡家也是这么安排的。现在胡母却催着胡小雷回去，贺米腊便全明白了，这门婚事告吹了。

十四

贺米腊很伤心，她觉得这是平生她所受的最大的屈辱，她送上门去让人家挑选，人家却把她无情地剔除掉了。

但是贺米腊的伤心在谁的面前都不表现出来，包括舅舅舅妈。当天晚上，舅舅舅妈问她怎么样的时候，她用的是一种非常轻松完全无所谓的语气说："人家没相中我嘛。"

胡小雷可抓了瞎，老实说，这是他的初恋。他爱贺米腊，他觉得，凭他这个初中毕业生，又是个头顶高粱花子的庄稼汉，能找到贺米腊这么一个姑娘，已经是前世修来的造化了。父母不同意也是他预料之中的，只因为贺米腊是外地户口。外地户口的姑娘到北京就要降价处理，话又说回来了，要是不降价，人家能跟你吗？父母亲的态度非常坚决，也非常实际，虎着脸问他："以后生了孩子怎么办？"

是呀，眼下的户口制度孩子都是要随母亲的，那么生了孩子户口就要随着贺米腊上到河南平顶山去了。

胡父首先火了："我们家从山东迁到这天子脚下，已经整整十八代了，熬上个正宗的皇城子民容易吗？就因为你娶了个外地媳妇，我的孙子就变成河南侉子啦？"

胡父想到的是北京人的荣誉和尊严，他不愿意失去作为京畿人的优越感。

胡母想的却实际得多："孩子变成外地户口，将来上学怎么办？在通州城里的中学借读，比上大学还贵，一年要两三万块钱，你花得起吗？"

胡小雷没有多少道理好讲，他承认父母说的都是实情。可是，父母也得考虑他的感情呀，最重要的是，他爱贺米腊。

父母亲是新社会成长起来的，按说应该是懂得爱情的，他们自己还是自由恋爱结的婚，可是对胡小雷的爱情却要扼杀掉。

贺米腊尽可能避免与胡小雷接触。在上班时间，他们原本接触得也不太多，都很忙。下班以后，胡小雷还是常常到舅舅家来，而且来得更勤了。

贺米腊权当他是舅舅和舅妈的客人，只冲他打个招呼，便一头扎进自己的房间。

舅舅和舅妈却不死心，还是热情有加地接待着胡小雷，并经常帮助他出主意想办法。他们像对待任何叛逆者那样，怂恿胡小雷向父母施加压力，争取婚姻的自主权利。可是胡小雷并不是那种跳河一闭眼的男人，他很理智，很实际，或者说很软弱。他说父母就他这么一个儿子，他不能脱离父母。再说，如果没有父母帮助，他们将来怎么过日子呢？指望他和贺米腊那点儿工资，在外面租房住肯定是不行的。就算是能凑合，将来有了孩子呢？

舅舅和舅妈根据自己的经验说："你们只要结了婚，生米做成了熟饭，你父母还能怎么样？他们就你这么一个儿子，还能跟你断绝关系，还能不让你登门？"

贺米腊觉得舅舅和舅妈这样煽动胡小雷叛乱很卑鄙，不能为了达到自己的目的，就唯恐天下不乱，只有政治家才这样做。

突然有一天，那是一个星期天的晚上，快十点了，贺米腊都要洗漱上床睡觉了，胡小雷风风火火地跑来了。

他提着大兜儿小包，全是从家乡带来的农副产品。有没剥皮的青玉米，刚出土的红薯，还未晒干的花生，还有小磨芝麻香油等等。胡小雷把这些东西扛上楼，累得直冒汗。

还没容坐下喘口气，胡小雷便迫不及待地说，他父母同意他们的亲事了。

贺米腊没言语，权当没听见，这些天来她每天都努力地排斥着这些烦人的事情，强迫自己不去想它。她的心渐渐地平静下来，已经成了一潭死水了。见胡小雷进了屋，她又像往常一样，躲进自己的小屋里去了。

舅舅和舅妈也不太相信，用怀疑的目光看着胡小雷。

胡小雷急赤白脸地说："真的，这些东西都是我父母给你们带来的，他们还说要跟米腊的父母见见面呢。"

舅妈急忙问："见面干什么？"

胡小雷激动地说："定亲呀，给我们定亲呀。"

见胡小雷说得这么肯定，舅妈就叫贺米腊出来。

贺米腊不想出来，她说对这件事已经没有兴趣了。

舅妈给胡小雷使了个眼色，胡小雷便敲门进了贺米腊的小屋。

胡小雷站在贺米腊的面前，脑门上的汗还在往下流。

贺米腊歪在床上，手里捧着一本书。

胡小雷急着说："米腊，我没骗你，我说的都是真的……"

贺米腊问："为什么？"

胡小雷说："我爸爸妈妈真是跟我这么说的，要见你的父母。"

贺米腊还问："为什么？"

胡小雷顺着自己的思路说："他们说定亲是大事，两亲家怎么着也得见见面。"

贺米腊又问："为什么？"

胡小雷一愣："什么为什么？"

贺米腊说："我问的是你父母为什么同意了？他们不是坚决反对吗？"

胡小雷的脸红了。

贺米腊盯着他问："你说呀，他们到底为什么同意了？"

胡小雷说："北京市出台了新政策……你没看电视吗？"

贺米腊问："什么新政策？"

胡小雷说："异地结婚的夫妻，将来有了孩子，户口可以随母亲，也可以随父亲。"

贺米腊还真的不知道北京市新出台了这么一个政策，她明白了，胡小雷父母最担心的一个问题解决了。这样，她这个外地姑娘嫁到他胡家，生出的孩子，不管是男是女，是呆是愚，是瘸是瞎，哪怕就是一个怪胎，也不会成为河南侉子了。

贺米腊苦笑了一下，觉得很好笑，可是她又笑不出来。这有什么不好呢？胡小雷的父母又有什么不对呢？

该感谢的，还是北京市的父母官体恤民意，出台了一个不至于把人逼到绝路的好政策。

十五

贺米腊的父母来了，兴高采烈地来的，坐了一夜的火车居然毫无倦意，进了舅舅家的门就拉着舅舅和舅妈说个没完。来了就要求见胡小雷的父母，本来说好了星期天在舅舅家见面，可是父母像是等不及了，非要抢先登门去胡小雷家拜访，说是这样礼貌些。那种焦灼和沉不住气，似乎等着出嫁的不是女儿贺米腊，而是他们自己。

既然这么急，胡小雷也就积极地配合起来，第二天一早，就开着佟总经理的奥迪车回白草洼把他的父母接来了。

这是一个隆重的订婚仪式，舅舅和舅妈从前一天起就忙开了，准备了一桌丰盛的酒席。双方父母、舅舅舅妈，加上贺米腊、胡小雷及舅舅的儿子坐了满满当当的一桌子。免不了寒暄问候、敬酒让菜、兴高采烈。

按说，这是贺米腊的终身大事，可不知道为什么，她却总是激动不起来，几乎一点儿感觉都没有，完全把这当成了一顿普普通通的家常便饭。

胡小雷的父母显然是觉得上次有点儿得罪了贺米腊，这会儿一个劲儿往回拉，一迭连声地向贺米腊的父母夸奖着她。说她聪明，有文化，有人缘，比胡小雷强多了，还当面指着胡小雷的鼻子说："你以后得跟贺米腊学着点儿。"这让贺米腊的父母非常高兴，也让舅舅和舅妈感到自豪。都说农民老实巴交的拙嘴笨舌，京郊的农民可不是这样，这让贺米腊觉得胡小雷的父母不简单。

相比之下，贺米腊的父母倒显得没涵养了。爸爸一边喝酒劝酒，一边迫不及待地谈起了两个年轻人的婚事。看来父母这次真是有备而来的，几乎要在这一顿饭工夫把所有的问题都解决，特别是要把将来他们投奔女儿、返回北京的头等大事敲定。

因此，贺米腊的父母提议早结婚，生怕胡小雷的父母在酒桌上答应了，以后夜长梦多又改变了主意。这让贺米腊觉得很没有面子，难道你们的女儿就那么不值钱，真的嫁不出去了？

更让贺米腊感到难堪的是，爸爸却向胡小雷的父母提出了一个无理的要求。

胡小雷的父母已经同意尽快为儿子操持婚事了，贺米腊的爸爸却叮着问："让他们在什么地方结婚？"

胡父胸有成竹地说："老贺你放心，房子我在几年前就准备好了，米腊看见了，三合院子大瓦房，在村里说不上第一也排得上第二，保准委屈不了你的女儿，你就放心吧。"

贺父仗着酒盖脸说："老胡，咱近人不说远话，你那大院子我听米腊说了，确实不错。可是咱得为孩子的工作着想，我说的是两个孩子，不单指米腊，还有小雷。您想呀，他们结婚以后不能过农村日子对不对，他们还得工作吧？眼下的年轻人眼光高，向往大城市的生活，就拿小雷来说吧，虽说是土生土长的，可是在城里待长了，农村生活也感到不习惯了。"

胡父说："这我懂，眼下的年轻人都是这山看着那山高，翅膀一硬就想离开庄稼地，害得农村的地都没人种了。现在京郊的农民，都成了地主了。年轻人不下田，老年人干不了，就只有雇工。幸亏有不少外地人来打工，我说了，共产党要是再领导农民闹土改，京郊的农民人人有份，都得划个‘二地主’。到时候，连农会都组织不起来，得从外地请贫下中农……”

贺米腊注意到了，本来好酒贪杯的父亲今天却一直留着量，生怕喝多了耽误正经事。贺父见胡父说得跑了题，急忙往回拉，绕了个小圈子问胡父：“老胡，要我看呀，年轻人这样做没什么错，人往高处走，水往低处流，您不想过几天城里人的日子吗?”

胡父说：“我还真不想，泥人改不了土性。在城里过日子有什么好?往地上吐口唾沫都罚款，什么都要钱。黄瓜两块多钱一斤，谁吃得起?我家的小园里，好歹种一点儿就够吃了。再者说了，城里还有污染，水、空气和好多吃的东西，都有毒，这是电视里说的……”

贺父见自己精心设计的圈套胡父就是不往里钻，有点儿沉不住气了，直截了当地说：“老胡，我事先征求了一下两个年轻人的意见，他们不好意思说，我就替他们说了吧，你老哥可别见怪。”

胡父一听警惕起来：“他们有什么意见？有什么不好意思说的？反正我就这么一个儿子，我跟他妈老了就指望他了。要结婚，就得结在家里，跟我住在一起。”

贺父傻了，胡父不但没有钻进他设计好的圈套儿，还把路堵死了。弄得贺父张口结舌，半天说不出话来。

没想到，一向在父亲面前显得特别没有主张的贺母却发了言，而且言之成理：“我说胡哥，您刚才说了，您就这么一个儿子，将来老了得指望他养老送终，好在您还有个闺女呢……”

胡父立即挥着手说：“闺女是脸朝外的人，嫁出的女泼出的水，指望不上的……啊，不……你瞧我这话说的，我说的是我的闺女，可不包括米腊，米腊是个好闺女，您又只有这么一个闺女……”

胡父不小心把话说错了，这会儿再往回找补就特别显得不能自圆其说了。

贺父抓住这个破绽，直奔主题：“老胡您说得对，我们就这么一个闺女，您老了指望儿子，我们没有儿子，就只有指望闺女了。”

胡父忙说：“这个您放心，我的儿子别的本事没有，孝顺听话还是有的，您的闺女交给了我，就等于我的儿子交给了您。你们老了他要是不孝顺，我敲断他的腿……”

贺父说：“这我信，小雷是个信得过的年轻人。我是说，将来咱老了，形势就会十分严重，两个年轻人要负担四个老人，他们也够苦的，咱得为他们着想，您说是不是？”

胡父说：“为他们着想又怎么着？”

贺父说：“我提个建设性的意见，在此之前我也进行了一些调查研究，我的意见是咱帮助他们在城里安个家，这样将来我们老了他们也好照顾……”

胡父又增强了警惕：“在城里安家？怎么安？有房子吗？”

贺父见切入了正题，格外谨慎起来，寻词酌句地说：“我说的城里，不是指北京城里，在郊区的城里也行呀，比方说通州城吧，离北京城最近，十多分钟就到，比在海淀丰台还方便呢。”

胡父疑惑起来：“通州城有房子吗？”

贺父小心地说：“我听说通州城里的房子很便宜……”

胡父说：“便宜什么？一平方米就一两千，一套房子怎么也得十几万呀，谁有那么多钱？”

贺父说：“您看这样好不好？您的儿子，我的女儿，咱也甭计较谁娶谁聘了，为他们着想，咱再做一次贡献。十多万块钱是不少，我拿一半您拿一半好不好？”

胡父沉默了。这沉默真可怕，就像生意场上的谈判进入了僵局，都觉得很尴尬。贺父的脸红了，贺母也低下了头。舅舅和舅妈大概觉得实在是有辱斯文了，便悄悄地借故离开了餐桌。

最难堪的还是贺米腊，她连看都不敢看父母一眼，脸上火辣辣地灼热。她毅然站起身，躲进了自己的小屋。

她进屋以后，便一头扑在床上，心里像是堵着一团浊气，泪水忍不住地流了下来。

这时候，她突然想起了方国贞说的一句话，这个采花贼早就从她的记忆里消失了，这会儿却突然冒了出来。方国贞曾经对她说：“你不觉得你父母是在出卖你吗？”

这句话曾经引起了贺米腊极大的反感，她觉得父母无论如何是不会出卖她的。不错，他们是想借助她的力量重返北京，可是这跟出卖是两码事。父母依靠儿女和儿女依靠父母没有什么不同，都是天经地义的事。

现在，父母跟未来的公婆如此赤裸裸地谈着她婚嫁的条件，使她真切地感觉到，她确实成了市场上的一件货物了。父母是卖方，未来的公婆是买方，买卖双方讨价还价，各不相让。

今天吃的是订婚饭，或者说是相亲饭。相亲相什么？订婚订什么？这跟在城里买房有什么关系？父母口口声声说是为年轻人着想，其实质还不是为了自己。为了自己在北京有个窝，有个立足之地。为他们重返京城解决后顾之忧，他们就不惜拉下脸来跟一个庄稼人斗智斗勇。这叫什么事呀？

外面依然沉默着，酒席上冷冷清清的。谈判陷入了僵局，就意味着她的婚姻陷入了僵局。假如胡小雷的父母不同意在通州城里买房，她的父母还同意她嫁给胡小雷吗？

胡小雷进了屋，关切地问：“怎么，不舒服吗？”

贺米腊不耐烦地向他挥了挥手，示意他出去。

十六

贺米腊已经完全失去了结婚成家的信心。她打定了主意，她不想嫁了，谁都不嫁了。父母亲不就是想回北京吗？那好，她满足他们的要求，她会拼命地赚钱，等赚足了钱，就买一套房子，让父母过来住，过足了当正宗北京人的瘾。而那时候，她想好了，她将离开父母，回平顶山去，跟楚威结婚，死心塌地地当一个外地人。当然，如果楚威还在等她的话。

楚威怎么样了呢？他们约好是两年的，十月六日九时，前门肯德基门前……

正当贺米腊已经心灰意冷的时候，胡小雷却带来了好消息。

胡小雷的父母接受了贺米腊父母的建议，两家合资在通州城里买一套楼房，三室一厅，十二万元，很便宜，每家出六万元。这房子一是供他们结婚用，一是为贺米腊的父母返京住。

舅舅舅妈立刻觉得喜从天降，还没容贺米腊表态，就拨通了父母家的电话，将这个好消息传达过去了。

贺米腊只觉得他们成交了，跟自己没有任何关系。

这次，胡小雷没等贺米腊发问，便主动地说："你知道我父母为什么同意在通州城里买房了吗?"

贺米腊说："是不是你向他们进行了威胁?"

这是贺米腊最担心的一件事，她觉得与胡小雷的婚事可成亦可不成，她都觉得无所谓。她最怕胡小雷犯起死心眼儿，跟父母把关系闹僵了，那样的话，她的罪过更大了。胡小雷是个老实人，她不愿意把老实人拖进泥坑。

胡小雷说："哪儿呀，我什么都没说，是他们自己提出来要在通州城里买房的。告诉你实话吧，我父母不但要买房，还要买两套。一套是给咱们的，一套是给我妹妹的。"

贺米腊觉得更奇怪了："难道你父母也像我父母那样，也想当个城里人?"

胡小雷说："我爸爸说了，他们这一辈子就认土里刨食了，不过希望我们能把泥腿子从庄稼地里拔出来。你知道吗? 我爸爸要买的房是城关镇一个村里开发的，为了推销他们开发的住宅楼，经上级批准，出台了一个政策，凡是本区的农民，买一套楼房可以带一个户口。户口迁到城关镇将来就可以农转非，这样，我跟妹妹的户口将来就都可以变成城镇居民户口了……"

贺米腊听明白了，她早就意识到了，胡小雷的父亲不是一个憨厚朴实的农民，就算有憨厚朴实的一面，心眼儿里也精明得很。他们毕竟是天子脚下的子民，见的是大世面，打的是大算盘。

贺米腊倒是觉得这并没有什么不好，既然对双方有利，总比只对她一方有利好，这样她心里要平衡许多。好了，如果一切顺利的话，她可以嫁给胡小雷了，总算找了一个北京丈夫；胡小雷也可以农转非了，这也是胡家的长辈梦寐以求的；将来她跟胡小雷有了孩子，不但可以有北京户口，还可以是城镇居民户口；更主要的是，她父母依靠她重返北京的宏伟目标终于成为美丽的现实了。既然有这么多好处，又何乐而不为呢？贺米腊还有什么好认真的呢？生活的艰难与残酷让贺米腊实际了许多，也成熟了许多。

按照贺米腊父母那急不如快的原则，贺米腊跟胡小雷结婚了。

婚礼很隆重。

父母将通州城新买的楼房钥匙一拿到手，就立刻从河南平顶山搬来了，好在父母提前办好了退休的手续，无牵无挂地体体面面地杀回了北京。

新房算是娘家，婚礼要在白草洼举行。这是双方父母达成的最后一项协议，顺理成章。

胡小雷家的三合大瓦房里，为他们准备了一间新房，新房里床上床下、铺的盖的、穿的用的、家具电器，应有尽有。

让贺米腊缺乏思想准备的是，农村婚礼实在太热闹了。

早上天没亮，迎亲的汽车便在通州城里的新楼下响起了喇叭，贺米腊穿着租来的婚纱，在伴娘和娶亲人的簇拥下钻进了披红挂彩的喜车。胡家究竟找了多少辆汽车她不知道，反正是浩浩荡荡，从头望不到尾。进了胡家的门贺米腊就昏天黑地地被人摆布起来，拜天地，拜高堂，认亲戚，敬喜酒，点喜烟，发喜糖，接喜钱……

胡家大院里，搭席棚，垒锅灶，摆上了几十张八仙桌。前来贺喜的亲朋故友，街坊邻居，来了一拨又一拨，吃起了流水席。从正午到黄昏，鞭炮没停过，酒宴没停过，吹鼓手的鼓乐没停过，胡小雷和贺米腊的腿脚没停过。可是，一家人忙得四脚朝天，谁都没顾得吃上一口饭，腰酸腿疼，肚子咕噜噜响。

好不容易熬到客人都喝完喜酒了，贺米腊便抽空跑到花团锦簇的洞房里，想歇歇脚，喘口气。

她平躺在软绵绵的席梦思床上，自己跟自己说，好了，这辈子看来只能嫁这一回了，嫁多了累也要累死的。唉，结婚结婚，这就叫结婚吗？该记得这个日子，今天是十月六日……十月六日，这个日子怎这么熟悉？哗啦一下子，她的脑子里像突然推开了一扇尘封年久的窗子，阳光忽地照射进来，顿时烟尘飞扬，光芒四射……天呀，两年前的今天……北京前门……楚威……楚威那凄楚哀凉的声音："……记住：现在是十月六日九时，两年后的此时此刻，我们约好在这儿见面。你可以来，也可以不来，你不来我就知道你有了归宿了……我们的条件是对等的，我也可以来，也可以不来，我要是不来，也算另有出路……"

贺米腊像浑身触了电似的腾身而起，急忙换下穿了一天的结婚礼服，拔掉插了满头的鲜花，急迫地溜出了门。

没有人注意她，一家人都在收拾着杯盘狼藉的"战场"，都知道她在洞房里休息，都非常体谅她，没人好意思打扰她。

院外正好有一辆进城的小巴路过，贺米腊急忙钻进去，找一个最里面的座位坐下。没有人知道她是新娘子，包括前来参加婚礼的客人也没有注意她。

小巴进了通州城，她下了车，又扬手打了一辆 TAXI。她看了看手表，快八点半了，九点钟赶到前门恐来不及了。但是她就是迟到，也不会耽误太久的。

在肯德基家乡鸡对面的公路上，她下了车。她悄悄地穿过马路，又兜了一个小弯儿，迂回着朝前走去。

远远地，她便停下了脚步。她看见了，就在那位举世闻名的拄着拐杖端着礼帽的老人旁边，楚威怀抱着一束鲜花，正满怀希望地等待着她……

1999 年 8 月 29 日于桑梓轩

无风无雨

一

北方的季春四月，空气新鲜清爽，令人振奋，使人不由得想呐喊，想蹦跳，想干点儿什么，毕竟是春天了。

章敬业的心里却依然阴云郁结，像揣着一个化解不开的冬季。

血压表上的水银柱突破了二百，他不得不住院了。同房的病友说，像他这样身体瘦削的人应该不会得高血压病。他居然得了。

躺在病床上，他尝到了孤独的滋味。他像是一个被赶下了台又遭人唾弃的独裁者，除了家人，没有人来探视他。而往常，即便他因头疼脑热半日不上班，教师们也会三五成群地踢破他的门槛子。在他三十几年的校长生涯中，享受这种慰问的机会虽说不多，可每一次都体会到了一种人与人之间最值得珍重的亲情。他向来瞧不起那些与下属为敌积怨甚多的领导者，而现在他也成了一个失去了人心的孤家寡人。

连徐芷萍也没有来，这尤其使他伤心。

人心的向背，全是由一套房子引起的。当大家都穷、都很难、都咬紧牙关忍受着生活的重负的时候，便天下太平。天上掉个馅饼——有人多得了一丁点儿的便宜，这太平便立即失去平衡，急剧倾斜，呼啦啦大厦将倾。

教育局只分来一套住房，二室一厅。给谁呢？狼多肉少。争来争去，吵来吵去，议来议去，掂来掂去，他拍板了。几十颗提到嗓子眼的心都等着他拍板呢！他一掌定乾坤：给徐芷萍。

他有他的理由，两套理由。徐芷萍是教导主任，三十几年教龄，明年就退休了，再不给她，她这辈子就甭想分到住房了。而且她住房确实困难。还有一套理由，也许不叫理由，仅仅是潜意识里的一次震颤，连他自己都不敢承认，便无须端出来了。

于是校园哗然，徐芷萍成了众矢之的。

徐芷萍原来住的两间平房，给陈子庚。陈子庚原来全家占着学校里的一间宿舍，柳秋阳想要，祁幼芳想要，孟小羽也想要，当然还有一些人想要。

柳秋阳条件不够，困难确实。

他年轻的时候，也堪称是个风流才子，可不知为什么，熬到三十岁还没有结婚。按照当时的条件，他也完全可找一位职业妇女，在城里安个家，他却极有自知之明，说是城里姑娘肯屈尊嫁给他的，也是被人家三筛五簸挑剩下的。而他到农村便不然了，身价立刻增十倍，任他挑头遭，洗头水。挑来选去，他相中了一个比他小十二岁的向阳花。花容月貌，倾村倾乡倾县，同僚们有垂涎者，有艳羡者，亦有莫名其妙的酸溜溜者。

柳秋阳柴屋藏娇，每月集中休息四天回去缠绵缱绻，不几年便孵化出一儿一女。做了母亲的娇妻依然花容常艳、月貌愈新，柳秋阳满心欢喜，见到同龄人的妻子都纷纷人老珠黄、秋霜铺面，更得意自己在人生大事上的英明决断。然而柳秋阳一日回家，却见娇妻佩金戴玉，饮酒吸烟，一副时髦女人做派。问之，方晓得村里有一暴发户，办了一家毛纺厂，聘她去当公关部长。柳秋阳顿时心惊胆战，深知大事不好。于是思索再三，在城边租了两间农民住房，将妻子儿女接了出来，终日守候其侧，心方安下来。

这两间住房月租五十元，而柳秋阳每月收入不足一百六十元，妻子没了工作，儿女又都入学，其日子的艰难苦涩，便可想而知了……

祁幼芳是数学教师，教学骨干，又是共产党员，各方面表现都不错，属于领导者依靠的主要力量之一。她住的是丈夫单位分配的房子，两室。自己和丈夫住一室，两个孩子住一室，按说是可以了。然而这可以中却潜藏着一个极大的不可以。两个孩子，儿子读高中，女儿读初中，都进入了青春期，身体发育格外地健康成熟，再让他们同住一室，便要危机四伏了。祁幼芳两口子终日为此犯愁。前不久，丈夫出差，她让女儿过来跟她一起睡，女儿却不肯，愿意捅捅逗逗、嘀嘀咕咕地跟哥哥住在一起。祁幼芳终日提心吊胆，总觉得对面屋里放着颗定时炸弹。每天夜里，她不知道要起来多少次，到两个孩子的房里查视……

孟小羽是个年轻的英语教师，家住在北京城里。自从分配到这所县级中学她便开始闹调动。三年了，她从来没有按时上过班，每天至少要迟到两节课。按说，英语课应该安排在上午一二节课。一天之计在于晨，学生的头脑清醒，容易增强对语言的感受力和记忆力。没办法，他只好把她的课调到了三四节甚至下午。你还不能说她，一说她就跟你要房。学校没有住处，她每天必须跑班车，交通的拥挤堵塞是人所共知的。路上至少要耽搁两个小时，这她还觉得吃亏呢！据说她家里住房也很紧，因为她占着一间房子，哥哥便不能结婚。哥哥跟嫂子去逛公园兜里总要揣着结婚证。不知道什么时候绷不住了，就会找个树丛当洞房。联防队员几次把他们抓到派出所，哥哥把结婚证往派出所的桌上一拍：合法夫妻，怎么着？影响不好？没房子呀！弄得派出所的人哭笑不得，报告给哥嫂的单位，单位里也无可奈何。孟小羽总觉得对不起哥嫂，见了他们，连头都不敢抬。最近，她又联系好了一家大公司，想调过去。只因为那家大公司要在海南建个办事处，答应派她去。这样，她就可以把房子为哥嫂腾出来了……

且不说有多少人窥视着陈子庚那间宿舍，陈子庚搬进了原来徐芷萍那两间平房，这间宿舍却硬是赖着不腾出来。倒不是陈子庚不讲理，他也真有困难。

陈子庚可谓是三世同堂。

他有个老岳母，六十多岁，还不算太老。可是得了脑血栓，瘫了。床上屙床上尿，弄得满屋子恶臭。这样，她自己便需要占一张单人床，而屋里只剩下放一张双人床的份了。他还有个女儿，十七岁，刚刚从看守所里放出来，犯的是群奸群宿的罪，说不出口。办案人员问她是怎么学坏的，她说是跟父母学的。也难怪，十六七岁的大姑娘了，不傻不茶的，整年价跟父母亲在一张床上，能不受到点儿启蒙吗？

一间房间能挤，有了两间房反倒住不下了。两间房子，自己和妻子住一间，女儿占一间。瘫岳母只好扔在原来那间宿舍里了，谁还能忍受跟这个浑身恶臭的老太婆住一起呢？再说，两口子都在这个学校里上班，照顾起来也方便。

一套房子，惹出了这么多的麻烦。都有意见，都赌气，谁见了谁都眼黑。最后，一切矛盾的焦点，都集中在他的头上了。

教育局抓教学质量，要求柳秋阳搞一次公开课，组织全县中学语文教师来学习。柳秋阳拒绝了。

孟小羽又送来一份请调报告，并且下了最后通牒，从下月一号起，便不来上班了。那家大公司说了，不办理调动手续，照样接收她。

祁幼芳倒是没有闹，毕竟是共产党员嘛。可是她每次见到他，眼窝里都汪着两兜泪，使劲咬着嘴唇才不使泪珠滚下来，她委屈啊！

他心里乱极了，外面有多乱他心里就有多乱。

二

他忽然意识到，这一切都是由一个案子引起的，一个从他记忆深处打捞出来的锈迹斑斑的案子。磨洗掉锈迹斑斑的岁月，裸露出来的便是愤怒与恶心：奸污少女案。

章敬业从医院里出来，没有回家，径直来到学校。他不放心，离开半个多月，学校不定乱成什么样子了，也许已经“放了羊”。

进了学校门，他觉得有些异样。这异样使他感到茫然，又夹杂着些许的兴奋。

在他的眼里，往日那平淡得有些乏味的校园生活忽如“小园一夜风吹雨”，顿时鲜活了许多。

早操有些带劲儿，队列颇为整齐，连扩音喇叭里的音乐都昂扬起来。更让人兴奋的是，几乎所有的教师都站在了学生后边，一招一式都做得很到家，很卖力气，这在他几十年的校长生涯中都是难得一见的。

早自习也非同寻常，没有乱班。每个教室都晃动着教师的身影。不但各班的班主任到了位，连科任老师都负起了分外之责。

在校门口，他碰到了孟小羽，这大概是她三年来第一次踩着钟点到校。更令他感到惊诧和困惑的是，今天孟小羽的装束让她整个换成了另外一个人。这个师范学院毕业的当代大学生向来不在乎什么“师道尊严”“为人师表”之类的古训和今训，总是大胆地领导时装新潮流。她曾以穿比基尼泳装出现在体育馆的游泳场而被列入小城的吉尼斯纪录。这不，今年刚一暖和，她便率先推出了“肖像裙”。所谓的“肖像裙”，就是她的裙子是用一整块画布做的。上边的图案不是工厂印上去的，而是由一位名叫岳光的画家用一种特殊的颜料画上的，全是肖像：美国总统布什、拳王阿里、铁娘子撒切尔、萨特的情人伏瓦、体操王子李宁……还有一条裙子，上面画的就是她自己。孟小羽穿在孟小羽身上，孟小羽背着孟小羽，绝不绝？可是今天，她却穿着一身蓝布裤褂，连高跟鞋都换成了平底鞋，整个一个村姑打扮。

“您好，校长。”

这姑娘是很懂礼貌、很外场的。不过今天她没有像往常那样冲他说 Good morning，大概她是在有意削减自己身上的时髦气。

他看着她，冲她微笑着，很慈祥的样子。

“我今天按时到校，您是不是觉得有点儿奇怪?”她说出了他眼中的疑惑。

他默认了。

“我找您有事。”

“还是调动的事吧?”

他心慌，争取主动，便把话捅破了。在许多行业都进行优化组合，提倡自由选择职业的改革时期，教师的工作调动依然是很困难的。保持教师队伍的稳定，上级有精神。再说，孟小羽真要是调走，那两个班的英语便成了大问题。他慌乱地思索着如何说服孟小羽。

“校长，我不调了。”

“不调了？”

“我转了不少地方，也遇上了不少领导。比来比去，还是咱这个学校最好，还是您这个领导最好。这年头，找个好单位不容易，遇上个好领导就更难。所以决定不走了，就在您手下干了。您放心，我决定在‘沙家浜’扎下去了，为咱学校效力，也为您争光……”

这些话显然是在恭维他、奉承他，可是他却觉得很舒服、很熨帖。唉，没办法。他冲着孟小羽，又像是冲着自己笑了。笑得有点儿无可奈何，有点儿苦。

孟小羽刚离去，岳光就来了。这一对大概是商量好了。

岳光是个典型的现代派画家，披肩长发，蓄着络腮胡子，一副宽边墨镜。身上穿一件半袖衫，说不清是什么颜色，也说不清是什么样式，只扣上了最下边的一个扣子，裸露着酱紫色的、疙疙瘩瘩的胸脯子。他这副样子，充分地显示着野性、雄性、进攻性。别人看不惯不要紧，反正孟小羽对他着了迷。

他是在校长办公室接待岳光的。

透过磨砂玻璃窗，他看到办公室外边晃动着一个身影，模模糊糊的，像一股摇曳不定的炊烟，如果不及时把它捕捉到，说不定什么时候就会被风吹散。

“校长，我现在能不能把关系转过来？”

他的注意力从外边那炊烟般的身影上被拽回面前这大胡子脸庞上，他一怔。

“怎么，你同意调来了？”

“我原来也没说不愿意来呀！”

也许是这样。岳光是作为教育局的包袱甩给他的。他不同意要，新上任的年轻的冯局长死说活说，他觉得不能让这位当年的学生，而今自己的顶头上司为难，才出于情理和情面勉强接收他。

岳光是师院美术系的高才生。还没有从学校毕业，便已成为闻名遐迩的青年画家。他的作品在四月画廊展出，曾引起了不小的轰动，报纸上也连篇累牍地宣扬他。可是他毕业分配来本县后，却被教育局宝贝似的储存起来。因为他的作品没有人接受，一疙瘩一块，没有规矩，不成形状，像优生展览馆陈列的怪胎。而他这个人更不能让人接受，他的大胡子，他的装束，他的悖情悖理的怪脾气，还有他那不分场合、不看对象的信口开河……特别是他跟孟小羽的关系，简直把整个局机关弄得沸沸扬扬。他有老婆，在北京城里，据说是个开电梯的女工。他长年不回家，住在局机关的单身宿舍里。孟小羽每天都大摇大摆、理直气壮地去找他。公务人员们愤怒了，强烈要求领导"治理环境污染"。于是，领导便找他谈话。讲究方法，旁敲侧击地警示他，他听不懂，或者装傻充愣，逼得领导直通通地把孟小羽端出来。他不急不恼，也不否认，傻子似的问了一句：犯法吗？这句话像一块豆面花卷，把领导噎得差点儿背过气去。

窗外那炊烟般的身影又晃动了两下。凭着感觉，他知道是柳秋阳。柳秋阳拒绝了教育局组织的公开课，这本是让整个学校都扬眉吐气的一次机会。别看他表面蔫塌塌的，骨子却很硬。他没有傲气，却有傲骨。他总是这样想他。他想的时候，不该想起那该死的奸污少女案。风马牛不相及，怕是神经出了毛病。

大胡子岳光坐在他对面，正张着嘴等待着他的答复。岳光被分配到这个学校，他确实没有说不同意。只是提出一个理由，或者叫条件。你们不是说我跟孟小羽如何如何吗？孟小羽就在那个学校，把我们俩放在一起，不是更让你们操心吗？这样吧，你们先把孟小羽放走，我随后就去。"现代派"并不傻，他同样懂得交易，知道利用一切条件来达到自己的目的。

"孟小羽还没有调走。而且，她说她不想调走了。"

"其实，我们俩关系很正常。我来了以后，一定注意影响。"

是很正常，谁也没有把你们摁在床上。至于注意影响嘛，就难说了。你，还有她，谁是怕影响，顾及影响的人呢？

窗外那炊烟般的身影在犹豫着，等待着，他知道校长办公室里有其他人，不便进来打搅，他倒是个很注意影响、很懂礼仪、很讲规矩的人，到底是个老知识分子。

“校长，我来了以后，准备成立一个岳光画苑。咱学校有几个教师，国画造诣很深；还有几个学生，一直在跟我学油画。我准备在中西结合上闯出一条路子。我搞了个方案，请您过过目……”

这无疑是在表现自己的业务能力和事业心，他却很反感。他不喜欢现代派年轻人，有一个很重要的原因，就是觉得他们太狂，口气太大，自我意识太强，听他们说话，浑身起鸡皮疙瘩。还岳光画苑，连中央领导都不让以自己的名字命名。真是大言不惭。

“好吧，你先去办关系。工作嘛，等你来了以后再安排。”

他用一种居高临下的领导者的口气对他说，得压压这个年轻人的狂妄。

谈话到此结束。

柳秋阳进来了。灰汗衫上沾着粉笔末，长手指上沾着蓝墨水，无论到哪儿，他都挂着教师的幌子。在他的印象里，柳秋阳似乎没有穿过别的颜色的衣服。夏天是灰汗衫，春秋是灰中山装，冬天是灰褂子套一个中式小棉袄。再加上他那因饮酒过度而铁灰的脸庞，因岁月风尘而灰白的头发。整个看上去，让人会自然而然地想象出灰姑娘的老爹。

他以为柳秋阳是来陈述和解释拒绝公开课的理由的，没想到他却把一沓教案摊在了他面前。

“你准备讲哪一课？”

“刘禹锡的《陋室铭》。”

“好！山不在高，有仙则名，水不在深，有龙则灵。”

“斯是陋室，唯吾德馨。”

“哈哈哈……”

他笑了，他也笑了，笑得很随便，很亲密，很动情。

在这笑里，他又体会到了一种人心所向的味道。愈是这样，他愈是感到茫然和恐慌。他知道，整个校园里耸立起一座海市蜃楼。一个巨大的诱惑，有如催眠术般地把人们引向了一个可怕的梦境。他面临着一种从来没有经历过的残酷的挑战。

他又想起了那令人愤怒与恶心的奸污少女案。

三

吴克仁的到来，把一切都证实了。近些天，他期待着证实，却又怕证实。似乎沉浸在烟水迷茫的幽梦之中，明明知道一切都是虚幻，却又不愿意从中挣脱出来。

天气渐渐地露出了夏日的庄严。

有一种传播方式，叫作小道消息。在他看来，小道消息与谣言一样是最不可信的事，残酷的现实一次又一次粉碎了他这顺理成章的推论。许多无异于谣言的小道消息，都被上边来的正道消息证明确有其事。他一直认为这是一种可怕的社会病毒，不彻底消灭之，便不能保证国家肌体的健康与安全。

五十万元的捐款就是这样被证实的。

早在一个多月以前，亦即因那套住房的分配引起的沸沸扬扬之后，社会病毒便侵入了校门：吴克仁捐款五十万元，为全校教师解决住房问题。

五十万元！这在不用国家号召便自觉过紧日子的教师眼里，不啻是个天文数字。而这笔钱又用作解决住房问题，更是石破天惊般地让每个人的灵魂震动了。在教师的紧日子中，最紧的还是住房问题。房子在他们心目中，简直成了出头之日，他们盼得心焦，盼得眼蓝，盼得都不想盼望了。祁幼芳计算过，五十万元可以盖一幢像模像样的宿舍楼，全校每个教师包括单身独身者在内，都可以分到一套一室、两室或三室的住房。这意味着什么？意味着重现了一九五八年那煽动性极强的梦想：大干一百天，跑步进入共产主义！

小道消息像冬天擦着地皮的小风，在校园的每个角落里流窜着。兴风便可以作浪，先是嘁嘁喳喳，犹如聚起了一股旋风，把校园搅得沸沸扬扬。孟小羽不调走了，岳光要求调进来，柳秋阳认真准备起了已经拒绝的公开课，都是被这风煽动起来的。被煽得昏了头的教师们，大概忘记了这是个奸污少女案。他想。

吴克仁就站在他的办公桌边，很有派头：大富豪西装，雷达金壳表，美国密码箱。

他觉得很不真实，似乎进来的不是一个有生命有灵魂的人，而是一幢令人望而生畏的金融大厦。

他怀疑那些小道消息是吴克仁有意制造出来的，先形成一种势态，造成一种逼宫的形势，逼着他就范。为什么不早不晚，偏偏在学校因住房问题闹得沸沸扬扬的时候他来“雪中送炭”呢？为什么这五十万元钱他不提盖教学楼或买教学设备，而偏偏提出要解决教师住房问题呢？他真的是这么爱这个学校的教师吗？当年他离开这个学校的时候，不是把每个人的先祖都骂得在坟地里不得安宁吗？

他觉得这个人的心太深、太黑、太险恶。不过并不可怕，甚至有点儿可怜、可笑。大权在握的是他，金钱是无法跟权力进行较量的，至少现在如此。

“校长，您还是那么硬朗。脸色非常好！童颜鹤发，双目有神，神采奕奕。您都这么大年纪了，还没有发福，可见您是终日操劳。不过也好，有钱难买老来瘦。瘦者，寿也。您还是不吸烟吧？我记得您是喝点儿酒的，经常适量，对身体绝对有好处，我有体会……”

他记得吴克仁是不善辞令的。那会儿他教的是体育课。幸亏是体育课，他只能上操场，上不了讲台。那时候会多，在小组会上发言，他紧张得把声调扯得丝丝缕缕。说不了三句半话，便会憋得满头大汗。他在操场上跑三千米，也不会出汗的。后来出了那件奸污少女案，大伙儿都说应了那句古语：蔫人出豹子，不叫的狗咬人！不承想现如今他成了个优等的侃爷，说起这些奉承话来，自然流畅，落落大方。可见，金钱是可以改变一个人的。他又想。

吴克仁打开密码箱，从里面抽出一张事先填好的支票，站起身来，双手捧着，庄严得像在递交国书。

他觉得一股怒气直冲他的头顶，他压下了，抬起了他那瘦长的手臂，示意他坐下。

吴克仁有点儿诧异，但仍保持着气派。

“校长，我如果说，这是区区薄礼、不成敬意、恳请笑纳之类的话，您一定认为我吹牛，或者说我虚伪。实事求是地说，这笔钱是不少，放在咱学校里也能办不小的事，可我还拿得起。”

“我知道你拿得起，可我也知道你这钱不是白往外拿的，有什么条件你就说吧！”

“校长，我原来以为只有生意场上的人才赤裸裸地讨价还价，没想到您也这么痛快。”

他抬起眼皮瞟了吴克仁一下，他觉得他有点儿可怜。八年前，也是在这间办公室里，他也是坐在这个位置上。那时的吴克仁是低着头的，一副寡廉鲜耻的臭皮囊样。他真想把他骂个狗血喷头，骂他是衣冠禽兽，骂他丧良心。奸污未满十四岁的少女是要判刑的！刑法上有条款。吴克仁鬼得很，一口咬定与丁小飞第一次发生关系是在九月十三日，那天是丁小飞的十四岁生日。而陈子庚有充分的证据，说是在此之前两个人便有过关系。他没有再深究下去。那年吴克仁毕竟才三十三岁。还有大半辈子要活，还有老婆孩子要养。他把他作为开除公职处理了。

“校长，我想您应该明白，我现在在社会上，一名二声的也算是个人物。人们尊重我，有求于我。可是，我也有难处呀。”

“你有什么难处？”

吴克仁嚅动了一下嘴唇，没说出口，或者无须说出口。这不是明摆着吗？他得到了财源，便也得到了人缘。记者要写文章吹捧他，电视台要给他拍专题片，周围的三老四少要选他做人民代表，某些领导想命名他为农民企业家，还有若干如斯的光彩和荣耀，都在等着他。可是，他那段不光彩的历史把这一切都阻隔了。人有了钱之后，想要的便不仅是钱了，他恨那段成了他前进障碍的历史，犹如一个如花似玉、待字闺中的姑娘恨自己脖子上拖着一个大瘿袋。

“校长，现在看来，我与丁小飞那件事，只不过是属于生活作风问题。”

“什么？生活作风问题？那是犯罪！是犯法！告诉你，你的案不能翻！”他遏制不住自己的愤怒，终于咆哮起来。

“校长，您别发火呀！我不是要翻案，我只不过是让您给我重新做一个体面点儿的结论。”

“你那个结论已经够体面、够宽大的了。好了，把你的钱收起来吧！”

谈判到此结束了。

吴克仁临出门的时候，又甩下了一句话：“校长，您还是听听群众的意见吧，这年头讲究民主。您要是有了新的想法，我听您的招呼，随叫随到。”

他的心头像鸟影般地掠了一下：他这句话是什么意思呢？他怎么会知道群众是什么意见呢？

他怀疑有内奸。

四

堵在门口的是一个巨大的阴影，如烟如雾。他想出去，提起公文包，径直朝外走。于是，他便来到了院子里。没有什么能够阻挡他。再往前走，那如烟如雾的阴影又在他面前堆积起来。他怀疑是天气，抬起头，天不算阴，是个无风无雨的天气。

连日来书声琅琅、鸟语花香、生机勃然的校园像抽去了筋骨，失去了魂，恍兮惚兮，寂兮寥兮，空寞得有些不真实。正是课间操时间，操场上稀稀拉拉地动着几个学生，没有教师出来带操。连扩音喇叭里的音乐都像是被水濑过似的，软绵绵地打不起精神来。

孟小羽又是第三节课之前才到校，提着一个用旧挂历叠成的“肖像包”，上边印的是波姬·小丝的半裸照。这位蜚声世界影坛的玉女随着她的屁股一甩一甩的，十二个无所谓。本来挺有礼貌的姑娘，见到他连句 Hello 都不说一声，而且也不回避，香气弥漫地从他身边走过去，完全无视他的存在。岳光呢，他本来已经答应把关系转过来了，却又“风萧萧兮易水寒，壮士一去兮不复还”。还有柳秋阳，那公开课他没有说不讲，却也没有任何做准备的迹象。今天他没请假便没有到校，他那班里的学生“放了羊”，他只好去当了一回“牧羊犬”。

他承认，这种阴沉压抑的局面是他一手造成的。看来一个领导者，要想在他的单位造成一种局面，并非一件难事。

因那套住房的分配引起的议论纷纷，因吴克仁的捐款引起的沸沸扬扬，随着他在全体教师会议上的一次慷慨激昂的演说，便云消雾散了。这有如物价成仙，平地飞升，却事与愿违地生出个市场疲软来。

校园里也疲软了。他有点儿后悔。他本来可以不必如此大动肝火，本来可以采取更好的方式加以解决，诸如先在党内统一思想，或者先做通骨干分子的工作。然而他的头脑发热也不是没有理由的。这一半来自吴克仁，他太猖狂了，认为金钱可以买到一切；另一半来自教师们，你住进去心里就安生吗？

这是个无风无雨的天气。他的面前堆积着那如烟如雾的阴影。

他本来想走出学校大门的，手里还提着公文包嘛。可是不知不觉，他的双脚却停在了外语教研室门前。门敞开着，夏天的窗子也敞开着。几个教师正在欣赏着孟小羽裙子上的肖像。刚才她路过他的眼前，他竟然没有发现。今天孟小羽穿的裙子上，别出心裁地画着吴克仁的肖像，非常夸张地画着他那扎着鳄鱼皮带的大肚子。

——你崇拜他什么？

——崇拜他的钱。

——一位文学家说过，姑娘的爱情大多是从崇拜开始的。听说吴克仁正在与原配夫人办理离婚手续。

——他要是给我一栋小洋楼，我就去给他当填房。

——这可不幸被校长而言中，为了金钱卖掉了原则。

——他要原则是为了保官升官，我要原则干什么？我又不能在原则里营造一个安乐窝。

他的心被深深地刺痛了。他没有发作，连该有的怒气都没有。他觉得似乎有一股热血涌上了他的喉咙，铁锈般的腥气。

他离开了外语教研室门前，却又不由自主地进了数学教研室的门。只有祁幼芳一个人在，她正在收拾着教案和教具，大概是准备上课。

“校长。”祁幼芳客气地跟他打着招呼。

“祁老师，你有课？”

祁幼芳点了点头。

“下课以后，咱们谈谈好吗？”

“谈什么呢？”

“我想征求一下你的意见。”

“没意见，我没意见……”

这是个性格内向、温柔顺从、忍耐力极强的女人。他很喜欢她，也很心疼她。她的日子过得很艰难，她的生活道路不容易。年轻的时候，她也曾经浪漫过、追求过。她曾梦想要当一名林巧稚式的女医生，她为此拼搏奋斗，发誓要以优异的成绩考入协和医科大学。万万没想到，她高考的志愿刚刚填好，聂元梓一张大字报，把所有大学的门都封上了。她又以另一种浪漫和追求与同学们一起奔赴了内蒙古大草原，一去便是八年。在那“天苍苍，野茫茫，风吹草低见牛羊”的域外世界，她铁心务农的决心动摇了，她又做起了大学梦。为了一张工农兵学员的推荐表格，她付出了沉重的代价。在她的心灵深处，有一片永远不能填平的罪恶的沼泽地。

她来到这个学校已经十二年了。十二年来，她像一个编好了程序的机器人一样，总是默默无声地工作着，从不要求什么，也从不抱怨什么。

她越是这样，他越是心疼她。他知道她很难、很苦、很委屈。她嘴里说没意见，可是两兜泪水已经充盈了她那双缠着鱼尾纹的眼窝，稍微眨动一下睫毛，泪珠便会滚动下来。

他心里酸酸的，觉得很愧疚、很对不起她。她太亏了，该适当地给她以补偿。

不完全是为了补偿，或者完全不是为了补偿，他准备提拔她为副校长。在两个多月以前他就把材料报到教育局了。一种强烈的冲动，使他几乎脱口而出把这件事告诉她，但他还是慌忙地把话茬儿收了回来，他不能违反组织原则。唯一能做的，他今天或者明天，该去找一下冯局长，催他快点儿把批文发下来。

出了数学教研室，经过的便是语文教研室。门敞开着，窗子敞开着。里边的七嘴八舌议论纷纷毫不顾忌清晰可辨，或者人家就是故意把那些不咸不淡的话甩给他听。

——嘿！干的是马活，吃的是驴料，住的是狗窝！

——既然没人对咱们负责，咱也无须对谁负责。

——柳秋阳说了，他那个班至少留下十个学生给他毕不了业。

——众所周知，敝人那班已经连续三年全县统考冠军了。得啦，今年咱来他个“解名尽处是孙山，贤郎更在孙山外”。

——让他讲原则去吧，到时候让他吃不了兜着走！

在几十年的校长生涯中，他还从来没有如此积怨之深过。即使在“文革”中被打成了“黑帮”，也依然有不少人暗中同情他、保护他。他终于尝到了众叛亲离的滋味儿。

无风无雨的天气令人感到郁闷。

他终于发现，从那如烟如雾的阴影里剥离出来的是教导主任徐芷萍——一个年逾五十，仍然满头乌发、细皮嫩肉、风韵犹存的女人。

“芷萍——”他轻轻地呼唤着，一种莫可名状的感情使他的声音颤动起来。人老了，感情愈发变得细腻而脆弱了。在这个世界上，也许只有她才理解他，只有她才能给他提供一个机会，让他把硬压在肚子里的苦楚和泪水尽情地倒出来。

徐芷萍脸色阴沉地说：“孩子们的事，我也管不了了。”

他有点儿丈二和尚摸不着头脑，想再问，徐芷萍却烟雾般地散去了。

他抬起头，茫然无主地看了看天空。天空是灰色的。

五

直到晚上下班以后，徐芷萍那如烟如雾的身影还在他眼前晃动着，挥之不去。

徐芷萍跟那个案子有关。但这会儿占据章敬业心头的，不是那个案子，而只是徐芷萍。

她从那弥漫着芬芳和色彩的花坛后边雀跃而出。月白色的连衣裙，垂搭在腰际的发辫儿，还有那无比妖艳的脸蛋儿，如晨露中初绽的蓓蕾。她笑得很甜，很美，很灿烂，仿佛整个春天都一下子扑落在他面前，他的心灵震颤起来。

这是三十几年前的章敬业和徐芷萍。他是校长，她是新分配来的语文老师。两个人都处于生命的春天。春天是萌生爱情的季节。

他迷恋她，犹如一个在沙漠中跋涉的旅人迷恋绿草和清泉一样，一会儿见不到，心中便充满了渴望。

月光下，他们约会在校园里的花坛前。他的勇气仅仅能支撑他捏着她那芦笋般的指尖儿。她扬着脸，晨星般的明眸和花蕊般的鲜唇使他心潮澎湃，呐喊轰鸣。顿时，那澎湃的心潮又戛然止息，凝聚成了大山般的庄严与神圣。

——敬业，我不能接受你的爱，真是对不起了。

——为什么？

——你知道你要做出多大的牺牲吗？

——为了崇高的爱情，我愿意牺牲一切。

——牺牲一切？

——牺牲一切。爱情是永恒的，是人生最宝贵的。温莎公爵为了爱情，连王位都不要了；普希金为了爱情去决斗，献出了自己宝贵的生命。

——你说的是外国人。

别忘了，中国无骑士。贾宝玉为了爱情，只能离家出走，遁入空门，软弱得像炸油条的面团。

如同催眠术的心理暗示一样，他确实软弱了。他没能力为爱情牺牲一切，严格地说，一点儿都没有牺牲。在他以后大半生的岁月风尘中，他曾经为此无数次地忏悔过，同时也无数次地为自己辩白过。他不能像温莎公爵那样不爱江山爱美人。因为温莎公爵的江山是属于他自己的。

而他所忠于的江山是党和人民的，是无数革命先烈抛头颅洒热血才夺取来的，他没有权利背叛它。谁让作为大学教授的徐芷萍的父亲妄想推翻社会主义的铁打江山呢？他愿意娶徐芷萍做妻子，却不愿意给一个右派分子当女婿。

这是原则。原则如同一块烧红了的钢铁，不但可以锻打刀与剑，也可以锻打手铐和锁链。证实一个人的忠实和勇气需要原则，掩饰一个人的背叛和软弱也需要原则。

不久，他便和电影院一个拿着手电筒为观众找座位的姑娘草草结婚。

他妻子的教养和容貌是无法跟徐芷萍相比的。但是她却三代赤贫，根红苗正，并且还是一个堂堂正正的共产党员，先进工作者。男人不像女人那么偏执，特别是失了恋的男人，是很容易在自己那破碎的心灵上找到一个平衡点的。

两年以后，徐芷萍也结了婚，嫁给了县公路局一个开卡车的司机。然而，当她刚刚生下第二个孩子以后，她的丈夫连同他开的卡车，便从妙灵山的盘山公路上滚落下去。徐芷萍三十四岁便成了寡妇。

章敬业也一度成了鳏夫。那是他被打成“黑帮”之后，三代赤贫的妻子用大字报严正声明，与他彻底划清界限，并到街道办事处单方面办理了离婚手续。

妻子的离去并没有使他感到多大的痛苦。在煎熬孤独的日子里，他终于证实了一种他一直不敢证实的感情：他仍然爱着芷萍。自然，徐芷萍也仍然爱着他，比他爱得更深，更彻底，更无私。

无论是在牛棚里坦白，还是在田地里改造，每每想起芷萍，他的心便如鼠啮般地疼痛，心尖儿滴血。而徐芷萍悄悄送来的一盒烟、一包点心、一件毛背心，又都如良药般地医敷着他那滴血的伤口。

上帝以慈悲为怀，又非常宽宏地给了他们一次机会。他平反了，徐芷萍的父亲改正了，阻断他们之间姻缘的原则的深渊被填平了。

就在徐芷萍满怀憧憬地为他们缝制新婚被褥的时候，他的前妻又闯入了他的小屋，跪在了他面前，一把鼻涕一把泪地向他忏悔着，乞求着他的宽恕。

他又一次以软弱背叛了爱情。这一次背叛没有原则再为它做旗帜了，然而他却得到了一顶传统美德的桂冠。

花前月下那首次爱情的誓言至今朗朗在耳，抚今思昔，扪心自问，他没有为徐芷萍做出任何牺牲，却一再地牺牲着徐芷萍。这是罪过，他对不起徐芷萍，但他又无法弥补自己的罪过。

聊以自慰的是，他的二儿子章裁和徐芷萍的大女儿徐丹订了婚。今生今世成不了姻缘，便退而求其次，结成姻亲。随遇而安、自我补偿是中国人的一种特殊的生存本能。自然是两个过来人的千方百计，诸如提供条件、培养感情、明白暗示，这一切都做得羚羊挂角，无迹可求，没有露出包办的痕迹。

掌灯时分，他才进了家门。从学校到家里这段路，他走过了三十几个春秋，走过大半辈子。

他住在一个大杂院里，有十一户人家。这还是当年他们结婚时找的房子，两间。在跟妻子离异的那段时间里，他不是住牛棚，便是住学校的单身宿舍。复婚以后他才复归故里。两间房子，他跟妻子住在里屋，两个儿子住在外屋，大儿子章体，二儿子章裁，都已经订了婚，都等着结婚呢！然而他必须让二儿子章裁先结婚。是徐芷萍主动提出来的，章裁跟徐丹结婚后，就在她家。徐芷萍还有个小女儿，二十岁了，没有谈恋爱，暂时可以跟她住在一间房里。

徐芷萍处处为他着想，真难为她了！

门只能推开一条缝，侧身挤进去，他顿时呆愣住了。满屋里都堆着家具：组合柜、沙发、席梦思床，还有电冰箱、彩电以及花花绿绿的床单和衣料。

这都是章裁和丹丹结婚用的东西，原来是放在徐芷萍家里的，怎么又都拉回来了？

组合柜的缝隙里坐着章裁，双手抱着头，蜷缩成一团，被那些横七竖八的家具压迫着，显得很猥琐，很可怜。他问他这是怎么回事，他连声都不吭。知子莫若父，想必又犯起了牛脾气。

里屋有动静，他进了里屋。肥胖的妻子经不住夏日的溽暑，只穿着一条大裤衩子和一件汗布背心。这样，她的胖脸上、粗脖子上，和那肥厚的胸脯子上还淌着条条汗污。她在叮叮当当地挪动着家具，一脸拼命之色，怒不可遏。

“这是怎么回事?”

“你儿子让人家赶出来了!”

“谁?”

“能有谁?还不是跟你贴心贴肝的那个骚狐狸?”

“为什么?”他顾不上妻子的醋劲，慌忙问。

“为什么?你自己清楚!”

“我清楚什么?”

“你们俩人骚情犯浪，狗扯连环，把气撒在孩子的身上，什么东西!”

他被妻子骂得脸红耳热，怒火中烧，恨不得扑上去照妻子的肥脸蛋子上狠狠抽两巴掌。一瞬间，徐芷萍那如烟如雾的身影又在他眼前堆积起来。他又看到了她那张阴沉的脸，又听到了那句莫名其妙的话：“孩子们的事，我也管不了了。”

他似乎明白了许多。

外屋门响，又被推开了一条缝，一个苗条秀丽的姑娘挤了进来。这是徐丹，活脱一个三十年前的徐芷萍。她的身条，她的容颜，她的秀发，她的神态和语调，都是从徐芷萍那个模子里丝毫不差地扣出来的。每次见到徐丹，他的内心深处都会溢出一种骨肉般的情感。他总觉得这是他的女儿，这应该是他的女儿。他疼她，爱她，超过了疼爱自己的儿子。近些天来，与其说他在操持着儿子的婚事，不如说他跟徐芷萍一起，共同操持着他们心爱的女儿的婚事。在操持这桩婚事的整个过程中，他品味到了一种异乎寻常的体验，像是在偿还着一个前生前世许下的夙愿，又像是在填补着一个感情世界的巨大的空白。

徐丹满面通红，眼睛里噙着泪。见到他，只是薄薄的嘴唇嚅动了一下，算是打了招呼。

"章裁哥……"徐丹声音颤颤的，像是秋风中一片瑟瑟发抖的叶子。

"你来干什么?"章裁抬起头来，硬邦邦地甩了一句。

像几块石头蛋砸在他的心里，他心里一阵发悸。

"章裁哥，你别生气，我妈说……"

"你妈说什么？让你妈见鬼去吧！你不是听你妈的吗？你去跟你妈结婚吧!"

"章裁，你这是干什么？有话好好说，不许你欺侮徐丹!"他实在忍不住了，违反常理地插入了两个晚辈人的争吵之中。

"我欺侮她？她欺侮我！她跟她妈合起伙来欺侮我！你滚！你滚！你给我滚——"章裁转向徐丹，冲着她仇敌般地吼叫起来。

徐丹挤出门缝，双手捧着脸，哭着跑了。

"章裁，你这个混账!"他急了，扑上前去，举起拳头，就要朝儿子的身上砸。

他的拳头还没有落下，儿子蓦然扑到了他的脚下，抱住了他的双腿，声嘶力竭地叫了一声："爸爸——"紧接着，是一阵撼天动地的哭号，一个男人积郁已久的暴发般的哭号。

他像浸入了一个巨大的冰窟里，肉体和心灵一起战抖着，两行浑浊的泪水涌泉般地淌下来。他慢慢地俯下身子，把儿子紧紧地抱在了怀里……

一双双的眼睛蟑螂般地贴在了玻璃窗上。

六

那个花坛依旧，依然是鲜花盛开的季节。花坛上蒸腾着芬芳与彩霞。

徐芷萍不在，看传达室的赵老头说她到教育局开会去了。连个招呼都没有打，原来她不是这样的。他们之间骤然变得生分起来，他有点儿受不了。

正是上早操的时间，操场上的学生寥若晨星，有几个女生在玩跳房子的游戏。没有教师出来带操，连扩音喇叭都没有响。只是初三（一）班教室前边，整整齐齐地排着几队学生。祁幼芳站在队列前边，没有音乐，她只能用嘴喊着号令。

早自习也没有人管，除了祁幼芳，几乎所有的班主任都没有到位。

直到第一节课的时候，教师们才夹着教案，懒洋洋地极不情愿地走进了教室。教室里的气氛可想而知，还有几个班上了自习，也就是说"放了羊"。

从下第一节课开始，他就发现花坛旁边有一个货摊，一些学生和教师围着选购着什么。他没有在意，小贩们闯进校园是常有的事。只要影响不大，他也懒得管那么严。可是第二节课的上课铃响半天了，货摊上还围着不少人。什么"一次性降价""大出血""大赔本"这样的吆喝声也传了过来。他气恼地命令正在打扫卫生的工友老刘，让他把那个小贩赶走。

老刘去了一会儿又回来了，告诉他那不是外边来的小贩，是本校的学生。

什么？学生在校园里做起了生意，而且是在上课时间，还那么明扯大摆，高呼怪叫。这简直是自由化得没边了。

"卖的是什么？"

"服装。"

"是哪个班的学生？"

"初三（二）班的。"

初三（二）班正是柳秋阳那一班。看来，他真的要扔下十个学生毕不了业了。

柳秋阳不该这么做，这有点儿不仁不义了。

他和柳秋阳是一起来这个学校的，柳秋阳可以称得上是这个学校的元老。两个人都是简易师范毕业的，在学校里便是一对形影不离的好朋友。几十年来，虽说一个在领导岗位上，一个在教学第一线，两个人之间却始终保持着一种超乎寻常的友谊。"史无前例"的那场风暴到来的时候，他被挂上了“黑帮”的牌子，推上台去“低头认罪”。只有柳秋阳一个人跳上了台，冲着几千个红卫兵小将声泪俱下，大声疾呼：“章敬业是革命的！章敬业是毛主席的好干部！”结果是他也被挂上了一块“铁杆保皇派”的牌子，坐上了“喷气式”，跟他一起“低头认罪”了……

他嘱咐自己少安毋躁，要冷静地对待这一切。可是这会儿他再也冷静不下去了。他出了办公室，怒气冲冲地来到花坛旁边的货摊前。他的脸色是咄咄逼人的，三个作为摊主的学生有些畏惧，慌忙收拾着那散乱的服装。

他记下了这三个学生的名字，让他们立即把货摊收起来回到教室去听候处理。然后，他做了一次深呼吸，努力使自己的怒气平息下来，才不慌不忙地走进语文教研室。语文教研室里的人不少，除了没有去上课的语文教师，还有英语教师孟小羽和陈子庚。几个人围着一张桌子，叽叽喳喳的像是在写什么，见他进去了，又一下子散开了。有几分尴尬，也有几分满不在乎。执笔人陈子庚把一张纸搓成一团，塞进了裤兜里。

“柳秋阳呢？”

没有人回答他的话，也没有人朝他看一眼，这冷落使他下不来台。

他只有点名问：“陈子庚，柳秋阳干什么去了？”

“您干吗问我呀？我又不是语文教研室主任。”

“那么，谁是语文教研室主任？”

几个人都哑然失笑了，这笑里包含着极大的揶揄。

还是年轻人沉不住气，孟小羽说：“语文教研室主任是您任命的，您还不知道是谁？”

他真是有点儿老糊涂了。语文教研室主任就是柳秋阳。这就等于说，他问的所有问题，均须由他自己来回答。

“校长，您快去看看吧！迟健的家长跟祁老师吵起来了！”

初三（一）班的两个学生失魂落魄地跑来，向他报告着天塌般的噩耗。

他还没弄清是怎么回事，便进了初三（一）班的教室。

这一节是数学课，祁幼芳正在给学生上课，迟健的家长便风风火火地闯了进来。

这是一个建筑工人，四十多岁，长得非常剽悍，而穿戴却非常讲究，皮凉鞋，白西裤，淡紫色的T恤衫，方脸盘上还配着一副很气派的太阳镜。若不是他满嘴的污言秽语，人们准会认为他是个“白领阶层”中的佼佼者。难怪一位社会学家说过，“五四”时期，领导生活新潮流的是知识分子和青年学生；而今，人们的时髦程度和消费水平，恰恰与知识水平成反比。

说迟健的家长完全没有教养是不对的，他在进门之前的确是喊了一声报告的，嗓门之大，使全班学生都为之一震。还没容祁幼芳做出反应，他便破门而入了。进门后，便跨上讲台，指着祁幼芳的鼻子尖粗野地质问：“你他妈的‘三好学生’是怎么评的?”

此时的祁幼芳，不啻是一个只身值班的银行营业员遇上了抢劫犯。她不由自主地朝后退去，脸色惨白，干张嘴说不出话来，舌根都发硬了。来犯者又逼近一步：“问你话呢，你他妈的‘三好生’是怎么评的?”

“你、你要干什么?”

“干什么？我来找你讲理!”

“你、你是谁？讲什么理?”

“我是迟健的家长，你凭什么把迟健的‘三好生’给抹去?”

一听说是学生家长，祁幼芳便镇定下来，理智和勇气也立时回到了身上。

“有什么事到办公室等，我正在给学生上课!”

“到办公室等你？我没那工夫，你现在就必须给我讲清楚!”

“请你出去!”

“让我出去也行，咱们一块儿走，找校长评理去!”

来犯者说着，竟伸出那只耍瓦刀搬砖头的大粗手，一把薅住了祁幼芳那纤细的手腕，硬是往外拖。

“放开我，放开我！你这个流氓!”

“谁是流氓？我又没强奸你！”

“流氓！流氓！流氓……”

随着祁幼芳的叫喊，她竟被拖到了院子里，那只粗手还在紧紧地抓着她，钻心地疼。

学生们都跑出了教室，有的到其他教室去找老师们求援，有的去找校长，许多女生也跟着祁幼芳一起惊慌失措地叫喊着。

若是平时，学生家长到学校来闹事，教师们便会立即结成统一战线，一致对外，以维护其“师道尊严”。特别是有人欺侮到女教师头上，大家更是争先恐后地拔刀相助，狠狠打击来犯者。可是今天，不少人都听到了祁幼芳和初三（一）班学生的叫喊，也有不少人隔着窗子或扒着门缝看到了祁幼芳被一个五大三粗的汉子拖了出来，却没有人出来制止。人们对校长的怨恨，已经朝祁幼芳身上转移了！

章敬业赶来的时候，祁幼芳的腕子还被那双大手紧紧地攥着。

“放开她！”

他的声音不大，却威严得令人闻而生畏。

来犯者的手松开了，并且规规矩矩地站在校长面前，恭恭敬敬地叫了一声：“校长……”

他用安慰的口气对祁幼芳说：“祁老师，你先去上课吧，这件事由我处理。”

祁幼芳的泪水在眼眶里打着转转儿，她使劲咬住那发紫的嘴唇，使之不至于滚落下来。

他转身冲着来犯者说：“到我办公室去！”然后便径直朝前走去。

来犯者顺从地跟在后边，校长的权威在他身上依然有效！

“坐下！”进了校长办公室，他指着办公桌旁的一张椅子命令着来犯者。

来犯者没敢坐，依然规规矩矩地站在他面前。

“你叫什么名字？”

“校长，您不认识我了？”

他疑惑地看着他，摇了摇头。

他摘下太阳镜，带着几分兴奋说：“我是迟子刚呀!”

他仔细地看着他，像是审视着一个可疑的赝品。

迟子刚这个名字他太熟悉了。二十几年前，他是这个学校的学生，一个很不错的学生。他是柳秋阳的得意门生，柳秋阳是他的班主任，他年年被评为“三好生”。他也是吴克仁的骄傲。吴克仁在业务上还是很行的，他培养了几个体育尖子，迟子刚和丁小飞都在其中。迟子刚是举重运动员，曾在县中学生运动会上拿过冠军。丁小飞是游泳运动员，参加过全运会的少年级比赛，虽说没拿上名次，可也够争光的啦！有一次，迟子刚晚上练长跑，路过城外的森林公园，遇上两个流氓正在对一个少女施暴，立即见义勇为冲上前去，与两个流氓打了起来。那个少女趁机逃命了，联防队员把他和两个流氓一起押到了派出所，他的眼睛被打伤了，鲜血直流。在派出所里，那两个流氓反咬一口，他有口难辩，蒙受了不白之冤。最后，还是学校出面把他从派出所保了出来……

“迟子刚，你今天来跟祁老师吵什么?”

“是这么回事，这次评‘三好生’，迟健得了二十一票，韩磊得了二十票，可祁老师却让韩磊得了‘三好生’。您说她讲理不讲理?”

他眯缝着眼睛听着，没有表态，只是淡淡地问了一句：“迟健是谁?”

“是我儿子呀!”

他哑然笑了，真可谓人生天地之间，若白驹之过隙，忽然而已。当年的学生，又都养育出了这么大的学生，令人感慨之至。

迟子刚显然领会错了他的笑，忙解释说：“校长，您别以为我是在为儿子争‘三好生’。您想想，眼下都是独生子女，都盼望着自己的孩子能有点儿出息。我觉得我那儿子还行，脑袋瓜儿不笨，我想让他多念点儿书，将来好歹让他混个知识分子当当，别他妈又像我，一辈子苦累地干活……”

祁幼芳探进了头，红着两只眼，她显然哭过，嗓子也有点儿发哑：“校长，我先跟您谈两句行吗?”

他出去了，几分钟后又回来了。

迟子刚的话还没有说完，刚要张口继续说，却被拦下了："子刚，你现在在哪儿工作？"

"在县建筑公司。"

"我记得你家是农村的。"

"这不招工出来了吗？"

"出来容易吗？"

"容易个屁！为了捞个招工指标，我他妈把我姐姐都搭进去了。"

"怎么搭进去的？"

"我让我姐姐嫁给了支部书记的小舅子，好歹攀上了一门好亲戚。"

他心里一沉，皱了皱眉头。

"子刚，让韩磊当'三好生'，是我的主意。"

"您的主意？这是为什么？您不是挺讲原则的吗？"

又是原则，这话现在听了有点儿刺耳，像是被人揭了短处。

"子刚，你刚才不是说了吗？农村的孩子混出来不容易。韩磊是个农民的儿子，他学习成绩不如迟健好，按上级规定，'三好生'在升学考试时要加分的。这样，他考个中专什么的，就有点儿把握了。这件事，祁老师事先跟迟健做好工作了，他没跟你说吗？"

"说是说了，不过后来……后来听说韩磊给祁老师送了礼，我就气不忿了。您想呀，'三好生'是我们让出来的，好人却让祁老师当了，这公平吗？"

"你怎么知道韩磊给祁老师送了礼？"

"陈老师说的呀！"

"哪个陈老师？"

"陈子庚老师呀！"

"他怎么知道的？"

"他说是他亲眼见到的。"

"送的什么？"

"整整一口袋大米。"

"是不是上星期六下午送的？"

“对，陈老师是那么说的。怎么，您也知道？”

“我当然知道了。那大米是学校统一给老师买的，每人一百斤。祁老师那一份，是韩磊用学校的手推车帮她推家去的，这也是我亲眼所见。”

“那……也许是陈老师误会了。”

“陈老师不会误会的。那大米就是由他联系买来的，那辆手推车也是经他手借给祁老师的！”

“噢……校长，陈老师是不是跟祁老师有仇呀？”

“都在一起工作，有什么仇？”

“我觉得有点儿不对劲儿，他还说了祁老师的许多别的坏话呢！”

“说什么？”

“他说祁老师原来在农村插队，后来上了大学，是工农兵学员。”

“工农兵学员怎么了？”

“他说工农兵学员不经过考试，是靠推荐上去的。祁老师跟公社书记睡了觉，人家才推荐……”

“卑鄙！无耻！”

章敬业气得浑身发抖。

迟子刚赶紧闭上了嘴巴。

“子刚，谢谢你！”

“谢我什么？”

“你成全了韩磊，也帮了我跟祁老师的忙。”

“校长，您别这么说。今天我对祁老师无礼了，一会儿得去给她赔个不是。校长，以后有用得着咱的时候，您一句话，咱保证够哥们儿，不，够爷们儿！”

章敬业向他伸出了手，他的身子还在微微发抖。

七

陈子庚赤膊上阵了。

他是带着吴克仁和丁小飞来的，或者说是跟着他们俩来的。好了，像当年一样，原告、被告、证人都齐了。这是一桩奸污幼女案。

如果说陈子庚有仇人，那么仇人恐怕就是吴克仁了。不是陈子庚多事，吴克仁跟丁小飞的事恐怕还暴露不出来，起码不至于暴露得那么快，那么彻底。吴克仁被开除公职离开学校的时候，说过一句杀气腾腾的话：君子报仇，十年不晚。那会儿，章敬业理解，吴克仁要报的就是陈子庚的仇。

没想到，现在他们竟成了同一战壕的战友，而矛头所向，却是对准了他。此乃天下大势，合久必分，分久必合是也。是什么在左右着分与合的律动？

陈子庚是代课教师转正的。代课教师是由当年贫下中农管理学校演变而来的。管理不了，便留下一些有文化者当代课教师，那时的师资奇缺。这些代课教师国家只给少量的补助，不少还在队里记工分。后来上级考虑减轻农民负担，提高教师队伍的质量，便将其中的一部分转为国家正式教师。

陈子庚当代课教师，亦如从工农兵中选拔上来的行政干部一样，是属于“万金油”型的。什么课缺教师，便让他去教什么课。文史地数理化体音美几乎都让他教遍了。什么都教得了，又什么都教不好。而且到哪个班上课，哪个班就要乱堂。他的脾气还挺大，常常跟学生拍桌子瞪眼睛骂娘。幸亏他在进校之前，学过几天木匠。当代课教师的时候表现特别积极，整天骑着自行车带着锛凿斧锯上班，哪班的桌椅门窗坏了他都负责修理，确实为学校节约了一笔可观的开销。待他转正以后，章敬业便不再让他教课，任命他为后勤处处长。按教师待遇，却当职工用。他没有意见，干点儿活儿他不发愁，他发愁的是站在讲坛上讲课。更何况还有个后勤处处长的头衔，说出去也挺体面。

他捉吴克仁奸的时候，正好代音乐的课。体音美在一个教研室办公，他跟吴克仁也堪称是哥们儿。吴克仁家在城里，陈子庚还经常从自家菜园子里摘些菜给吴克仁。

别以为当教师的都是斯斯文文，非礼勿视，非礼勿听，非礼勿言，非礼勿动。体音美教研室就有点儿有辱斯文。他们一共三个人，吴克仁已经被后来的历史证明是属于何物了。还有一个美术教师，满头白发了，姓王，现在已经退休了，当时也是个老不正经。三个人没课的时候，便凑在一起，搞所谓性饥饿精神会餐。陈子庚是在高粱地里长大的，装着满肚子“高粱地文学”。吴克仁和王老头便让他讲，他就讲。不仅仅是为了讨好他们，他自己也讲得津津有味，挺过瘾。那会儿他还没有结婚，讲出的玩意儿，倒像是在肉林欲海中滚过一十八遭似的。那会儿还没有“毛片”，“高粱地文学”在淫秽世界还有一席之地。

讲完了他们便笑，笑得很淫荡，很开心。那时丁小飞常到他们教研室玩。这个姑娘早熟，未满十四岁，便发育成一个成熟的大姑娘了。特别是她那鼓胀的胸部总会让那些心术不正的男人想入非非。有时她进了门，他们正笑得没形了，见她进来，便戛然而止。她有点儿莫名其妙，问他们笑什么。于是，又笑声迭起，看着她笑，还互相使着眼色。丁小飞怀疑他们是在捉弄她。可是她不明白，她有什么好捉弄的呢？

有一次都放了学，陈子庚还在花坛旁边修桌椅。在这里修桌椅，全校师生看得见，校长也看得见。丁小飞和吴克仁在体音美教研室里谈话，回去晚了。出来的时候，见陈子庚还没有走，便凑过来，大大方方地问：“喂，陈老师，问你点儿事。”

陈子庚抬起头，见丁小飞正用眼角瞟着他，很放肆的样子。

陈子庚脸上一烫，心便邪了，两只眼珠子紧盯着丁小飞的胸脯子。丁小飞穿着一件开领很低的紧身衫。

“我每次到你们教研室，你们都笑什么呢？”

“你去问吴老师吧。”

“吴老师让我问你。”

“问我什么？”

“吴老师说，是你的笑话把他们逗笑的。到底是什么笑话呀？能不能讲给我听听？”

“不行，你不懂。”

“别小瞧人，不就是男女之间的事吗？我不像你想的那么傻。”

丁小飞俯下身来，撒娇般地摇着他的肩头，一种麻酥酥的感觉电流般地从肩头传遍全身。他慌乱地朝四处看了看，校园里已经没有人，连校长都走了。他停下了手里的活儿。

“都是些挺牙碜的，你实在……”

“要不，你先拣一个不那么牙碜的说给我听听。”

陈子庚经不住软磨硬泡，便从他那“高粱地文学宝库”中选择了一个含蓄一点儿的说给丁小飞听。说的时候，自然脸红心跳。

丁小飞听完，嘻嘻地笑起来：“真好玩，再讲一个吧！”

陈子庚想，一切为人设置的清规戒律，看上去是铜墙铁壁，金城汤池，其实不过是一层窗户纸，不捅则已，一捅就破。只不过许多人被它那貌似庞然的神圣威慑住了，不敢轻易伸手去捅就是了。陈子庚开始给丁小飞讲牙碜的“高粱地文学”，等到听者嘻嘻笑得如桃花流水，他的舌头也像擦了油，越讲越油腔滑调了。

天黑下来，他让丁小飞帮他把桌椅搬到教室里。进了教室，他便一把拉住了丁小飞的胳膊。

丁小飞挣扎着。

他欲火中烧。

他使劲地搂住她，把脸压向丁小飞的脸蛋儿。

她拼命把他推搡开，啪地一巴掌，结结实实地抽在他的脸上。

丁小飞跑了。

他惊醒过来，吓得浑身如筛糠。

他一连三天没上班，说是病了。由于食水未进，夜不能寐，他还真有一种病恹恹的感觉。他蒙着被子躺在床上，挨分度秒，时刻等着灭顶之灾的降临。

什么事也没有发生，三天后他爬起来进了学校，一切如常。丁小飞依然到他们教研室，依然放肆地嘻嘻哈哈，见了他，依然没大没小地开玩笑。这姑娘宽宏大度，不记仇。他感激他，恨不得给她磕三个响头。

那是在放暑假之前，有一天他下班回家，嫌麻烦没有带木匠箱。到家以后，他表哥请他去给打家具。没办法，他又回校来取木匠箱。掏出钥匙却打不开门，门从里边闩着。他知道吴克仁有时是住在这里的，他一边噼里啪啦地敲着门，一边骂他是懒虫，是短命鬼，这么早便上了排子。门好容易开了，他蓦然发现丁小飞也在屋里。两个人都神色慌张，衣冠不整。吴克仁向他讨好地笑，他不理，沉着脸，拿起木匠箱便走了。

这一晚干活总出错，这一夜他都没有合眼。第二天，他迫不及待地把这件事跟王老头说了。

王老头听着，胖脸变成了猪肝，话说得义愤填膺："他这是犯法！人家还是个孩子，伤天害理！"

他的牙根也咬酸了："那咱去告他，报告给校长！"

王老头又摇摇头："你告人家什么？拿贼拿赃，捉奸捉双，闹不好让人家倒打一耙！"

他含糊了，可心里那股邪气出不来。

那是暑假后的一天，他请了假到收购站去卖猪。猪卖完了，已经过了正午，本来他该回家吃午饭了，却鬼使神差，蹬着自行车奔了学校。他记起了王老头也没有上班。简直是天助神佑，门从里边闩着。他的心突突跳起来，蹑手蹑脚地绕到窗后，蹬着几块砖头，扒开了一个窗缝。在以后无数个不眠之夜以及无数个白日梦中，他总是忆起这惊心动魄的一幕，说不清那一瞬间的感觉是什么。

他只觉得头晕目眩，浑身发软，手脚都失去了知觉。那肉体早已不属于他自己了，他那出了窍的灵魂像一张浸了水的纸贴在了窗缝上，整个世界在这种眩晕中进入了永恒。时间凝固了，如同感觉凝固了一样。当那惊心动魄的一幕进入了尾声的时候，他的灵魂、他的勇气，以及他那神圣的使命感才复归于体内。他跳下身，奔到前边，一脚踹开了门。他没有勇气过多地观看那慌作一团的肉体，抱起两个人散乱在地上的衣服，便冲出门，直奔校长办公室……

在吴克仁的批判会上，他暴怒失常，痛苦万分，一边声泪俱下地痛骂着这衣冠禽兽，一边噼里啪啦地抽打着吴克仁的嘴巴，抽得吴克仁嘴淌黑血，好像吴克仁奸污的是他的亲妹子、亲女儿……

吴克仁被开除了。陈子庚转了正。

章敬业不会忘记陈子庚这一段历史。

陈子庚自己也没有忘记这段历史。就在那条后来被证实的小道消息把学校弄得沸沸扬扬的时候，陈子庚还来找过他，他正气凛然地说："这是历史。历史的案不能翻！"

他记得当时他笑了，心里说，几乎所有的案子都可以称之为历史，历史的案不能翻，还有什么案好翻呢？

现在，陈子庚和吴克仁、丁小飞一起出现在他面前，对于这种奇妙的组合，他一时摸不着头脑。难道陈子庚丢掉自己的历史了吗？

其实，历史也跟陈子庚开了一个玩笑。当吴克仁捐款给教师们解决住房问题的消息传来的时候，陈子庚便认定，即使生物试验室那只猴子的标本能分到房子，吴克仁也不会同意把房子给他的。他与吴克仁之间的仇疙瘩，今生今世算是解不开了。

不承想，几天以后，迟子刚所在的那个建筑公司的一名副总经理找到了他的家里，要承建吴克仁捐赠的教师住宅楼。他说是吴克仁介绍来找他的，因为他是学校的后勤处处长，他有权力决定把工程承包给谁。并且吴克仁还叮嘱他，一定要按照规定给他百分之五的回扣。乖乖，五五两万五千块！陈子庚做梦都没有想到自己能有如此财运亨通的机会。

当天晚上，陈子庚便声泪俱下地忏悔和感恩在吴克仁的酒桌上了……

"校长，我今天来是跟您通报一下情况，也算是向您报个喜，我跟丁小飞订婚了！"吴克仁竭力收敛着得意，尽可能谦恭地说。

"你不是有老婆吗？"

"离了！"

他是故意这样问的。他也听说他离了婚，给前妻留下一幢小楼和十三万元的存款。有钱可以买到老婆，有钱也可以丢弃老婆。真让他开了眼界。

章敬业不由自主地看了看丁小飞。丁小飞浓妆艳抹，佩金戴玉，披散着令人心乱的水晶发，咕嚅着红腮帮子嚼着口香糖，这大概就是跟暴发户订婚的标志。她没有坐，斜倚着桌子角，歪歪扭扭的身子似乎根本无法站直，真难想象当初她是个劈波斩浪的游泳健儿。

陈子庚见章敬业的目光落在了丁小飞的身上，忙扯了一下丁小飞的衣服说：“小飞，别光愣着呀，你倒是说话呀!”

“说什么?”

“你说说，到底愿意不愿意嫁给克仁兄?”

“愿意呀，不愿意到这儿干什么来了?”

“你说说，到底爱不爱克仁兄?”

“爱呀，爱他的钱!”

这话让吴克仁有点儿难堪，他忙对丁小飞说：“别开玩笑，没钱时候你也爱我!”

“那是两回事！没钱我才不跟你结婚呢!”

陈子庚见丁小飞越说越离谱，忙截断她的话茬儿对章敬业说：“校长，克仁兄与丁小飞订婚，也是为了给您搭个台阶，这样您上上下下都好说话……”

章敬业非常厌恶陈子庚这副嘴脸，不客气地说：“陈子庚，这里边有你什么事呀?”

“是我把丁小飞找到的，是我保的媒，是我成全的他们……”

章敬业记得，自从吴克仁事发之后，丁小飞便退学了，以后再也没有见到她。但是他还常常想起她，他觉得她是个有前途的姑娘，是吴克仁害了她、毁了她。他关切地问：“小飞，你在干什么?”

“练摊儿!”

“那不是也很能赚钱吗?”

“你知道什么？我们赚点儿钱有多难呀，每个钢镚儿都沾着血。哪比得了他呀，身不动，膀不摇……”

吴克仁大概也觉得不能再让丁小飞信口开河下去了，便给陈子庚使了个眼色。

陈子庚说：“校长，克仁兄跟丁小飞订了婚，一切都名正言顺了，咱学校也可以名正言顺地接受他的捐款了，您看什么时候让他把支票送过来?”

“陈子庚，你不是说那是历史，历史的案不能翻吗？”

陈子庚脸色一阵发白。

为了下逐客令，他只好用官场上的话来应付他：“老吴，带着你的未婚妻先回去吧。那件事，我们再研究研究。”

说完之后，他心里一动：也许这是给吴克仁的一点儿希望，这希望又像是留给自己的。

八

“章叔叔，妈妈跟我谈过你们之间的事。”

我们之间什么事呢？

“我很理解你们，我认为你们之间的感情是崇高的，是纯洁的，是值得格外珍惜的！”

丹丹，谢谢你，我的好女儿！

“可是，您为什么不能保持晚节呢？您知道您毁灭的是什么吗？”

我怎么了？我做错了什么吗？

“您知道妈妈有多痛苦吗？昨晚，她一整夜地坐在阳台上，两眼呆愣愣地看着头上的星空。我真怕她一时想不开，从阳台上跳下去……”

“丹丹，我不明白，你到底说的是什么呀？”

“全校的老师都明白！”

“明白什么？”

“明白您跟祁幼芳！”

晴天霹雳。他心里一阵轰鸣，两眼发黑，天旋地转。他紧紧抱住了篮球架，这是在学校的操场上。

徐丹哭着跑走了，她的身影消逝在一片昏暗之中。正是下午上第二节课的时间，校园里阒无人迹。一片琅琅读书声随着袭人的花气飘过来：

> 苔痕上阶绿，草色入帘青。谈笑有鸿儒，往来无白丁。可以调素琴，阅金经……

这书声不知是从哪个教室里传出来的。这是刘禹锡的《陋室铭》，正是柳秋阳准备讲的公开课。但这绝不是柳秋阳那一班，柳秋阳今天又没有到校。看来他真要给他甩下十个学生毕不了业了。老朋友犯起了牛脾气，尤其让他为难。

孟小羽和岳光从外语教研室出来。孟小羽公开挽着岳光的胳膊，一边走一边亲亲密密地说笑，肖像裙上的撒切尔和肖像包上的李玲玉跟她一起摇头晃脑。

“校长，您好哇——”

跑过他的身边，孟小羽照样跟他打招呼，这姑娘的礼貌、热情和透明的性格都是他喜欢的。她心里有气，但不怄气，她喜欢用一种明快的方式表达自己的不满。

他冲孟小羽和岳光笑了笑，干咧着嘴，那笑模样一定很难看。

“岳光拉我去看画展。”她示威般地说。

他没在意孟小羽说什么，只是下意识地点了点头。

孟小羽挽着岳光从他眼前走过去了，又停住脚步，扭过头来：“校长，您撂挑子了吗?”

“什么?”他仍然执迷不悟。

“我是说，您辞职了吗?”

“什么意思?”

“你见我擅自早退，怎么也不管呀?”

他冲她不耐烦地挥了挥手。

孟小羽没有调走，岳光也没有调进来。因此，他们似乎没有必要履行“注意影响”的承诺。岳光常常明目张胆地来找孟小羽。来了以后，他们就把外语教研室的门反锁上，一待就是半天，谁都知道他们在里边干什么。对于这种伤风败俗、有辱斯文的行为居然没有人表示义愤，更没有人向他来反映。

人人都变成了没脾气，如这无风无雨的天气。

他也变成了没脾气，这校长当得有点儿窝囊。真该如孟小羽所说，辞职算了。不过，这会儿辞了职更窝囊。

从初三（一）班走出来的是祁幼芳。她冲着操场上走来，大概要出校门，或者到传达室去。突然发现了篮球架下的他，又转身回去了。

他心里一阵紧缩。

他离开了操场，双腿沉得像灌了铅。

教导主任办公室里只有徐芷萍一个人，她正伏在桌子上写什么，听到脚步响，抬了一下头。其实她无须抬头，她该知道是谁进来了。

他看到她脸色有些憔悴，眼睛里布满了血丝，严重的睡眠不足。他想起了徐丹的话。

他无声地坐下来，把一只瘦长的胳膊架在桌上，轻轻地叹了一口气。

徐芷萍依然在低头写着什么。

“芷萍，咱俩该好好谈谈。”

“谈什么？有什么好谈的？沉默是金！”

“沉默是金？谁沉默？”

“群众沉默，群众跟你沉默！”

“对了，他们跟我保持沉默，可是他们自己并不沉默。”

“那是他们自己的事，他们有这个权利！”

听得出来，徐芷萍的话里带着很大的气，潜藏着一种压抑不住的激动。他还注意到，她那布满血丝的眼球上滚动起了泪花。这泪花让他也感到鼻子发酸。

“芷萍，你真的相信那些谣言吗？关于我和祁幼芳的谣言。”

徐芷萍在摇头的同时扬起了脸，为的是使眼中的泪花不至于聚成泪球滚落下来。

“不，我不相信那些谣言。”她说得很坚决，“我相信你，也相信祁老师。”

“那你是为什么？”

“我是在替你担心。”

“担心什么?”

“担心你这样独断专行，会失去人心的！得人心者得天下，失人心者失天下。人心所背，你这校长还怎么当?”

“我已经感到很为难了。”

“这年头干工作靠什么？靠权威，行吗？谁怕那个？再说，有权就有威吗？靠物质刺激，穷家破庙，你拿什么刺激人家？说来说去，还得靠用人心换人心，靠交情，靠面子，靠哥们儿姐们儿捧场。亏了中国人还讲情义，有人管这叫民族劣根性。我看，偌大的一个中华民族，可利用的也只有这点儿‘劣根性’了。”

徐芷萍说得很激动，很过火，很动感情。但是这些话他却听得很刺耳，甚至很气愤。我们的民族和人民，有多少传统美德，有多少优秀品质，蕴藏着多么大的精神力量和物质力量，你怎能视而不见呢？你这些偏颇的话是从哪儿来的呢？这还像是一个共产党员、一个领导干部说的话吗?

他没有反驳她，他知道她正在火头上，他无法说服她，争论起来只能使谈话陷入僵局，并不利于矛盾的解决。再者，她的这些观点他虽然不能同意甚至不能容忍，但她的心情和意图还是可以理解的，她是为他着想、为学校着想的。这是一个共产党员最基本的觉悟，也是几十年来在同一感情轨道上运行的两颗心保持下来的惯性。

于是他用温和的口气说：“芷萍，我承认你的话有一定的合理性，人心的向背是很重要，但是我不能为了争取人心、笼络人心，就拿原则做交易啊!”

“什么原则？还有你所谓的美德？哼！这辈子，让你的原则和美德把我害得够惨的了!”

她显然想起了他们初恋的破败和第二次机会的丧失，委屈如喷泉般地涌了上来，泪水终于散球似的滚落在她那白皙的脸颊上。

他的心也酥软了，一股巨大的罪恶感亦如喷泉般地溢满了他的心胸。这笔情天恨海冤孽债他永生永世都无法还清。

“说实在的，这些天来，大伙儿冷落你，孤立你，甚至诋毁你，我看着心里也挺难受。我真不愿意跟你作对，不愿意难为你。说到难为你，那件事是我不好，是我有意地在给你施加压力，逼着你改变态度。孩子们却在中间受了罪。今天早上，我找了章裁和丹丹，向他们道了歉，让他们把家具都拉回去了。现在，我也向你道歉……”

“芷萍，谢谢你……”

“请你相信，我不是为了自己，也不是逼着你解决咱子女的住房问题。我又不是不知道，咱学校教师的住房有多难。教育局那套房子分给了我，我总觉得亏着理、抬不起头来，就像独吞霸占了大伙儿的共有财产一样。我真希望每个人都能有一套住房，比我的大、比我的好。这样，大伙儿的眼睛也就自然不盯在我的身上了。要说有私心，这就是我的私心。”

徐芷萍竹筒倒豆子，把心里话都抖搂出来，她觉得挺痛快。

章敬业也觉得很欣慰，毕竟她能向他说心里话，毕竟那颗心是向着他的。

该轮到他说服她、争取她了。从何说起呢？他觉得他比她理直，却没有她气壮。

透过玻璃窗，他看到了外面一片无风无雨的天气。

世界上的理哪怕只有两条，也是拧成麻花形的缠在一起，他若有所悟。

九

去找柳秋阳，本无须路过那家小酒馆。只因为听徐芷萍说柳秋阳常去那家小酒馆喝酒，便想去碰碰运气。到酒馆未找到人，本无须在桌边坐下来，只因为一种突如其来的莫名其妙的欲望，使他向老板要了一两二锅头和一盘五香花生米。他想起了孔乙己，也许因为这家酒馆也附庸风雅地叫作咸亨酒店，或许还因为别的什么缘故。把酒菜端上来的是一个学生模样的少年，白白净净的，颀长的身材，见人很腼腆。他把酒菜放在餐桌上，犹豫了半天，怯生生地叫了一声“章伯伯”。

他抬起头，眯缝着原本已经花了的眼，终于想了起来："你是葛阳?"

少年点了点头，白净脸上涨着红潮。

"你怎么到这儿来了?"

"我来帮忙。"

"你不上学了?"

"放学以后来的。"

"为的是捞几个外快?"

"不，为的是找个住的地方。"

"什么? 到底是怎么回事?"

"妈妈说，我跟妹妹都大了，不该再住在一个屋里了。"

他不说话了，他全明白了，没什么好说的了。他呷了一口酒，没滋没味；咽进肚子里，又觉得很烧心。

"我妈来了。"葛阳说。

他扭过头去，见祁幼芳抱着一个铺盖卷正在顶开门，显然是给儿子送来的。她见了章敬业，停住了脚步，嘴唇动了动，欲言又止。

他站起身来，接过她手里的铺盖卷。这时她才叫了一声"校长"。

"祁老师，你不能这样做，葛阳已经上高中了，正是学习吃紧的时候。放学以后，他得做作业，温功课……"

"先这样凑合一段时间吧，以后再说。"

"以后你又有什么办法吗?"

祁幼芳的眼圈红了。

"来，咱们想想办法。"

他把祁幼芳让到自己的餐桌旁，让她坐。她却不坐，像是随时准备离开他。

"这样吧，让葛阳转到芳草地中学去吧，到那里可以住校。芳草地中学的校长我认识，我去求他。"

"校长，谢谢您的好意。不过，我的事您别管了，我自己能克服。"

"怎么，你信不过我?"

“不，校长，您别多心。还有一件事，我这两天一直想找您，没有机会。今天在这儿碰到了您，索性跟您说了吧。听说您要提拔我为副校长？”

“你听谁说的？”

“是岳光告诉我的，他说他亲眼见到过您报到教育局的那份材料。校长，求求您，您把那份材料撤回来吧！”

“祁老师，你是不是听到了一些谣言？”

“不仅仅是谣言，有的人当面就含沙射影地中伤，我受不了……”

“祁老师，别怕这些，脚正不怕鞋歪……”

“不，校长，您也许不怕，可是我怕！我总觉得，有无数双眼睛在盯着我，有无数条舌头在糟践我，有无数根指头在戳我的脊梁骨。我曾经有过这种提心吊胆的日子，头上总像悬着一把达摩克利斯剑，不知道什么时候就会大祸临头。直到我后来结了婚，心里才踏实下来。日子多苦我不怕，工作多累我也不怕，吃点儿亏受点儿委屈也没有啥，只要不破坏我的生活，不干扰我的安宁，我什么都能忍。校长，您知道，我已经经受不住任何打击了……其实，我没有伤害谁，我也没有妨碍谁，我只不过是像往常一样，尽职尽责地做好我的工作。我不想当先进，更不想当官，是我的良心不允许我消极怠工。一个人民教师，应该对学生负责；一个共产党员，应该对党的教育事业负责……”

祁幼芳走了，把这些肺腑之言都留给了他。如同留给了他一片被战火烧焦的、满目疮痍的家园，等着他去哀悼，等着他去清理，等着他去重建。

他把剩下的酒一饮而尽，也走了。

这辆老式飞鸽车还是当年熬过了“三年困难”以后买下的。

除了锈迹斑斑的架子和伤痕累累的车把，几乎所有的零件都更换过了，成了名副其实的杂牌车。链条嘎吱吱地响着，像是绞着他身上的每一根神经。他真想把这辆车一脚踹进马路沟里，干净利索地用两条腿走路。

柳秋阳的家在七里屯，顾名思义，距县城七里之遥，那是指的老城。近些年城市建设像毛纸上滴了墨汁，迅速地往四周洇，再加上从大都市和外洋引进来的工厂以及新居民的住宅，至今依然属于农村的七里屯几乎和整个县城连成了一片。

柳秋阳租住的房子实际是一户农民堆放破烂用的两间小柴棚，稍加整理，便成了“何陋斋”——这是柳秋阳为之取的堂号，并用一块刨光了的白木板亲笔书写了一块堂匾，钉在泥皮墙上。

这两间小房在一条鸡肠子般的小胡同的尽头，没有院子，可以径直走到窗根下。天已经黑了，弯弯曲曲的小胡同里无法骑车，他只好推着那辆破车朝前去。车不骑脚蹬子和轮盘照样转，嘎吱吱的链条又把小胡同缠绕起来。三五个门楼里传出了犬吠，而这些犬却并不真的蹿出来执行保卫任务。吠声过后，便从胡同的尽头传来一片他所熟悉的声音，使他为之一振：

无丝竹之乱耳，无案牍之劳形。南阳诸葛庐，西蜀子云亭。孔子云：“何陋之有？”

他不由得加快了脚步，心也有几分跳。支上自行车，他却没有进屋。因为小屋里实在没有再容他插足的地方了。床沿上、屋地上、门槛上都坐满了人。有男有女，每个人都捧着一本书，这些都是柳秋阳那班的学生。他认出来了，其中就有那三个在校园里摆服装摊儿的学生，当时他还记下了他们的名字，这会儿怎么也想不起来了。柳秋阳坐在一张折叠桌旁边，桌上是一盘花生米、一只酒杯、一瓶二锅头，跟他在小酒馆里要的是一个样的。女主人被挤得蜷缩在床角上，身子懒散得如堆在她怀里的那团毛线，同样懒散的双手在编织着一个昏然零乱的梦。

这会儿的柳秋阳，与其说是个中学语文教师，倒不如说是个私塾先生，或者是个讲经布道的居士。他半眯着眼，一边有滋有味地呷着酒，一边似有心似无意地听着弟子们的议论。

“老师，为什么说山不在高，有仙则名；水不在深，有龙则灵呢？我觉得，不是高山峻岭，神仙不会来住；在一个小水塘里，龙也不会来藏身。”

“我觉得中国的士大夫阶层，或多或少都有点儿阿Q精神。明明住的是透风漏雨的破屋子，还孤芳自赏。什么唯吾德馨，纯粹是无可奈何的自我安慰。”

“这不叫阿Q精神，这叫安贫乐道。穷则独善其身，达则兼济天下。恰恰表现了一种中国知识分子的胸怀与气节。”

“我觉得作者是一种消极的处世哲学，他为什么甘居陋室呢？为什么不经过自己的努力，改变自己的居住条件呢？”

“你这是站着说话不腰疼，改变居住条件，并不是经过自己的努力便可以实现的。比如咱柳老师，他想盖三间砖瓦房，行吗？钱从哪儿来？谁批给他房基地？他想住三室一厅的楼房，行吗？谁分配给他？”

……

章敬业听着学生们的热烈讨论，很兴奋。他的腿站得有点儿发酸，恰好窗下有一只倒扣着的柳条儿筐，里边囚着一只大公鸡。他坐了上去，很舒服。他像一个迟到了又没有勇气喊报告的学生，只好在外边听。

他忽然想到，这该是那节公开课。这些很有意思的争论，这种活跃的气氛，还有那一张张闪着青春光彩的脸庞和那一个个勤于思索的脑袋，都应该到课堂上去表现，当着全县中学语文教师和局领导的面去表现。

他始终认为，柳秋阳是一位难得的出色的语文教师。他的文学修养很深，年轻时曾做过作家梦，也曾在报刊上发表过一些小有影响的作品。后来生活使他越来越不尚空名，越来越务求实际了。他对中国传统文化颇有研究，如同许多习文求仕的知识分子一样，血气方刚时崇尚儒家思想，失意后又迷恋老庄哲学。促进他这种转变的原因是多方面的，但是有一个具体的契机，那便是迟子刚——因自己的儿子没有评上“三好生”而找祁幼芳吵架的那位建筑工人。

迟子刚为救一个少女与两个流氓打了起来，后来被弄到了派出所，是柳秋阳和章敬业一起把迟子刚保出来的。迟子刚的眼睛受伤了，被送进了医院。没有人为他出这笔医药费。他曾经四处奔波过，申辩过，没有人完全相信他的解释，连派出所的人都不相信迟子刚是见义勇为的。最后，他只好自己掏腰包付了这笔医药费。

花点儿钱是小事，那会儿迟子刚还没有结婚，这笔钱他还花得起。最让柳秋阳想不通的是，迟子刚受到这种不白之冤却没有人为他说句公道话，甚至都很少有人相信他。

他总觉得是自己害了迟子刚。那正是“十年动乱”的后期，他在讲课中往往充满了很浓的忧患意识。总是教育学生刚正不阿、临危不惧、见义勇为、彰善诛邪……这件事情发生之后，他再也讲不出这些话了。相反，他总是提心吊胆地嘱咐他的学生，到外边千万不要惹事，要少出门，少管闲事……他自己呢？也把“为社稷死则死之，为社稷亡而亡之”的慷慨悲歌变成“何以解忧，唯有杜康”的咏叹调了……

屋子里，学生们的争论在继续着。

柳秋阳挥了挥手，说：“好了，今天的课就补到这儿。你们这些高论也罢，歪理也罢，留待以后再争论吧。我现在提出两条要求：第一，这篇作品必须背下来；第二，每个人写一篇读后感。明天晚上我要检查。”

“老师，明天晚上在哪儿呀？”

“还到这儿来吧。”

床上的女主人说话了：“不行，明天我弟媳妇要来。”

柳秋阳说：“她明天不是上午来吗？”

“万一她晚上要住下呢。”

一个戴瓜皮帽的男学生说话了，章敬业听出了是那个摆服装摊的：“柳老师，到我家去吧，我家的地方宽敞。”

柳秋阳说：“不用了，我自有安排。”

同学们出来了，出来的同学惊奇地招呼着校长，这才把柳秋阳惊动了。

床上的女主人见是校长来了，忙跳下来，一边慌手慌脚地收拾着屋子，一边张罗着沏茶倒水。

柳秋阳却从碗柜里摸出一只酒杯，满上，推到章敬业面前。

章敬业呷了一口酒："秋阳，你把我吓坏了。"

柳秋阳困惑地抬起头："什么事？"

"你说要给我甩下十个学生让他们毕不了业，没想到你放的是烟幕弹。哈哈哈……"

柳秋阳无奈地摇了一下头。

桌边的女主人说话了："他这个人啊，纯粹是软棉花捏的，向来是敢说横话，不敢干横事。"

章敬业说："他不是不敢干横事，是不忍心干横事。你想想，工人怠工，撂下的是一堆机器；农民怠工，撂下的是一片土地。可是他面对的呢，既不是一堆机器，又不是一片土地，而是一群人，一群有血有肉有灵魂的人。这群人还是孩子，他们一辈子的生活道路，一生的命运，都是从这儿开始。你说，谁能忍心把他们撂下不管呢？"

柳秋阳又喝了一口酒，差不多是硬吞下去的，没抬头。

"秋阳，我说得对吗？"

"知我者，敬业也！"

"我也是一样，我面对的也是一群人。这些人，有的跟着我多年了；有的是我动心动肝的朋友；还有当初是我的学生，如今是我的同人……他们跟着我受了许多的苦，不少人都熬干了大半辈子的心血。他们图什么呢？没有什么可图的呀！只图能为咱们国家培养几个人才，只图老百姓把孩子交到咱们手里放心。可是他们难啊！他们各有各的难处！这些我都该管，都该负责……我愧得慌，我对不起他们，也对不起你呀，秋阳！"

"敬业，别说了，你也难，你比我们更难！是我不好，我不该再难为你了。"

"秋阳，我理解你，我懂得你的心。"

"别说了，喝酒吧！"

"好，喝酒吧！"

女主人插不上话，出去了，站在院子里看星星、看月亮。月亮周围有一圈昏黄。月晕而风，础润而雨。可今晚毕竟是个无风无雨的天气。

明天呢？难说。

十

章敬业失踪了。确切地说，他出走了。

一个年近花甲的老人，能到哪儿去呢？

他跟教育局请的是事假，却没有说是什么事。

据说，他给徐芷萍留下了一封信。徐芷萍没有透露信的内容，或许那封信原来就没有什么值得她透露的。她只是临时负责起了学校的全面工作。

这件事并没有在学校里引起多大的震动。

在无风无雨的天气里，教师们依然是没脾气，也没有好奇心。

半个月后的一天早晨，那是一夜风狂雨骤后的湿淋淋的早晨。忽然有消息说，章敬业住进了医院。在一百里外的一个小山沟里，当地群众发现他倒在风雨中，把他救起来送进了医院。

正当人们对此事困惑不解的时候，岳光带来了更加详细的消息。说是从章敬业的身上发现了一张联络图，上边记载着一百多个乡镇企业家的名字——这些名字有许多都是可以从历届的学生花名册上找到的。章敬业揣着这张图跋山涉水去募捐，为的是筹集资金为教师解决住房问题。那张联络图的背面，已经记下了八万多元，这大概是人家答应下来的捐款数额。

校园里于是哗然，教师们都三五成群地赶到了医院。

章敬业仍在昏迷中，谁也没有向他说什么，更听不到他说什么。人们默默地来了，默默地走了。

沉默是金。

第二天一早，教师们都按时到了学校，包括孟小羽。

上早操的时候，教师们都站在学生的后边；早自习的时候，教师们也都进了教室。

柳秋阳的公开课如期举行，讲的不是刘禹锡的《陋室铭》而是杜甫的《茅屋为秋风所破歌》。当他讲到“安得广厦千万间，大庇天下寒士俱欢颜……吾庐独破受冻死亦足”的时候，他讲不下去了，课堂上也响起了一片唏嘘。

又有消息传来，吴克仁结婚了。他娶的不是丁小飞，而是县剧团一位正在走红的青年演员。

1991 年 10 月于通州

在圆明园废墟上

在圆明园废墟上，记载着皇家的骄傲和耻辱，也记载着入侵者野蛮的罪恶。然而，在前来凭吊者心灵的废墟上，又记载着什么呢？

一

他觉得很冷，冷得浑身发抖。

柔和的照明灯、鲜艳的导航灯和五光十色的霓虹灯，把广阔壮观的首都机场照得灿如白昼。雪花在灯光里静静地飘落，像无数白色的精灵在赤身裸体地翩翩起舞。女播音员用英汉两种语言广播着，声音也像飘逸的雪片一样轻柔舒曼，掠过耳边，使人产生一种亲切、熨帖、痒酥酥的感觉。用米黄色瓷面砖和孔雀蓝釉面琉璃装贴起来的候机楼，像一位身穿华丽睡衣的慈母，主楼上方“北京”两个霓虹灯大字，像母亲那双善良的眼睛，向她远归的子女投出温情脉脉的目光。两条长长的廊道，则是母亲那舒展的双臂。从大洋彼岸飞来的波音 747 大型客机，安详地躺在母亲的臂弯里，舒舒服服地睡去了……

这梦幻般的奇景，他完全是凭着潜意识感觉到的。他那双焦灼的眼睛，已经凝聚了他全身心的精力，在候机楼前那拥拥挤挤的接人队伍里搜寻着：贾艳在哪儿？

他急切地要找到贾艳——与他天各一方、朝思暮盼的妻子。免不了拥抱、接吻、流泪，甚至失声痛哭。然后呢？不要急于回去，他要拉着她重新走进候机楼，把这世界第一流的现代化机场游览一遍。四年前他走的时候，这座候机楼还没有竣工，他是在南边那座米黄色的旧候机楼前和贾艳分别的。他要带她到三楼的餐厅里吃一顿较为丰盛的晚餐，还要欣赏一下各种风格流派的壁画佳作。据说，有一幅叫作《泼水节——生命的赞歌》的绘画，因为其中有几个裸女的画面曾引起了一场哗然，后来用幕布遮盖起来，让那几个"有伤风化"的裸女老老实实地睡去了。现在，不知这几个无辜的裸女醒来没有。他刚刚从地球的另一端飞来，一夜之间使他经历了两个世界：一个开放得出格，一个守旧得要命。现代化的交通工具把时空的秩序和距离打破了、缩短了。爱因斯坦为什么提出了相对论？是不是从乘坐飞机中得到了启示？荒诞！还顾得上想这些？贾艳在哪儿？她怎么没有来接他？莫非她没有接到电报，还是……

他觉得很冷，随着身子的颤抖，他的心也紧缩了一下。这不是外界寒风冷雪的侵袭，而是从内心深处发出了一股刺透筋骨的寒凉。民航局输送旅客的专车一辆接一辆地开走了，停车场上的"的士"也差不多被人租空了，候机楼门前只有寥寥可数的几个人了。贾艳不会来了，失望的沮丧和一种不祥之兆的恐慌，使他更加感到浑身发冷。他无可奈何地登上了最后一班民航专车。车里边放着热烘烘的暖气，他的肩头仍然在瑟瑟发抖。他不由自主地把手伸进了内衣袋里，僵硬的指尖触到了一个硬邦邦的塑料夹，那里边珍藏着一张与他朝夕相伴的照片……

四年前，那是一个深秋的下午。贾艳和朋友们一起来为他送行。临别的一刹那，他们不知从哪儿来的那么大的勇气，竟然当众拥抱起来。他们紧紧地搂在一起，感情的沸流把两颗相爱的心融化了。他们的好朋友徐昶举起了照相机，抢下了这珍贵的镜头。当徐昶把这帧小照寄到大洋彼岸的时候，他感动得流下了眼泪。他把它装在内衣袋里，让它朝朝暮暮贴在自己的心窝上，时时处处都给他信念，给他力量，给他一种伟大的约束力和自制力。照片是从他的背后拍的，贾艳的脸颊紧紧贴着他的脸颊，那双美丽的大眼睛微闭着，一颗晶莹的泪珠顺着她那鲜丽的脸庞滚落下来。

白色的精灵在翩翩起舞，平坦的水泥公路上铺上了一层薄薄的积雪。汽车匀速平稳地前进，车轮在雪地里沙沙响着，像摩挲着动物的皮毛。空旷的田野，沉睡的村落，高耸的楼群，灯光通明的街道……一个急切的希冀闪电般地照亮了他的心头：贾艳在民航局接我！这个希冀一产生，一股难以按捺的情绪便在他浑身鼓动起来。汽车还没有停稳，他就提起行李，急不可待地朝车门挤去。

“区鹏！区鹏!”

有人喊他，他那颗怦怦跳动的心一下子提到了嗓子眼，又倏地一下子沉了下去。这分明是一个男人的声音，尽管这呼唤同样是熟悉的、亲切的，同样充满了久别重逢的兴奋与激动。他还没有闹清这声音来自何处，一件发白的旧军大衣已经披在了他的肩头上。紧接着，他被两只有力的胳膊紧紧地搂住了。

“真对不起，找了半天车也没找到，要不我就到机场接你去了。”徐昶一边流着眼泪，一边抱歉地说。

“啊，啊……”区鹏茫然地看着徐昶，没听清他说什么，也不知道自己该说什么。

徐昶从区鹏那魂不守舍的脸上已经看出了这样的疑问：贾艳在哪儿？她怎么没有来？于是，他不等区鹏发问，就解释开了：“贾艳有点儿不、不舒服，我、我替她来接你。”

区鹏急着问：“她病了？什么病?”

“没、没什么大病，只不过有、有点儿感冒。”

“发烧吗?”

“对，对。有点儿发烧，刚打完针、吃完药，不能动……”

他终于又回到自己的家了。

这是一座旧办公楼改成的家属宿舍。一个房门就是一个家庭，楼道则成了家家户户的厨房和贮存室。大木箱子、小纸匣子、蜂窝煤、液化石油气灶，以及大堆小堆的冬贮大白菜，把本来不算狭窄的楼道堆挤得满满当当，中间勉强留下一条只身可过的小道。楼里黑洞洞的，从公共厕所里透出来的灯光，给这乱糟糟的堆积物勾画出不规则的轮廓。煤烟的焦煳味，大白菜的酸臭味，厕所里的氨臊味，以及从各个敞开的窗口散发出来的热烘烘的人体味，使楼道里的空气浑浊得令人窒息。而区鹏却觉得这气味是亲切的、熟悉的，他立即振奋和激动起来。

人们都睡去了，黑洞洞的楼道寂静得有点儿恐怖。男子汉的呼噜声、青年妇女那甜腻腻的呓语和小孩儿因存食发出的咯咯吱吱的咬牙声，像田野里的秋虫一样，组成了这嘈杂而细微的小夜曲。区鹏和徐昶扛着大箱小包，放轻了脚步，小心翼翼地在峡谷般的过道里摸索着。哗啦一声，谁家的铝锅盖还是被他们碰掉了。

前边区鹏家对门屋里的灯亮了，一个肥肥胖胖的女人从门缝里探出了身子。这是家属楼里有名的“面包嫂”，因长得像一个暄暄囊囊的大面包而得名。这会儿她只穿了一条紧绷绷的小裤衩和一件筋吊吊的乳罩背心。她看到走过来的是两个男人的身影，刚要缩身掩门，便认出了是区鹏和徐昶。她索性拉开门，像一只笨拙的大白鹅似的摇摇晃晃地走过来，压低了她那大喇叭嗓子惊叫着：“哎呀！是区鹏大兄弟回来了！贾艳没有接你呀？来来，我帮你提这个包儿。”

这个从运河边来的女人，还保留着农家妇女的传统道德准则：宁在小叔子腿上坐，不在大伯子眼前过。因为区鹏和徐昶比她那个当物探队长的丈夫小几岁，她便可以在他们面前毫不避讳。区鹏却觉得很不舒服，他一边躲闪着这几乎是赤身裸体的面包嫂，一边急促地说：“不，不，您快回屋去吧，小心着凉。”

不知面包嫂是因为皮下脂肪过厚，还是因为好奇心太强，她不怕着凉，一直跟到区鹏的屋门口，指着那个大木箱子问：“这是电视机，还是电冰箱？”

区鹏说：“这是仪器。”

“仪器，什么仪器？”

“遥感仪器。”

“哎呀！你没带电冰箱回来？这贾艳饶得了你吗？”

徐昶似乎怕这不知深浅的女人说出什么不该说的话来，便急忙拦住她：“我说面包嫂，您别在这儿扯着嗓子广播了，一会儿把整个楼道都吵醒了。”

面包嫂不服气地说：“吵醒了怕什么？区鹏大兄弟留洋回来，这是了不起的大事，应该把大伙儿叫起来开开眼。”

徐昶更加慌了，他拉着面包嫂的胖胳膊，又推又搡：“您快回屋吧，一会儿大哥该不放心了。”

门是徐昶替他打开的。屋子里空空荡荡，没有他朝思暮想的妻子，也没有他日夜盼望的女儿。取暖炉灭了，屋子里冷冰冰的，寒气袭人。尽管他紧紧裹着徐昶的军大衣，牙齿还是直打架。

“贾艳……她在哪儿？”

“哦！她有病，没人照顾，让她到、到我家去了。”

“晶晶呢？”

“晶晶在幼儿园，全托，每星期接一次。”

“走，到你家去。”

“不，不……这么晚了，贾艳怕早睡了。再说，我母亲身体不好，也早就睡下了……”

区鹏没有坚持，他呆呆愣愣、茫然若失地站在屋子里。

徐昶找来劈柴，为他点起了火炉。劈柴是潮湿的，浓烈的烟雾弥漫了一屋子，呛得人睁不开眼睛。

区鹏不再感到冷了。他觉得浑身疲倦无力，脑袋又沉又涨，关节像锥刺般地疼痛。他顾不得徐昶了，无力地歪在了沙发上……

二

妈妈儿山到底有多高，有多大，离北京有多远，谁也说不清。他只知道来的时候，乘了三天两夜的火车，又坐了两个白天的汽车。最后，他们背着行李，沿着一条挂在白云深处的羊肠小道，从日出爬到日落，才爬到妈妈儿山下。

妈妈儿山巍峨险要，处处悬崖断壁，怪石嶙峋。光秃秃的峰峦连绵万里，伸展到天边的暮霭云烟之中。为什么叫妈妈儿山呢？石三奶奶用山里人那特有的乡音，讲过一个美丽的传说。

很早很早以前，这里曾有一个健壮而美丽的山姑。她家境贫寒，却有着众多的子女。大概就是为了养育这众多的子女，她才长了一对沉甸甸、圆鼓鼓的大乳房（山里人把乳房叫作“妈妈儿”），那里边的乳汁永远也吸不完。尽管这位山姑整天栉风沐雨、吃糠咽菜，她就是喝一瓢凉水，也会把它全部化为甜滋滋的乳汁。有一个黑心的财主，他老婆生了孩子以后没有奶，就派人来找山姑去他家当奶妈。山姑不肯用自己的奶水去喂狼崽，说什么也不答应，财主便派狗腿子把山姑抢走了。山姑被吊打、辱骂、威逼、利诱，受尽了百般的凌辱和折磨。但是她宁死不屈，就是不给财主的孩子喂一口奶。在一个风雨交加的夜晚，山姑逃跑了，她惦记着家里那些嗷嗷待哺的孩子。财主带着狗腿子追上来，山姑见逃脱不掉，便朝一块巨石上猛撞过去。……云破天开，山姑的子女闻讯赶来，扑在妈妈的身上哭号着。忽然，他们看到，妈妈那冰凉的身子变成了一道大山，圆鼓鼓的大乳房变成了两座山峰，乳头处喷出来甜甜的泉水……

在夕阳晚照里，他常常坐在一条叫奶水泉的小溪旁，凝神地看着远处的妈妈儿山。那横亘起伏的峰峦，多像山姑那健美宽厚的胸脯；那浑圆光洁的妈妈儿山，多像山姑那圆鼓鼓的大乳房；山尖上一块暗红色的巨石，则是山姑的奶头。石三奶奶说，这条小溪里的泉水就是从那奶头石上流下来的。不信，你仔细品尝一下，就会发现，这甜津津的泉水里，还有一股淡淡的奶腥味儿呢！

他当然不相信这是真的。但孤独、寂寞和挣脱不掉的忧郁，常常使他展开想象的翅膀，朝着一个梦幻般的世界飞去。别的知青都是来接受再教育的，而他这个“资产阶级反动学术权威”的儿子，则是来进行脱胎换骨的改造的。他那反动的胎毛还没有脱掉，黑色的骨头还没有变红，人们不愿意或者不敢搭理他，他也不愿意给人家惹麻烦。别人都是妈妈儿山的亲生儿女，他却是一个后娘养的，或者干脆就是一个“狼崽”。长眠在大山之巅的山姑，肯不肯给他一口乳汁喝呢？

“八一”建军节，知青们和村里的基干民兵一起到公社武装部打靶去了，无产阶级专政的枪杆子是绝不允许他这个资产阶级狗崽子摸的。他和郑朝生约好，决定去爬妈妈儿山。郑朝生算不算“狼崽”他不知道，反正他也没有资格去摸枪杆子。因为他有一个伯父在美国，是个资本家，人家怕他里通外国，把国产半自动步枪的军事秘密和公社靶场所在地出卖给帝国主义。

两个人背着几个高粱面的窝窝头，天不亮就出发了。郑朝生比他小两岁，是个初中毕业生。这个小伙子有一个“美男子”的绰号，据说还是姑娘们赠送给他的。他确实称得上英俊、健壮、风度翩翩，集运动员和演员的特点于一身。即使在这大山的心脏里，粗风、烈日和繁重的原始劳动，也没有改变他那线条优美的身躯。而他的面庞更是无可挑剔的：笔直的鼻子，棱角分明的嘴唇，宽阔的前额下，一对浓黑的卧蚕眉，一双闪烁着青春光泽的眼睛。这一切，都会使进入怀春期的姑娘怦然心动。然而，还没有哪一个姑娘敢向他表示爱慕之情。“海外关系”的身份，如同公园里新刷油的长椅上挂着一块“油漆未干”的牌子，使人可望而不可即。

如果不是这样，郑朝生很可能成为一个清高狂傲、目空一切的公子哥，身边的天仙美女趋之若鹜，而他则不屑一顾。现在，他却成了一个自轻自贱、任人欺凌的可怜虫。他省下自己买牙膏的钱，买了杏子送给姑娘们吃。姑娘们一边吃，一边咯咯笑着，用杏核掷他的脑袋……

区鹏从来不歧视他，也没有资格歧视他。今天，区鹏约他去爬妈妈儿山，他感动得眼泪都流下来了。为了表示他发自内心的感激之情，他把窝窝头、水壶都抢着背在自己的肩上，还一直爬在前边，为区鹏开路。这样一来，区鹏反而觉得过意不去了。

“小郑，你应该把腰挺起来。”

“唉！挺不起来。”

“这是什么？”区鹏用拇指和食指顺着郑朝生的腰椎从上到下捋了一下。

郑朝生真的把脊梁骨挺直了，宽厚的胸膛硬邦邦的，挂着泪珠儿的脸庞红通通的，尖硬的山风吹乱了他的头发，掀开了他的衣襟。这时候，他才显露出一种与他的健美身躯相符的“男子汉”气派。很快，他的脊梁骨又弯了下去，他们得继续爬山。

真是望山跑死马。站在奶水泉边仰头眺望，妈妈儿就在头顶上。近得似乎都感受得到那圆鼓鼓的乳房在轻轻地颤动。听得见奶头石喷出来的泉水在淙淙作响。如果伸长手臂往上一跳，甚至就能摸到光洁坚硬的“乳根”。可是，他们从曙色初露一直爬到赤日高悬，翻过七沟八梁，闯过十三道关隘悬崖，妈妈儿山还在头顶上。不远也不近，与站在奶水泉边看妈妈儿山所差无几。

日头西斜了。高粱面的窝窝头吃光了，浑身的气力耗去了大半。看来，妈妈儿山是上不去了。失望、沮丧、无可奈何……他们得往回赶了。还要再闯过十三道关隘悬崖，还要再翻过七沟八梁。他们走进了一道黑黝黝的山口，这狭窄得几乎只可侧身而过的山崖，像被一把利剑劈开似的，断崖两边的裂岩石层均匀对称。突然，区鹏在一条结构奇特的断崖边停住了脚步。他眼前忽地一闪，像掠过一道灵光，心里也紧张得怦怦跳起来：“啊！这里可能有 J33！”

“什么？你说什么？”郑朝生疑惑地看着惊异不已的区鹏，像是在捕捉着一个扑朔迷离的梦。

爸爸的书房就是一个迷梦般的世界。小小的区鹏从刚刚记事时候起，就看到爸爸整天坐在那迷梦一样的书房里。爸爸的书架比爸爸还高，里边装满了各种各样的书。爸爸的桌上，合着的和打开的书，写满字的和画着图的纸，堆成了一座小山。透过门上的锁孔，只能看到爸爸那伏在桌上的后背。他那灰白的头埋在小山里，烟雾在他头顶上缭绕，爸爸一阵又一阵咳嗽，他那瘦骨嶙峋的后背和肩头在剧烈地震颤着。小区鹏一直想走进爸爸的书房去看一看，可是妈妈总是不允许。儿童的好奇心越是禁锢越是强烈。终于有一天，趁妈妈不在家，他悄悄地溜进了爸爸的书房。爸爸并没有责怪他，还伸出手来慈爱地摸了摸他的后脑勺。小区鹏的胆子大了，问爸爸：“您在干什么？”

爸爸告诉他：“我在寻找宝贝。”

“什么宝贝？”

爸爸拿起一支炭铅笔，在一张废纸上写下了一个字母和两个数字：J33。

“这是什么?”小区鹏只认识后边那个33，前边的字母他不认识。

爸爸笑了。笑过之后，爸爸耐心地告诉他，这是一种稀有金属，在军事工业上有着重要作用。我们国家目前还没有发现这种金属，需要从外国进口，外国资本家总是卡我们的脖子。如果能找到这种金属，我们的军事工业就等于有了一根脊梁骨，就能挺起腰杆大踏步地前进……

过了很长很长时期，区鹏才把爸爸这些话弄明白。这会儿，郑朝生当然不会明白。于是，他只是简单地解释说:“我是说，这里可能有一种稀有金属。”

几天以后的一个晚霞如火的傍晚，当区鹏又在奶水泉边凝视高高的妈妈儿山的时候，在村里当上了赤脚医生的贾艳，背着红十字药箱，像一朵蒲公英似的飘落在他的身边。

“区鹏，你是说咱妈妈儿山里有一种金属吗?”贾艳蹲在区鹏面前，非常神秘又非常惊奇地问。

郑朝生这小子真是，他为了向贾艳讨好，把这个秘密告诉了她。幸亏当时没有向他说什么。

“咱赶快向上级报告，要求派人来勘探吧！要真是这样，你可立了一个了不起的大功，说不定还能吸收你当勘探队员呢！妈妈儿山要是成了一个大矿山，嘿！……”贾艳这热情里夹杂着十二分的幻想和天真。

区鹏却慌了:“不，你千万别乱说！我只不过是随便说说。”

“你爸爸是地质学家，你总也懂一点儿吧?”

“我、我一点儿把握也没有。”

“我跟你一起勘查、研究，咱把它弄清楚，好吗?”

“勘查研究得需要资料。”

“你有资料吗?”

怎能说没有呢？爸爸临死的时候，把他毕生的研究成果装在一个塑料袋里，亲手交给了他。为了增加保险系数，资料是用英文写的。爸爸哀求他，万万不能把这份宝贵的资料遗失，并指望他能继承自己的未竟事业，为祖国找到J33，为我国的军事工业找到“脊梁”。他整整花了一年的工夫，又把那份资料复制了一份。正本由他珍藏在一个任何人都不知道的地方，副本则保存在他的好朋友徐昶的手里。自从那天他在大山里发现了那结构奇特的断崖以后，他一直在为这个问题伤脑筋：是不是让徐昶把那份资料给他寄来？这样做会不会让人发现并因此招来祸害呢？

“你难道不相信我吗？我向毛主席保证，我要是把这件事告诉任何一个人，天打五雷轰！”贾艳的发誓既充满了神圣的现代崇拜，又掺杂着古老的封建迷信，这是双保险，靠得住！

区鹏心里一动：要是让徐昶把那份资料寄给贾艳，大概不会引人注目吧？

三

到圆明园去为区鹏饯行是郑朝生提议的。为了选择这个地点，郑朝生和徐昶两个人之间发生了一场激烈的争论。徐昶是个讲实惠的人，他坚持要去一次“全聚德”。他们这几个穷哥们儿，土生土长的北京人，活到三十啷当岁了，谁都没有尝过烤鸭的味道，太亏了！郑朝生说什么也不干，似乎只有圆明园那乱石堆上，才是唯一可以设宴喝酒的地方。徐昶当然拗不过他，只得起了一个大早去排队，把烤鸭、荷叶饼、甜面酱买好，背着上了圆明园。

这是一个晴朗的秋天。圆明园像一个衰老的母亲，经过了一春一夏生儿育女的操劳，已经疲惫不堪，静静地躺在温煦的阳光下睡去了。暗红色的树叶在秋风中簌簌而落，又顺着山坡翻卷到满地憔悴破败的荷叶上。在枯萎的荒草中，一块块弃骨般的岩石裸露出来，石棱上还残留着当年战火焚灼的烟痕。空旷寂寥的蓝天上，一行大雁排着一个整齐的“人”字，嘎嘎叫着，向遥远的南方飞去。带走了一片北方秋色，也带来了一团别恨离愁。

在汉白玉门雕下一块长方形的大理石上，贾艳含着泪水帮助徐昶默默地拆着烤鸭。谁也没有说什么，甚至谁都没有勇气看谁一眼，每个人心中都在默默地品尝着一种难以言传的滋味。

郑朝生把他带来的五星啤酒打开，分别倒在四个旅行杯里，白色的泡沫溢出了杯口，流在了光洁的大理石上，他首先举起了酒杯，打破了这令人压抑的气氛。今天的郑朝生可不是当年妈妈儿山下那自轻自贱、猥猥琐琐、受人欺侮的可怜虫了。在多舛的命运和不公平的待遇中，他竟然找到了一条越过泥泞的出口。别的知青都通过各种关系病退、困退，一批一批地离开了妈妈儿山，他却跟石三奶奶的孙女石花结了婚，当了铁心务农的“扎根派”，并且成了全县知识青年的典型。他的事迹上了广播，登了报。人走什么运的都有，说不定他能借着这个当口蹬跐上去。——这正是他踌躇满志的时候。因此，他的祝酒词丝毫没有令人哀伤的味儿：

“我为什么坚持要把这次宴会设在圆明园呢？就是要让区鹏同志记住，我们伟大的祖国曾经是怎样受帝国主义的侵略、欺压和蹂躏。无论走到什么地方，都不要忘记我们是社会主义新中国的儿女，党和人民对我们寄予无限的希望，一定要给中华民族争光，给中国人民争气……”

徐昶最不爱听郑朝生这些豪言壮语，他把一只手扬到耳朵旁边挥动着，皱着眉头，极不耐烦地说：“得了得了，别唱高调了，今天买烤鸭应该让你去排队，你跟人家讲两句‘三忠于’‘四无限’，人家说不定会赏你一包鸭杂碎带回来。”

郑朝生脸一红，立刻换成一种教训人的口气说：“老弟，你这思想太灰暗了。你没见现在报纸上正在批判‘看破红尘’吗？你就是那种‘看破派’。有一篇小说，你应该看一看。这小说叫作——”郑朝生说着，把酒杯往徐昶眼前一举，“《醒来吧，弟弟》！”

郑朝生很为自己教训徐昶的惊人妙语得意，把满杯的啤酒一饮而尽，开心地笑起来。

贾艳看着不平了，她站起身来，端起酒杯，对郑朝生说：“来，老僵，为你的‘三忠于’‘四无限’和‘鸭杂碎’干一杯！”

郑朝生一时不解：“什么，老姜？把我的姓都改了？”

贾艳也嘲讽地说：“我原来以为，只有老一辈人才思想僵化。没想到在我们同代人当中也能产生出老僵来，这真值得干一杯。”

郑朝生把空酒杯往大理石上一撂，激愤地说：“我思想僵化？哼！你看看，现在乱七八糟的成什么了？你没听人家说吗？北京随便说，上海随便穿，广州随便看。这还有点儿体统没有？那天我到电影院里看《望乡》，出了门以后，你听吧，骂声不绝……”

贾艳反唇相讥说：“为什么出了门以后才骂声不绝呢？你不愿意看可以中途退场，或者根本就不应该花那两毛钱进去。有的人，一边捂着脸，一边从指头缝里看；一边骂有伤风化，一边顺嘴角流哈喇子。”

贾艳的话把几个朋友都逗乐了，酒宴上第一次出现这种轻松欢快的气氛。

这是我国历史上一个特殊的颇有特色的时期，人们刚刚从十年动乱的噩梦中醒来，蒙眬中还带着梦中的疑惧和恐慌。面对着一个阳光灿烂的早晨，面对着一个空旷博大的未来，人们兴奋中夹着疑虑，希望中掺满牢骚，跃跃欲试而又手足无措。清醒和盲目、解放和偏激、正统和僵化，都无法用一个统一的标准画出一条截然的界限了。每个人都在判断，在选择，在用自己幻想的蓝图勾画现实和未来世界。于是，七嘴八舌，争争吵吵，在会议室里，在公共汽车上，在家庭餐桌上，在夫妻的眠床上，无休无止、没有结论的辩论成了人们日常生活的一个重要内容。各种各样的思想，形形色色的理论，五花八门的“主义”也应运而生。如同眼前这座圆明园，过去曾耸立着富丽堂皇的殿堂，养植着规格整齐的花草树木，一把战火化成了一片废墟。春风化雨，荆棘、荒草、鲜花、秀木一齐从废墟上滋长起来。十年战火，人们的心灵也被焚成了一片废墟；冰融雪化之后，在人们心灵的废墟上，也同样杂草丛生，花木葱茏。

郑朝生往空杯里斟满了酒，又开始向区鹏挑战了，在那个年月，人们辩论的瘾比喝酒的瘾要大得多：“区兄，我是‘老僵’，贾艳是‘解放派’，徐昶是‘看破派’，那么你是什么派呢？”

区鹏想了想说：“我算是‘基础派’吧。”

郑朝生不解地问：“什么叫‘基础派’？”

区鹏说：“你们是上层建筑，我是经济基础，我研究一门学问，干点儿具体事情就行了。”

郑朝生立刻操起了批判的武器：“你这是科学救国、实业救国，也不是什么新鲜货色。”

贾艳立刻站在丈夫一边：“科学救国、实业救国有什么不好？”

郑朝生毫不示弱：“请问，你有什么真才实学？就靠一根银针闹革命吗？”

贾艳说：“一根银针也比你唱高调、耍嘴皮子有用得多。告诉你，我现在正在研究营养学，我们国家在这方面是个薄弱环节。”

徐昶插进话来说：“我就不赞成你搞什么营养学，这不符合国情。咱们中国人，只要能填饱肚子就行，还讲究什么营养不营养？”

贾艳不满地说：“你不要净发牢骚，牢骚太盛防肠断。”

几个朋友又嘻嘻哈哈开怀畅饮起来。那年月就是这样：一会儿唇枪舌剑，一会儿情同手足。辩论是辩论，友谊是友谊，既掺和在一块儿，又分得清清楚楚。

四

凌晨，当大街上响起了首发公共汽车那刺耳的刹车声和上早班工人杂沓的脚步声的时候，区鹏醒了。

自从昨晚徐昶走了以后，区鹏就发起了高烧。他挣扎着爬起来，翻遍了写字台的抽屉，好容易找到了两片不知何年何月留下的 APC。他端起暖瓶摇了摇，暖瓶是空的，他只好把药片生吞下去。他的周身像灌满了铅水一样沉重，关节像生了锈的轴承一样艰涩，每转动一下，都钻心刺骨地疼痛。这会儿，他已经折腾得大汗淋漓，除了感到浑身绵软得没有一丝力气，就是火烧火燎的干渴。麻木的舌头舔在干裂的嘴唇上，像枯树叶子摩擦一样发出沙沙的响声。真没想到，他回国的第一天，竟然是在这样孤独痛苦中度过的，而且是在自己的家里，这就更加使他哀凉和惆怅。

贾艳在哪儿？

贾艳在妈妈儿山下。如果说，在知青当中，郑朝生算是一个“美男子”的话，那么贾艳则堪称是一个“绝色佳人”了。她在念小学的时候，曾经获得过全区歌舞比赛独舞第一名。从那以后，她就有一个美妙的理想，立志当一名风靡舞台的芭蕾舞演员。《天鹅湖》那动人心魄的旋律，小天鹅那令人迷醉的舞姿，曾经使她做过多少美妙的梦啊！尽管她上下身的比例、“三围”的长度、五官的排列、弹跳和控制的能力等等完全合乎一个芭蕾舞演员的要求，然而，突如其来的“革命风暴”却把她的理想撕成了碎片。“小天鹅”没有飞上云天，却屈尊降落在这大山深处。

在那极端革命的年代里，一个姑娘长得美，如同亚当和夏娃在伊甸园偷吃了禁果，对后代子孙犯下的“原罪”一样，她为了跟贫下中农“画等号”，含泪剪掉了两条心爱的长辫子，留起了像山村大嫂一样的短发。她穿起了连山村姑娘都觉得土气的大襟粗布褂，大裤裆肥腿裤，和踢破山的“纳帮鞋”。如同丑是无法掩饰的一样，美同样也是遮盖不住的。贾艳穿得再土，打扮得再怯，也改变不了她的天生丽质。到头来，“资产阶级娇小姐”的罪名仍然不可避免地扣在了她的头上。因为美是属于资产阶级的，所以，尽管她每星期写一份入团申请书和思想汇报，审核时却总也通不过。她当“赤脚医生”，风里雨里、白天黑夜地为社员防病治病，也因为她是个“娇小姐”而当不上“五好社员”。她为此不知流过多少眼泪，她也曾经痛恨自己的父母给她造就了这么一个姣美的身坯。

在区鹏看来，贾艳仍然是幸运的。虽然她受到的待遇也是不公平的，但是她毕竟享受着堂堂正正的做人权利。而他呢，只不过是一个人形的“狗崽子”或者是注入另册的“候补人”。奇怪的是，贾艳这个幸运儿为什么单单爱上了他这个“狗崽子”“候补人”呢？爱上他有什么好处呢？

这些年，她陪他吃了多少苦、受了多少累、忍受了多少委屈啊！有了晶晶以后，区鹏经常要进行野外勘测。区鹏一走，全部负担都压在贾艳一个人的身上了。没办法，贾艳只好经常请事假。她在医院工作，请事假要扣工资的。两个人的工资本来不高，贾艳既要把晶晶养壮，又要不委屈丈夫，她只好从自己的身上嘴里俭省。那一年，区鹏在一个内部刊物上发表了一篇关于“胶体溶液沉积矿床”的论文，得了四十八元钱稿费。这本来是一件令人高兴的事情，没想到，知识分子之间的嫉妒心竟然也变得像小市民一样庸俗可怕。他用这笔钱的大部分请他们科室的人吃了一顿饭，没有一个人说一句感谢的话。司机小李不明真相，事后张罗向副科长交饭费，副科长把手一挥说：“这钱是白来的！”听听，白来的！谁得来的？从哪儿来的？如同他们一起到草地里游逛，偶然拾到一个野瓜一样，一人一块，吃得那么理直气壮。事隔不久，评工资开始了，当时他正在院里参加一个讲习班，讨论的时候，人家都不通知他，好像根本没有他这么一个人似的。那个女会计说得好：“人家有的是外快，不指望这几块钱。”不错，区鹏是不指望这几块钱，再少几块钱，他们也能过，也能活。可是，和他同等条件的人都提了工资，别人问起来他不好开口，脸上无光啊！区鹏气得直骂娘，贾艳却百般安慰他，还请他到东来顺吃了一顿涮羊肉。事后，区鹏才知道吃的是贾艳买棉鞋的钱。那一年冬天，贾艳没有穿上棉鞋，脚冻得红一块、紫一块，肿得像发面馒头一样，区鹏心疼得恨不得抽自己的嘴巴。他用辣椒水为贾艳烫脚，滚烫的泪水也一齐洒在贾艳的脚面上……

又一阵灼热像潮水一样涌遍了他的全身。昏迷中，他听到门外有人轻轻地谈话。

“我走了，你快进去吧，他已经等你一夜了。”

这分明是徐昶的声音，他在跟谁说话呢？

“冲着我，冲着咱那些患难的兄弟姐妹。要不，就看在上帝的分上，千万不要让他伤心。有什么话以后再说。”

他是在央求谁、劝慰谁呢？

钥匙插进了锁孔里，拧动锁孔的声音，像是在拧动他那生了锈的关节。门轻轻地开了。他不知从哪里涌来的一股力气，腾地坐了起来。

这是贾艳吗？这是他朝思暮想、肝肠寸断的妻子吗？水红色的大拉毛羊毛衫，橘黄色的紧身喇叭裤，乳白色的镶着金黄链的高跟鞋。特别是头上那顶红、黄、白三色多用帽，像一枚跳棋子扣在她的披肩发上，使人联想到滑稽可笑的匹诺曹。眉毛是修剪的还是描画的？又弯又细，像瓷釉一样闪着光泽。嘴唇是血红的，大概涂了胭脂。啊！珍珠项链，项链上配着耶稣受难的十字架（怪不得徐昶说看在上帝的分上）。

这就是当年在妈妈儿山下，为了与贫下中农“画等号”，穿着大襟粗布褂、大裤裆肥裤腿、踢破山的纳帮鞋的贾艳吗？从一个花花世界回来的区鹏，应该是见怪不怪的。这身装束，如果是穿在一个二十几岁的“现代派”姑娘身上，也许会使人觉得顺理成章，可是，妻子为什么也追起了这样的时髦呢？这美吗？也许是美的。那高耸的胸脯，浑圆的臀部，修长的大腿，不是都被这华丽的紧身装勾画出来了吗？勾画得那样鲜明，那样强烈，那样令人头晕目眩。

对于突兀出现在他面前的妻子，他当然不会观察得这么细，想得这么多，妻子映在他脑海里的奇异形象，只不过犹如一道电光石火。所有这一切感觉和联想，几乎都是在他潜意识的领域里活跃起来的。而与妻子久别重逢所引起的感情浪潮，把他的整个身心都淹没了。他挣扎着探出身子，伸出两只瑟瑟发抖的手臂，泪水淌在了他发烫的脸颊上。

妻子向他走来，脚步是那么艰滞、沉重，像是在沼泽地里跋涉。当离他的床边还有一米远的时候，她又像一尊塑像似的伫立不动了。她确实像一尊塑像，一尊没有体温和情感变化的塑像。她的身子是僵直的，脸色是阴冷的，连那双闪动着春情与恋火的眸子，也黯然无光，蒙上了一层冰霜。

区鹏心中那翻腾的热浪，像一下子浸进了超低温的冷液里，迅速地冷却、浓缩，结成了一座冰山。这时候，他才觉得妻子是陌生的，他甚至都怀疑，这是不是自己在昏热中做着一场怪诞的梦。然而，他的理智是清醒的。经过了一段难以忍受的沉默以后，他仍然张开那干得沙沙作响的嘴巴，用喑哑的声音问道：“你……好点儿了吗？”他关心的是她的病。

“我一直很好。”她的声调也是冰冷的，像她那张毫无表情的脸。

“你、你不是感冒了，发烧，在徐昶家养病吗？”

“我从来没有到他家去过。”

“那你到、到哪儿去了？”

“随便玩玩。”

这句话可不是毫无表情的，她说得那么随便、轻佻。那双黯然无光的眸子还向他投来轻蔑、嘲弄乃至挑衅般的一瞥。随之，她那绵软的胳膊往上一扬，手腕上那只精巧的手包甩落在写字台上。

区鹏心中的那座冰山骤然崩裂了，使他感到难以忍受的疼痛和寒凉令他的整个身子都震颤了一下。然而，他仍然竭力压抑着这感情的冲动，用一种颤抖得几乎都不成声调的语言说：“你难道没、没有接到我的电报？”

“接到了。”

“那、那你为什么不去接我？”声音里再也掩饰不住气怒和埋怨的情绪。

“哼！我一直等着你在纽约机场接我的！你难道不知道吗？”

是的，他是知道的。从妻子对他那张冷若冰霜的脸上，他也看出了这一点。一年以来，在他们那些飞越大洋上空的来往书信中，一直在激烈地争论着这个问题。区鹏自从进入美国那家名牌大学以后，一直以优异的成绩和独创的见解令人瞩目。在那些自命不凡、目空一切的白色人种中间，一颗黄色的明星从古老的国度里飞来了。这不能不引起学校和社会方面的惊异与重视。早在他还差一年才能毕业的时候，他就接到了一个高级研究机构的聘书，以优厚的待遇为诱饵，让他毕业后留在美国。当然，他毫不犹豫地拒绝了。这本来是一件天经地义、顺理成章的事情。没想到，当他把这件事告诉贾艳以后，一连收到了贾艳好几封来信，用命令的口气“指示”他，让他毫不犹豫地接受聘请，留在美国，等他工作安排好以后，她就立即申请出国去投奔他。对于这样的“指示”，他当然不会照办了。他有几百条理由拒绝受聘，有几千条理由要回到祖国。他写信把这些推心置腹地告诉了贾艳，却招来了贾艳几千条、几万条的反对。几乎是整整一年的时间，这对天各一方的夫妻，就是为这件事煞费苦心，伤透脑筋，打着笔墨官司。贾艳的措辞越来越激烈，越来越强硬。最后一封信，下了最后通牒：如果你坚持要回国，我就坚决跟你离婚。

区鹏不相信，也不害怕这“最后通牒”，离婚，是妻子威胁丈夫的惯用手段。有些人患了严重的“气管炎”（妻管严），在妻子面前百依百顺，就是被女人这一手给拿住了。他和贾艳已经结婚十年了，他们的那棵爱情的常青之树，是根植在妈妈儿山的峭岩深处的，任何疾风暴雨都不能把它撼动。糟糠夫妻，患难伉俪，怎么会轻而易举地离婚呢？

现在，还说什么呢？该说的全说了，再说也还是那一套。没想到，“那一套”贾艳竟然一句都没有听进去。她是那样不理解他，还冲他发那么大的火，生那么大的气。难道联结他们之间的“鹊桥”真的要坍塌吗？

想到这些，区鹏觉得头脑一阵发沉，眼前一黑，身子不由自主地朝床下栽去。贾艳惊慌地啊了一声，急忙上前抱住了他。当她的手触到了区鹏那发烫的脸颊的时候，不禁叫了起来：“你、你在发烧？”

打针，吃药，安置他静卧在床上，贾艳在尽一个医生的责任。

当区鹏清醒过来，睁开了发涩的眼皮的时候，看到贾艳正把一碗热气腾腾的鸡蛋汤放在他的床头柜上。她又在尽一个妻子的义务了。区鹏心里的那座冰山立即被这热烘烘的蛋汤融化了，又涌动起了那股滚烫的浪潮。他一把抱住了妻子，把她紧紧地搂在了怀里。妻子还是可爱的。他那发烫的嘴唇贴在妻子那涂着胭脂的红唇上和脸颊上，像雨点似的狂吻起来。

贾艳没有挣脱，也没有表现出对丈夫这种狂爱应有的热情。她像一只可怜的小动物，老老实实地蜷缩在丈夫怀里，泪水却像两条细流，顺着她的眼角淌了下来。

一阵狂吻之后，区鹏忽然嗅到一阵浓郁的香水味，这是在他求学的那个国度里常常嗅到的那股味道，肯定是国外的那种高级香水，是谁给她搞来的？或许，是高烧使他嗅觉失灵产生的错觉吧？然而，他那紧紧搂着妻子的双臂却慢慢地放松了……

忽然，贾艳像猛醒过来似的，用两条胳膊紧紧地搂住了区鹏的腰，一头扎在区鹏的怀里，呜呜地哭了起来。她哭得那样伤心，那样委屈，像一下子打开了感情的闸门，长时间的积郁和痛苦一齐咆哮着奔涌出来。

区鹏的心被贾艳的恸哭震撼了，他轻轻地摇晃着贾艳的肩头，流着眼泪劝慰着："艳艳，别哭，别哭，你听我说……"

"我不听！我不听！你对不起我，对不起我……"贾艳扬起一张泪脸，用拳头捶打着区鹏的胸脯，像是在愤怒地谴责，又像是在放肆地撒娇。

透过被水蒸气蒙上的门玻璃，区鹏看到，外边晃动着一张肥大的脸，那无疑是"面包嫂"在监听屋里的动静……

五

研究所的党组书记施敏是一个和蔼可亲、满头白发的老大姐。经过"十年动乱"之后，党把她派到这损失惨重的"九路军"，肩负起抢救知识分子的重任。她像一只充满了母爱的老母鸡，把被狂风暴雨惊散受伤的小鸡咯咯地找回来，张开双翅牢牢地保护起来，唯恐使他们再受到惊吓和伤害。研究所成了"托儿所"，她对这批知识分子的关怀和照顾，已经到了溺爱的程度。在研究所，提起这位好心的施大姐，人们就会心窝发烫，泪水汪汪。

区鹏向施大姐汇报，把从国外带回来的遥感仪器交给她，还向她递交了一份关于建立遥感勘测的方案。

施大姐把这一切都放到次要地位，她最为关心的，还是区鹏的身体状况："看看，瘦得两只眼睛都眍进去了，你太用功了。三十多岁的人了，还像个孩子，一点儿也不知道照顾自己。等等，让我在你的茶里放点儿糖……对了，我这儿还有两块巧克力，是给我的小外孙女买的，你先吃了吧……吃，一定吃！"

区鹏只好把巧克力接过来，他忍受着这没完没了的絮叨和关照，好不容易插空又把建立遥感勘测的问题提了出来。

施大姐又摇头又挥手，急忙阻止他："你先好好给我休息两个月，什么也不要干，什么也不要想……"

区鹏急了："不，施大姐，如果需要，我明天就可以上班。"

"你必须休息两个月，这是命令！"施大姐说着，双手亲切地拍了拍区鹏的肩头，"听话，把身体养得棒棒的！"

区鹏只好闭上了嘴巴，无可奈何地低下了头。

"小鹏呀，有一件事我得跟你谈谈。"施大姐不称"小区"而叫他"小鹏"，这更使人感到他们之间有一种骨肉般的亲密关系。

区鹏抬起头，睁大了眼睛听着。

"你出国这几年，看得出来，还是保持着艰苦朴素的优良作风的。可是这两年，贾艳的变化可不小，吃、穿、玩越来越讲究了……"

区鹏沉吟了一下，嗫嚅地说："这两年孩子大了，我出国以后，工资又照发，条件好了……"

区鹏的话说到半截戛然止住，他后边还想说："条件好了，她应该吃得好一点儿，穿得漂亮一点儿，玩得痛快一点儿。"然而，当他想到妻子那身刺眼的奇装异服和浓郁的高级香水味的时候，他就没有勇气把这些话说出来了。

"年纪轻轻的，应该把主要精力用在工作和学习上，前两年孩子小，她还坚持上电视大学；现在孩子脱开手了，她反而连学习也扔了。小鹏，你可得好好帮助她呀！"

区鹏的嗓子眼像塞着一颗咽不下去、吐不出来的苦杏仁，他只好顺从地点了点头。

施大姐又甜蜜地笑了："不过，这两个月，你可别逼着她学习，要让她好好陪你玩一玩。"

从施大姐的办公室出来，区鹏心里很不痛快，不过他没有半点儿理由进行发泄和表示不满。他只好悻悻地走了，想找他的好朋友徐昶谈一谈。

徐昶是他初中的同学。他总有一种偏见，认为中学时代的朋友可靠。那种友谊，很少被本能的欲望与利害的权衡所驱使，是一种摒弃了其他任何目的的纯信赖的感情。要不，他这个高级知识分子的儿子怎么会跟一个吹糖人的“遗腹子”有那么深的交情呢？徐昶只知道自己的父亲是个吹糖人换破烂的，正当他在母体中孕育成形的时候，父亲便因车祸离开了人世。妈妈是个贤惠、善良又思想守旧的女人。她矢志不再嫁，为了养活徐昶这“独根苗”，她在自己那低矮歪斜的屋檐下摆了一个小摊儿，卖烟酒茶糖、针头线脑，带管传呼公用电话，徐昶就是围着妈妈这小摊儿长大的。由于先天不足，后天营养不良，他长得长胳膊短腿，细脖大脑壳，同学们都叫他“小螳螂”。但是他却天生聪明、颖悟过人，他喜欢读书，什么书都读，读了就能记住。他能把水泊梁山一百零八名好汉的名字和绰号一个不落地说出来，他知道歌德七十四岁时因苦恋着一个十九岁的少女而痛不欲生，他还会画“乾、坎、艮、震、巽、离、坤、兑”的八卦符号……而这些，都是老师在课堂上所没有讲过的。直到现在，区鹏还为徐昶感到遗憾，如果有良师引导，如果能受到良好的教育，他一定会有大成就的。他那些宝贵的天资都被那些乱七八糟的知识浪费了，也因生活的重负夭折了——母亲得了半身不遂，他初中还没有毕业就退了学，到研究所当了一名锅炉工。

在徐昶的身上，区鹏也有些地方看不惯，甚至很讨厌。他生性怯懦，不敢得罪人，即使有人欺侮了他，他也能忍气吞声。无论在老师、同学或毫不相干的人面前，他都能表现出一种谦卑、圆滑，甚至逢迎的神态。他这样做，绝不是为了达到什么目的，而是出于一种习惯和本能，也许是他那吹糖人的父亲和摆小摊儿的母亲的染色体中的遗传基因在起作用。

“文化大革命”开始了，一切都“天翻地覆慨而慷”了。烧锅炉的、扫厕所的、浇花的、锄草的等“工人阶级”占领了科研阵地，掌握了党政财文大权；而那些整天埋在书堆里的“反动权威”和研究所的领导者则成了“专政对象”，让他们去烧锅炉、扫厕所、浇花、锄草……徐昶没有跟着造反夺权，也没有跟“工人阶级”一起到办公室的沙发上去“过瘾”，他仍然烧他的锅炉。造反派骂他是“贱骨头”。实际上，他却成了这帮“专政对象”的秘密“后勤部部长”。尽管这些有身份的人在被“专政”前从来都没有到锅炉房来一趟，也从来没有正眼看过他，但是他仍然毫无怨言地为他们办事。他偷偷地给他们买烟、打酒，帮助他们到家里去取衣服，甚至为他们通风报信。他这样做，既不是由于他的路线斗争觉悟高，也不是他目光远大，想日后获得什么好处，而完全是出于对不幸者的同情和怜悯。

善有善报。粉碎“四人帮”以后，那些“专政对象”逐渐恢复了原有的身份和地位。他们念及徐昶昔日对他们的好处以及徐昶本人那种办事认真、服务周到的精神，便从锅炉房把他提拔到总务处，成了他们名副其实的后勤部部长。

徐昶的家在圆明园北边那幢新盖的家属楼里。听“面包嫂”说，这幢楼盖起来以后，除了给几个有名望的专家落实政策外，绝大部分房间都分给研究所的行政人员了。而作为主要生产力的研究人员，则仍然住在那拥拥挤挤、空气浑浊的旧家属楼里。在这个纯业务性的机关里，行政人员居然占一半以上，这样的楼即使再盖起三幢，也轮不到一般的研究人员搬进来。谈起这些，区鹏与贾艳，贾艳与“面包嫂”，以及楼道里的男女老少，都会找到共同的语言，发泄共同的气愤。

然而，人们对徐昶能分到这么一个单元房，倒似乎无可非议。徐昶三十多岁了，还没娶上媳妇。家里有个瘫妈，哪个姑娘愿意没罪找枷扛？没有梧桐树，招不了凤凰来。再不给他两间房，怕他要打一辈子光棍了，绝大多数人还是通情达理、富于同情心的。

区鹏敲开徐昶的门以后，即见办公室秘书冯昭绥在屋子里。这个二十八岁的老姑娘虽然长得清秀俊俏，脸上却挂着一种成年妇女的庄重和忧虑。这大概是她做行政工作养成的职业习惯。她是在陕北插队时被推荐上了师范大学中文系的，毕业后不知怎么阴错阳差分配到这研究所来了。在这知识分子成堆的地方，她一直为自己的大学生前边那“工农兵”三个字感到自卑。据说，徐昶在竭力地追求她，施大姐也为他们暗中牵过线。可是，她既鄙夷自己那不被人承认的学历，又看不起徐昶这毫无专业特长的行政人员。因此，他们之间的关系，也一直处在半明半暗、若即若离的朦胧状态。

徐昶从另一个房间里走出来，他衣冠楚楚，神采飞扬，手里还提着一个人造革的公文包。见到区鹏，脸一红，但马上又热情地打起了招呼，并关切地询问起来：“这几天贾艳顺过气来没有？”

区鹏沉重地摇了摇头：“真没想到，她会那么固执己见。”

徐昶忙说：“走，我们今天给你解解烦。”

区鹏这才发现，徐昶和冯昭绥是准备出门的，他急忙起身告辞说：“我没什么事，你们忙去吧。”

徐昶说：“你真不能走，昭绥还想跟你谈谈呢。”

区鹏困惑地看了冯昭绥一眼，没说什么。

徐昶又补充说：“她准备给你写一篇专访，走吧，咱们到外边吃顿饭，一边吃一边谈。”

区鹏挣脱了徐昶的手说：“你别拿我开心了，我这儿够乱的了。”

“真的，我不骗你。”徐昶说着又拉住了区鹏的胳膊，“走吧。算我们给你接风还不行？”

区鹏无奈，只好跟着他们一起下了楼。

六

这是一个新奇、神秘、充满魔幻色彩的世界。这个世界对贾艳来说是陌生的，使她恐惧的，但又有一种不可抵御的诱惑力。灯光是暗淡的、朦胧的，像一团晚霞消失后的雾气；音乐却是强烈的、震撼人心的，把人鼓噪得浑身的肌肉都随之痉挛起来。一对对衣着时髦的红男绿女在摇摆，在旋转，在蹦跳，投在四面墙壁上的影子，像一对对变幻莫测的幽灵。

贾艳怎么到这里来了呢？

榆树街小医院的门诊室也是这样混乱，这样嘈杂，这样晃动着各种各样的人影。不过，那里没有这强烈的音乐、这亢奋的笑脸，更没有这冒着冷气的汽水和啤酒，有的是焦灼，是争吵，是福尔马林和病人躯体散发出来的混合气味。贾艳并不讨厌这个地方，虽然她的理想是在营养学上搞出一些引人注目的成果。但她绝不是那种大事做不来、小事不愿做的好高骛远之流。驱动她事业心的动力是崇高的荣誉感和争强好胜的天性。因此，在这与营养学毫无关联的门诊室里，她也认真做着一切。她对病人热情，诊断准确，给自费的病人总是开廉价适量又用之有效的药。——这还是在妈妈儿山当“赤脚医生”时培养出来的好品质。与那些冷若冰霜、敷衍塞责的“官医”相比，她当然是备受人们欢迎的了。每天早晨，门诊室一开门，就会听到一连串热情的恳求声：“贾大夫在吗?”“我要让贾大夫看病……”

受到病人的赞誉和信赖，贾艳当然很兴奋。她每天被接踵而来的病人包围着，渐渐地，也被一双双嫉妒的目光包围起来。那冷落了病人、也受到病人冷落的“官医”们，索性扎成一团，聊大天，打毛活儿，上街采购东西。你们不是只认得贾大夫吗？去，统统找贾大夫去好了。你贾艳不是能干吗？全给你，让你干去吧。

贾艳毕竟入世太浅，这些是她过了很长时间才恍然所悟的。她每天接待那么多病人，累得腰酸腿疼，头昏眼花，晚上回去之后还要搞家务，带孩子。夜深人静的时刻，她又用凉水冲冲脸，埋头在营养学这块土地上艰难地耕耘着。不久，她在医学杂志上发表了一篇关于营养学和地方病的论文。她兴奋，她激动，也有点儿被成功折腾得忘乎所以。她把自己的文章拿到门诊室给同事们看，希望能得到几句赞赏和鼓励。万万没想到，谁也没表示出一星半点儿的兴趣，内科主任孙斌接过她的杂志，顺手往桌子上一扔，接着就大谈起了他在汽车上和售票员吵架的事。贾艳伤心地哭了，她第一次感到人与人之间的隔膜和冷酷。

她越来越觉得在这小医院里混不下去了。人们对她的态度，已经从不甚友好发展到极不友好了。别人上班，想来就来，想走就走，连个招呼都不打。她为了到幼儿园送孩子，有时候迟到十分钟，也会被孙主任记在考勤表上，送到行政科去。她到财务科领支圆珠笔，女会计板着脸叮嘱她：“这笔只能在医院开处方用，不能拿回家去写别的。”而她曾亲眼看见过，女会计孩子用的练习本，就是用账页订成的。更有甚者，她在门诊室辛辛苦苦地看病，孙主任却躲进药房，一张一张地审查她开的药方、假条。没办法，她只好要求调动了。

医学杂志编辑部决定要她，商调函寄来三个月，还不见回音。人家催了几次，才收到医院政治处的一份意见书：此人对党的四项基本原则有抵触情绪。天呀！还有比这更要命的罪过吗？她气得找到了政治处主任李升，质问他凭什么给她做这个结论。李升翻着档案袋，铁青着脸问她："你说过没有，咱这医院应该交给资本家办?"

贾艳明白了，这句话她确实说过。那是半年以前，内科主任孙斌搞起了"改革"，制定了一整套新章程。病人来医院看病，挂号，就诊，划中药价，划西药价，交中药费，交西药费，取中药，取西药……一连要排十几次队。医院里乱乱哄哄，病人怨声充耳。有的不识字的老太太，好不容易排到了窗口，把处方往里一递，又被扔了出来："错了，到那边排队!"一个老工人等着上班，让贾艳给他开两贴狗皮膏药。他排了两个钟头的队也没把药拿到手，气得把药方往贾艳桌子上一拍，怒气冲冲地走了。当时贾艳也气愤地说了一句："要是资本家开的医院，绝不会这么干，这不是把病人生生挤对走了吗?"这句话，肯定是有人汇报给孙主任，孙主任又汇报给政治处了。

贾艳看着政治处主任李升那张铁青的脸，浑身的血液一齐涌向了她的胸口。她胸膛滚烫，气怒地跑出了医院，躲进街心公园的长椅上，呜呜地哭了起来。她用眼泪把胸中的郁闷和气怒发泄出来以后，遇到了郑朝生。

郑朝生完全变了样，笔挺的西装，雪白的衬衣，镶着金丝的领带。一派春风得意，一副风流倜傥。贾艳惊愣了。从妈妈儿山下那自轻自贱的窝囊废，到圆明园废墟上那慷慨激昂的"老僵"，到如今这风度翩翩的公子哥，一个人的生活道路真像在迷宫里摸索一样，转来转去，谁也说不清会闯进一个什么样的天地。

在华都餐厅里，郑朝生听完贾艳的不幸遭遇以后，向她开始了卓有成效的启蒙教育："上帝是公平的，他让我们每个人都到这个世界上来一次。当我们再回到上帝身边的时候，他老人家会像慈父似的问我们，你在那个世界看到了什么、吃到了什么、玩到了什么？到那时候，你会说，唉，我光顾冒傻气地苦干了，什么也没看到，什么也没吃到，什么也没玩到，让我再重新去一次吧！你想想，上帝会答应你吗？哈哈……”

贾艳当然不会完全想着郑朝生这些无稽之谈。但是，不知为什么，她还是随着郑朝生到这眼花缭乱的舞会上来了。

说也奇怪，曾经获得过独舞第一名、一心幻想成为一只风靡舞台的白天鹅的贾艳，却连最简单的“三步四步”也不会跳。前些天，他们医院也举行过一次舞会。那些四五十岁的老太婆和二十多岁的姑娘，都高兴得发了疯，只有她这三十多岁的老青年，连舞场是什么样子都没有见过。前边的经过了，后边的正赶上，吃亏的是他们中间这一茬儿人。她应该美的时候，穿的是大襟粗布褂、大裤裆肥腿裤、踢破山的纳帮鞋；她应该跳舞的时候，正在妈妈儿山从事着繁重的原始劳动。真是的，太亏了！

眼前那些蹦蹦跳跳的年轻人，他们多么年轻、多么开心、多么充满青春的活力啊！那弹力衫、喇叭裤穿在姑娘们的身上，把她们那优美、结实、富有弹性的躯体都鲜明地衬托出来。当这种时髦装刚一在社会上出现的时候，她也曾经跟“杞人忧天”者一样，撇过嘴，咒骂过，甚至为“垮掉的一代”忧虑过。现在，她第一次发现，这“伤风败俗”的服装，把人体的潜在美，都充分地发掘出来了。难怪它能风行于世，受到那么多人的欢迎！

音乐停止了。青年们聚在一起歇息着，一边喝着汽水啤酒，一边开心地说笑着。贾艳觉得，一道道目光正在她身上扫射着，她觉得很不自在。突然，一片不怀好意的哄笑把她惊动了。

“朝生，这就是你在农村娶的那个媳妇吗？虽说穿得土气一点儿，可‘牌儿’挺亮。喂，借咱两天，我保证给你调教成一个摩登女郎……”

一种莫大的侮辱感袭遍了她的全身，她心里燃起一团怒火，脸上烧得灼热。她羡慕他们，他们却瞧不起她，瞧不起是因为她“穿得土气”，就像在医院里她工作认真反而招人忌恨一样。生活，到处充满了不公平。渐渐地，她心里那团燃烧的怒火变成了一股强大的报复欲望，她真想站起身来，扇那几个敢于轻蔑她的嘎小子几个大嘴巴，或者采取一个更加痛快的报复手段。不过，她什么也没有做，只是站起身来，愤然离开了舞场……

第二天，郑朝生给贾艳送来一条真丝连衣裙和高跟皮凉鞋。这是他伯父来探亲的时候，给石花带来的礼物，石花那个“柴火妇”显然无法受用这些时髦货，还是物尽其用吧。贾艳不好推托，便收下了。

她在大衣柜的镜子前把那身时髦衣裙换上以后，觉得整个房间都放射着一股奇异的光彩。她还是那么美，她还是那么年轻。当她穿着这身华贵的衣服再一次闯入舞场的时候，立刻被那些风流公子包围起来。轻蔑变成了阿谀，冷漠变成了逢迎，她简直成了舞场上的女王。她充分认识到了自己的价值，傲慢地对待那些曾轻视过自己的人，她觉得这是对他们最好的报复。在这里，她得到了一种满足，在妈妈儿山没有得到的，她这会儿得到了；在小医院里失去的，她这会儿又找了回来……

啊！生活真是一个诱人的迷宫！

七

一对缱绻缠绵、情同水乳的夫妻，经历了四年的别离之后，竟然变得方枘圆凿，格格不入了。区鹏在迷茫与痛苦之中想起他们那些非常美好的时刻。有多少个不眠之夜，他们就在这小小的房间里，就在这软绵绵、暖烘烘的弹簧床上，两个人紧紧地依偎在一起，心碰心地交谈着。谈以往的蹉跎岁月，谈现今的奋力自强，也谈未来的美妙憧憬。谈话像奶水泉的溪流一样，清凌凌、甜滋滋，带着淡淡的奶腥味儿，从两个人的心窝里汩汩而出，又在各自的心窝里汇成一泓，激起了一层一层的涟漪……而今天，还是在这个房间里，房间是空荡荡的，似乎连四壁都不复存在了，像区鹏那颗无着无落的心。还是在这张弹簧床上，床是硬邦邦、冰冷冷的，就像贾艳那张冷若冰霜的脸。

为了缓和这紧张、阴郁、令人窒息的气氛，区鹏搜索枯肠，总是寻找贾艳可能感兴趣的话题跟她说话。贾艳呢，愿意应付就随便搭讪两句，不愿意应付则充耳不闻，毫无反应。区鹏的自尊心被刺伤了，但他又不能发作。这毕竟是妻子，和妻子是认真不得的，只能迁就、忍让、因势利导。

妻子每天照常到医院上班，有时还要值夜班。区鹏则遵照施大姐的"命令"，在家休假。

为了取悦妻子，他把全部家务都包揽下来，买菜、做饭、洗衣服、接孩子，他成了一个地地道道的柴米丈夫。别看区鹏在一个讲究吃喝玩乐的世界里泡了四年，对于烹饪，他还是停留在妈妈儿山插队时的水平上，好在贾艳也并不挑剔，爱吃多吃两口，不爱吃少吃两口，不加任何评论。这反而使区鹏感到杌陧。

"今天的菜好吃吗？"

"嗯。"

"明天咱们吃什么？"

"无所谓。"

明天不能无所谓，区鹏猛然想起来了，明天是贾艳的生日。他暗暗打定主意，要做一桌丰盛的饭菜，为她庆祝三十三岁寿辰。

区鹏一大早就出去采购。他先到虹桥自由市场买了一条二斤重的活鲤鱼，又到东单市场买了一只收拾好了的母鸡，还买点儿什么呢？要不要买一盒鹌鹑蛋？听一个讲究营养学的朋友讲，这玩意儿是高级补品，含多种维生素，而且可以百分之百地吸收。贾艳是医生，一定懂得它的价值，来它一盒！

妻子到底喜欢吃什么呢？他真说不清，在妈妈儿山那几年中，一年到头一日三餐都是酸菜小米饭、高粱面窝窝头。逢年过节，才吃一顿猪肉炖粉条。那白花花、油汪汪、二寸多长的猪肉片子，夹在筷子上，肥得乱哆嗦，他们秃噜秃噜地吃得那么香，那么贪婪，现在想起来，都腻得打冷战。他们回到城里以后，两个人的工资才七十多块钱。还要交房租、水电、扫街费，还要为将来的小生命攒下一点儿钱。两个人节衣缩食，从身上口里节俭。有时候只买一角钱的肉，还要两次炒菜用。就为菜里埋藏的那几片肉，两个人之间发生过多少次令人感动的争吵呀！贾艳总说自己一吃肉就恶心，把肉挑出来放进区鹏的碗里；区鹏看到妻子那日渐消瘦的脸，又把肉放进妻子的碗里。饭菜吃完了，盘子里却剩下了可怜巴巴的几片肉。于是，两个人都为对方不肯吃这几片肉赌起了气……

这会儿的贾艳，把一切“土”气“穷”气都脱掉了，对一切“洋”的都倾心追求。那么，是不是她也附庸风雅地喜欢吃西餐了呢？过去她可是把西餐贬得一钱不值的。那是他们刚刚参加工作，领了第一个月工资以后，两个人高高兴兴地到动物园逛了一圈儿。出来的时候，贾艳提议到路南的小吃店去吃饺子，区鹏摸了摸他那鼓鼓囊囊的上衣袋，慨然地说：“走，上‘老莫’！”

“你疯了？”

“咱也尝尝洋饭是什么滋味儿，要不，这辈子太亏了！”

贾艳拗不过区鹏，两个人一本正经地进去了，又在一张餐桌上一本正经地坐下来，刀怎么用？叉子怎么拿？餐巾上没有绊儿，怎么往胸前挂？那三角形的白纸是干什么用的？贾艳紧张得连头都不敢抬了。区鹏却比她鬼得多，他大模大样地在餐厅里走了一遭儿，把一切都看在眼里，记在心上，学会了。可是，当服务员问他要什么菜的时候，他却不知所措了。他照着菜谱，糊里糊涂地要了几个菜，又和贾艳一起糊里糊涂地把那几个菜吞进肚子里。

“怎么样？”

“真没劲！还没有妈妈儿山的猪肉炖粉条好吃呢。”

“不过，咱总算吃过西餐了。”

“就那个凉拌土豆还顺口。”

“别露怯了，那叫香肠沙拉。”他只记住了这么一个菜名。

对了，要给贾艳做一个香肠沙拉吃。香肠沙拉怎么做呢？他拐进王府井新华书店，买了一本《西餐菜谱》，干脆，来个“活学活用，立竿见影”吧！

区鹏马不停蹄地跑回家，就一头扎进厨房里忙活起来了。中午饭都顾不上吃，肚子饿得咕咕直叫，他一边洗菜，一边啃了一块凉面包。本来就是个“力笨头”，又要做那么多、那么细，又要别出心裁搞什么“学用结合”，这就更让他手忙脚乱、自顾不暇了……

天黑下来，灰蒙蒙的暮色和远处的灯光像雾霭似的悄悄涌进了厨房。鸡做熟了，鱼蒸好了，沙拉做成功了，一盘一盘的青菜也炒出来了。他顺手拉开厨房的灯，看了看表，该是贾艳下班回来的时候了。他有点儿紧张，心怦怦直跳，他希望贾艳再晚一点儿踏进家门，只晚五分钟，让他把桌子放好，把这些菜摆在桌子上，再把酒杯洗干净，斟满了酒……

有人敲门。显然不是贾艳，她有钥匙。谁呢？他一边在围裙上抹着双手，一边走了出去。

“爸爸！”晶晶回来了，像一只花蝴蝶似的扑了过来，抱住了他的双腿，自从他回来以后，晶晶改成每星期接两次，女儿已经跟他熟悉起来了。

晶晶的身后，站着幼儿园的老师。

“别的孩子都接走了，只剩下晶晶一个人。她站在幼儿园门口，流着眼泪盼你们。”老师语气里带着明显的毫不客气的指责。

“啊，今天……”

“今天是星期六。”

天呀！还真忘了。顾此失彼！

“真、真对不起，让您跑来一趟。”

老师走了，晶晶跟着爸爸，蹦蹦跳跳地闯进了厨房：“哎呀！真香！爸爸，您怎做这么多菜呀？”

“今天是妈妈的生日，一会儿我们要给她祝酒，懂吗？”区鹏一边向女儿耐心地解释，一边收拾着桌子。

酒菜摆好了，贾艳还没有回来，比每天到家的时间已经晚半个多小时了。区鹏不安起来。

“爸爸，我肚子饿了，让我先吃一点儿，可以吗？”

“不，好晶晶，还是等妈妈回来一块儿吃吧。”

“我只吃一点点儿。”

“吃一点点儿也不好。今天是妈妈的生日，应该让妈妈先吃第一口。再坚持一会儿，好吗?”

区鹏嘴里这样说，其实，自己的胃早已饿得绞痛起来。一整天了，他只啃了那么一块凉面包。

又过了半小时，贾艳还没回来。区鹏已经坐立不安了：“晶晶，你在家看电视，我到楼下去迎妈妈，好吗?”

“不，我怕。”

“那就一起去接妈妈吧。”

区鹏抱起晶晶下了楼，又来到公路边上。下班的高潮已经过去了，车没有那么多了，人也没有那么挤了。区鹏拉着女儿，在路灯下焦灼地踱来踱去，又过了整整一个小时，还不见贾艳的影。北京春天的夜晚仍然是寒冷的，连乳白色的灯光也像结上了一层薄霜。

“爸爸，我冷。”

区鹏又把女儿抱起来。孩子的脸是冰凉的，瘦小的肩头在瑟瑟发抖。区鹏把衣襟解开，裹住了孩子，只好迈着疲惫的脚步，快快地朝回走去。

进了屋门，区鹏一下子愣住了。贾艳已经回来了，正在梳妆台前梳理着头发。

“怎么这么晚呀?”区鹏尽量把自己的声调放低、压细，以免带出指责的口吻，触怒了妻子，破坏他苦心制造的美好气氛。

“我有点儿事。”贾艳还是用那种淡淡的声调，不冷不热地说。

“快吃饭吧，看菜都凉了。”

“你们吃吧，我已经吃过了。”

“吃过了？在哪儿吃的?”

“一个朋友请客。”

贾艳说完，把手里的梳子往梳妆台上一扔，扭着身子走出门，到公共卫生间洗脸去了。

区鹏心里像一颗火星落在了汽油桶里，腾地燃烧起来。他觉得五脏六腑、周身的血管都在鼓胀着，爆裂着。他满脸滚烫，浑身发抖。

“爸爸，我饿。”晶晶拉着他的袖口，使劲地摇晃着。

区鹏看了看泪水汪汪的女儿，极力压下自己的怒气，用颤抖的双手，给孩子盛起一碗米饭。

“爸爸，妈妈不喜欢你吧？”

孩子的问话更像尖刀一样扎在他的心上。

“妈妈也不喜欢我。”

“别胡说。”

“她只喜欢郑叔叔。”

“哪个郑叔叔？”

“就是那个留着长头发的郑叔叔。有一次郑叔叔在咱家吃饭，妈妈夹了一块肉往郑叔叔嘴里喂，郑叔叔又舀了一勺汤喂妈妈。他们就是不喂我……”

叭的一声，区鹏手里的那碗米饭掉在地上，摔得粉碎……

八

这对花瓶是区鹏在妈妈儿山下的陶瓷厂当临时工的时候，自己用陶泥捏成毛坯，又求师傅放在窑里烧制成的。也是他亲手配的画，上的釉。一只花瓶上画着莽莽苍苍的妈妈儿山，另一只花瓶上则画着滔滔汩汩的奶水泉。当时，他和贾艳像捧着一对艺术珍品似的爱不释手。在妈妈儿山下的小石屋里，他们就是面对着这对花瓶和花瓶里那刚从妈妈儿山上采来的野花结为夫妇的。贺喜的人们走了以后，贾艳紧紧地依偎在他的怀里，眼睛看着花瓶上的山水，无限深情地说：“这妈妈儿山是你，奶水泉是我。”

区鹏感激地说：“你用爱的甘泉，滋润了我干裂的心田。”

“没有你，我也不会这么清，这么甜，这么源源不断。”

“我们山水相依，永远也不分离！”

这情如山水、信誓旦旦的婚约，爱神是听得到的，这对花瓶是记得住的。现在，这对“见证人”却被遗弃了。刚才，区鹏是从阳台上的破烂堆里把它们找出来的。大概被遗弃的时间并不长，虽然上面挂满了厚厚的尘土，可是摇一摇，里边似乎还有半瓶水。也许，在寒冷的冬天里边的水结了冰，如今在春阳的照耀下又化成了水。

谁要是没有经受过失恋的打击或夫妻离异的折磨，那他就不会懂得什么是人生最大的痛苦。人在痛苦的时候，只要他对生活还没有失去最后一线希望，总会回想起那些美好的往事。尽管它可能是短暂的、微不足道的，现在从记忆的深潭里打捞出来，就会重新发现它不可磨灭的光彩和不可低估的价值。因为那是过去了的，而且是永远失去了的。过去了的就会变为可爱，失去了的方觉格外珍贵。区鹏就是看到桌子上摆的那只来历不明的波希米亚玻璃花瓶，才想起要寻找这土里土气的陶瓷花瓶的。

“你为什么要抛弃我呢?”区鹏一边擦拭着花瓶上的尘土，一边自问自叹着。这声音，像是从他的心里发出的一声痛苦的呼唤，又像是从花瓶那黝黑的腔膛中传出来的一股深深的幽怨。

他坐在沙发上，一只手下意识地从那敞开的烟盒里抽出一支烟。自从他陷入这痛苦的泥潭以后，戒了六年的烟又“复辟”了。他把烟点着，深深地吸了一口，又使劲吐了出来，烟雾在他眼前缠绕着，像一个缠人的幽灵。他又把只吸了一口的烟放在烟缸里，站起身，缓缓地走到写字台前。

波希米亚花瓶里的鲜花傲慢地看着他，像贾艳那张艳如桃李、冷若冰霜的脸。玲珑剔透的波希米亚花瓶也像一个受宠的太监，以一副小人得志的神气，向土里土气的陶瓷花瓶显示着自己优越的身份和地位。区鹏一把抓住那波希米亚花瓶，恨不得把它狠狠地向地板上摔去。然而他没有这样做，他只是厌弃地把那玻璃花瓶蹾在桌上，又把那陶瓷花瓶捧在手里。

“你为什么要抛弃我呢?”

他又对着花瓶发出了这痛苦的幽怨。这声音很激愤，又很悲怆，在那黝黑的花瓶里引起了嗡嗡的回声。

徐昶轻轻地推开了门。屋子里已经被暮色涂成了一团灰暗，他顺手拉开了灯。

灯光使区鹏惊愕地回过头来。当他看到是徐昶的时候，只是无可奈何地摇了摇头。他伸手示意徐昶坐下，自己先颓然地倒在了沙发上。

徐昶没有坐，他看了看区鹏，用嗔怪的语气说："区兄，关于离婚的事，你还没有跟她谈？"

区鹏沉重地摇了摇头。

"唉！让我说什么好呢？就凭咱这留学生的牌子，还愁找不到一个女人吗？这件事包在我身上，不出半年，我保准给你送来一个比贾艳强百倍的姑娘！"

"徐昶，别这样说，我求求你……"

"你呀，我真不知道你还犹豫什么。"

"我跟你说心里话。我有时候也恨贾艳，甚至恨得咬牙切齿。可是我又常常想起她对我的许多好处。直到现在，我还……希望这一切都不是真的。"

区鹏的声音哽咽了，泪水溢满了他那深陷的眼窝。

徐昶怜悯地看了看他的朋友，感叹地说："区兄，你的心太软了，太善良了，再这样下去，非把你毁了不可！"

区鹏痛苦地说："也许是真的太天真、太幼稚了。开始，她说要跟我离婚，我还以为她是在跟我赌气，没想到，她、她真的要抛弃我了……"

"到底是谁抛弃谁呀？"

区鹏和徐昶两个人都吃了一惊，贾艳已经站在了他们中间。她沉着脸，咬着嘴唇，两只噙满泪水的眼睛里放射着咄咄逼人的冷光。显然，她是把区鹏刚才后边那两句话听到了。她冲着呆若木鸡的区鹏又怒气冲冲地重复了一遍："我问你，到底是谁抛弃了谁？"

徐昶呆愣了一会儿，急忙站起身来，用一种息事宁人的口气对贾艳说："为了调解你们的矛盾，我正跟区兄谈呢，等你半天了，来，咱们一块儿谈谈吧。"

贾艳看都没有看徐昶一眼，好像他根本就不存在似的。她两眼紧盯着区鹏，气怒得声调都带出了哭腔：“我真没看透，你会变得这么卑鄙，为了自己向上爬，就不惜把自己的老婆孩子当垫脚石……”

区鹏被贾艳这没头没脑的咒骂激怒了：“住嘴！不许你这样诬蔑我！”

“诬蔑你！嘿嘿，你干吗说我叛国呢？告诉你，姓贾的什么都不怕，天塌了有地接着，我就等着你把我送进大狱了！”

“你把话说明白！”

“揣着明白装糊涂！”

“我不明白！”

“不明白，你自己看吧！”

贾艳说着，从书包里掏出一张报纸，使劲摔在区鹏的脸上，然后转过身，哭着跑了出去。

区鹏把报纸展开，一条通栏标题像汽油弹似的在他眼前爆炸开了，顿时又燃起了熊熊大火：《祖国高于一切——记归国留学生区鹏》。

看了一会儿，区鹏怒火中烧，抖着那张纸冲徐昶吼叫起来：“这是怎么回事？谁让她写这些的？”

“这些都是事实呀。”

“事实也不行，我不愿意把我的私生活公布于众！”

“区兄，你先别发火，你听我说。我完全是为了你好，为了你的事业着想。目前，上边正在抓爱国主义教育，给你写这么一篇文章，就会引起上边对你的重视……”

区鹏怒不可遏，拍案而起：“混账！我不愿意让人家这样重视我！”

徐昶被吓傻了：“你，你怎么了？”

九

万万没想到，区鹏到了研究所，又立即发起了火，真是江山易改，秉性难移！

“区老师，施大姐说过了，既然您在家里待不住，那就先到情报编辑部去工作吧。”办公室秘书冯昭绥毕恭毕敬地传达着施大姐的指示。

区鹏立即勃然大怒：“什么？让我到情报编辑部去，那么遥测还搞不搞了？”

冯昭绥吓得脸都白了，急忙解释说：“建立遥测，要研究讨论，逐级审批，这么一折腾，没有一两年解决不了……”

“啊！一两年？你们还干点儿事不干？我回来，难道就是为这么干等着活受罪吗？”

冯昭绥挓挲着两只手，为难地说：“区老师，您别、别跟我发火呀……”

区鹏也意识到了这一点，他不应该跟这个无职无权的小秘书发火，于是问：“施大姐在哪儿？”

冯昭绥迟疑了一下说：“在、在三楼会议室开党组会。”

区鹏二话没说，转身就往楼下跑。他的两只大脚像石夯一样，咚咚咚地砸着地板、楼梯，整个办公室似乎都随之颤动起来。

区鹏砰地推开会议室的门，看到烟雾腾腾的屋子里，领导者们都坐在沙发上，聚精会神地听施大姐传达着什么文件。一种庄严肃穆的感觉使他顿时清醒过来，两条腿也像楔子一样钉在门口不动了。

施大姐看到满脸冒黑烟、双目喷怒火的区鹏，不知发生了什么严重的事件，立刻起身迎了出来。

区鹏退到甬道里，他竭力使自己镇定下来，但是话一出口，还是直通通、硬邦邦的：“施大姐，咱们的遥测还搞不搞？”

施大姐打了一下愣，立即明白了：“噢，昭绥跟你说过了是不是？你先到情报编辑部去吧，他们那儿人手不够。什么时候搞遥测你再回来。”

“什么时候搞遥测，您说什么时候搞？还搞不搞？”

施大姐宽容地笑了笑，温和地说：“小鹏，报纸上发表了你的事迹以后，你可成了名人了。我们正在开会研究怎样号召全所同志向你学习呢！你说话可要注意点儿影响啊。”

“我不要这些，我讨厌这些！我要干事！干点儿实事，您明白吗？”

“你的心情我理解，年轻人争强好胜，急于求成。我也希望你早点儿干起来，早点儿出成果，早点儿成为有名望的科学家。从我身边多出几匹千里马，对我也是一种安慰呀！”

“施大姐，您、您太不理解我了！”

施大姐惊愕了：“什么？我还不理解你？”

“不理解！”区鹏肯定地说，“不但不理解，您的脑袋里还残存着以往对知识分子那种可怕的偏见！”

“什么？你说什么？”

“施大姐，您在生活上对我们问寒问暖，知冷知热，甚至关怀备至，我们都十分感激您。可是，我们的心您真正了解吗？我说您那种可怕的偏见，就是认为我们干事业的都是名利思想在作祟，都是把成名当成唯一的目的。我要是为了‘早点儿成为有名望的科学家’，为什么不在美国受聘，非要回来白手起家不可呢？”

区鹏这一大串话，确实把施大姐的自尊心刺伤了。这位白发苍苍、慈眉善目的老大姐，脸上一阵红，又一阵白，连她那十只纤细的手指都微微颤抖起来。

甬道里，很快就围了一群人。这里边，有正在开会的党组成员，也有各科室的工作人员。这些年，人们的心变硬了，都不把吵架看成一件多么可怕的事了。特别是当领导和群众发生争执的时候，人们都会怀着各自的目的，采取袖手旁观的态度，颇有兴趣地洗耳恭听。越是在这种情况下，区鹏越想据理力争，把自己的理由阐述出来，而施大姐则越尴尬难忍，下不了台。

徐昶闻讯赶来了，只有他一个人像看到着了火似的，惊慌着急。他挤进人群，一下子拉住了区鹏的胳膊，厉声埋怨着：“你这是干什么呀？发疯了吗？”

还没容区鹏解释，徐昶又转身冲施大姐说：“这几天他心里不痛快，中午又在我那儿喝多了点儿，您别在意。”

徐昶本意是和稀泥的，没想到区鹏却书呆子似的认真起来，他使劲甩脱徐昶的手，高声分辩着："我心里不痛快是真，可是没有喝醉酒，我没有说一句醉话。"

徐昶向周围的人眨了眨眼说："凡是喝多了的人，准是说没有醉；只要一醉了，他准说自己没喝多。"

徐昶的话道出了一个普遍的现象，不明真相的人，无疑是信服的。人群里爆发出一阵开心的笑声。

区鹏被平白无故地当成了醉鬼，他被大大地激怒了。刚要声嘶力竭地发泄，却不料施大姐用指头轻轻地点了一下他的额头，像慈母对待娇儿一样，连嗔带笑地说："你呀，都三十多岁了，还这么孩子气！"

本来是一场非常严肃的争论，没想到徐昶来一搅和，施大姐一指破千斤，立刻化成人们一片轻松的微笑，便云散烟消了。

区鹏心里又急又气又窝火，可是他再也没有办法争吵。徐昶连推带搡，把他嘻嘻哈哈地带走了。

区鹏和施大姐吵架的事，像一阵风似的传遍了研究所内外。当天晚上，区鹏还坐在徐昶的屋里生闷气，快嘴快舌的"面包嫂"就把这个消息告诉给了贾艳。

第二天下午，贾艳从外边给区鹏打来一个电话，说她在百货大楼为他挑选了一件外衣，让他前去试一试。妻子对他态度的突然转变使他乐不可支，甚至是受宠若惊。他急忙乘上汽车，朝王府井的方向奔去。

贾艳正在三楼的入口处等着他。外衣已经买好了，是一件银灰色的猎装。贾艳见了他，急忙满面春风地迎过来，又急忙把他推进试衣室。他从试衣室出来，贾艳又是不断地为他翻领口、抻衣袖，亲昵地左瞧右看："满意吗？"

区鹏发自内心地说："只要你喜欢，我就满意。"

贾艳兴奋极了："那好，就穿上它吧。"说着，她把区鹏脱下的那件旧中山装卷起来塞进自己的提兜儿里。

贾艳挽起了区鹏的胳膊，在人群里穿行着，还把她那鬈发蓬松的头靠在他的肩头上。

区鹏感激地看了看贾艳，心里一阵难耐的冲动。

“鹏，咱们去吃点儿东西好吗?”贾艳用央求的口气说，还撒娇地摇晃了两下区鹏的胳膊。

区鹏不愿意破坏这来之不易的缓和。不管他们之间曾经出现过怎样不愉快的事情，只要她能够回心转意，能够像过去一样爱他，他对她的一切都可以宽恕，不咎既往。

两个人进了东风市场的二楼餐厅，在一张靠着窗子的餐桌前坐下。一个长着“柿饼脸”的女服务员走过来，漫不经心地瞟了他们一眼，打开手里的票夹，示意他们要菜。

贾艳将菜谱推到区鹏面前，慨然说：“你点菜吧。”

区鹏没有看菜谱，习以为常地说：“要两份面包，两份黄油，两份果酱……”

“柿饼脸”用铅笔敲打着票夹，不耐烦地说：“先要菜，先要菜!”

区鹏红涨着脸说：“不，不要菜。”

“不要菜?”“柿饼脸”睁大了惊异的眼睛，打量了一下身穿崭新猎装的区鹏，又瞥了一眼华装丽服的贾艳，那神色，似乎无论如何也不能理解，这一对打扮入时的青年男女，为什么到这里用餐连菜都不要。鬼知道她还想了些什么。

贾艳挂不住脸了，她急忙把菜谱拿过来，对“柿饼脸”说：“不，不，要菜。”

“要什么，快说。”“柿饼脸”的圆脸上露出了一种胜利者的高傲和满足。

贾艳热情地说：“一个铁扒杂拌，一个美利坚猪排，一个口蘑牛肉扒，一个罐焖鸡，一个黄油煎鱼，两盘奶油鸡茸汤……”

“柿饼脸”那惊愕的目光又投射过来。这一对是怎么了？要么就是不要菜，要么就是要起来昏天黑地。

满桌的菜肴端上来以后，贾艳又买来一升啤酒。这使得区鹏也惊异不解了：“你这是干什么呀？又不是逢年过节。”

贾艳轻声地说：“咱俩也该好好吃一顿了，第一是你回来以后，还没有为你接风洗尘；第二是这两天你心里不痛快，为你压压火；第三是那天你为我的生日准备了那么好的酒菜，唉……就算是给你赔礼道歉吧！”

区鹏可以忍受委屈，但忍受不了人家把他的委屈说出来。听了贾艳的话，他心里一阵发热，眼泪差点儿滚落出来。

贾艳把溢着泡沫的啤酒杯端起来：“来，敬你一杯，你多吃点儿菜。”

区鹏领了妻子的情，把满杯的啤酒一饮而尽。

两个人兴致勃勃地吃了一会儿，贾艳关切地问：“你真的跟施大姐吵架了？”

区鹏沉重地点了点头。

“你甭跟她认这个真，咱们国家的官僚机构，我看是没治了。你要想干一点儿事业，比推翻三座大山还难。”

贾艳说着，试探地瞟了区鹏一眼。区鹏没有吭声，只是默默地呷了一口酒。

“你这样白闲着，干等着，学的那点儿东西不是都荒废了吗？要知是这样，还不如那会儿在国外先干几年，等咱们国家形势好转了再回来。”

区鹏仍然没有说什么。但看得出来，他是在认真听着贾艳的话。

“鹏，我打听了一下，你这会儿再重新申请应聘出国也是可以的，只是麻烦一点儿。没关系，这种事由我去活动，我去跑，行不行？”

区鹏使劲摇了一下头，果决地说：“不，不行！你不能去活动这件事！”

贾艳有点儿发火了：“怎么，人家对你这个样子，你还那么死心塌地？”

“艳艳，我求求你，咱们别再争论这件事了！”

满桌的美酒佳肴，两个人却吃得极不痛快。从餐厅里出来以后，贾艳借口去找一个朋友，竟独自扬长而去。

区鹏孤零零地在王府井大街上踽踽独行，想到一系列不顺心的事，心里一阵阵的恶心，他真想找一个地方去痛痛快快地哭一场……

十

区鹏打开门。闯进来的是一个年轻的女人，枯黄的脸庞，红肿的眼睛，稀疏散乱的头发，怀里抱着一个不满周岁的孩子。区鹏还没有弄清来者的身份，这个女人便咕咚一声跪在了区鹏面前，声嘶力竭地哭求起来："区鹏，俺求求你，求求你，你救救俺吧！你不看在俺的面上，也该看在奶奶的面上，看在这不懂事的孩子面上……"

区鹏完全被闹蒙了。他又急又怕又纳闷，挓挲着两只手，慌乱地说："你这是干什么呀？快起来！快起来！"

女人更加厉害地哭叫起来："俺不起来，不起来，你不答应俺，俺就不起来……"

"你是谁？到底为什么事？"

"怎么，你、你不认识俺了？你把俺忘了？"

"哎呀！我真让你给闹糊涂了。"

"你把俺忘了，你还记得石三奶奶吗？俺、俺是……"

"石花？你是石花？"

区鹏的眼前，立刻现出了一个苗条、俊秀、梳着两条长辫子的山村姑娘。每天清晨和傍晚，她几乎都到知青大院来，隔着那用高粱秆夹起来的篱笆缝，用那双怯生生的大眼睛，朝院子里张望着。她看到这些从大城市里来的青年男女，无拘无束地说说笑笑、打打闹闹；她看到每天早晨，这些青年都用一把带毛的小刷子，上下左右刷着那本来就洁白如玉的牙齿；她也看到区鹏总是一个人扎在篱笆底下看书，郑朝生则唯唯诺诺地给人家打水、倒水……她那双羞怯的大眼睛，如两汪映着霞光的春水，里边闪烁着新奇、羡慕的光辉，燃烧着怀春少女的热情和向往，也流露出对于强者的不忿和对弱者的同情。有一次，郑朝生不知怎么触犯了"小霸王"孙波，被他一拳打了一个趔趄，额头撞在了石屋的墙壁上，顿时血流满面。石花见状，啊地叫了一声，转身就跑。不一会儿，石花又回来了，手里拿着一把海棠叶似的野草，嘴里鼓鼓囊囊地使劲嚼着什么，一股黑色的汁液顺着她的嘴角流下来。她招手把郑朝生叫到外边，从嘴里吐出一团黑乎乎的东西就往郑朝生那流着血的额头上敷，敷完以后，又撸一把草叶塞进嘴里咀嚼起来："这叫铁砖头，用嘴嚼烂，敷在伤口上，立刻就能把血止住。"郑朝生顺手摘了一片草叶填进嘴里，又立刻吐了出来："哎呀！这么苦！石花，你别嚼了。"石花却咯咯地笑起来："俺是苦命人，从来就不怕苦。"

石花真是苦命人，当初，她用自己的嘴嚼烂了苦草为郑朝生止住了伤痛，而今，郑朝生却把"苦草"和"伤痛"一起还给了她。区鹏看着眼前这个泪流满面、声音嘶哑的女人，无论如何也不能跟当年那个苗条、俊秀、长着一双怯生生大眼睛的山村姑娘重叠起来。这是石花吗？

区鹏把石花搀起来，领进了屋里，亲切地安慰她："石花，你别着急，有什么话就跟我说吧。"

石花小心翼翼地半蹲半坐在沙发上，像坐着一个小板凳。她低着头，不敢看区鹏，也不敢打量屋子里的陈设。这时候，她怀里的孩子像受了惊似的哇地哭了起来。石花像在山沟里那样，毫不避讳地解开衣襟，把一只鼓鼓囊囊的大乳头塞进孩子的嘴里，整个胸脯都袒露出来，区鹏窘得把脸转向一边。

"区鹏，俺求求你，你管管你的老婆吧。是、是你的老婆勾引了俺的男人，还要把俺的男人抢走……"

区鹏正在给石花倒水。听了石花的话，他浑身一颤，开水倒在了手背上，一只玻璃杯叭的一声掉在地上，摔得粉碎。

石花也被惊愣了一下，但她继续说："俺说的是真的，要没有真凭实据，俺也不敢来找你。俺亲眼看见他俩从饭店里出来，你老婆挽着俺男人的胳膊……"

区鹏坐在石花对面的床上，用哆哆嗦嗦的手点燃了一支烟，企图用这尼古丁的毒素，麻醉一下自己那即将错乱的神经。

"区鹏，俺知道你是个好人，是个老实人，又是个识文断字的明白人。俺、俺心里这口气出不来呀！郑朝生他、他对不起俺……当初，他因为那个'海外关系'受人欺侮，给人家当三孙子，俺护着他，把干干净净的囫囵身子都交给了他……到如今，他要出国继承遗产去了，就、就要把俺甩了，要、要把你的老婆带走……”

“石花，请你冷静一点儿。你考虑过没有？郑朝生真的出了国，你能跟他一起去吗？”

“我不让他走！”

“他听你的吗？”

“俺听说你老婆会美语？”石花没有回答，却反问区鹏。

“什么？”

“你老婆会美语，就是会说美国话，是吗？”

“应该叫英语。”

“不，是美语。郑朝生的伯父在美国。”

“美语”就“美语”吧。

“郑朝生不会说美语，他到国外就成了聋子，成了哑巴。他要出国，全仗着你老婆给他当拐棍儿呢。要是你能把老婆管住，没有拐棍儿，他就不能出去了……”

石花一口一个“你老婆”，像一个个的大嘴巴扇在区鹏的脸上，他的脸火辣辣的。似乎这一切罪过都是他造成的，石花这会儿是来找他算账，是向他来讨还男人的。他有苦难言，又羞愧难容，谁让自己有这样一个“老婆”呢？尽管石花的话说得再难听，再不合乎情理，他也不能和这个苦命的山村姑娘计较。说实在的，他对石花的同情是发自内心的。他觉得，石花比他更不幸、更痛苦、更难以解脱。弄不好，说不定会出人命的。

“石花，”区鹏耐心地向她解释着，“事情远远不像你想的那么简单。郑朝生要出国，不在于有没有贾艳这根拐棍儿；郑朝生想抛弃你，不是用简单的办法就能使他回心转意的。你想想，就算他不出国，可是他真的不爱你了，非要跟你离婚不可，你怎么办？”

“俺不离！”

“你不离，他也不回妈妈儿山，你不照样痛苦吗？”

“那俺不怕，他在城里，‘钻狗洞’‘打野鸡’，就是娶个小老婆，俺都依他。他要是心疼俺，就每月给俺寄几块钱。不寄钱也没关系，反正现在俺自己也能养活自己了，只要他还承认俺是他的老婆就行。俺不能没有男人，俺孩子不能没有爸爸……”

听了石花的话，区鹏心里一阵绞痛，他深深地叹了一口气。这完完全全是在为这可怜而可悲的女人叹息。

石花又委屈地哭了起来，哭完以后，又央求起了区鹏：“俺求求你，你还是分点儿心，把你的老婆管一管吧！”

区鹏沉重地摇了摇头：“事情到了这个地步，还能管吗？”

“能！一定能！”石花说得非常肯定，“你还记得咱村的二牛吗？”

二牛？噢，记得。是一个傻大黑粗、有点儿浑不讲理的“愣头青”。

二牛到外边去做小买卖，他老婆在家里跟了人。让他知道了，他把他老婆扒光了衣服，捆起来，吊在房梁上，用“懒驴愁”蘸着盐水抽，抽得浑身开花。打那以后，他老婆再见了别的男人，连看都不敢看一眼。区鹏心里冒出了一股寒气，浑身剧烈地颤动了一下。

“啊！俺倒不是说，让你也用‘懒驴愁’抽你老婆。你老婆那娇皮嫩肉，也经不住那么恶打。俺是说，这种事能管，管得了！”

区鹏不知道该对石花说什么好了。

“区鹏，冲着俺奶奶，冲着俺这吃奶的孩子，管管你老婆吧！俺、俺给你跪下了……”

石花说着，屁股离开沙发，就要往地上跪。区鹏急忙站起身来，一把拉住了她：“石花，别、别这样，我听你的，一定找贾艳好好谈一谈。”

“那俺就放心了，谢谢你。俺不打扰你了，俺走了。”

“你到哪儿去？”

“郑朝生这小子不让俺进他家的门，是孙波把俺收留了。”

“孙波？小霸王？”

“是呀！别看他插队的时候挺霸道，这会儿心眼可好了。要不是他，俺娘俩还不知道是死是活呢！天底下有好人，好人多着呢，好人总会有好报的……”

石花一边喃喃地说着，一边朝门外走去。

区鹏急忙送了出去。

十一

还没有开始谈话，贾艳就哭了起来。女人的眼泪是让人莫名其妙的，伤心哭，气愤哭，高兴、激动了也哭，要想掩饰点儿什么还是哭……区鹏只好沉默着，等待着。

今天，他是那么郑重地约贾艳到圆明园来，说是要进行最后决定他们各自命运的谈话。她来了，还是坐在四年前汉白玉门雕下的那块大理石旁。春天已经来到古老的北京城，圆明园废墟又被一片鲜嫩的细草装扮起来。在荒坡石基、残垣断壁间，间或还可以看到一朵朵鹅黄的、深蓝的小花，像云隙中的星星，格外闪光耀眼。和四年前相比，到这里来旅游的人显然多了起来。特别是那一对对年轻的情侣，不知是来寻找沉重的历史车轮碾过的辙痕，还是借这幽静之所谈情说爱。善于追赶季节的姑娘们已经穿上了单薄艳丽的春装，而贾艳却还把那件时髦的象牙红尼龙风衣紧紧地裹在身上。她是不是有点儿不舒服？

“昨天石花找了我。”区鹏等贾艳停止了哭泣，低声地开了口，谈话是从这里开始的。

贾艳没有任何表示，似乎根本没有听到区鹏讲的话。

区鹏顿了一下，继续说。他不管贾艳是在听，还是没有听，好像这些话是为了说给他自己听的：

“她苦苦地哀求我，让我……救救她。”他没有把石花的“管管你老婆”那句话说出来，“石花是个好心的姑娘，郑朝生这样对待她是不道德的。贾艳，你可以不为我考虑，不为咱们的晶晶考虑。可你得为石花考虑，为石三奶奶考虑，为石花那还在吃奶的孩子考虑……”

“够了！你一口一个为这个考虑，为那个考虑，你怎么就不为我考虑考虑？”贾艳打断了区鹏的话，说完，又伤心地流起了眼泪。

“为你考虑，那就是当初听你的，留在国外，再把你接走，对不对？贾艳，我不能这样做，这话我已经跟你说过多少遍了，我是搞地质勘探的，到国外又学的是遥测。你还记得吧，我们念小学的时候学地理，第一课就是我们的祖国地大物博。地究竟有多大，物究竟有多博，这得靠我们去勘测、去寻找、去开发。国家送我去留学，学好了本领不回来为地大物博的祖国服务，却为了什么汽车、洋楼留在异国他乡，这说得过去吗？”区鹏说着，激动得站起身来。他双手不由自主地朝衣兜儿里摸了摸，真倒霉，那包烟竟忘了带来了，“我在美国留学的时候，为了攒几个钱买回来一点儿资料和仪器，经常利用课余时间到学校附近的一个小餐馆里去当勤杂工。那家小餐馆是一个西班牙人开的，开始，他以为我是日本人，每小时给我五美元的工钱。后来他知道我是中国人，就降到了三美元。我跟他据理力争，他说：‘你们中国那么穷，干一个星期，也未必挣得了三美元。’我火了，把他的家什一撂就走了。贾艳，你大概还不懂，一个远离祖国的人，才能深刻地体会到他的荣辱、地位和价值是和他的祖国一丝一毫都不能分开的。”

贾艳扬起脸，也抬高了声音据理力争着：“就算我能理解，从你的事业上考虑，你留在国外有什么不好？那里有现代化的实验设施，有尖端的科学技术，又有世界一流的科学家。这么好的条件你都不要，却非要回来不可。我们国家地再大，物再博，可连颗遥感卫星都没有，你搞什么遥测？”

“我们现在可以先租用外国的卫星，还可以利用现有的资料图片进行分析研究。遥感卫星我们现在没有，将来还没有吗？我们国家在这方面是空白，这就证明祖国更需要我，我更有理由回来填补这个空白！”

“你来填补空白，我的空白谁来填补？”

“你有什么空白？”

“我需要生活！”

“你要的是什么生活？”

“我要自由愉快的生活。”

“你现在还不够自由吗？还不够愉快吗？想怎么打扮就怎么打扮，想怎么玩就怎么玩，想不上班就不上班，想不回家就不回家！贾艳，你现在已经做了妻子了，做了母亲了，你也该想一想，自己应该为社会、为家庭承担什么义务！你现在不是一个二十岁的大姑娘，而是一个三十三岁的妇女了。”

“不对，我不是三十三岁，是二十三岁！”贾艳扬起那张泪脸叫嚷起来，“‘文化大革命’耽误了我十年。那时候我应该有资格美，有权利玩，也应该有谈情说爱的自由。可是，在那荒山野岭，我却要穿大襟褂子、大裤裆的裤子，尽量地糟蹋自己。就这样，他们还骂我是‘资产阶级娇小姐’，连团都入不了。反正这个罪名我也担上了，我现在索性做一个货真价实的娇小姐，让他们看一看。一个人的一生能有几个十年？能有几回青春？我不能这样白白地度过我的一生，我要讨还我的青春，我要进行青春的补偿！”

区鹏沉默了。贾艳的话像一块沉重的石头从他心头上滚了过去。他钦佩她的坦率，钦佩她这种赤裸裸的内心剖白。这种毫无隐讳的话，在我们这个古老的国度里，只有到了今天才能听得到。因此，乍听起来，也未免让人耳冷心悸。是的，过去的生活，对贾艳是不公平的，可是她这种强烈的报复心理也是令人感到可怕的。她有自己的“哲学”，有自己的选择。在这些人生根本问题上，人与人之间是存在着多么悬殊的差别啊！他抬头看了看贾艳，贾艳今天例外地没有用胭脂抹唇。不知是由于岁月风尘的无情，还是大量施用化妆品的流弊，她的脸变得苍白粗糙了，眼皮松弛了，眼角上和眉宇间刻上了明显的皱纹，线条优美的嘴角也垂落下来。就连她那一头乌黑浓密的秀发，也失去了往昔的光泽，像一团上了颜色的亚麻。“无可奈何花落去”，尽管贾艳在竭尽全力地挽留岁月，进行“青春的补偿”，青春还是无情地把她抛弃了。从她那空洞、缥缈和游移不定的眼神中，已经清楚地看出了这一点。

区鹏围着那块长方形的大理石踱了几步，在贾艳面前停下来：“贾艳，我想跟你说几句心里话，不管你爱听还是不爱听，请你让我说完。一个人的青春，在躯体上是不能得到补偿的。尽管有时髦的服装、进口的香水、高级的化妆品，也无济于事。然而，在一个人的心灵上，却可以青春永驻。是的，这十年，确实糟蹋了我们一代人的青春。我们每个人的心灵上，都经历了一场战火，烧成了一片废墟。如同这圆明园一样，亭台楼阁被烧毁了，可是这门雕、石屏还挺立着。在我们心灵的废墟上，不能完全变成一片焦土乱石，也要挺立着这么几根门雕、石屏，这就是一个人的尊严、信念和志气。”

“你在给我讲政治课吗？”贾艳睥睨了区鹏一眼，嘴角嘲讽地一笑，“你觉得你讲得蛮动感情，蛮有道理，可是这能说服我吗？我一直觉得你是个聪明人，没想到，你出去读了几年书，变成了一个思想僵化的书呆子。”

区鹏又被激怒了。不过，他心中那股怒火刚一燃烧起来，又马上熄灭了，变成了一团冷灰。他觉得，他和贾艳背道而行，已经越行越远了。他沉痛地说：“不是我变成了一个思想僵化的书呆子，是你变了。你在戏弄生活，同时也在戏弄自己，还居然跟郑朝生搞在了一起。”

“你嫉妒啦？”

“只有对强于自己的人，才能产生嫉妒。郑朝生，他不配！”

“你还是那么清高孤傲。”

“你也曾经瞧不起他，可是现在，我真不明白，他身上有哪些地方值得你爱！”

“你想弄明白吗？我可以开诚布公地告诉你。我知道郑朝生庸俗、浅薄、没有教养、没有才气，我也不愿意把我终生的幸福押在他这个宝匣上。我始终把你当成我的一座靠山、一棵大树。没想到，现在，靠山山倒，靠树树歪。你……你让我彻底地失望了！”贾艳说完，伏身在那块大理石上，呜呜地痛哭起来。她哭得非常委屈，非常伤心。那象牙红尼龙风衣紧裹的肩头，都抽搐成了一团。

贾艳最后那几句话，用来表达此时此刻区鹏的心境，也是十分确切的。直到今天，他才彻底地认识了贾艳，理解了贾艳。理解了就坦然了，就可以宽恕了。如果说，前几天，他对着那被遗弃的花瓶还发出哀凉的幽怨和呼唤，还对妻子怀有深切的感情和最后的希望，那么现在，她则让他彻底地失望了。保留在他心灵深处的那些美好形象，已经被她自己彻底地粉碎了。没有什么可谈的了，没有什么值得留恋的了。

“贾艳，看来，我们只好各走各的路了。”

“区鹏，你恨我吧？”贾艳站起身来，嗫嚅地问。

区鹏摇了摇头：“说不上。”

“那么，你一定鄙视我。”

“是的。”区鹏承认了，“你不是也同样瞧不起我吗？”

“既然这样，我们就此分手吧！”贾艳说着，转身走了。走出几步，她又迟疑地踅了回来，“区鹏，我走了，你……怎么办？”

区鹏木然地摇了摇头。这摇头意味着什么？是你不必管我，是我不用你操心，还是我自己也不知道该怎么办？两个人都没有深思，但似乎又都心领神会。两行泪水顺着贾艳的脸颊流下来。

贾艳走了。区鹏顿时觉得头上的天空在无限地升高，脚下的大地在无限地延伸。眼前那波光粼粼的湖水，却冷酷地映照出了他自己。富丽堂皇的皇家宫殿变成了一片废墟，废墟上挺立着几根烧焦了的石柱。石柱上刻着耻辱，也刻着骄傲，但这耻辱和骄傲都是皇家的。然而他每次来此凭吊，都把那石柱当成自己的脊梁，上边托着一个既属于历史又属于未来的梦。而今，随着贾艳义无反顾地离去，他的梦也像云烟般地消逝了。他的脑子里茫然若失，空空荡荡的。他想痛痛快快地哭一场，可是又没有眼泪；他想去干点儿什么，又无从做起。一股无可名状的孤独感涌上了他的心头，使他产生了一种令人心悸的恐慌……

1982年9月于落叶岛

天涯断肠人

——海南寻梦录

海南大特区。

一个独具热带风光和原始情调的椰林宝岛，一个令人眼花缭乱、想入非非的神秘王国。她像一个能满足人们各种欲望的有求必应的多情且善良的女神，诱惑着数以十万计的寻梦者、淘金者、猎艳猎奇者和心怀叵测者。

有些人的梦想变成了现实，他们向女神顶礼膜拜、感恩戴德。有些人的美梦幻灭了，他们将女神视为女巫，在诅咒她的同时也诅咒着自己的命运。但他们又走火入魔，甘愿在女巫的魔圈里押上最后一道赌注。他们在人生的沼泽上艰难地跋涉着，越挣扎越往下陷，越陷越深。他们用惊人的顽强和“跳河一闭眼”的牺牲显示着自身的价值。英雄得有些残忍。

阳春四月，一个令人心灵震颤的季节，我又一次登上了海岛，为的是追随那些寻梦者的足迹，想把它好歹拼凑成几行诗。须知他们中间有许多我的朋友，在他们高扬的旗帜上，也曾悬挂着一片属于我们云霞般的梦。

苏甦摇滚乐团

一

帆绝对是第一次听到这支歌儿，他敢肯定。然而这种似曾相识的感觉却像成群的蚂蚁一样在他身上窜来窜去，扰得他恍惚不宁。

清澜，一个如童话般美丽的海滨小镇。小镇以成片的原始椰林而闻名遐迩，令真正想领略海南风光的旅游者趋之若鹜。然而他到这里来，却是鬼使神差、莫名其妙的。这天下午，他在海口长途汽车站附近，一个姑娘的身影在他眼前一闪便钻进了一辆公共汽车。他心里一动，也跨入了那辆公共汽车。因为他觉得那个身影太像他的表妹姝了。上车以后，他立即发现那不是姝，但是他并没有下车。

他是为了寻找他的表妹姝才来到琼岛的，为此他把自己出国定居的日期都推迟了。他父亲原是武汉大学著名的教授，研究病毒学的。粉碎“四人帮”之后，便受聘于联合国的卫生机构，在菲律宾。父亲退休后，可以选择任何一个联合国成员国定居。父亲选择了加拿大，因为那里有父亲的父亲。他签好护照，准备去投奔父亲。正在收拾行李，舅舅和舅妈扑进了门。

舅舅的家里天塌了，他们唯一的宝贝女儿姝逃跑了。临走时留下一封信，说是同几个姐妹一起到海南寻梦去了。

舅舅和舅妈哭得昏天黑地，要死要活，还要拼着病弱的身子到海南去找女儿。他从小是在舅舅、舅妈身边长大的，对他们有着骨肉般的感情。看到舅舅家里“遭了难”，他不能袖手旁观。他用一大堆宽心话把舅舅、舅妈安抚住之后，便打点行装下了海南……

入夜，他洗去了失望与疲劳，躺在侨联宾馆的软床上，却毫无睡意。

楼下是个歌舞厅，从大陆来的一个摇滚乐团正在这里演出。

他忽然记起来了，这个乐团叫作“苏甦摇滚乐团”。苏甦何许人也？是乐团的名字，还是某个歌星的名字？他们是从哪个城市来的？这一切都不得而知。那贴满大街小巷的花花绿绿的海报，他只是不经意地瞟了一眼。

摇滚乐的演出正推向高潮，发泄般的音响，发疯般的喊叫，使观众和演员同时进入了一个充分表现自我、开放自我、迷失自我的癫狂境界……

下边越是喧闹，他越觉得自己落寞与孤寂。带着咸味的海风从窗口吹拂进来，使人感到有些寒凉，天边的那弯残月勾起了丝丝缕缕的情思——断肠人在天涯。

一个高潮过去了，喧闹声戛然而止，雨后椰林般的宁静。于是，这宁静中便渐渐生发出了那支歌儿，那支似曾相识的歌儿。那舒缓的旋律和如泣如诉的曲调在他脑畔萦绕着，令人心旌猎猎、荡气回肠……

明天我将离你远去，
你为什么沉默不语？
请不要把我忘记，
也不必把我回忆，
无论是苦是甜是情是怨，
总归是一段经历……

二

帆没有忘记那一段经历，虽然淡得有如天边的一缕云霞，却给他留下了刻骨铭心的记忆。

那一年，武汉大学办起了一个作家班，几十名来自全国各地的作家到珞珈山上修行学道，给这赫赫有名又风光如画的高等学府带来了许多色彩和喧嚣。从此，帆便有了一个很好的去处，有几个作家对他很亲近，他更把他们视为自己的师长和朋友。

帆当时在武汉地区就是一个小有名气的诗人了，他在一家小报当记者，还想报考武汉大学的插班生。无论在文坛还是在交际圈儿，或是其他什么三教九流的地方，帆的名声主要不是靠他的诗赢得的，而是靠他为人的一副侠肝义胆。与他齐名的还有昊。他跟昊可以说是割头换颈的朋友。

兰山地区办了一个文学创作班，求昊帮忙请几位有影响的作家去讲课。昊跑到作家班，跟几位作家一说，他们便欣然答应了。

兰山离武汉有二百多里路，作家们提前一天到了，夜宿兰山。当晚有一个诗歌朗诵大赛，他和作家们一块儿被请去参加。作家们都被请上了台，本来他也被拉到了台上，他觉得在台上坐着很不自在，又溜下来，在台下找了个空座坐下来。

一个花枝般的小女孩靠过来，掰开他的手指，往他的掌心放了几颗葵花籽。小女孩不会超过三岁，纯净如湖水般的大眼睛非常友好地看着他，小鼻尖渗着几粒细密的汗珠儿。他被感动了，把小女孩抱起来，放在自己的腿上。

“你叫什么名字?”

“丹丹。”

“跟谁来的?”

“妈妈。”

“妈妈呢?”

“买熊去了。”

“什么熊?”

“明天是我的生日，妈妈说送我一只熊。”

有人喊丹丹，那声音甜甜的、纯纯的、清亮亮的。

丹丹把两只小胳膊挓挲起来：“妈妈，我的熊呢?”

“妈妈今天太忙，明天再去给你买。”

“不嘛，我今天就要嘛。”

“丹丹听话，明天才到你的生日呢。”

“不嘛……”

“快来，别跟叔叔捣乱了。”

帆蛮有兴味地听着母女俩的对话，眼睛却盯着身旁那位年轻的母亲。如果不是有个喊妈妈的小女孩真真切切地存在，帆无论如何想象不到眼前站着的是一位少妇。她那娇丽的脸庞如同她那优美的腰身一样，是崭新的、自然的，未经任何修饰，也未受任何磨损。而她那两只大眼睛，则像是两颗刚刚打磨出来的蓝宝石，闪着幽深而纯净的光芒。她没有跟帆说话，只是冲他粲然一笑，这笑便牢牢地印在他心灵的底片上了。

丹丹被抱走了，从他的怀里；母亲也跟孩子一起走了，从他的身边。这一晚上，他都觉得心里空荡荡的，有一种怅然若失之感。在茫茫大千世界上，人与人之间会有许多交叉点，如同两颗流星交会而过，也许一生也不会再有重逢的机会。这取决于缘分。缘分就是把稍纵即逝的偶然紧紧地抓住，使之变为永恒。

第二天中午，当帆陪着讲完了课的作家们步入云梦饭店的小宴会厅的时候，他的眼前豁然一亮，那张光彩照人的面容正彬彬有礼地迎接着他们。这时候，帆才明白，她原来是这次文学创作班的组织者之一。

酒席上，有一轮朗月当空，帆觉得自己沉醉在一个辉煌的节日里。作家们也都兴奋起来，有这样一位女士陪酒，都充分展示着男子汉的风采。作为主人，她热情而又得体，周到又不显轻佻，酒宴不断地掀起高潮。她依然是没有跟帆说话，帆依然是以一个旁观者的身份蛮有兴味地注视着她，或者说是欣赏着她。偶然他们目光相遇的时候，她便冲他粲然一笑，这笑每当与他心灵底片上的影像叠印在一起的时候，他便浑身涌起一股热潮。就这样，两颗初识的心灵通过某种特异的感应，似乎已经达成了一种默契。

他无意间朝窗外看了一眼，外边是个带有假山和喷泉的小院，长廊的台阶上，坐着一个小女孩，正用小手托着双腮，冲着假山上的一只蝴蝶发呆。他心里怦然一动，便趁着大家觥筹交错、互不相让的时候，悄悄地溜了出去。他认出了那是丹丹。

丹丹也认出了他，仰起满脸的委屈问："你们吃完饭了吗？"

"还没呢。"

"妈妈说，陪你们吃完饭，就带我去买熊。"

"丹丹真是个乖孩子，叔叔带你去买好吗？"

丹丹站起身来，他抱着丹丹走出了云梦饭店的大门。

当帆抱着丹丹，丹丹抱着一只棕色的大熊重新回到云梦饭店的时候，她和带着满身酒气与满足的众作家一起，正从小宴会厅里走出来。

丹丹兴奋地喊着妈妈。她走过来，把丹丹和那只棕色的大熊一起接到自己的怀里。

她还是没有说什么，还是冲着他粲然一笑。然而就在她笑逐颜开的一瞬间，帆看到她那蓝宝石似的眼里闪出一层晶莹的泪花。

不知为什么，面对着那幽深而柔媚的目光，帆慌乱地躲闪开了……

三

从清澜回来以后，帆凭着一个似是而非的地址，居然在滨海新村的一家公司里，奇迹般地找到了茫子。当年昊率领着八名寻梦者闯入海南，号称“八仙闯海”。茫子便是这“八仙”中的“何仙姑”。到了海南以后，“八仙”便自谋生路、各显神通了。这“八仙”大多是帆的朋友，他们开始入海的时候，还都与帆保持着联系。时间一长，这些联系都中断了。琼岛谋生，朝秦暮楚，流动变化都相当大，中断联系是很自然的事。帆来到海南有一个多星期了，上岛之后便像没头的苍蝇乱撞，到处找他的表妹妹，还没顾得上找朋友。茫子是帆找到的第一个朋友。

夜已深。茫子帮助帆拖着行李，带着他钻入了一条蟒蛇般的深巷，这是月朗新村中一片陈旧古老的住宅。茫子一边头前引路，一边叮咛着帆：“往右，再往右。记住，不要离开这道墙，有一道小木门……”

“白费口舌，你知道我在方位上是个低能儿。”

“放心，我不会把你拐卖掉的！”

“没有人要我。”

“不一定……”

几句对话，把面前一幢灯光辉煌的小楼惊动了。昊首先听出了这熟悉的声音，狂喜地叫喊起来：“是帆来啦！”

呼啦啦跑下来一大帮人。帆与相识和不相识的朋友们热烈地握手拥抱。在这海角天涯，居然有一种游子归家般的激情，帆的眼睛湿润了。

帆向昊讲了他来海南的特殊使命。昊想了一下说：“你别一个人海里捞针了，看来得发动群众一块儿找。到这儿来找亲人的事挺多，不容易。你先在这儿住下来，既来之，则安之，反正你也不急着出国了……”

当帆决定住下来之后，便用商量的口气对昊说：“我在这儿住下来，还是要交伙食费的。因为我是你的朋友，时间长了，别人会对你有意见的。”

昊摇着头说：“知君者，莫若我昊也。不出三天，你就会成为我们所有人的朋友。我因为收了你的伙食费，反而被群起而攻之，再说，凡是到这儿来的人，都是白吃白住，推门就进，拔腿就走。”

“怎么，在这金钱万能的海南大特区，居然还有个共产主义公社?”

“不是共产主义公社，是诗人乌托邦!”

“好新奇，绝妙之作!”

“不，是发愤之作，诗三百篇，大抵圣贤发愤之所作也。此人皆意有所郁结，不得通其道，故述往事，思来者。”

昊对帆说，在闯海的人才大军中，有许多是文学青年，有些便是我们的朋友。他们来后，也不可免俗地到大大小小的公司经理面前去推销自己。用不了多久，大家都会明白，到公司里谋职意味着什么。特别是那些“才自清明志自高”的女孩子，她们自称为寻找自我而来，却以出卖自我为代价，这实在是令人痛心的悲剧。于是，他们几个志同道合者便发誓靠自身的力量，开辟一片江山，混碗干净饭吃，以求将来在这色彩缤纷的大特区能够站稳脚跟，独树一帜。

这个诗人乌托邦诞生还不到半年，从目前的经营情况看，他们还没有发大财，尽管有发大财的希望。但他们有了固定的收入，总算有了住处，吃饭也不成问题。只是没有工资，暂时没有，快有了。昊这样说，像是在安慰着帆。

“你们的后台老板是谁?”帆没有忘记向这位乐观的朋友提出这关键的问题。

昊不好意思地笑了：“薛乃平给我们投资了十万元。”

“噢，是南天公司的总经理，也是一只‘九头鸟’。”

“对，咱们在武汉时一块儿见过他。”

“薛总经理怎么样?”

“他被抓起来了!”

“什么？为什么?”

“是我们的一个朋友出卖了他，他的后台老板告了他的黑状。肯定是冤案，我们正在设法营救他呢!”

天呀!

四

去年秋天的一个中午，帆正在报社的食堂里招待两个从鄂州来的朋友。那天茫子也在场，茫子来找他，碰巧都在一起了。菜刚摆好，酒刚斟上，传达室的老师傅便给他送来一封加急电报。电报是从兰山发来的，让他上午十时到中山公司门前等候，署名是苏。

帆突然明白了这是谁发来的电报，急忙向两个朋友致歉，拉起茫子便跑出了报社的大门，然后拦下一辆TAXI，直奔中山公园。

已经是下午一点钟了，迟到了三个小时，谁还在这儿傻等他呢?

帆又看电报单，电报是头天早上十时发出的。按规定，在大城市加急电报该是四小时送到。可这封电报却走了二十六个小时！他这会儿要是有一颗炮弹，肯定会对准电报大楼轰去。

帆不甘心，他要在这儿傻等。他相信苏没有走，一定是在这城市的某个地方干着什么，她还会回来的。

茫子忠诚地陪帆。幸亏有茫子陪着。每一分每一秒都像是有两个齿轮绞着他的心。中午没有吃饭，茫子替他买了点心，他一口也吃不下。他在公园门口踱来踱去，焦灼地盼望着苏的身影突然出现在他面前。公园门口有一个残疾老人，正跪在地上向过往的行人乞讨。他每次踱到老人面前，老人都可怜巴巴地向他伸出手。他喃喃自语地说：“我今天不走运，不能给你钱，一分钱都不能！要是她来了，我就给你一张‘大团结’……”

老人不明白他在说什么，依然把可怜巴巴的手伸向他。茫子在一边笑他，笑过之后又安慰他——茫子真是个好人。

就这样苦苦煎熬了两个小时，奇迹没有出现。茫子突然想到，附近不远处是通往兰山的长途汽车站，她会不会赶长途汽车呢？帆觉得有理，便和茫子一起，朝长途汽车站跑去。谢天谢地，他们很快便找到那辆开往兰山的汽车。这是今天的末班车，乘客已经上了车，发动机也转动起来。还离几十步远的时候，他便看到了窗口上那张灿烂的脸，那张脸正怀着最后一丝希望向外张望着。茫子早早地收住了脚步，帆一个人扑向前去。

两只手从窗口伸了出来，四只手握在了一起，紧紧的。

“我到武汉来办事，想见你一面。”

帆使劲点着头，为的是不使自己的眼泪流下来。

“我到报社去找你了。”

帆来不及后悔，依然使劲点着头。

车开走了，四只手只好分开……

帆默默地往回走，茫子默默地跟着他。到了长江边上，帆再也走不动了，坐下来，对着滔滔的江水，想哭。茫子一直忠诚地守在他的身边。

秋风里，大江边，
东飞劳伯西飞燕。
相逢又是别离时，
泪眼不忍相对看。
无情车载有情人，
烟尘远去牵肠断。
自此夜夜盼重逢，
天涯明月几时圆。

这是当天夜里帆写的一首诗，第二天一早，便寄给了苏。需要交代一下，她叫苏小曼，是兰山地区著名的歌星。几天以后，苏小曼来信了，帆的诗被她谱上了曲子。苏小曼告诉他，每当夜深人静的时候，一个人弹着钢琴，流着眼泪唱着这支歌儿。她相信，她的歌声飘出了窗口，飘向了遥远的苍穹，飘到了帆的身边。

你听到了吗，帆？

五

帆继续寻找着他的表妹妹，从清澜回来以后，那似曾相识的旋律总是萦绕于耳，挥之不去。

这天晚上，帆刚刚走进朗新村那蟒蛇般的深巷，就被一阵惊心动魄的音乐声和歌吼震动了。昊在楼梯口见到了帆，带着几分诡秘说："我肯定你猜不到是谁来了。"

随着帆和昊的到来，喧闹声戛然而止。在他的面前，蓦然出现了那张娇艳光丽的脸，这脸上已经留下了被岁月风尘折磨过的痕迹。那幽深晶蓝的眼神里，也掺进了愁苦和忧郁的成分。

"怎么会是你呢，苏?"

她笑了，笑得依然是那样灿烂。

苏告诉帆，她是打着帆的旗号来投奔昊的。她到海南之后，便听说昊这儿有一个诗人乌托邦，她也记得帆曾经告诉过她，帆和昊是一对挚友。于是，便壮着胆子给昊写了一封信，向他求救。

求救信是在清澜写的……

等等，苏甦摇滚乐团，那支歌儿……

天呀！还说什么呢？当苏知道他们最后那场演出帆就在清澜，而且就在那个演艺场的楼上的时候，恨不得要把帆掐死。帆也悔得倒吸了一口凉气，像被什么朝心尖上狠咬了一口。差一点儿又失之交臂，上帝还是公正的。

数以十万计的海南寻梦者，他们最可敬佩、最值得张扬之处便在于：他们蔑视一切权力、地位、出身、遗产、社会关系等身外之物，希图通过人权天赋的自身价值与艰苦卓绝的拼搏，闯出一条通向理想境界的灿烂辉煌的道路。

苏甦摇滚乐团等十名同人便是抱着这个宗旨来到这个神话般的宝岛上的。男子汉卖掉自行车、手表，女士们便卖掉耳环、项链，大家七拼八凑，买了乐器，备下了路费，开始了破釜沉舟的壮举。

几个月以来，他们跑遍了海南各地，日以继夜地奔波，角斗士般地演唱，却屡战屡败，元气大伤。在清澜演唱时，他们已经到了山穷水尽的地步了。

苏含着眼泪对帆说："给昊的信发出去以后，我心里就咚咚打起了鼓，一时一刻都不能安宁。对于我的请求，我又怕他答应，又怕他不答应。他要是不答应，他们走投无路，只好十个人一块儿跳海了；他要是答应，我们给他增加这么大的负担，添这么大的麻烦，欠下这笔人情债怎么还呀？"

结果是，三天后便收到了昊的信。信写得很简单，但每一字都像是跳动着一颗真诚的心：欢迎你们来，帆的朋友便是我的朋友，吃住都没问题。

苏捧着这封信，像是在危难中抓住了至亲骨肉的双手，忍不住放声哭了起来。

月朗新村突兀增加了十名"摇滚分子"，天地立即显得喧闹和拥挤了。房间里住不下了，昊发出了命令：女士们住在屋里，男士们都住在厅里和平台上。吃饭更是热闹，管伙食的阿华一天到晚几乎是一刻不停地买菜洗菜做菜，吃完了一拨又一拨，饭桌上很少没有人的时候。

实际上，一到海口，苏便宣布这个乐团解散了。可是大家都身无分文，无处可散。直到十几天以后，才有人陆陆续续找到工作搬了出去。

苏本人也存在着去留的问题，她原来在群众艺术馆工作，来海南时办了停薪留职手续两年。后路断了，只好留下来，她想到歌舞厅里去唱歌。

帆说："我在找妹的时候，认识了一位杨先生，他原来在南虹桑拿浴当经理，最近又与人合开一家阿波罗九太阳歌舞厅。如果你要是有兴趣，不妨到那儿试一试。"

帆带着苏来到了阿波罗九太阳歌舞厅。他们在客厅里等了半天，才出来一个神情傲慢的时髦女郎。公平地说，她长得很漂亮，很有光彩。可是她那摩登的打扮和低俗的气质却把她那姣美的天生丽质糟蹋了。她只有二十岁左右，却故意做出一副成熟的贵妇人状，她赤着脚，趾甲盖染成银色，趿拉着一双镶着珍珠的绣花拖鞋。身上则穿着一件刚刚遮到肩部的丝袍，与人谈话的时候，跷着光洁的二郎腿。她那金光闪闪的尖尖手指上夹着一支绿摩尔。

她居高临下地审视着苏，除了询问她的艺术经历外，还打探她的私生活，并且十分郑重地说："我们不仅要了解你唱歌的水平，更重要的是了解你做人的品格。"

听了这话，苏不由得打了个冷战，起了一身鸡皮疙瘩。

很快，这位摩登女郎自己做人的"品格"便显现出来了。她对苏进行了初审之后，便请出了她的丈夫——阿波罗九太阳歌舞厅的大老板。

一眼看去，便可以估计出这是位年逾七旬的老人。他步履蹒跚，行动迟缓，说话心虚气短，总是用手势莫名其妙地代替语言，而需要那位摩登老板娘言不及意地替他翻译。

杨经理悄声对帆说，这位老板姓迟，从香港来，原来是个经销海产品的商人。他现在把香港那摊产业交给儿子经营，自己却聊发少年狂，跑到海南来办歌舞厅，说是要献身艺术。他那位年轻的太太，原是广州某专业文艺团的独唱演员，与他结为伉俪之后，便辞了公职，过上了贵夫人的生活。

苏被这一对老夫少妻审查过后，便被领到大厅里去试唱。她一连唱了三支歌儿，都不理想。看得出来，她心绪很乱，很沮丧，帆也很为她难过。

试唱过后，一个拉小提琴的小伙子走过来，主动跟他们攀谈起来。他自我介绍说原在上海某歌舞团工作，一年之前到海南来的。他很内行地对苏说："你的音色很好，很有特色，很适合唱那种委婉抒情的歌曲。可是这个地方不喜欢那些歌儿。"他又问苏，"你为什么要到这里来呢?"

苏说："我只想唱歌。"

"你要是真想唱歌就不要到这儿来。这里有钱，却没有艺术。有的人以为只要有钱什么都可以买到，没那么简单，这不是明摆着吗？你就是再有钱，也买不到欣赏水平。"

小伙子的话说得很诚恳，他说出了一个再明白不过却又使人永远也弄不明白的道理：虽说没有钱是万万不能的，但金钱毕竟不是万能的。

从歌舞厅出来之后，苏一句话也不说，帆想安慰她，又不知道说什么好。

椰林深处，有人在唱歌，那歌声是凄婉的、悲凉的……

六

苏认输了，决定回去了。她说她想丹丹了。

临走的前一天晚上，帆和昊为她举办了一次饯别酒会。诗人乌托邦的主人和客人都参加了。她举起杯来，却没有喝酒。她唱了一支歌儿，这支歌儿是帆作的词，她谱的曲。

莫忘兰山残梦，
又是在天涯相逢。
椰林里的歌儿不再孤独，
因为有了四月的风雨声。

拾起海边的贝壳，
藏起往日的伤痛。
海滩上的脚印不再破碎，
因为眼前有了你的身影。

海角残月如舟，
催我明早登程。
到那时别说再见，
我的心永远伴你同行……

歌儿唱着，泪流着。泪珠颗颗溅落在每个人的心里，每个人的心里都在嘶嘶发烫。为了缓解这灼热，便大口大口地饮酒，越饮越烫。于是又唱歌，大家一起唱。唱得惊心动魄，唱得涕泪横流。每个人的心里都堆积着相同又不同的郁结，夺他人之酒杯，浇自己之块垒，一饮一唱为快，痛快淋漓。

苏喝了许多酒，夜里吐得一塌糊涂，帆一直在旁边守着她。

第二天上船的时候，她还没有完全醒过酒来。她脸色苍白，眼球上充满了血丝，身子软绵绵的，一副衰弱垂败的样子。

船开了。她双手支撑着栏杆，两眼直瞪瞪地看着帆。干裂的嘴唇嚅动着，却一句话都没有说。

帆忽然想到，几个月前她率领着苏甦摇滚乐团南下闯海的时候，该是怎样的踌躇满志、神采飞扬啊！如今，她却像一个一败涂地、兵将折损殆尽的将军，无颜见江东父老，又不得不回朝谢罪一样。

好在她还年轻，她前边的路还很长很长，不能以成败论英雄。帆用这句老祖宗留下来的话安慰着她，同时也安慰着自己。

牛仔和他的吉他

一

他自称是海南牛仔，背着一把吉他。除此之外，他一无所有。在海南，他干的都是苦累的活儿。在建筑工地当搬运工，在码头上扛箱子，在沙场挖沙，还帮助山里的农民收过稻……反正他是肚子饿了就去干苦力，填饱了肚子又走了。他不能把手指磨得太粗太硬，他还要弹吉他。

因为吉他他认识了李荔。李荔把他救了。

台风袭遍了琼岛，他无处去卖苦力。肚子空空，他四十八小时水米未进。身上连住人才交流中心硬床板的钱都没有了。他蜷缩在海府大道一家公司的大楼门洞里，弹起了吉他，唱起了那支他喜爱的歌儿：“我是一匹来自北方的狼……”唱着唱着，他觉得自己真的变成了一只孤独的狼，在这阴霾寒凉的夜晚，他只有咬着冷冷的牙，发一两声长啸……

这吉他声和“长啸”声把李荔感动了。李荔是建筑学硕士，应聘到海南科技工业园任总工程师。这会儿，她正在楼上办公室里审查着一份建筑设计图。她走下楼，把身子和歌声一样颤抖的他带上楼，用电炉子为他煮一碗牛肉面，又安排他住在公司的客房里。

第二天，昊来找李荔。李荔便把这个弹吉他的牛仔介绍给了昊。

这就是月朗新村的厨师阿华。

二

阿华二十一岁。在现代社会中，二十一岁的男孩总会有爱的经历，阿华却没有。在爱的领地里，他依然是一块未开垦的荒原。

他出生在湖北大悟的山沟沟里，几乎刚会走路就成了放牛娃。他的爷爷和父亲都是土生土长的山民。在他的眼睛里，世界就是山。翻过一座又一座，永远也翻不完的山。那么，山外边是什么呢？在他幼小的心灵中，便种上了这颗好奇的种子。随着年龄的增长，这颗种子也如同他那栉风沐雨的小腰身一样，遏制不住地蹿了起来。

他在山沟沟里读小学，读中学。从小学中学的课本上，他知道了外边还有一个大世界，那个世界很精彩。从此，每当日落黄昏的时候，他把牛撒在草坡上，他爬上高高的山顶，听着山后边呜呜的火车叫，在心灵的沙盘上描摹着外边世界的模样。他决心走出这山沟沟，看看外边的蓝天和大海。

山里的孩子要理直气壮地走出去，只有读书。当他悟出了这个道理之后，便立即收敛了山娃子的野性，像牛犊啃青草一样，把一门心思都放在了书本上。连老师和父母都感到奇怪，这孩子怎么一下子读书中了邪？

到底功夫不负有心人，中学毕业以后，他考上了孝感地区师范学校。在师资水平和教学一样低劣的山沟沟里，山民的孩子能混个毕业证书就已经不错了，他居然考到城市里去继续读书，而且读完书之后便能当教书先生，这更是个奇迹了。父亲高兴得卖掉了一口大肥猪，为他准备了行装和路费。并且推着独轮车，亲自把他送出了山，送上了开往孝感的公共汽车。

孝感，位于澴水流域，据守在京广铁路大动脉上，以麻糖、双峰瀑布和七仙女下嫁董永而闻名遐迩。阿华初到这里，一切都感到新奇，每天都迷醉在亢奋的状态之中。然而，对于好奇心和求知欲极强的年轻人来说，这种满足却短暂得令人吃惊。很快，他便从每天南来北往穿梭而过的火车上，知道了孝感前边还有一个武汉，武汉前边还有一个广州。当然，与广州遥遥相对的还有首都北京。从此，他便做起了一个更加新奇更加诱人的梦。梦境中是天空一样蔚蓝和广阔的大海，大海上有一个童话般的宝岛，宝岛上有数不清的奇迹和奇遇——这便是向全世界同时也向他阿华张开双臂、敞开胸怀的海南大特区。

他原打算师范毕业以后要求分配到海南去的。可是海南的热带风不停地吹来，吹得他心潮翻滚，热血沸腾。他等不及了。再有一年就毕业了，他却连一天都等不及了。他登上了南下的火车，不敢告诉学校，也不敢告诉父母。对于他们来说，阿华失踪了。他唯一带在身边的，就是那把心爱的吉他。他从山里出来，第一次看到这神奇的乐器和它发出的神奇的声音，一下子就迷恋上了它。他从伙食费里抠出了一把吉他，又走后门免费参加了吉他学习班。

来到海南以后，他本来可以不去干那些苦力。因为他是个学生，又是逃跑出来的，连个工作证和证明信都没有，能干什么呢?

这些经历是阿华跟帆讲的。帆来不久，阿华便把他当成了知心的朋友。他很佩服帆，佩服他的学问，佩服他能写出那么美的诗，还佩服他的真诚和侠义。在此之前，他只佩服昊。他对帆说，他愿意跟昊干，无论干什么。就是干一番掀天揭地的事业，需要他抛头颅洒热血也在所不辞。

他只是个厨师。他没有做过饭，好在他聪明，又勤快，一学就会了。在月朗新村，乃至在整个海南大特区，人们的平等意识都比较高，很少有大陆上那种司空见惯的职业歧视。

三

月朗新村来了个幺妹子，是从天府之国的大山里来的，是老刘带来的。老刘是老凯的哥哥，老凯是昊的朋友。

幺妹子长得挺可爱，胖乎乎的，皮白肉嫩，小脸蛋儿总是红艳艳的。她不会说普通话，一口浓重的川音总是逗得大家开怀大笑。她只有十七岁，也是从大山里跑出来的，跑出来是因为父亲给她定了亲，她不喜欢那个男人。那个男人比她大十四岁，有钱。她跑到重庆给人家当小保姆，看小孩。那家的男主人对她不怀好意，女主人又经常上夜班。她怕，又跑了出来。跑出来便遇上了老刘。

月朗新村只有两个门市部，容不下更多的人。小麦答应给幺妹子找工作，幺妹子"待业"期间，就帮助阿华做饭。

看得出来，阿华是很喜欢幺妹子的。他一边指挥着幺妹子洗菜切菜，一边教幺妹子说普通话。幺妹子鼻眼儿长得挺聪明，学语言却不行，总是发不准音，而且学一句忘一句，越学越乱，逗得别人捧腹大笑，急得阿华抓耳挠腮。一打听，幺妹子只读过小学二年级，连汉语拼音都没有学过。

吃过饭以后，阿华让幺妹子收拾，自己骑车出去了。他去给幺妹子买书，跑了好几个书店，都没有买到小学课本，便买来了一套初中课本。他要从初中给幺妹子补习，揠苗助长，阿华有这个决心。

幺妹子学习还挺刻苦。吃过晚饭以后，别的人都到外边去纳凉，或者去逛夜市，寻开心。阿华和幺妹子却关在屋子里，口对口地教读书，手把手地教写字，一教一学就是几个小时，直到夜出的人归来才下课。

幺妹子的嗓音很甜，很柔，很圆润，表现力也很强。阿华弹吉他，她唱。唱到动情处，她那双诱人的大眼睛里便噙满了泪花，声音也颤巍巍的。她也许是真的动了情。每当这个时候，阿华的心里就发热，身上像通了电流似的，连弹吉他的手指也颤动起来。从这种心灵的震颤中，他体会到了一种从未有过的激情和幸福感。

不知不觉中，阿华开始开垦自己那片爱的荒原了。

四

小麦终于给幺妹子找到一个工作，去鹿角沙场当推销员。基本工资每月一百五十元，然后按推销出去的数额提成。别的沙场是没有基本工资的，大伙儿都说划算，幺妹子就去了。

鹿角沙场的老板姓王，是个四十多岁的海南土著人。他喜欢跟大陆来的文化人接触，经常到月朗新村来串门。他为人挺随和，没有文化，又怕这些文化人瞧不起他，常常不知装知，不懂装懂，往往露怯，成了大伙儿开心佐谈的对象。小麦和卉子学一句骂人的海南话，王老板来了，两个人便迎上去说："王老板，泼尼买买基呀！"

王板板一下子愣住了："你们怎么骂人？"

"没有呀，我们在用海南话说欢迎欢迎呀！"

"哎呀，你们上当啦，这是骂人的话呀！"

"骂什么？"

"不好告诉你们呀，难听死啦！"

王老板有一辆本田摩托车，他每次来，小麦和卉子拿他寻开心的时候，昊便拿他的摩托车过瘾。由于王老板和月朗新村的特殊关系，这次给幺妹子安排工作，多少也有点儿照顾的成分。

与其说幺妹子当上了推销员，毋宁说是阿华当上了推销员。阿华每天都带着幺妹子出去，到各大公司、各建筑工地推销沙。总会有点儿效益吧，两个人成双而出，结对而归。归来后，又齐心协力地炒菜做饭。形影相随，总有说不完的话，唱不完的歌儿，用不完的劲儿。

阿华沉醉在初恋的激动和幸福之中，又陪着幺妹子去跑，常常耽误了做饭，菜饭也不如以前做得精细了。诗人乌托邦的同人们有意见，反映到昊那里。昊说："谁都有这个时候。"就这一句话，替阿华开脱个干净。这件事阿华不知道，帆却知道。

这一天，帆很晚才回来，阿华和幺妹子也刚回来。幺妹子冲凉去了，阿华跟着帆进来了。这些天来，阿华总是跟幺妹子在一起，把帆都疏远了，他觉得有点儿对不起帆。

帆倒是很为阿华高兴，忍不住问他："阿华，这些天很足兴吧？"

阿华脸红了："我们……定了。"

"定了？这么快？"

"她说她爱我……"

“她答应嫁给你了吗？”

“我们已经……那个了。”

“什么？你们发生关系了？”

“不……我们……接吻了……就在今天，刚才……在椰林大道……”

“你吻她了？”

“是……她吻我了。”

帆忍不住笑起来，笑得阿华的脸更加红涨。帆忽然觉得不该笑，谁都有过珍贵的童贞，谁都有过这值得怀念的纯洁。帆歉疚地把手放在他的肩头上，把他摁在自己的床上坐下来。

阿华又嗫嚅地说：“我想……吃一顿饭。”

“吃什么饭？”

“在我们家乡，定亲的时候都吃一顿饭。我在这儿没有别的亲人，她也没有。我想请你、昊，还有我姐……”

“谁是你姐？”

“昊认识。她是我的救命恩人，是天下最好的姐姐。”

帆被感动了，他紧紧地握着阿华的手，眼睛湿润了。

五

变化最大的是幺妹子。从头到脚都变了样：长辫子剪掉了，烫成个蛇妆；红艳艳的脸蛋儿又涂了一层胭脂；眉毛择细了，抹黑了；眼圈画蓝了；薄薄的小嘴唇涂得像刚刚吃过死耗子，总是血淋淋的。她还穿上了领口很低的连衣裙，粉白的胸脯上挂着一条从海滩上买来的珍珠项链，廉价的。脚上也穿上了高跟皮凉鞋，白色的。必不可少的是玉腕上挎着一个袖珍珍珠包——一个十足的时髦女郎。一时改变不了的是她那一口浓重的川音，她为此感到羞耻了。因此，回来之后，不管多忙，她都逼着阿华教她说普通话。

她依然住在月朗新村，每天早出晚归。她出去的时候，再也不让阿华陪着她了。

她常常回来得很晚，阿华总是把饭菜为她准备好，隔一会儿，估计她快回来了，就替她热一次。好不容易把她盼回来了，阿华要给她端菜饭，她却说："我吃过了。"

"吃过了？在哪儿吃的？"

"华侨大厦。那一桌花了他八百多块。"

"谁花的钱？"

"关系户呗。"

幺妹子说着朝他身上歪过来，阿华更加吃了一惊："怎么，你喝酒了？"

"喝了八大杯，灌得董经理直告饶。"

"哪个董经理？"

"昌华公司的。他妈的，趴在桌子底下直亲我的脚丫子，恶心！"

对于幺妹子的变化，诗人乌托邦的同人们都很关注，都为阿华捏一把汗。可是谁都不好说什么。有什么好说的呢？在海南，这样的女人还值得大惊小怪吗？为了生存，为了工作，为了赚钱，不这样行吗？

看来幺妹子确实赚到了一些钱，阿华也被她从头到脚地武装起来：T恤衫，绅士裤，皮凉鞋。人在衣裳马在鞍，阿华穿上这身行头，谁也不会相信他是个不挣工资的厨师。更让人吃惊的是，阿华的口袋里还时不时地掏出一包555烟，变魔术似的。

似乎阿华也感受到了什么，他嘴上并不说。幺妹子没有回来的时候，他便一个人跑到楼顶，一边弹着吉他，一边唱着："外边的世界很精彩，外边的世界很无奈……"

这歌声显得很忧郁、很凄凉，也很不吉利。

六

茫子来找帆，很急切，又很神秘。她把帆拉到楼顶上，告诉他："幺妹子怀孕了。"

帆不信："不可能，阿华根本不是那种人。"

"哎呀，你想哪儿去了？不是阿华的。"

"那是谁干的？"

“是谁，她不肯说。”

“阿华知道吗？”

“千万不能告诉阿华，这会要他的命的。”

“幺妹子在哪儿？”

“在医院里。”

“要做流产？”

“遇上点儿麻烦，人家医院怕负责任，要男方签字。”

“那怎么办？”

“我要是有办法还来找你干什么？”

帆明白了。茫子真是个聪明人，还因为她具有一副侠肝义胆。

既然是茫子找来了，帆只好认头去背这个黑锅了。他跟着茫子去了医院。

帆很晚才回来，幺妹子做完手术之后，他和茫子又到病房里照顾她。幺妹子哭着叫着哀求着，不让他们离去。这孩子也可怜，尽管这可怜是由可恨酿成的，帆还是很同情她。

回到月朗新村，帆不敢见阿华，悄悄地溜回了自己的房间，灯也没有开，便躺下了。

阿华依然在楼顶上弹着吉他唱歌儿，他没有唱“外边的世界”，而是唱那支“来自北方的狼”。那声音很悲壮，像是压抑着一股仇恨在唱；那声音又很哀婉，像在诉说着自己巨大的不幸。唱着唱着，砰然一声巨响，像是把什么东西摔碎了，吉他声和歌声也随之戛然而止。

帆不放心了，急忙下床冲出房间。

厨房里的灯亮着，阿华在案板上做着什么。他做得很认真，很平静，像是在蛮有兴味地准备着一顿丰盛的菜肴。

帆在门外看了一会儿，觉得自己多虑了，便又悄悄地退了回来。

七

第二天早晨，帆很早就起来了。他惦记着跟茫子一起去看幺妹子，还要给幺妹子准备早饭。

帆来到厨房。厨房里的灯仍然亮着，一切都收拾得干干净净，整整齐齐。灶上坐着一锅熬好了的稀饭，旁边是一簸箕烙好了的烧饼，这是阿华为大家准备的早餐。

案板上，有一个搪瓷钵子，盖着盖儿，帆把盖儿掀开，里边是一只炖熟了的鸡，热气腾腾的，散发着诱人的香气。搪瓷钵子旁边，压着一张字条。

帆哥、茫子姐：

你们别瞒我了，我什么都知道了。请你们把这只鸡给幺妹子送去吧，告诉她注意身体，也告诉她把我忘掉。她如果要是肯听你们的，就劝她回四川找她的父母吧！

我还知道，这事是王老板这个畜生干的——泼尼买买基呀！

我走了，请代我向昊哥和所有兄弟姐妹告别。他们是我的恩人，也是我的朋友，我会永远记住他们的。

阿华

阿华走了，他是赤条条只身走的。那把与他漂洋过海、形影不离的吉他，被他在楼顶上摔得粉碎。吉他的残骸展示着一颗破碎的心。

阿华到哪里去了呢？没有人知道。

走出神秘谷

一

姝后悔了。

她后悔那天晚上不该到华龙街上乱逛，乱逛时不该看到茫子，看到茫子时不该主动地去喊她。还那么高声大嗓，还那么激动，紧紧地抓住她，或者说是抱着她……

她太孤独、太寂寞了。在这远离家乡的天涯海角，虽说是人如潮涌、熙来攘往，但她每天面对的都是一张张陌生的面孔。她每天都跟不少人打交道，这些人也冲她说，对她说甜言蜜语，甚至表现出情意绵绵的样子，却没有人真正地关心她，真正地理解她。她太需要一个亲人、一个朋友了。在生意场上，虽说都称兄道弟，虽说都慷慨激昂，虽说都亲热得赛过一根娘肠子里爬出来的，却无法交上真正的朋友。

所以，她在人群中发现了茫子的一刹那，便情不自禁地喊叫出来。两个人扑在一起，她真想扑在茫子的肩头上大哭一场。因为是在繁华闹市的公共场所，或许还因为别的什么，她没有放出声来。为了遏制住自己心中那种澎湃的感情，她只是用哽咽的声音不停地呼叫着："茫子姐，茫子姐，茫子姐……"泪水从她那苦涩的心泉里汩汩而出，把茫子的肩头都湿了一大片……

二

应该说，姝的第一个恋人是她的表哥帆。

姝的父母只有她这么一个独生女儿，自然把她当成掌上明珠。姝从小就被父母当作洋娃娃养大，她聪颖，漂亮，又极懂事儿，谁见了都喜欢。大人娇她，她自己也娇自己。她经常把自己和同龄的小朋友相比，在受宠、花钱、穿新衣服、买玩具等诸多方面，她都比别的小朋友优越得多。唯一使她自卑和不满足的，是她没有哥哥姐姐，也没有弟弟妹妹。在家里，她处于一种以她为中心、处处受保护的位置；而在孩子们的天地里，她却觉得很孤单、很委屈。她特别羡慕人家有个哥哥的女孩，她自己也渴望能有一个哥哥。

上帝对她是厚爱的。她十二岁那年，表哥帆便来到她的家里，因为帆的父母出国工作了。

帆比她大四岁，已经上中学了。可是她觉得，帆比她大整整一个世纪。他无所不知，无所不能，无所不会。她最头疼的就是数学，四则运算，大括号、中括号、小括号，小数、分数，烦死人啦！她把数学作业拿回去，帆指指点点，那乱麻一样的练习题便齐刷刷地排起了队，直溜溜地通向了答案。有一次，她还在学校数学比赛中拿了冠军，都是因为有了帆。

有了帆，她挺起了腰杆，壮起了胆子。她再也不怕有些讨厌鬼在路上死皮赖脸地拦住她了。有了帆，父母便对她解了禁令，晚上或者星期天可以不在父母的陪同下外出了。她跟帆一起去游泳、去爬山、去看电影。他们走在大街上，帆总是习惯拉着她的手，她却把帆的手甩掉，挽着他的胳膊。这样，就不大像大哥哥带着小妹妹了，而更像一对小恋人。帆长得很帅，长腿，宽肩，深眼窝，高鼻梁，长着满脸的青春痘。说话正在变声，嗡嗡隆隆的，有一种病态的美……她觉得，拥有了帆，便拥有了整个世界。

她离不开帆了。吃完晚饭做完作业以后，她便扎进帆的房间里，两个人趴在床上，脸挨着脸地嘀嘀咕咕说个没完。父母想知道他们在说什么，他们偏要关上门，不让父母听见。可是他们究竟说了些什么，连他们自己也不知道。她只觉得，她在少年时期所获得的一切知识，包括天文的、地理的、历史的、外国的，以及社会的、家庭的、爱情的，特别是爱情的，这其间大部分都是帆传授她的。

她和帆一起上学，出了家门，帆总是先送她一段路，才朝自己的学校走去。放学以后，若是她回来早了，肯定在大门口等着帆；帆回来早了，也会等着她的。男孩子总有不耐烦的时候，时间长了他就会自己先进去。每逢这个时候，她总要冲进帆的房间大吵大闹一番，甚至还会委屈得哭鼻子流眼泪。帆总是向她赔礼道歉，说好话哄她，给她擦眼泪。她表面上气儿很大，心里却甜滋滋的，很满足。

每天晚上，她洗完澡，换上睡衣，临上床之前，总要到帆的房间里来看他一眼，无一例外。有一天，她为了赶写一篇作文，睡得有点儿晚了。她来到帆的房间里，帆已经睡着了，可是房间里的灯还开着，大概是他也惦着妹还没有来向他道晚安。她没有立即离去，站在床头前，蛮有兴味地看着帆。帆睡得很安宁，那神态很美。她注意到，帆那微微张开的嘴唇上，长出了一圈毛茸茸的胡须。胡须很细，很嫩，很调皮。她看着看着，便陷入了一种醉意蒙眬的梦境中。她俯下身子，在帆那潮湿的嘴唇上吻了一下。她吻得很轻，似乎吻的是一株鲜嫩的花蕊，稍一用力，就会碰碎一样。尽管这样，帆还是醒来了。当帆睁开眼睛的一瞬间，她似乎悟到了什么，捂着脸惊慌地逃回了自己的房间。

从那以后，再跟帆独处的时候，她便觉得有些不自在，总是莫名其妙地脸红，说话也常常语无伦次。跟帆一起出去，两个人的手拉在一起的时候，她的心便跳得格外剧烈。她总想逃避帆。可是越想逃避，越有一种向他靠拢靠紧的渴求。一种说不清道不明的感觉在撕扯着她的心。她失眠了。

帆高中毕了业，又参加了工作，终于长成了一个二十岁的气度非凡的男子汉了；而姝也出落成一个十六岁的亭亭玉立的大姑娘了，只是她还在念书。

生活对她的打击是极其自然的，她连半点儿思想准备都没有。在以往的日子里，她始终认为帆自然而然是属于她的。她还没有意识到他们是近亲，还不懂得近亲之间不能通婚。或者，她还根本没有想到过结婚。一切都是朦朦胧胧的，像一片美丽的梦。

帆一下子把她的梦打碎了，很残酷。

帆带来一个姑娘，说是他的女朋友。那姑娘长得远没有姝漂亮，也没有姝聪明，唯一优越之处是大姝三岁。似乎大三岁就有权利爱帆占有帆一样。姝的父母亲还为帆高兴，还做一桌子美味佳肴招待她。

姝放学回家，帆把那个姑娘介绍给她。那个姑娘向她伸出了手，她却把头扭向一边。她一脚踢翻了身边的凳子，又一下子把书包扔在餐桌上，两只玻璃杯掉在了地上，摔得粉碎。然后她跑回自己的房间，捶打着床板，爆发般地大哭大号起来……

那姑娘终于让她闹跑了。帆也离开了姝，帆不原谅她。

三

姝爱上了罗小山，不能说与帆没有任何关系。罗小山比姝大八岁，是姝与帆年龄差的两倍。姝觉得这是对帆的报复。还有一条原因，很重要很重要的原因，罗小山也把她当作自己的小妹，关心她，照顾她，宠着她。她觉得帆又回到了自己的身边。

罗小山实在是才不出众，貌不惊人。长得圆头圆脑、塌鼻子、小眼睛，姝穿高跟鞋的时候，比他高过半头。姝只好不再穿高跟鞋，也不再把浓密的秀发盘在头顶上——在这个世界上，有多少痴情女子为值得爱或不值得爱的男人改变发型和装束啊！女为悦己者容，这难道不是一种壮烈的或者窝囊的牺牲吗？

姝是在电大的教室里遇到罗小山的。那是一个寒冷的冬天，姝对突如其来的寒潮警惕不足，依然只穿着羊毛衫和健美裤就上了学，连件风衣都没有披。那一天又正赶上考试。卷子发下来，姝冻得浑身发抖，嘴唇发紫，手指僵硬得写不出字来。她又搓手，又跺脚，无济无事。

一件棉大衣披在了她的身上，沉甸甸的，暖烘烘的，带着一股男人的气味。姝朝后看了看，那塌鼻子小眼睛很真诚地冲她笑了笑，示意她赶快穿上。姝顾不得许多了，伸进袖子，把棉大衣紧紧地裹在了自己的身上。

考完试以后，姝才发现送给她棉大衣的男人身上只穿了一件西装，脸冻得铁青，说话都变了腔调。她要把棉大衣脱给他，他说什么也不要，出了门便蹬上自行车跑了。

从此以后，她身边又有了一个知冷知热、时时向她献殷勤、处处对她无微不至地关照的大哥哥。

姝爱上了他之后，才知道他已经结婚了。他没有欺骗姝，是他主动告诉姝的。他让姝离开他，可是姝却离不开他了。

罗小山说他不爱自己的妻子，他们只是搭帮过日子，没有感情，更谈不上爱情。姝劝他离婚，说没有爱情的婚姻便是死亡的婚姻，维护死亡的婚姻是不人道的。罗小山说他不忍心，对方毕竟没有错误，人家一心一意地跟你过日子，还为你养了个大儿子，你怎能狠心抛弃人家呢？

姝信了这些，觉得罗小山很善良、很有责任感。于是姝更加爱他。姝觉得罗小山很亏、很痛苦、很不幸，姝要为他补偿点儿什么。她不认为这是牺牲，而是奉献。爱情的本质应该是奉献，而不应该是索取。

这件事终于败露，很偶然，越偶然越倒霉。他们非常勇敢地跑到张家界去度“蜜月”，忘乎所以地照了一卷甜甜蜜蜜的彩色照片。底片拿到一家彩扩中心去印，于是便出了大事。罗小山有个小姨子，谈了个男朋友便在彩扩中心工作。姑娘去找男朋友，无意中在男朋友扩印的照片里发现了姐夫，姐夫跟另一个姑娘的照片亲热得不堪入目。这卷照片自然会落到罗小山妻子的手里。罗小山万万没想到，小姨子刚刚十七岁就谈恋爱，更没想到恋爱的对象竟在彩扩中心工作。

罗小山向妻子投降了，答应与姝一刀两断，并答应立即离开武汉，离开那个“小妖精”。

罗小山的岳父在一个很有实力的经济部门工作。罗小山在海南办起了一个公司，自任总经理，这一切都是依靠老岳父的权力。这才是罗小山不愿意与妻子离婚，乃至当初他追求妻子的真正原因。

姝可不是个轻易就认输的人。特别是在爱情的道路上，她更表现出了一种锲而不舍、不到黄河不死心的韧性。

罗小山到了海南，姝也追到了海南。

四

初来海南的那一段日子，姝是最幸福的。

罗小山在滨海新村租到了一间单元房。房子虽小，却厨房、厕所、卧室、客厅一应俱全。她把房子布置得很雅致，很舒适。每天，罗小山到公司里忙公务，她便躲在家里为她心爱的人烧饭、做菜、洗衣服。晚上，罗小山带着她去参加宴会、舞会，观看文艺演出。没有这些活动的时候，两个人就躲在这爱的小巢里厮守着。他们的阳台很大，阳台上有两只藤椅和一只小小的咖啡桌。他们坐在藤椅上，面前就是波光粼粼的大海。他们面对着大海喃喃地倾吐着心曲，或者默默地看着天上的月亮。海南的天空很近，月亮离他们很近，似乎伸手就能抓到，如同幸福离他们很近一样。

离开了武汉那座喧嚣而又是非丛生的大城市，离开了他们所熟悉的世界，离开了众多监视他们鄙视他们的眼睛，她如同洗去了一身的污秽，每时每刻都体会到一种逃脱樊笼获得自由的轻松之感。

罗小山的公司里需要一名会计。任何一个部门，会计都是个举足轻重的职位，都要找信得过、靠得住的人。姝要去当，她认为自己是最佳的人选。罗小山说鉴于他们两个人的特殊关系，怕影响不好。于是姝便向罗小山推荐了婕。婕是姝从小学到中学时的同学，又是姝最要好的朋友。在姝与罗小山的关系上，婕帮了不少的忙。姝知道，婕早就想到海南来，只苦于找不到合适的机会。

姝给婕写了信，婕连信都顾不上回就跑来了。罗小山对婕很满意。

自从婕来了之后，罗小山便突然忙了起来，常常很晚才回家。有好几次，罗小山去应邀赴宴，没有带姝去，而是带婕去的。姝只是心里有一点点儿不快，并没有多想。她信得过罗小山，因为他们的幸福来之不易。她也信得过婕，因为她们有着十几年的友谊。

罗小山依然是很爱她的，她觉得。有一个到三亚、通什的观光旅游团，罗小山想方设法地为她争取了一个名额，她很感激罗小山。三亚、通什神奇的山光水色使她着了迷。但她并没有流连忘返。她想罗小山，想得拉心扯肝。刚刚离开罗小山一个多星期，她就受不了了。到通什以后，她便脱离了旅游团，搭上了到海口的公共汽车，提前回了家。

她回到那座爱的小巢的时候，是傍晚。她打开房间，立刻脱掉衣服，想痛痛快快地洗一洗，她要将一个干干净净、清清爽爽的姝奉献给罗小山。她走近冲凉房，听到里边有哗哗的喷水声。她立刻兴奋起来，原来罗小山在家里，正在冲凉呢！她猛然拉开冲凉房的门，顿时僵住了：莲蓬头底下的水帘里，扭动着两个赤裸裸的身子，这两个身子她都熟悉。

这是她有生以来遭受到的第二次致命的打击。跟第一次帆把女朋友带进家门相比，她说不清哪一次打击对她更重一些。

不过，她这次没有哭，没有闹，连一句话都没有说。罗小山和婕一起跪在她的脚下，向她解释，求她原谅。

她没有理睬他们，只是把自己的东西收拾好，义无反顾地走了。

五

茫子打来电话，找姝。接电话的正是姝，她却举着话筒，冲着按摩房叫喊：“姝，接电话!”喊声把电话那边的茫子震动了，茫子听出了她的声音，也叫喊起来："乱叫什么？你不就是姝吗？"

她这才记起了她自己叫姝。

她已经忘记了她自己。在神秘谷桑拿浴，她是48号；需要使用名字的时候，她叫梦思。在所有的按摩小姐中，几乎没有人使用自己的真实姓名。包括真实的住址、真实的出身、真实的历史，都是经心编造或随口说出的。时间长了，"真实"便被无情地淹没了。

许多客人都知道，神秘谷有一个冷美人。客人来了，她便给客人认真地按摩，行话叫"做钟"。她不会像其他小姐那样，用各种各样的笑脸向客人推销自己。即使她不得不笑，也是笑得浅浅的、冷冷的，绝不会让人想入非非，更不给人可乘之机。并且，除了按摩，她不增加任何特殊服务。当然，她也从不向客人提出任何特殊要求。因此，她每天都做得很多，做得很累，得到的小费却很少。

偏偏有人喜欢她这种冷若冰霜的样子，并且用一种冒险家的勇气和顽强，锲而不舍地追求她、征服她。

表现最突出的要数那位从香港来的罗老板了。或许因为他姓罗，并且跟罗小山同龄的缘故，姝并不讨厌他。罗老板长得挺帅，有点儿像帆，又很有风度，很有教养。从大陆来的暴发户和海南烂仔，进了按摩房之后，便跟按摩小姐打情骂俏、动手动脚，低级下流得让人觉得他们不是人。罗老板从不这样，他对任何人都彬彬有礼，他懂得尊重人。只有把自己和自己的同类真正当成人的人，才是真正的人。姝想。

她从来没有答应过任何客人的邀请，在罗老板这儿她却破了例。罗老板打电话来，说那一天是他的生日，很想让她陪着吃一顿饭，她答应了。饭是在五指山大厦吃的，很有点儿丰盛。为了祝贺罗老板的生日，她喝了酒，还笑一笑，但那笑仍然是浅浅的、冷冷的，罗老板已经非常满足了。

吃完饭以后，罗老板把她带到超级市场。罗老板给她买了一条金项链，她拒绝了。这多少让罗老板觉得有点儿折面子，但罗老板向她投出的目光却是赞赏的、敬重的。

在开放的海南大特区，在更加开放的神秘谷桑拿浴，姝却把自己紧紧地包藏起来，封闭起来。

她的心已经冷了。

六

帆和茫子乘着一辆蹦蹦车，朝秀英港的方向奔去。太阳已经落山了，天空是灰蒙蒙的，潮湿的海风迎面扑来，身上黏糊糊、阴凉凉的。帆的关节炎犯了，左肩又酸又胀，很不舒服。表妹姝有了下落，他应该兴奋，可是他心里更加沉重了，像这天气。

一路上，他不停地向茫子打听姝的情况，茫子只是告诉他，姝在一家公司里工作，其他多一个字都不说。

帆毕竟对海南的地形还不大熟，蹦蹦车转来转去，便把他转糊涂了。在一个灯火辉煌、霓虹争艳的建筑群旁，他们下了车。茫子让帆在一幢大楼的门前等着，自己独自上了楼。

过了足有四十分钟，姝下来了。她见了帆，并没有表现出应有的惊异和热情，并且歉疚地说，公司正在开会，她只请了十分钟的假，说着，姝把帆和茫子领到楼下的一间灯光昏暗的小酒吧里，顺便要了几听饮料。

帆默默地看着姝。很显然，她没在参加会，因为他发现她刚刚卸了妆、洗了澡。她瘦了，卸了妆的脸苍白得有些陌生了。

帆突然说："姝，你不是在公司里工作。"

姝立即失魂落魄地看着茫子，茫子慌忙解释说："我没有说，我什么都没有告诉他……"

帆说："是这样，茫子确实什么都没有告诉我，是我自己猜出来的。"

"你猜我在干什么？"

"你在桑拿浴当按摩小姐。"

姝突然趴在桌子上哭了起来，她那瘦弱的肩头在剧烈地抽搐着。帆心里一阵刺痛。

哭了一会儿，姝扬起一张泪脸，抽泣着说："表哥，求求你，别告诉我父母，好吗？"

“不告诉他们可以。不过，你不能在这里待下去了。”

“是的，我在这里待不下去了……我、我坚持不住了……我要垮了……”

姝又哭了起来。

帆缓和了一下口气说：“跟我回去吧。”

“让我考虑考虑，行吗?”

“没有什么好考虑的。走，现在就走!”

“现在就走? 不，不行!”

“为什么不行?”

“再有三天就开工资了。”

“多少钱?”

“扣除食宿费，还有五百多元呢!”

“不要了！茫子，你去帮助她收拾一下东西。”帆说完便径直朝楼下走去。

姝拉住了帆：“表哥，你干什么去?”

帆说：“我去找你们老板，告诉他，咱把他炒了!”

茫子立刻狂叫起来：“好极了！过去都是老板炒咱们，今天咱也炒他一次。过瘾！五百块钱，值，太值了!”

天涯湘女

一

中国南洋文化艺术总公司。

好大的招牌！其实不大。

没有自己的办公楼，在华侨大厦租了几套房间。在这所大宾馆里立足的公司有几十家，个个名字都叫得如雷贯耳，谁也不服谁。然而，诸多的“大”放在一起，便各自显出“小”来。小到连公司的牌子都没有资格放在大门口，只好写在一张白纸上，贴在自己的房门上，如此而已。

总经理陈萍，北京人，五十余岁。天生一副贵夫人的坯子与风韵，又精明干练得咄咄逼人。据说她的根底很深，通天。每个大公司的总经理或董事长，都有关于根底的神话，不新鲜。

副总经理陈立明，三十岁。风流倜傥又踌躇满志，这在大特区的角斗场上无疑是位出色的种子选手。他自称是北京某艺术团的声乐演员，弃艺辞职下了海南。

下班了，卉子朝楚湘宁打着招呼："喂，快走吧，关明给咱煨好了排骨汤。"

楚湘宁红着脸，歉疚地说："对不起，陈副总让我陪他到秀英海滨去游泳。"

"晚上去游泳，这怎么行?"卉子惊叫起来。

楚湘宁低着头，没有吭声。

卉子叮咛着她："当心，千万别上钩!"

楚湘宁苦苦地一笑，悲伤地说："晚了……"

"什么？你跟他睡过了?"

楚湘宁的眼睛里噙满了泪水："他说……他要跟我结婚的。"

"他有老婆你不知道吗?"

"他说他俩没有感情。"

卉子无话可说了。说实在的，对于这件事，别看她大惊小怪地叫嚷着，心里还是有所准备的。一个月前，她应聘到这个公司做秘书，和楚湘宁同住一间宿舍里，两人很快成了好友。

楚湘宁是打字员，陈立明和她的关系，卉子早就有所觉察。在卉子看来，陈立明是个不折不扣的登徒子，她刚来第二天，他就动手动脚。卉子当即让他放尊重点儿。以后他确实在卉子面前规规矩矩了。可卉子看到，他跟楚湘宁动手动脚，楚湘宁并不认真拒绝他。她很担心。

楚湘宁是长沙人，二十四岁。湘女多情，多情的湘女长得文静秀美，说话轻声细语，有如九嶷山下一株婀娜飘逸的斑竹。她喜欢文学，对事业与爱情都有过罗曼蒂克的追求。她有个颇有社会地位的家庭，父亲是部队的师级干部，母亲在政治部门工作，还有个正读书的小妹。

在她爱上了文学的同时，也爱上了所谓的启蒙老师，一位在当地小有名气的业余作家。两人爱得死去活来，天天在一起都不能发泄那刻骨铭心的爱。

此事终于败露，是多事者告的密。业余作家的老婆找到了她的单位，当众把她打得满脸开花。父母知道了这件事，把她赶出了家门。她走投无路，又去找那个男人，那人竟连跟她见一面都不敢。她绝望了，情呀，爱呀，海誓山盟呀，一切她曾经舍命追求的神圣都云消雾散了……

她的命够惨的了，卉子希望她能有个良好的归宿。但陈立明不是个靠得住的男人。还不如那个作家，作家缺乏的是勇气和责任心，却并不缺乏真情。而陈立明最缺乏的便是真情。

她的结论很快便被证实了。

又一个临近下班时间的傍晚，关明推门进来了，对卉子说："徐雁来了。"

"在哪儿?"

"她让我帮她找工作，我把她带来了。都是老同学，相互间有个照应。这会儿陈副总正跟她谈呢!"

二

徐雁是云南大山里一个少数民族文工团的演员，有副金嗓子，曾多次在地区和省级比赛中获过奖。后来她被推荐到武汉大学，受过两年专业训练。她与卉子和关明，便是在武大相识并成为好友的。

徐雁不仅歌唱得好，人也长得艳丽，是属于那种玩偶般的小巧玲珑式的可爱，又如蓓蕾初绽式的娇嫩。然而她丈夫却不把她当回事，常对她拳脚相加，把她打得遍体鳞伤。她是刚打完一场疲惫不堪的离婚战，带着心灵上那惨痛的创伤来到海南的。

她可以说是跟陈立明一见钟情。陈立明欣赏她的美貌，她欣赏陈立明的才华，真可谓郎才女貌、天赐良缘。她跟陈立明一起唱《葬花》，唱《天仙配》，唱《好好爱我》，唱得动心动肝，热泪横流。他们一起到海滨游泳，陈立明让人扛着录像机，录下了那鸳鸯戏水的珍贵镜头，文化艺术公司嘛。她独住一套高级房间，陈立明花几百元为她买了一套华丽的睡衣。很快，两个人便以情人的名义坦坦荡荡地出入各种场合。

徐雁成了陈立明的骄傲，也成了南洋公司的骄傲。在许多社交场合，陈立明都把徐雁当成一张王牌。不少要害部门的领导只要徐雁发出邀请，都乐于前往。批公文、谈生意、签合同，只要陈立明把徐雁带在身边，便能提高很大的成功率。

不久，陈立明便带着徐雁离开了华侨大厦，说是一起到深圳去学习开车和打字。

这天，另一家名称更大得吓人的公司举行开业晚会，办公室主任把两张请柬送给了卉子和楚湘宁。在晚会上，她们却意外地发现了陈立明和徐雁。

妒火中烧的楚湘宁忍无可忍。她把徐雁叫到楼顶上，这是两个女人间的谈话，坦率得让人脸红。

“陈立明是个流氓，他不会爱你的，他把你玩够了就会把你蹬掉的。”

“你凭什么说这些？”

“他也玩过我。”

“我不信。”

“我有证据。他……”

“我没兴趣听你说下去。”徐雁打断了楚湘宁的话。

第二天，楚湘宁和卉子被解雇了。

三

楚湘宁衣食无着，卉子将她仅存的一百五十元钱分给了她一半。无处投奔，卉子只好又把她带到了关明那里。那里有一帮朋友。

楚湘宁一个劲儿地哭，这是她有生以来受到的第二次沉重的打击。

朋友们都为她不平，气得直骂娘。骂完娘还得想办法。小麦把她介绍给了袁老板。

袁老板六十多岁，也是湖南人。他出身于剥削阶级，挨了一辈子的整，老来却吉星高照，大走鸿运。命运之神似乎要把前大半辈子欠他的加倍地还给他，而他也毫不客气地勒索。

流落到台湾、失散多年又相聚的姐姐使他身价倍增，他来到海南，用姐姐的钱开了一家私营公司，经营打字机、复印机业务。

小麦把楚湘宁带到袁老板的公司。袁老板慈祥得像个老爸爸。他拉着楚湘宁的手说："你就住在我这儿吧，两间房，一人一间。你放心，我这年纪，恐怕比你爸还大吧？你就做我的女儿吧……"

楚湘宁感激得热泪盈眶，她真想扑到这老人的怀里，叫一声爸爸，痛痛快快地哭一场。

没想到，这位救命菩萨般的"老爸"当天夜里就把"女儿"奸污了……

回到朋友圈里，楚湘宁却不敢承认这难以启齿的事实，然而她又想诉诉苦。她忧心忡忡地说袁老板向她表示爱意，还为她洗衣服等等。朋友们问她："他欺负了你没有？"

"没……没有。"

"这老色鬼倒开化，聊发少年狂。只要他没有欺负你就没有关系，他要是敢欺负你，咱给他点儿颜色看看。"

话是这么说，没过几天，楚湘宁完全变成了另外一个人。金项链、金戒指、金手镯、华贵的衣裙，一副贵夫人的大派头。她跟袁老板一起四处招摇，公开当起了他的姘头或曰之情妇，一点儿也看不出来从南洋公司被"炒"出时那副寒酸相和可怜相了。她的心境也很矛盾、很复杂。和袁老板在一起时，她陶醉于金钱和物质的享受之中，然而，面对熟人和朋友的时候，她又觉得抬不起头来。给一个六十多岁的老棺材瓤子当情妇，毕竟不是什么光彩的事情。

袁老板答应给她一台复印机、一台彩色电视机和一个门面。她开始做起了海南梦：她可以自己开公司，当总经理。她也可以印富丽堂皇的名片，可以趾高气扬地出席各种社交场合，可以使用秘书，可以和陈立明平起平坐……

为了这一切，她尽一个女人的天资与天才之所能，向袁老板撒娇、献媚，磨着他尽早兑现他所答应的一切。袁老板尽管被哄得春情荡漾，但他毕竟是一只饱经沧桑的老狐狸，小狐狸再精再媚，也难让老狐狸钻圈进套。

袁老板还真的有好几次带着她去找门面。有时候她不满意，有时候价钱不合适，有时候双方都谈好了，甚至都签了合同，不知怎么又出了问题。后来她终于发现，所谓找门面，完全是袁老板演的戏。一拖再拖，目的是想把她无偿地拴在自己的身边。

她把这件事跟朋友们讲了，从鄂西大山里来的土家族小伙子阿木特别为她打抱不平，答应组织几个人里应外合配合她的行动。

每晚临睡前，袁老板总是让她帮助泡一杯咖啡的。这一天，她偷偷地往咖啡里放了六片安眠药。等袁老板睡着以后，她便动手搬复印机。没想到阿木为她找来的安眠药是失效的。

袁老板醒了："你要干什么?"

她理直气壮地说："我要把复印机搬走!"

"不许动!"

"是你答应我的!"

"你这是盗窃!"

"它是属于我的!"

"你有什么证据?"

"你他妈的说话不算数!"

两个人争吵起来，还动了手，等在下边的阿木几个人，听到吵声上了楼，充当起劝架的角色。

行动失败了。楚湘宁还不甘心，她又设计了捉奸的计划。夜里，她故意把门虚掩着。袁老板正在床上与她鸾颠凤倒，几个联防队员破门而入。楚湘宁又哭又闹，说是袁老板强奸她。联防队员要把他们带走，袁老板害怕了，被迫写下了字据，答应把复印机送给他。

楚湘宁只提着一个复印机离开了袁老板。离开之后她才发现，袁老板事先把复印机的心脏部位捣坏了。

小狐狸还是没有斗过老狐狸，她恨得咬牙切齿。

四

很快，楚湘宁又进了一家公司，也就是说，她又给某个总经理当起了情妇。袁老板对她的打击比之陈立明和原来那个作家对她的打击简直算不了什么。她依然是一副贵夫人状，也常常来找卉子。

卉子再也不愿意到公司里去谋职了。在关明的帮助下，她和小麦在威丽商场开了个服装摊档，聊以维持生计。有时小麦到上海或广州去采购，乔叶就来帮忙。乔叶一上岛便进了公司，常借着出来办事的机会跑来。

这一天楚湘宁又来到卉子的服装摊档上。门虚掩着，楚湘宁推门进去，见乔叶趴在地上哭，卉子脸上也挂着泪珠。她忙问出了什么事。由于卉子的关系，乔叶和楚湘宁也逐渐成了朋友。乔叶便告诉她，某中心办公室主任刘天奇把她奸污了……

没过几天，乔叶跑来找卉子，说楚湘宁利用她告诉她的秘密，向刘天奇敲诈了三千元钱。卉子拉着乔叶就去找楚湘宁。楚湘宁却恬不知耻地说："男人的钱嘛，你不要白不要。他占了你的便宜，你还不让他出点儿血吗？"

卉子气急了："你利用朋友的痛苦发黑心财，算什么东西？"

楚湘宁说："我跟姓刘的要的钱，与乔叶毫不相干！"

卉子说："你立刻把钱给姓刘的送回去！"

"我不送！"

"不送我跟你没完！"

"这件事要是闹起来，对谁都没有好处。要是闹到苏小童耳朵里，对乔叶更不利吧？"

苏小童是乔叶的未婚夫，楚湘宁又用敲诈刘天奇的手段威胁乔叶了。

气愤也没有用。两个女人除了骂她"卑鄙无耻"之外，难道还有别的办法吗？然而，“卑鄙是卑鄙者的通行证，高尚是高尚者的墓志铭”——北岛的诗早已作出了回答。

楚湘宁做了这样丧尽天良的事，居然安之若素。她仍然经常来找卉子，仍然求那些朋友们帮忙。有一次，楚湘宁在椰林大道上碰到了阿木，非常神秘地对他说：“我又钓到一条大鱼，你们得配合我行动。”

阿木问：“怎么行动？”

楚湘宁说：“你帮我找一个杀手，把××公司总经理的一只胳膊砍掉，我出一万块钱。”

阿木吓得连嘴都闭不上了，两眼直愣愣地看着她，突然转身，逃跑似的离去了……

楚湘宁站在路中央哈哈大笑，笑得很开心，很放荡……

流血流泪一样潇洒

一

威丽商场很大，总有四五百平方米，上边还有一层分割成若干房间的二楼。

被木板和铁丝网分隔出的摊档出租给有照和无照的个体商贩，每月租金五百元。

卉子和小麦是四十一号摊档，投资一万元，算是小本生意。由于不上税，除了租金和电费，有时一天能赚五六十元。平均每月能赚一千元左右，温饱足矣。只是苦了关明，每天都要从机关食堂买了饭给她们送来。

这个商场有个后门，出来不足两米，便是一幢陈旧不堪的两层小楼。楼门口戳着一块木牌子，上边写着：幽兰桑拿浴。这是一家私营的按摩室。按摩小姐没有生意的时候，也常穿着睡衣趿拉着拖鞋到商场来转转。她们浓妆艳抹，脸蛋上和胸项上常留着男人纵欲的痕迹，她们都很年轻，二十岁上下。多梦年华，在这里做着不醒的梦。久而久之，她们便跟摊档上的人混熟了，常谈些奇闻和开心的事。没有人歧视她们，也没有人戳她们的脊梁骨。

在商场与幽兰桑拿浴小楼之间的夹道里，有一个自来水龙头和一条下水沟。这可派上了大用场，兼作水池与公厕之用。摊档的经营者与男男女女的顾客，随时都需要用水排水。在淘米、洗衣、饮水、涤足的人的身边，便有人坦坦荡荡地放尿。

这就是威丽商场，颇有点儿名气，生意很兴隆的。

二

在四十一号摊档的斜对面，有一对夫妻。男人姓刘，卉子和小麦叫他老刘，后来又叫他刘大哥。女人姓名不详，大家都叫她刘大嫂，有时也喊她杭杭妈，因为他们有一个两岁的女儿，叫杭杭。小姑娘很漂亮，很可爱，她每天都在各摊档上来回串着玩。不少人都喜欢她，常拿出糖果饼干之类的给她吃。她不要，于是大家都齐声夸这孩子“很懂事”“很有出息”。大特区再特，也还是保留着老祖宗传下来的评人论事的标准的。

老刘夫妇租了两个摊档，货架上也显得实力丰厚。他们很会经营，常常出其不意地进一些紧俏货。一九八八年十一月台风横扫，气温聚降，整个商场只有他们的摊档上有羊毛衫和夹克衫，而且数量充足，每天的营业额都在千元以上。小商场和大海南一样，人们尊崇的权威是钱和钱的占有者，而不是别的什么，诸如职务、职称、出身、才气、风度、容貌等等。当然，对女人除外。

老刘成了出人头地的实力派，人们都对他另眼相看。多的是尊重和羡慕，还有诚心诚意的请教。嫉妒固然也有，但不明显，几乎见不到大陆上流行的那种无孔不入的“红眼病”。这是大特区的进步。

老刘人品极好，也没有暴发户和新贵那种小人乍富和小人得势的张狂劲儿。他对人很热情、很真诚，也很谦虚，平等观念很强。这种做人的深度和分量使人们感到他开服装摊档有点儿大材小用。他是个干大事业的人，至少卉子和小麦是这样认为的。

老刘夫妇也很看重卉子和小麦，觉得这是两个与众不同的姑娘。她们有学问（不仅仅是有文化），气质自然脱俗（而不是某些女孩子苦心追求的那种故作高雅状）。老刘常到她们摊档上来聊天，真心诚意地讲经商之道。这两个人太不会做生意了。不知该进什么货，不知怎么招徕顾客，也不知如何开价还价，甚至连货架都不会摆设。

“刘大哥，我们不是干这个的材料吧？”

“哪儿的话，你们比谁都不笨。”

“都说无商不奸，可我们怎么也奸不起来。到海南来谋生的都不容易，怎能忍心宰人家呢？”

“无商不奸，那只是旧中国做小买卖的小手段、小伎俩，赚不了仨瓜俩枣儿。如今时代变了，做生意得靠信息，靠信誉，靠货真价实，靠服务质量。”

“那你说我们该怎么办呢？”

“把大路货甩卖出去，到广州进批紧俏货。”

“我们……女孩子……又那么远的路……”

“下星期一我到广州进货，你们一块儿去吧。”

“太谢谢你了！”

三

是小麦跟老刘一起到广州去的。从海口到广州，需要乘二十八个小时的船。风高浪急，小麦一直担心自己会晕船的，她有晕船的毛病。但这次却没有，他们一直在谈话，谈得很投入，很过心。夤夜，船舱里的人都酣然入睡了，他俩还在甲板上窃窃私语。说不清有多久了，老刘把自己包得很紧很紧，向谁都无法敞开心扉。然而，就像这黑夜可以把大海严严实实地包裹起来，却不能使大海平静一样，他心中的狂涛巨浪时时冲撞着他，折磨着他，使他痛苦地寻找着一个发泄的缺口。连他自己也感到奇怪，为什么如此轻易地把一个二十二岁的姑娘视为知己呢？

他醉了，并没有酒。老刘对小麦人品和学问的尊崇，要比卉子和小麦对他经商之道的尊崇甚之又甚。别看小麦做生意不行，可是谈社会、谈人生、谈事业乃至谈爱情，无不让他折服，堪称是他的良师益友。海风凛冽，一种异常的冲动却使老刘的心里阵阵发烫。一股纯洁的毫无邪念的感情激流在他身上奔涌着，使他激动，使他净化，使他升华。

“小麦，你知道吗？我是个在逃犯。”他说出这句话来，自己先被惊呆了。

小麦并没有表现出什么异常，她那温柔中夹杂着几分疑惑的目光像夜空中的星星一样闪烁着，这光芒把他心底最隐秘的角落都照亮了。他向她彻底坦白了。

他是杭州人（怪不得他的女儿叫杭杭呢，小麦想），原在一家国营厂当办公室主任，科级。厂有个劳动服务公司，人员大多是职工家属和待业知青。服务公司总经理姓徐，只顾自己吃喝嫖赌，当了两年总经理，亏损三十多万元。工人们无可奈何，因为他是厂党委书记的小舅子。后来还是老刘为民请命，把工人联名写的一封告状信送到了上级纪检机关。上级追查下来，才把徐总经理调开了。

总经理的缺空下来，派谁去谁不去，谁愿意去收拾这个烂摊子呢？最后，谁挖的坑谁往里跳，厂领导硬是把老刘派去了。老刘自己也愿意去，男人活的就是一口气，他就是要拼死拼活干出个样来给他们瞧瞧。老刘去后立刻清理财务，整顿秩序，优化组合，制定了各项规章制度。公司上下心齐了，气顺了。但这还不行，得尽快扭亏为盈。

那时候，他整夜睡不着觉，瞪着眼睛想生财之道。这一天，来了一个推销员，推销美丽绸。那东西当时正是市场上的紧俏货，他一看质量不错，价钱也合适，就急不可待地跟他们签订了五万元的合同。他算计着，这批货一个星期之内就可以脱手，至少能赚两万元；然后再订七万元的货，五万元就变成了十万元；然后再滚下去，十万元变十五万元，十五万元变二十万元，二十万元变三十万元……用不了一个月，就可以把公司的全部亏空补上！他想得太美了，犯起了狂热病，热着头脑发昏。第二天人家来送货。车还没卸完，他就把五万块钱给了人家。等车开走，他才想起去查看一下货。一看傻了眼，包里裹的都是碎布头、烂布片。按照人家开的发票去找，杭州城里根本没有这个单位。

这个打击把他急得吐了血，但他并没有灰心气馁。他把嘴角的血一抹，挺起腰板来再干。

他费了好大的周折，终于找到了一条线索：那个骗子是上海某厂的一名离职工人，那个厂恰好是生产美丽绸的。他决定到上海去找，并准备向那个厂求援，要求他们发给他一批美丽绸。于是他东拼西凑，带着五万元钱上了路。

这一走，他再也无法回去了。那五万元被盗贼偷去了，在火车上。这才叫作黄鼠狼专咬病鸭子。

连受骗带失窃，他先后使厂里损失了十万元。本来就是个亏损三十万元的烂摊子，他上任之后窟窿捅得更大了。到了上海，他给厂领导写了一封信。他说他不是畏罪潜逃，而是去赚钱。这笔钱是国家的，是全厂工人的，他就是当牛做马，也要偿还这笔钱。

如同大多数淘金者和寻梦者一样，他也来到了海南。海南是传说中的金山银山，是命运之神诞生的地方。

客轮在惊涛骇浪中颠簸着，一声汽笛长鸣，黑茫茫的海面上亮出一条航路。天尽头，一盏寒星般的标灯依稀可见。

小麦听完了这个沉甸甸的故事，沉默良久，才开口说话，声调也如海风般的阴冷苦涩："这件事，杭杭妈知道吗？"

"知道。"

"她心甘情愿跟你到海南来了？"

"是这样。"

"难得的好妻子。"

"她不是我的妻子。"

"什么，你说什么？"小麦失声叫喊起来。如果说，老刘说他是在逃犯，并没有引起她怎样的惊愕；那么说杭杭妈不是他的妻子，她无论如何不相信。

"我是在来海南的路上认识她的。"老刘解释说。

"你结婚了吗？"

"结过，后来又离了。"

"为什么？"

老刘沉默了。他努力扬起脸来，为的是不让噙在眼里的泪水滚落下来。

"对不起，我让你伤心了。"

"不，不是我不想说，是无法说。你还年轻，你没有办法懂。她不是个正常的女人。她是个性欲狂、嫉妒狂、虐待狂！我们结婚五年，我所受的折磨不亚于蹲了五年的集中营！不堪回首，现在我想起她来还浑身发抖……"

"那就不要说，刘大哥，我想象得到。"

"你想象不到，无论如何想象不到……"

"你跟杭杭妈在一起，幸福吗？"

"她是我遇到的心肠最好的女人。我爱她，她也爱我。"

"那孩子呢？"

"孩子是我的，我们两个人的。"

"你们为什么不结婚呢？"

"怎么结呢？结了婚就等于把她拴在我这条破船上了，风里来，浪里滚，谁知道什么时候能到岸，随时都有触礁沉底的危险。我不能害人，我不能害一个这么好心肠的女人……"

"要是她愿意跟你同甘苦、共患难呢？"

"她是这么表示的。我相信，她也会这么做。不过，越是这样，我越是不忍心……"

"你这样对待爱情并不高尚！你为了获得心理平衡，用一个女人的青春和情感做砝码！"

"你说得对！她也这样指责过我，只不过不像你说得这么精确和深刻。我也曾经从这个角度反思过我自己，也许……是我错了。"

"是你错了。刘大哥，跟她结婚吧！为了这份情、这份爱。这年头，在这个地方，真情真爱不多。遇上了，得珍惜，别糟蹋掉！"小麦用一种几乎是哀求的口气说，她也不明白，为什么要这样。

"可是，我到哪儿去开结婚证明？"

“她不能开吗？”

“她也不能。她是逃婚出来的。”

小麦不再说什么了。借着船舱里飘出来的灯光，老刘看到，两行热泪正顺着她那苍白的脸颊流淌下来。他有点儿后悔了，不该把自己的沉重压在这个年轻而善良的姑娘心上……

四

卉子和小麦估计得一点儿都不错。老刘不会长期蛰居在这服装摊档里的。他是个有大抱负、大才干，要做大事情的人。春节后，他便把两个摊档转租出去一个，剩下一个由杭杭妈经营。他每天早出晚归，风尘仆仆，废寝忘食，不知在忙些什么。

卉子和小麦的服装摊档也转租出去了。她们跟关明，还有几个文学同人一起，开起了艺苑商行。他们也想干大事业，赚大钱。

这一天，老刘来到月朗新村，找到了关明。他拿出了一大沓公文批示。他说要建一个沙场。海南刚刚建省，百业待兴，建筑行业最为红火，因此开沙场是可以赚大钱的。几个月来，他采沙样、选场址、搞调查，又东奔西跑，磨破了嘴皮子，动员了三家大公司投资，共集资六十万元。现在万事俱备，只差建场开业了。他来动员关明，让他们艺苑商行也入一股，只入三千元。关明看了看他那可行性报告，当年便可以收回投资，第二年便可以获取八十万元的利润，这是个有大利可图的事业。

关明笑了：“人家已经投资六十万元了，你还要这三千元钱干什么？鸡毛还能添得起秤来？”

老刘道：“我也入股三千元，这算是人头股。”

关明问：“什么叫人头股？”

老刘脸一红，不好意思地笑了。关明懂了。醉翁之意不在酒，他是想让他们跟他一起合作的。

老刘恳求说：“把小麦给我吧，我想来想去，只有她行。”

关明为难了："实在对不起，我们这摊子，也指望她支撑着呢。你看看，这营业执照上的法人代表，都写的是她的名字。"

老刘说："你们这里好在有你坐阵挂帅，还有卉子、阿木他们，个个都能独当一面。我敢说，在海南岛这种白手起家的小公司当中，谁也没有你这儿人才集中。"

"算了吧，吹牛骗不了当乡人，咱们都是威丽商场起家的，我们这些人都是书呆子。"

"可是你们这些人都信得过。要寻找合作伙伴，最重要的就是信得过。"

关明被深深地感动了。在这竞争激烈、骗术丛生的大特区，人与人之间难得有这样的信任。

老刘歉疚地说："我知道我这样做是拆你们的台，可是我确实需要她。再有，不怕你不爱听，你们搞这个商行，毕竟是个小本生意。办沙场是可以赚大钱的，你们入一股，咱们有财一块儿发。说实在的，我从心里喜欢你们这些人。跟你们一起干，再苦再累，痛快！"

关明相信他说这些话都是真诚的。他知道，老刘在海南没有过心的朋友。人是需要朋友的，特别是有着一腔真情实感的人。在这一点上，两个男人在感情上产生了共鸣，尽管老刘不是诗人，但是他有一种诗人的气质和情感。

老刘继续与关明商量着："关明，如果小麦不能整个抽出来，那就抽出一半来。每星期到我那儿去上两三天的班，帮我安排一下，主要是把财务管起来。我知道，财务是企业的命根子，交在一个外人手里，我实在放心不下。就算我求你了，你们支援我一下吧！"

关明还有什么好拒绝的呢？人家把话都说到这份儿上了。关明是条硬汉子，但不是那种铁石心肠的人。他这种人搞不了企业，特别是做不了生意。这在以后艺苑商行的命运中会充分证实这一点，性格的悲剧。

关明让从西藏来的苗丽接过了小麦的账目。这样，小麦至少可以腾出一半精力到老刘的沙场去上班了。

五

沙场。

一个荒凉的淡水湖。周围长满了芦苇、菖蒲和叫不上名来的野草，小山包上偶尔可见几株枇杷和棕榈。尽管这里离海口市只有十几公里，不远处还依稀可见几户飘着炊烟的人家。可是在小麦眼里，这里无疑是一片让人望而生畏的蛮荒地带。草丛里毒蛇缠绕，湖面上水鸟的叫声像鬼嗥。这难道就是老刘选定的冀求大有作为的用武之地吗？

湖边有一座小屋，是用木板搭成的，很漂亮，外边涂着一层白色的油漆。远处看去，在水天相交的碧绿之中，像飘着一朵洁白的云，又像是停泊着一艘待命远征的白帆船。

再美，小麦也不敢住在那里。

老刘到四川买挖沙船去了。

小麦接到老刘电报，让速寄两万元订金给他。

小麦为难了。到目前为止，老刘的沙场上只有一个半人。老刘算一个，小麦只能算半个。还有，就是湖边那漂亮的白色小木屋了。她在沙场上说是管财务，只不过是一本空账。只有开支，开支是老刘自己掏的腰包，还未报账。报也没用，那几家股东尽管都签好了合同，答应集资六十万元，可是谁也没有拿来一分钱。小麦只好拿着电报去找股东们。股东们说，营业执照还没有批下来，不能拨款。老刘临走时说，营业执照马上就能批下来，可这并不等于已经批下来了。他等不及了，便先去订购挖沙船。他是个急性子，又急着要挣大笔钱。

小麦只好发电报把这边的情况告诉他。

他又发来电报，让找杭杭妈要钱。

杭杭妈跟小麦哭了，哭得很坚决。说这笔钱无论如何不能动，说他们攒这点儿钱不容易，不能往无底洞里填……

小麦只好又发电报给老刘。

三天以后，杭杭妈红肿着眼睛来找小麦，交给她两万元钱，让她马上给老刘汇去。她说她哭了三天三夜，想了三天三夜，终于想通了，她怕老刘急出个好歹来。钱可以不要，老刘不能不要。

小麦在接钱的时候紧紧地握住了杭杭妈的手，心里还是那句话：难得的好妻子！尽管她还不是他合法的妻子。

小麦担心的事情终于发生了。就在她把钱汇走的第二天，老刘回来了。老刘到月朗新村去找她，她正好出去有事。回来的时候，苗丽告诉她老刘到沙场去了。她问苗丽老刘的情况，苗丽说他蓬头垢面，眼睛红肿，起了满嘴燎泡，像是刚从监狱里逃出来的。

小麦蹬上自行车，便朝沙场追去。

湖边的沙滩上，一个男人哭得惊天动地。那哭声也像水鸟的叫声一样让人毛骨悚然。

那座美丽的白色小木屋不见了。在号啕大哭的老刘面前，横七竖八的碎木片像一堆白色尸骨。

小麦无力地劝慰着他："刘大哥，别难过，我们再重新建一个就是了。"

老刘哽咽着说："我不是心疼这小屋，我是伤心，是气愤，是悲哀！难道他们看不出来这小屋很美吗？这么美的东西他们怎么会忍心毁掉呢？"

这问题问得太深刻了，小麦无法回答。她也陪着老刘掉起了眼泪，也是悲哀的眼泪……

六

一场台风。

历史上罕见的强台风。月朗新村路口那硕大的白猫洗衣粉的广告牌都倒塌了。支撑起铁板广告牌的四根钢筋水泥电杆被风从根部齐刷刷地折断……

老刘那刚刚开业的沙场受到了严重的威胁。强台风把挖沙船刮翻了，道路被暴雨破坏了，拉沙的车进不来，也出不去，用户只好向别的沙场购沙，生意被切断了。

更要命的是，向这个沙场投资的三家公司有两家遇上了麻烦。一家公司本来就外强中干，亏损超过了千万元，有关部门已经开始对它清查整顿。另一家公司是个中外合资企业，双方闹僵了，外方把自己的股份出卖了，正在扯皮，已经对簿公堂。剩下的那家公司看到大势不妙，也停止了向沙场投资。直到开业为止，这三家公司仍没向沙场拨一分钱。所需款项都是老刘东挪西借的，共有三十多万元。

老刘又陷入了绝境，命运之神对他太不公平了。

与此同时，艺苑商行也面临着破产的危险，他们从深圳进了几万本人体艺术摄影的画册，本想豁出血本大捞一笔。没想到画册刚运来，类似的画册已在市场上铺天盖地，仅仅晚了三天……

关明招小麦回去，那三千元的股金也要同时抽回去。

老刘二话没说，放小麦走了，那三千元股金也如数退回。后来关明才听说，那三千元是杭杭妈仅留的一点儿生活费。

他很后悔。

七

艺苑商行终于垮台了，小麦要离开海南了。

临走的时候，她想去看看老刘夫妇。

她先到沙场。沙场荒凉得如同一片被盗挖的坟场，一堆堆坟茔似的沙丘，几排冷冷清清的工棚，挖沙船尸骨杂陈……

老刘不在，她问了几个人，没有人知道他到哪里去了。

她又找到了威丽商场，杭杭妈留的那个服装摊档半个月前已经易了主。

晚上，小麦忧心忡忡地回到月朗新村。

睡觉的时候，卉子突然对她说："今天我见到杭杭妈了。"说完眼圈红了，沉重地摇了摇头。

小麦的心里掠过一种不祥之兆："在哪儿？"

"野村桑拿浴。我到那儿去找梦思，正好碰在门口，谁也躲不开了。"

"她到那儿干什么去了？"

“她在当按摩女郎。”

“出了什么事?”

“她说，沙场要是垮了，老刘怕是要吃官司的，她要挣钱替老刘还债……”

小麦完全明白了。她那瑟瑟发抖的心里，又响起了她说过的那句话：难得的好妻子!

出走之后的娜拉

一

他没有错，他几乎什么过错都没有。

她还是想离婚，离婚又找不到丈夫的过错。

在一个成群的光棍娶不上媳妇，花钱买老婆依然司空见惯的小城镇里，有谁听说过，又有谁能接受“无错离婚”呢?

“五好家庭”的奖状依旧赫赫然地挂在她家的正面墙壁上。她总是不愿意朝那上边瞟一眼，如同不愿意瞟那张令她厌恶的面孔。

诚然，这张面孔并不难看，甚至可以说是英俊的。浓黑的眉毛，深陷的眼窝，悬胆般的鼻子，厚厚的嘴唇，再配上那张方方正正、见棱见角的脸庞——一张男人无可挑剔的脸庞。在当初那不知爱情为何物的日子里，她也曾经为这张脸痴迷过、骄傲过，甚至癫狂过。可是，而今她越来越觉得这张脸不是真实的，像是一个从玩具店里或其他什么地方买来的面具。

对了，她终于发现了一个对他的准确的评价：他是一个不真实的每时每刻都戴着人格面具的人。

在那个闭塞的小县城里，他在一个政府机关里供职，只不过是一个管人事的小科长。可是他脸上那十足的官气会让人感觉到他当个政府总理都有富余。在公开场合或在同级与下级面前，这张面孔表现出来的是一副绝对的正人君子相：麻木漠然，目不斜视，看不见七情六欲，也分不清喜怒哀乐。可是到了上级领导面前，它又变得谦卑恭顺、唯唯诺诺，让人为之浑身起鸡皮疙瘩。

如果说，这是出于官场的需要和工作的特征，尚有情可原。可是下班以后，他依然是这样面不改色、心无激情，讲着千篇一律的空话、废话和假话，而且是拿腔作调。

他面具之后是什么样子呢？他那拿腔作调下边所隐藏的又是什么呢？她曾经像医生在显微镜下寻找病菌似的寻找过他的真实，然而她是徒劳的。即使在夫妻的眠床上，他被自身愿望驱使着，干他那不可不干的事情时，也同样像是在履行一件公务。

她绝望了，为他的不可救药而绝望。

她哭过，她闹过，她提出过离婚。

没用，他劝慰她，询问她，指责她，甚至是与她争吵、向她求饶的时候，也仍然是那样一副面孔、那么一副腔调。

他万万没有想到她会出走。他相信老婆娶到家里就成了他财产的一部分，他相信传统的美德法则就像相信自己保管的档案柜一样。

他大错而特错了。

在一个周末的晚上，他从幼儿园里接回来女儿，打开房门，正要进入丈夫角色时，突然发现人去楼空，饭桌上只留下了一张辞别的纸条。上边的措辞也如同他那张面具一样冷漠坚硬。

他傻了。他那冷漠坚硬的面具终于破碎了，他顾不上拿腔作调，当着女儿面便发疯般地哭天号地。

在生活的突然变故面前，他原来是束手无策、失魂落魄的懦夫。

二

她曾经做过许多梦，许多美丽得令人心灵震颤的梦。她天资聪颖，性格活泼，喜欢幻想，充满激情。她几乎刚会说话便喜欢唱歌，刚会走路便喜欢跳舞。她梦想当个演员，当个艺术家，再兼做个多愁善感的女诗人。

机会终于像彩云般地飘在了她的头顶上。武汉楚剧团来招收演员，导演一下子便看中了她，她毫不费力地通过了各种考试，她那紧绷的心弦每分每秒地盼望着录取通知书的到来。

她焦灼盼望而来的却是一个冷酷无情的打击，她没有被录取，原因是再简单不过的，她那位当过大学教授的父亲是个右派。

那年她只有十三岁。“娉娉袅袅十三余，豆蔻梢头二月初。”她的梦也如豆蔻般鲜嫩姣美。

生活毁灭了多少纯真和美丽啊！

然而她并没有灰心气馁，她靠着自己的天资和努力，继续为自己的梦拼搏着。

高中毕业以后，她以优异的成绩考入了某大学经济系；毕业以后，又以突出的学业留校执教；两年以后，又以教学上的出类拔萃被提前评为讲师。

一个大学讲师，怎么会跟一个假模假式的小科长结为伉俪呢？也许正如歌中所唱的，爱情有过许多美丽的错误。

他是她的学生。他是为了一张文凭来进修的。正是那戴着面具的脸把她迷惑住了。

这张僵冷的面具使她的梦也板结了。

三

她汇入了数以十万计的海南寻梦者与淘金者的队伍中，她的梦又开始复苏了。她又看到了一个天高任鸟飞、海阔凭鱼跃的广阔天地，她要创造出一个不枉此生、不枉此才、不枉此貌的轰轰烈烈的生活。

在众多的寻梦者当中，她算是个幸运者。她一开始便步入了所谓的上流社会。这里的人衣冠楚楚，器宇轩昂，腰缠万贯，出口非凡。他们住装有空调的高级宾馆，坐进口小轿车，吃上千元乃至几千元一桌的宴席。他们还经常出入于高级歌舞厅、温泉游泳池和五花八门的桑拿浴芬兰浴。

她在这里见到了想所未想的新奇，享受到了闻所未闻的豪华。她觉得这个“民办”理所当然该属于她的，至少该有她一个理直气壮的位置。因为她有讲师证书，还有一个某报社的特约记者证。因为她是个女人，还因为她具有女人的优越……

几乎每天都有人请她吃饭，请她跳舞，请她游泳，请她出席各种各样的交际场所……这些都是有身份、有地位、有风度、有着烫金喷香名片的“大人物”。她觉得自己在这些“大人物”当中有些自卑，有些名不正言不顺，有些理不直气不壮。可是她又觉得每个人都挺拿她当回事，都挺喜欢她、需要她，甚至宠着她。如果仅仅为的是满足一个女人的虚荣心，这足够了。

终于有一天她明白了，这一切都是虚假的。她发现了自己在这些“大人物”心目中的真正价值是什么。

那是一个有着经济实力有着总经理头衔的人物。他打电话把她叫入了自己的房间，送给她一条华丽的连衣裙。她犹豫不定地接受了。然而，就在她把那条连衣裙接在手里的同时，那位总经理便理直气壮地，没经任何商量、没有任何暗示地，直截了当地把她强暴了……从此以后，不少让她尊重的道貌岸然的“大人物”都在她面前暴露了嘴脸，都那么一手交钱一手提货般地毫无任何浪漫色彩地企图占有她。

她看清了，这些“大人物”不过是一群伪君子。但是他们不戴面具，只要把卧室的门一关，便会赤裸裸地把自己全方位地暴露出来。

她觉得这比戴面具的丈夫更卑鄙、更可怕、更无法忍受。她终于离开了他们。用她自己的话说，她从上流社会直接跳入了“下九流”，当上了按摩女郎。

四

她没有堕落，尽管这里有一个诱惑女人堕落的陷阱，但是她始终恪守着自己做人的准则——卖技卖艺不卖身。

与其他按摩小姐相比，她似乎有更多的保护自己的办法。

海南的桑拿浴，是在开放的大潮中一哄而起的。几乎百分之百的按摩小姐都没有受过任何专门训练。客人冲完凉躺在按摩床上，不少按摩小姐根本不知道手往哪儿放，劲往哪儿使。好在国内的客人也是初次见识这“新生事物”，进按摩院只是为了寻求心理刺激和感官刺激。这样一来，按摩便很自然地滑向了歧途。

这是海南桑拿浴的普遍状况，然而在普遍中她便成了一个特殊。她有文化，加上自幼从当医生的母亲那里学到了不少关于经络和穴位的知识。于是，她托人买来了有关按摩的书，勤学苦练，细心琢磨，很快便成了一个行家里手。在整个按摩院里，只有她一个人的牌号上写着按摩师的头衔。遇上从海外来的高层次的顾客，或者专门来舒筋正骨的患者及疲惫不堪者，只有她能够披挂上阵，妙手回春。她成了桑拿浴老板手中的一张王牌。

毕竟高层次的顾客和真心诚意的患者太少，她平时所接待的大多数顾客，还是上边提到的那种人。对付他们的各种纠缠，她也有一套独特的办法。

“先生，您好！本小姐十分荣幸地为您服务，请您多关照！”

“请问小姐芳名？”

“朱晓琳。”

“嗬，与歌星同名！”

——先生，您说对了。我不但与当今歌坛上大受欢迎的歌星同名，而且也像她一样有着一副好嗓子。如果先生您有雅兴，我愿意在您面前献丑。您喜欢听什么歌儿，是民族唱法、美声唱法，还是通俗唱法？怎么，您还不相信吗？先生，请把您的手放下，听歌的时候可要聚精会神……

——先生，请您不要这样。看得出来，您是喜欢听我唱歌的。如果您还没有尽兴，我还可以为您跳舞。您喜欢欣赏什么样的舞蹈呢？是新疆舞、蒙古舞、朝鲜舞、印度舞，还是现代的迪斯科、太空舞？好，在我跳舞的时候，您最好为我哼一下曲子。没关系，您不哼曲子，拍着巴掌，给我掌握一下节奏就行……

——先生，这可就是您的不对了。我已经多次向您表示了我做人的原则，您为什么还是提这种低级的要求呢？刚才您一进来，我就发现您气质非凡；我在为您唱歌跳舞的时候，又发现您很有艺术欣赏水平。您一定是个层次很高、很有追求、又兴趣爱好十分广泛的人。我相信，您听我唱歌，看我跳舞，肯定获得了愉快的艺术享受。但愿我的服务使您满意，希望您以后常来，我愿意尽心尽力为您服务……

五

在所有来桑拿浴的顾客中，他也许算是一个特殊的人物。他每次来都喝多了酒，来了便找朱晓琳。他只有三十多岁，长得文质彬彬，像个白面书生。他在一个很有经济效益的实业公司任总经理。虽说这种总经理在海南多如牛毛，却有不少人都颐指气使，自命非凡，大有叱咤风云、横扫六合之势。而他却不然。或许他在公司，也是个运筹帷幄、指挥若定的干将，可是来到朱晓琳面前，他就完全变成了另外一个样子。

他默默地躺在按摩床上，像个病入膏肓的患者，闭着眼睛听朱晓琳为他朗诵着一首诗。他喜欢诗，他也有诗人的情感与气质，可能他自己也写一点儿诗，但他从来没有暴露过。朱晓琳朗诵的这首诗叫作《蚌与珠》，是她朋友的一首新作：

你将一颗弹丸
射入我的心底
我忍着剧痛
把你包得紧紧，紧紧

用温热的泪为你洗浴
用纯净的血将你喂养
用生命的精华为你筑成坚固的巢
使你免受鱼蟹的吞噬
这一切都是为了
培育一颗
爱的果实

然而——

人们为了获到你

却残忍地将我捣碎

你却在女人的酥胸上

炫耀着诱惑

他哭了。开始是默默地流泪，后来爆发般地大声号啕起来。

朱晓琳明白，只有心灵上受过巨大创伤的男人，才有如此泉涌般的泪水和如此惊心动魄的哭号。她用同情与沉默安慰着他。她的手轻轻地抚摸着他那蓬乱的头发。

他哭着告诉她，他心中郁闷得太久太久，尽管他每天都宾客如云、高朋满座，却没有一个推心置腹的朋友。他把朱晓琳视为粉黛知已。

受到一个痛苦的男人如此这般的信任，朱晓琳感动得心里发烫。

他告诉她，他是北京人，某位大人物的公子。他来到海南，是要为振兴中华经济大显身手的。可是他那温柔美丽让他爱得死去活来的妻子背叛了他。他还有一个可爱的如同天使般的四岁女儿。妻子和女儿是他生命的两根支柱。现在，支柱倾斜了，他的精神大厦坍塌了……

“你准备跟她离婚吗?”

“只有离婚了。她说从没爱过我，是冲着我的老子才嫁给我的，这太让我伤心了……”

“那你打算怎么办呢?”

“她几次三番地写信催我回去办理离婚手续，可是我舍不得女儿，也舍不得她啊!”

“我也有一个女儿，也是四岁。我们的婚姻是名存实亡的。我是从家里跑出来的……”同是天涯沦落人，朱晓琳也流起了眼泪……

按摩房里的电话铃响了。值班小姐告诉她钟点已到，如果客人不“加钟”，需要立刻离开房间。桑拿浴的规矩是，每四十五分钟算一个“钟”，每个钟因规格不同收费标准也不同，普通型四十五元，豪华型七十五元。他已经做了两个钟了。朱晓琳举着电话，刚要问他是否还要加钟，却发现他躺在按摩床上睡着了。她犹豫了一下，只好把电话挂上了。

朱晓琳坐在按摩床前，心里压着一种不可名状的沉重感。这是她到海南以来第一次有这种感觉，特别是在客人面前。

他睡得很安详，睡梦中还一阵阵的抽泣。朱晓琳掏出手帕，轻轻地为他拭去眼角上的泪水。她像是照看着一个孩子，心里生发出一种慈母般的爱怜。

有人敲门，进来的是老板，一脸阴云。

朱晓琳急忙站起身来。

老板瞥了一眼按摩床上的客人，厉声问："怎么回事，他到底加钟不加?"

朱晓琳说："他……睡着了。"

"把他叫醒问问不就行了吗?"

"他很痛苦，又喝了过多的酒……"

"那就让他睡吧，反正过四十五分钟就要算一个钟钱的。"

"老板，求求您，我现在又没有别的客人，就让他睡一会儿吧。"

"哪有这规矩？在旅馆里睡觉也要花住宿费的。"

"老板，他很不幸……"

"咱这儿做的是生意，不是慈善机构!"

"老板，把他睡着时的钟钱算在我账上吧。"

这个痛苦的灵魂在这里安静了两个多小时，朱晓琳却为此被扣了二百多元的工资。

按摩院的姐妹们对她这种做法很不理解，众口一词地责备她太傻。在这里，没必要发扬风格，这不是学雷锋的地方；要说是出于同情心，那么该得到同情的恰恰是我们按摩小姐。

朱晓琳却非常认真地说："你别看他是个成年人，可是到了那会儿，他就成了个大孩子。而我是个女人，女人是不应该抛弃孩子的。"

众姐妹认为她的解释更加荒谬和滑稽。

朱晓琳急了："你们笑什么？你们根本不理解我！这是因为你们没

有生过孩子，没有生过孩子的女人还算不得女人！”

众姐妹不再笑了，朱晓琳的话，是对她们女人天性的一次启蒙，或许她们该从中悟出点儿什么。

六

朱晓琳收到了一封丈夫的来信。她为此感叹：这个世界真小！

半个多月以前，她曾经在这里碰到一个来自汽车城的小诗人。那个小诗人恰恰是她丈夫的同学。他们没有说话，他也没有让她按摩。她以为他没有把她认出来，因为他们只见过一次面，还是五年前在她的婚礼上。

很显然丈夫知道了她在这里的情况。一个国家干部的老婆居然当上了按摩女郎，这使他的自尊心受到了极大的伤害。

来信措辞非常激烈，并且用不容商量的口气让她立即回去，办理离婚手续。

尽管离婚是她长期以来的愿望和要求，可是这离婚一旦成为事实，并且是从她丈夫嘴里说出来的，她又觉得受不了了。特别是她无法忍受即将失去女儿的残酷现实。丈夫在来信中反复强调，他不会把革命的接班人交给她这位堕落的母亲的。

女人毕竟是妇人。

经过了几天撕裂心肝的折磨，她给丈夫回了一封信。她说不清在信里究竟写了些什么。

重要的是，她随信给丈夫寄去了五千元钱，这是她上岛一年以来的全部积蓄。

作为一个在清水衙门里当个两袖清风的小科长的丈夫，从没见过这么多属于自己的钱。

两个星期之后，她丈夫回信了。

这是一封慷慨激昂热情洋溢缠绵悱恻且颇有文采的信。她真不敢相信，这些闪着光华的文字是出自她那位戴着面具的丈夫之手的。特别让她激动不已的是，信中夹着一张彩色照片，那是他和女儿特意为她拍摄的合影。照片的背后，还写下了两行具有煽动性和鼓动性话：妹妹你大胆地朝前走，通天的大道九千九百九！

她感到茫然了。

她该往哪里走呢？纵然道路有九千九百九，可是究竟哪一条是属于她的通天大道呢？

绿色“百慕大”之谜

一

在数以十万计的海南寻梦者大军中，他可能是最幸运的一个，也是职位最高的一个。

在此之前，他是华北大平原上某县的副县长。他有着高级农艺师的职称，有专用小汽车，有独居的小院，还有一儿一女、一个贤惠的妻子、一个温馨平和的家庭。

四十多岁的人了，竟然和那些不切实际、想入非非的年轻人一样，心血来潮，便毅然决然地放弃了那来之不易的一切，只身来到了海南。这究竟是为了什么呢？

仅仅为了那个绿色的梦。

二

几乎从孩提时代始，他便做起了那绿色的梦。他出生在古城西安，在灰色的楼房、灰色的街道、灰色的学校中长大。面对着樊笼般的灰色，他常常扇动想象的翅膀，把自己的心灵和渴望带入绿色的大自然之中。

他崇拜米丘林。

从小学到高中，他门门功课都优秀，完全可以报考一所令人钦羡的时髦大学，他却报考了城里学生无人问津的农学院。

他是“文革”前的最后一批大学毕业生，造完反，又到部队去受训，然后才分配工作。他先被分配到县农业局做机关工作，觉得特没劲，便主动要求去了一个最贫穷、最边远的公社。

他在那里一待就是十几年。那里有一片白色的盐碱地。他把自己所学的知识灌输给农民，又和农民一起挖沟治碱、放水洗碱、避碱改种，创造了一套治理盐碱地的经验。风来雨去，转绿回黄，他把自己滚成了一个地地道道的庄稼汉，而那片白色的土地却变成了一片绿色的高产田。

县里组班子，要求年轻化、知识化，于是便把他“化”进去了。他成了有史以来第一个“大学生”副县长。他叫赵国图。

当上了副县长的赵国图带着几个农口的领导到海南大特区去考察。刚到海南三天，县里要召开紧急会议，叫他回去，他便搭上了海口直达北京的飞机先行一步，留下随行人员继续考察。

这在人的一生中几乎是不可遇上第二次的偶然机会。在豪华的波音747飞机上，与他临座的是海南一位上层主管农业的领导者。当这位领导者听说他的经历与现任职务时，便求贤若渴地动员他到海南来。说海南的农业很落后，几乎一切都需要从头做起，很需要他这样的人才。

于是，他那绿色的希望又燃烧起来。

三

与他同机的那位领导者没有食言，热情地欢迎着他的到来，并要把他安排在一个职位较高的领导岗位上。他不干，他要求到一个农场去当一名农艺师。他说只有这样他才有用武之地，才能把他所掌握的科学技术直接转化为生产力。他说他到海南是来干事的，不是来做官的，对他来讲，只有干点儿实事才能真正体现出人生的价值。

他被任命为H农场的副场长兼总农艺师。他又把自己那绿色的梦栽种在了这长夏无冬的宝岛上。他踌躇满志，下决心大干一场，在海南大特区再写下惊人的一笔。他的锐气依然不减当年。

这个农场不算小，有一万多亩地，位于海南岛的西南部，主要是种橡胶、种咖啡、种水稻，也种一些热带水果，还有几个工厂。原来的几位场领导都在这里待了多年了，有的还是当年的农垦战士。他来后便发现，在这里经营个农场真是简单。耕种管收，几乎都不用他们操心。海南岛得天独厚的气候条件，似乎一切物品都是大自然的恩赐。他是总农艺师，应该是负责农业技术，可是他真不知道该从何处做起。

大家还都挺忙，忙的大多是与生产无关的事。有的人忙做生意，有的人忙拉关系，还有的忙些莫名其妙的事情。但是不管忙什么，都要忙在酒桌上。每天都有酒席，常常是一天喝两次，他还没有见到有哪一天空缺过。只有一次例外，办公室通知他，晚上几位领导要一起出去。上了车之后他才知道，原来是陪同大陆来的几位客人进城。他以为又是去喝酒，没想到汽车却在一排辉煌耀眼的霓虹灯下停下来，他抬头一看，上边赫然写着：野村桑拿浴。

连他自己也不知道为什么，一股积郁已久的气闷在他心里翻腾着，直冲他的太阳穴。他没有下车，命令司机掉转车头开了回去，把其他几位领导和大陆来的客人晾在桑拿浴门口了。

就是这么车头一转，使他陷入了“百慕大”的禁区。

四

他非常明显地感觉到，几位农场领导对他的态度都变了。变得很客气，与他说话办事很谨慎，都是一副道貌岸然、正人君子、公事公办的样子。来了与他无关的客人，不再让他去陪了，外出活动，也不再与他相约了。

这副态度他并不陌生，在那个小县城里，人们在背后都叫他“书呆子副县长”。只因为他不善于交际，不懂得微妙复杂的“关系学”，也不知道宦海中升降沉浮的残酷。人们都很尊重他，尊重他有文化，尊重他是靠真才实学和苦干拼搏而不是靠别的登上副县长的宝座的。不久以后，他便发现这“尊重”的同义语便是冷落、疏远、不拿他当回事。他有个老同学，娶了个农村老婆，生活很困难，要盖几间房，想买点儿平价木材。他驳不开面子，给木材公司的经理写了个条子，没想到人家根本不买他的账，这要是放在其他副县长手里，就是一桩不值一提的小事。别看人家叫他“书呆子”，其实他并不呆，心里全明白。冷眼看世界，难得糊涂。他越表现得超然洒脱，人家越不把他当回事。他也乐得这样，这样省很多心，少很多麻烦，也让他赢得更多的时间和精力去干自己分内的事。尽管他干的都是实事，人们仍然认为他这个副县长是可有可无的。在许多人的眼睛里，乌纱帽是属于“职业革命家”的，而戴在知识分子的头上，只不过是一种荣誉、一种象征、一种统战手段。要不，为什么他要求调海南来，递上一份辞职报告，人家就批了呢？这还不能说明问题吗？

中国这么大，海南岛这么遥远，而官场上人情世态，却又如此惊人地统一，这不能不归功于中国传统文化的根深蒂固。

好在他对这一切都熟悉了。他又当起了“书呆子”，整天呆里呆气地干自己的事情。他最大的愿望就是建一座现代化的农业科学研究所。建研究所需要钱，农场没有那么多的钱，有钱也不能花在这上边。为了实现这一目标，他也在交际场上泡，而且泡得很执着。终于，他找到了一个志同道合者。此公是澳大利亚的一个农场主，姓林，华裔，很想在中国大陆建立一个农业科学实验基地。他选中了海南岛，因为海南岛的自然条件，更因为海南岛的开放政策。

赵国图把林先生请到了农场，农场的几位领导表现出了异乎寻常的激动与热情，似乎他们个个都是农业研究的梦寐以求者。他们主动地向林先生介绍情况，不辞辛苦地带着林先生实地考察。林先生一下子遇到这么多的知音，自然兴高采烈。谈判进行得很顺利，林先生准备投资二百万美元，在该农场建立一座中型的农业科学研究所。

签字仪式在海口举行。林先生在农场众领导的簇拥下，首先进入的不是会议厅，而是宴会厅。宴会厅里彩灯怒放，鲜花铺锦，七十多张豪华餐桌上坐满了人。这其间有省市领导、大陆上来的显赫人物、各关系单位的首领、社会各界名流以及举着照相机扛着摄像机的新闻记者。

林先生的眉头只是微不可察地皱了一下，便非常潇洒地入了主席的座位。然后，热情洋溢地举杯敬酒，皆大欢喜。

酒酣耳热之后，林先生问赵国图：“这一次宴会需要花多少钱？”

赵国图摇头。

“麻烦您问一下。”

赵国图问了问承办此事的一位副场长，然后走过来告诉林先生：“还没有最后算账，大概需花十二万元。”

林先生说：“好了，这十二万元我出了。不过，研究所的投资我收回了。”

赵国图急了：“为什么？”

林先生把脸一沉，说：“赵先生，这您还不明白吗？我们什么事情还都没有办，你们就敢如此奢侈，把钱投在你们手里，我能放心吗？”

这一下，赵国图真的呆了。

五

赵国图从来没觉得像现在这般孤独。海南大特区，喧闹繁华，人海茫茫，却找不到一个可以倾诉愁肠的知音。

已经过了午夜十二点了，他坐在那个叫作“爱侣”的小饭馆里不想离去。一瓶小角楼白酒已经喝得见了底儿，他仍然觉得心里空荡荡的。在海南五花八门的饕餮世界中，真正能喝酒的却不多见。他这个来自北方的汉子常常在酒场上把那些不可一世的总经理董事长较量得连连告饶。只有在这个时候，人们才不把他当作一个书呆子。

一个软绵绵热烘烘的躯体靠在了他肩头上，紧接着，那同样的软绵绵热烘烘带着香糖气味的声音又扑在他的脸上：“先生，一个人喝酒多寂寞呀！借酒浇愁愁更愁，让本小姐来陪陪你吧！”

那个躯体离开了他，但声音却像烈酒一样热辣辣地过来：“尊重？尊重谁？尊重你吗？这容易，你把钱拍出来，你让我怎么尊重你我就怎么尊重你。你是说要尊重我自己吗？我不需要，马斯洛说过，尊重的需要是人类第四个层次上的需要。我现在要的是第一个层次的需要——生存需要。要生存，首先是要吃饭，而吃饭得要用钱……”

赵国图这才开始注意已经坐在了他身边的姑娘。她说话虽然坦率露骨，带有几分野味，可是气质相貌却像女学生，一头短发和一副白边眼镜更增添了她的文雅和书卷气。

赵国图问："看样子你也是个读书人了？"

"本小姐是华南农业大学本科毕业生，因品行端正和成绩优异而被留校执教，本小姐不服从分配，扛着文凭下了海南。"

"为什么？"

"因为我太狂妄了，不知道天高海阔。还因为我相信了那句话：天高任鸟飞，海阔凭鱼跃。我原以为，海南岛是一片能够实现自我的用武之地，没想到我钻进了一片荆棘丛里，想飞飞不起来，想逃逃不出去……"

"你怎么……落到这一地点了呢？"

"报上说海南开发需要人才，我认为大学毕业生就是个人才。来到之后我才知道，在这里文凭、名片、记者证是最不值钱的，几乎人人都有。"

"是的，现在海南是很需要人才，可是也很浪费人才。你不能学以致用，不能干点儿别的吗？"

"你是说到公司里当公关小姐，或者当女秘书、女招待什么的？这些我都干过。"

"可是为什么非要走这条道路呢？"

"可以不说吗？"

"当然，我尊重你的隐私。不过，我想帮助你。"

"嗬，我今天走运，碰上雷锋了。"

"因为我也是学农的。"

"你也来找工作？"

"不，我有工作。"

"你干什么？"

赵国图拿出一张名片递给姑娘，姑娘一看，立刻惊喜得大喊大叫起来："你是农场副场长，还是高级农艺师，这太好啦！看来，我真的要走运了，你也要走运了。这一切都是天意，天意呀！"

赵国图被姑娘叫喊糊涂了。

姑娘解释说："北京农科院要在大东海附近建一个育种基地，想承包出去。我跟他们接触了几次，他们嫌我又没有职位，又没有实际工作经验，不肯承包给我。要是你出面把它承包下来，然后再交给我经营，他们保准会同意，我一定不会给你砸锅……"

赵国图颇有兴致地听着，眼睛里放射着希望的光芒。

"怎么样，干不干？"

"要干，我就应该自己干！"

"你要当育种基地的总经理？"

"是这样。"

"那我呢。"

"我不会过河拆桥的，我会为你选择一个发挥你专业特长的工作的。"

"好，一言为定！"

"小姐，再来瓶酒！对了，你喝什么酒？"

"雷司令。"

"小姐，来瓶雷司令！"

"等等，这瓶酒咱实行 AA 制。"

"什么叫 AA 制？"

"酒钱各付一半。"

"那为什么？"

"刚才我跟你讨酒喝，是想出卖我自己。现在我们成了合作者，一切都应该是平等的。"

"随你便。来，祝我们成功！"

"肯定能成功！"

对面的歌舞厅里，响起了旋风般的音乐，海南岛的夜生活开始了。这是一天中最真实、最生机勃勃、最有希望的时刻。

明天到育种基地去谈判，结果会怎么样呢？赵国图心里又打起了鼓。

到魔窟里寻找缪斯

一

婷登上了通向这幢大楼顶层的电梯，突然来了灵感，改编了一句伟人的名言：在地狱的入口处，正像在科学的入口处一样，必须提出这样的要求："这里必须根绝一切犹豫，这里任何怯懦都无济无事。"

既然如此，也只好跳河一闭眼了。她是昨天晚上才下决心来当按摩女郎的。她怕自己的决心动摇，今天一早便来到了这赫赫有名的野村桑拿浴。

出了电梯门，便等于进了按摩院。灯光昏暗得使人觉得这里永远是夜深人静的时候，而接她的是身材苗条秀丽穿着大红锦绣旗袍的迎宾小姐，旗袍的侧缝直开到大腿根部，似乎这侧缝是被她那丰满结实的臀部撑裂的。迎宾小姐的身后便是收银柜，柜上供奉着持刀怒目的关老爷，两边的对联是：忠同日月义同天，志在春秋功在汉。婷一直不明白，为什么海南的财神位上供的是关老爷呢？是靠他保佑着招财进宝呢，还是靠他保护着银柜不遭盗窃抢劫呢？

总经理是个五十多岁的男子，北方人，保养得很好，红光满面，使人很自然地联想到他吸取了过多的小姐们的青春血汗。总经理问她是否搞过按摩，她说搞过，在深圳。说完这句话她脸红了，她连深圳都没有去过。总经理根本没有在意，推给她一片合同书，让她在上边签了字。

一切都很自然，连她自己都吃惊，她竟然表现得如此镇定和老练，在此之前的一切紧张状态都云消雾散了。

为了使自己不露怯，她先熟悉了一下环境。收银柜的旁边有两扇红绸遮住的门，一扇上写着沐浴室，一扇上写着钟房（即按摩房）。她推开了钟房的门。里边的灯光更加暗淡，楼道上铺着绛红地毯，两边并排着十几间按摩室。按摩室约有十五平方米，米黄色的暗花帆呢严严实实地遮住了玻璃窗，乳黄色的墙壁显得富丽华贵。天花板上悬着一对电镀铁拉杆，这是供按摩小姐给客人踩背用的。拉杆下面正对着按摩床。床只有一个人那么宽，床的前边有一个围着软垫的圆孔，客人趴下时可以把脸放在上边呼吸。每间房里有两张床，床与床之间拉着与窗帘同样面料的帘子。里边那张床上响起了咯咯的淫笑声。一位长着一张娃娃脸的小姐正在给一个大胖子按摩，大胖子那多毛的手伸在小姐的短裙里……

婷感到一阵心悸，急忙退了出来。

钟房的尽头便是按摩小姐的宿舍，里边放着六张双层床。几个下了夜班的小姐并没有睡，东倒西歪地闲聊吸烟，其中有一个正在拿扑克牌算命。她们都赤裸着身子，有的只穿一个巴掌大的三角裤。总经理带着婷进来了，她们并没有表现出应有的惊慌。而总经理的眼睛，也没有往小姐们的光身子上盯着看。一切都表现得极其自然，或者说是极其麻木。

婷反而感到紧张起来。

二

婷是和间一起到海南来的，他们来自荆州城。在这金戈铁马战旗猎猎的兵家必争之地，两个人却做起屈老夫子的梦。间是个诗人，婷是个小说家。两个人的名字在地区刊物上印在了一起。后来见了面，心也便印在了一起，这居然是他们的初恋，他们不但是文坛上的幸运儿，也是感情上的幸运儿。

对于拜倒在缪斯麾下的善男信女来说，也许苦难是一笔财富，幸运是一个缺憾。假如他们不搞文学，也许会走上另一条平和而幸福的生活之路。不幸的是，他们要抛弃幸运，创造苦难。海南大特区召唤着他们，在他们的想象中，这里有如当年开发美国西部那样丰富而刺激的生活，他们也会创造出有如西部影片那样撼动人心的杰作。

到了海南之后才发现，他们遇到的只有苦难，而没有刺激。这平平淡淡从从容容的苦难便是：要处心积虑苦心钻营地解决吃饭问题。在他们做着色彩斑斓的海南梦的时候，却把这个最重要的问题忽略了。在他们的梦境里，海南岛是伸手便可以抓到面包的。

于是，他们只好把灵感用在谋生上。他们一起卖过《海南开发报》，一起到小饭店里去端盘子，还一起到码头上去给旅客提箱子……这一切，都跟讨饭差不多，讨得多就吃饱，讨得少就紧一下腰带，而不去讨是绝对要挨饿的。

婷也到大公司里去应过聘，却都干不长，不是人家炒了她，就是她炒了人家。文学教不会人怎样谋生，却能教会人如何用个性去砸饭碗子。

必须活下去，必须在海南站住脚，他们的文学梦才能继续做下去。破釜沉舟，闯到沙场上去挖沙子。第一天从沙场回来，他身上便被晒得起了泡。第二天，水泡破了，浑身都溃烂了，而那握笔杆的手也变成了血糊糊的一片。一个皮白肉嫩的文弱书生，怎能吃得了这番苦呢？婷心疼得哭了起来。

在沙场干活是计件工，挖多少给多少钱，这样拼死拼活干一天，只能拿回十几元钱。吃一碗扬州炒饭，就需要五元钱。吃一碗炒粉也需要三元钱，用命换饭吃，还是填不饱肚皮。干了半个多月，身上的血痂还没蜕掉，又出了事：挖沙船上的铁锚把他的脚砸伤了。计件临时工是没有任何劳保的，受了伤也只好自己出医药费。医药费只能从炒饭或炒粉里出，而受了伤不能干活，炒饭或炒粉便没了着落。

他们已经走投无路，走投无路中她便想到了这条路。

三

婷蜷缩在床头上，似乎是在心平气和地等待着一种不幸的降临。

她来按摩院已经三天了。三天来，她唯一能做的便是跟按摩小姐学习按摩技术。海南的桑拿浴，几乎是在一夜之间气吹般地发展起来的，对按摩小姐根本不可能有什么正规训练，只是互相之间学几个指法动作就进行实际操作。很少有人真正掌握按摩技术，而来桑拿浴的客人，大多数也不是为了享受这种“高层次的被动运动”，而主要是来寻求刺激的。因此，对于按摩小姐，技术关是最好通过的。不好过的是另一道关。婷躲在宿舍，眼瞧着去做钟的小姐进进出出、忙忙碌碌。回来以后，便互相打听赚了多少小费，遇到的是什么人，打炮没打炮。婷每听到这些，心尖上就像被什么咬一口，疼得浑身哆嗦。

“一六八号，喂，一六八号！叫你到四号房去做钟！”

婷听到叫喊，并没有理会，因为她每隔一段时间，就能听到这样的叫喊。她觉得这种叫喊与己无关，她还没有进入角色。

“娃娃脸”推门进来了，冲着婷喊：“叫了你半天，你怎么不动呀？”

婷疑惑地看着“娃娃脸”，没睡醒似的问：“是在叫我吗？”

“娃娃脸”说：“你不是一六八号吗？”

她这才想起来，自己确实是一六八号，总经理把这个号给她的时候，还讨好地说：“大吉大利，一六八——一路发，这么好的号我是舍不得给别人的。”

她像挨了一鞭子似的猛地站起来，慌乱地找到鞋就往门外走。“娃娃脸”拉住了她：“要是有人要打炮，你不愿意，我去。”

婷飘忽忽地走进了四号钟房，在昏暗的灯光下，她首先看到的是一堆肉，过了半天，她才把一个皮球似的圆脑袋和挤压在一起的五官从那堆肉里剥离出来。她感觉到那双色眯眯的小眼睛在从上到下地剥着她的衣服。她心里怦怦跳了起来。她极力控制着自己的情绪，颤巍巍地说：“先生，请您趴在按摩床上，我先给您按背。”

大胖子从沙发站起来，深不见底的肚脐眼下边，吊着一件松松垮垮、遮君子不遮小人的内裤。婷急忙把头扭向一边。

面对着铺在按摩床上的一堆男人的肥肉，她伸出双手，试探着按压着。手下的肉滑腻腻的，她感到一阵恶心。自从她意识到自己是女人以来，她的两只手便没有碰过男人的肉体。当然，除了闾。她把一条浴巾盖在胖子的身上，给他用力做着脊椎指压。不一会儿，她的大拇指便隐隐作痛，汗水顺着脸颊流进了她的嘴角，咸咸的，像泪。昏暗中，胖子发出了莫名其妙的呻吟声。

半个钟头过去了，还算平静，没有发生什么事情。她气喘喘地让胖子翻过身来，要为他做头部按摩。胖子关切地说：“小姐，你太累了，先歇会儿吧，聊聊天。”

她说：“我怕给您做不完。”

胖子说：“我会加钟的。”

按照规矩，每四十五分钟算作一个钟，在一个钟里，按摩小姐要为客人做完全身的按摩。客人如果不满足，或者愿意在按摩房里多泡一会儿，可以继续加钟。

胖子跟婷聊了起来。他自我介绍说，他管着一个运输公司，有四十多辆大货车，很能赚钱的。谈完自己，他又问婷：“你为什么来当按摩女郎？”

她没有说她是为了混饭吃，她的自尊心不允许她这样说，她说：“为了文学。”

“为了文学？这么说你是来体验生活的？”

“就算是吧。”

“我不相信文学，文学是骗人的。文学只能让人痴心妄想，不能帮助人解决任何实际问题。”

“这么说，你不喜欢了。”

“喜欢，你喜欢我就喜欢。当然，我更喜欢搞文学的人……”

胖子的邪性终于发作起来了，发作起来便收不住，他的手也开始不老实了。

婷紧张地与他周旋着：“请您躺好，我继续给您按摩。”

“不，我不按摩了，我要求特殊服务。”

“什么特殊服务？”

“我要打炮，开价吧，多少钱？”

一股巨大的屈辱伴随着难以遏制的愤怒在她心里翻腾着。她满脸通红，浑身发抖，恨不得抡起拳头，朝他那令人作呕的脸上砸去。

胖子还在用污言秽语调戏着她。她忽然意识到，这里是一个特殊的场所。在这里，是允许金钱和丑恶进行交易的。她想到了“娃娃脸”。于是，她平心静气地对胖子说：“先生，你如果要求特殊服务，我给你介绍一位小姐怎么样？”

胖子说："当然，你要是不同意，我也不勉强。你给我介绍哪位小姐，我得先看看。"

婷回到宿舍，告诉了"娃娃脸"。

一个钟头之后，"娃娃脸"回来了，一身疲惫的样子，却大大方方地说："这头猪，差点儿把我压死。"说着，把一张五十元面值的票子扔给了婷。

婷问："这是干什么？"

"胖子给你的，说是感谢你。"

"感谢我什么？"

"感谢你把我介绍给他呀！"

婷觉得这钱很脏，脏得像胖子那一堆肉。她的良心告诉她不能要这笔钱，但她又深深地知道，这笔钱对于她还有间太重要了。她管不住自己，怯怯地把钱捏起来。然后，她再也没有勇气抬头看一眼"娃娃脸"了。

四

她跑到人才交流中心的地下室，把三百多元人民币放在间面前。间笑了，她却哭了起来。

间慌了："怎么了？婷，你这是怎么了？"

她更加觉得委屈，扑在间的怀里，放声大哭起来。间紧紧地搂住她，不停地问："怎么了？你这是怎么了？"

间的脚伤好了，但仍没有出去工作。囊中的一点儿仅有的积蓄已经花光了，这三百多块钱不啻是他的救命稻草。

"间，我不能干了。"

"有人欺侮你吗？"

"不，没有人敢欺侮我。"

"你只要不放弃原则，就能保住自己。"

"不行，我不能再干下去了。"

"你不是干得挺好吗？还不到一个星期，就赚了三百多元钱。"

“我怕我受不了，我怕我经不住诱惑……”

“婷，干下去，再干一段时间吧，让我们多攒一点儿钱……”

婷从间的怀里挣脱出来，瞪着一双泪眼，直愣愣地看着他，像看着一个可怕的陌生人。

“什么？你说什么？你让我再继续干？”

“婷，你听我说，我们得活下去，活下去就需要钱……”

“让我这样去挣钱，你也放心？”

“我信得过你。”

“我要是管不住自己呢？”

“怎么会呢？不可能。”

“好，我明白了。”

婷从人才交流中心的地下室出来，走在海风吹拂的夜色里。街道两旁的霓虹灯闪烁着某种暗示，婷步履匆匆地走着，一直朝前，她知道，她不会再回桑拿浴了，可也不会再回到间的身边了。她到哪儿去呢？

欲望的陷阱

一

阿明是最早的海南寻梦者之一。那时候，海南岛还没有变为大特区，但是他已经朦朦胧胧地感觉到，在这荒凉神秘的海岛上，该有他一块立足之地。

他是在孤独和冷漠中长大的。他出生在贫穷且荒僻的罗浮山下。父亲死了，一夜之间就死了，到底也不知道父亲得的是什么病。父亲死后还不到一个月，妈妈便带着他嫁给了山下的一个石匠。那一年他只有四岁。

继父是个人高马大、凶神恶煞般的北方汉子。阿明很怕他，总觉得他是童话里的魔鬼，总是躲着他，跟他同桌吃饭，都不敢抬头看他一眼。一天夜里，他被一阵可怕的呻吟声惊醒了。睁开眼一看，赤身裸体的继父正骑在妈妈的身上恶狠狠地行着凶，压在下面的妈妈已经被折磨得奄奄一息了。他强烈地意识到，这个魔鬼正在杀死妈妈。他悄悄地下了床，到厨房里抄起菜刀，然后喊叫着冲上去，朝魔鬼的头上砍去。魔鬼的头躲开了，菜刀却砍在了他那肥厚的肩头上，鲜血流在妈妈那雪白的胸脯上……从此，他便跟继父之间种下了深仇血恨。一年以后，继父终于从妈妈的肚子里，给他折腾出来一个小弟弟。继父把小弟弟当成宝贝疙瘩，而却把他视为仇人，张口便骂，伸手就打。妈妈为了讨好继父，也常常声讨他。他几乎是在继父的拳头下长大的。

那是他上初中一年级的时候，学校的一位同学家里失了火，房屋和一切生活物品都被烧光了。学校号召为这位同学捐款，大多数同学都捐了，阿明几次跟继父要钱，继父不理他。争强好胜的阿明万般无奈，便从家里偷出来十几个鸡蛋，到供销社卖了钱。继父知道了这件事，找到学校，当着全校同学的面，就把他劈头盖脸地一顿臭揍。

阿明在同学面前受了辱，没法读书，也不想回家了。他毅然离家出走，加入了流浪汉的行列。有一天，他正在珠江码头上为旅客扛包，遇到江边躺着一位老人，不知是病还是饿，已经气息奄奄了。路人有的瞟一眼便匆匆而去，有的则像欣赏怪物一样围观着，却没有人发一丝恻隐之心。阿明真不明白，当今世界，人心为什么变得这么狠、这么硬、这么冷酷无情。阿明挤进人群，把老人扶起来，背到自己落宿的小旅馆里，他精心地给老人喂水喂饭，求医煎药，几天以后，老人恢复了健康。

老人原来是个身怀绝技的武林高手。他生性耿直，宁可穷死饿死，也不做江湖艺人，不用自己世代相传的宗门神功赚钱。为了报答阿明的救命之恩，更主要的是，老人看准了阿明的高尚人品，便把自己的一身绝技传授给了他。

老人在教他功夫的同时，还教给了他一门谋生的本事——修理家用电器，这也是老人多年来的安身立命之本。

二

阿明是个规矩人。他来到海南以后，没有在纷繁喧闹的大城市里立足，而是在文昌县的一个小镇上开了一家家用电器维修部。日积月累，手头上自然也存下了几万块钱。尽管在海南几万块钱根本不算什么，他却知足常乐，安然度日，并无任何非分之想。

阿明有农家子弟的忠厚，有为武之道的侠义，又有一门几乎人人都用得着的手艺，因此，很快他便交了一帮朋友。这帮人大多是小镇上的地头蛇，很有势力，心毒手辣，却又很讲义气。他们经常聚在阿明维修部后边的小屋里打牌赌钱，有时还找女人来玩。阿明虽然觉得这些事是违法乱纪的，却也从不反对他们。只要自己不跟着干就是了。何况，他又需要他们。一个外乡人到此地来落脚谋生，没有几个靠山是不行的。事实也是这样，别的外地人开的门面，经常被偷、被抢、被砸，甚至当地的地痞无赖公开找上门来纠缠、敲诈勒索。他这里却从来没有遇上过任何麻烦。有了这些朋友，他心里踏实，有一种安全感。

这一天，几个朋友为了表示对阿明的感谢，约他去海口玩。阿明觉得盛情难却，便接受了邀请。

带阿明去的是阿 A 和阿 B，到海口饭店又找到了阿 C 和阿 D。阿 A 在这里很熟，他让服务员开了一个有空调的豪华房间，又打电话叫来五个应召女郎。

应召女郎来后，他们便支起了桌子打起了牌。四个人分别坐在桌子四边，每个人怀里都搂抱着一个应召女郎。另一个应召女郎则守门负责洗牌。这个女孩子的牌洗得简直是神奇绝妙。一副晶莹玉润的麻将牌在她那纤纤十指之中，哗哗作响，翻飞跳跃，像是按在一片琴键上，演奏出了动人心弦的乐曲。几乎是一眨眼工夫，一百零八张麻将牌便整整齐齐地码成了一座四方城。

赌牌还没有开始，阿 A 便把一张百元面值的人民币拍在了洗牌女的手心里。然后，四个赌徒分别赏给每个人怀里的应召女郎钱，各拿出二十元，没有往手心里拍，而是把钱直接塞进她们的裙口里，还在她们胸里乱捏乱揉，弄得应召女郎一边在他们怀里翻腾蛇扭，一边咯咯浪笑，很是开心。

阿明却被晾在一边。原来，他以为阿A和阿B带他到海口来玩，肯定是逛逛公园，转转商场，或者是看场电影什么的。没想到他们是让他来看赌钱玩女人的。阿明刚刚二十岁，虽然也感到过自己青春的骚动，却从来没有接近过女人。他还没有恋爱过，感情的土壤还没有栽下爱的幼苗，他还保持着男人可贵的童贞。他有点儿受不了了，不是受不了这淫荡的刺激，而是忍受不了这丑恶的污浊。他的心灵深处还有一块未被污染的净土，容不得往上倾倒肮脏的垃圾。于是他站起身来，要向阿A和阿B告辞回去。

阿A似乎也觉得这样有点儿冷落了朋友，沉吟了一下，突然兴奋地说："你别走，有办法了，让小雪陪你玩一玩！"

说着阿A抄起电话。

三

阿明终于下海了。

当赌徒们再到他那小门面里开局的时候，他也忍不住跃跃欲试，再加上那几个人的千般怂恿，他便坐在了牌桌前。

似乎有这么一个规律：初上赌场的人，手气总是好。他总是连连开和满贯。一夜下来，少则赢三五十，多则赢二三百。这种钱来得又开心又容易，比耗心劳神修理家用电器划算多了。自此，他疏于本职工作，夜战赌场，白天养精蓄锐，维修部经常关门停业。好在他是个体经营，上无领导，下无职员，自己想怎么干就怎么干。

赌瘾一上来，便一发而不可收。在小镇上，是内部小赌，哥们儿之间随便玩玩，也可以叫作练兵。兵练得差不多了，便携上巨款，出征海口。

他去了几次，开始还不大习惯于搂着应召女郎打牌，总是心慌意乱，牌路不清。后来他发现一个诀，只要小雪来陪他，他便情绪高涨，斗志昂扬，手气好，牌也打得精。虽然每场下来，总是有赢有输，但算总账，还是赢得多，输得少。一个月下来，他居然赢了七八万块钱，加上原来的存款，他已经是十万富翁了。

形势急转直下，他开始输钱了。那一夜他便输掉了三万，输得他心尖滴血。赌场上就是这样，赢了钱的想再赢，输了钱的不甘心，最后都成了亡命徒，非拼个鱼死网破不成。那一天阿C带着五万块钱输个精光，最后一把牌下来，把他身边的钱搂走，又给他留下一百元，作为他回去的路费和饭费，这是赌场上的规矩，还挺有点儿人情味。还有一天阿B输光了，从腰里拔出刀子，要把自己的两个指头押上。这是输红了眼要拼命了。于是大家偃旗息鼓，鸣金收兵。这也是赌场上的规矩，不能火上烧油，激化矛盾。

三万块钱输进去之后，阿明表面上虽然没有红眼，却是咬牙切齿，烈火中烧。他决定孤注一掷，倾其所有，带着八万块钱披挂上阵。赌场上还有一条规矩，必须事先亮底，你带多少钱都要摆在桌面上。赌友们一看他带来这么多钱，便知道他要拼命了，于是，把应召小姐打发走，连那洗牌小姐都不要了。有女人在场，还是属于玩玩之列。只要男人们单独摆开了阵势，才真正是你死我活的拼搏。

运去黄金失色，时来铁也增光。他果然当了晦气鬼，把把输，连连败。八万块钱越来越少，他的赌注却越来越大。他心里翻滚着浓烟烈火，眼中电闪雷鸣，浑身每一根神经都紧绷起来，每摸一张牌，他的心尖都震颤一下。最后一圈牌，由他做庄。当他摸到最后一张牌的时候，眼前一阵发黑，他知道，把面前所有的钱都推出去，也不够输给人家的。鬼使神差，他运足了一口气，拇指一搓，牌上的点数都搓平了，他把一张光牌扔在了桌上。这是他唯一的一次使用他师父传授的硬功夫。

他输了个精光。

赌友们都惊呆了。

不久，阿明便从那个小镇上消失了……

1992年7月7日于北苑55号

图书在版编目(CIP)数据

女人与猫／王梓夫著. －－北京：中国文史出版社，2021.3

（中国专业作家作品典藏文库·王梓夫卷）

ISBN 978－7－5205－2482－7

Ⅰ.①女… Ⅱ.①王… Ⅲ.①中篇小说－小说集－中国－当代②短篇小说－小说集－中国－当代 Ⅳ.①I247.7

中国版本图书馆CIP数据核字(2020)第228866号

责任编辑：卢祥秋

出版发行：**中国文史出版社**
社　　址：北京市海淀区西八里庄路69号院　邮编：100142
电　　话：010－81136606　81136602　81136603（发行部）
传　　真：010－81136655
印　　装：北京新华印刷有限公司
经　　销：全国新华书店
开　　本：720×1020　1/16
印　　张：22　　　　字数：328千字
版　　次：2021年3月第1版
印　　次：2021年3月第1次印刷
定　　价：69.80元